KB032459

흔해빠진 직업으로 세계최강

ARIFURETA SHOKUGYOU DE SEKAISAIKYOU

시라코메 료 shirakome ryo illust.타카야Ki takayaki

유에
“……후후.”

항상 그렇듯
하지메와 유에의
콤비네이션 능력
『어디서든 핑크빛 공간』
이 발동했다.

시라사키 카오리
“나도 봐줘.”
티오
“노출 플레이……
멋진 것이야!”
시아
“슬슬 수영복
돌려주지
않을래요?”

흔해빠진 직업으로 세계최강

ARIFURETA SHOKUGYOU DE SEKAISAIKYOU

5

시라코메 료 지음
타카야Ki 일러스트
김장준 옮김

CONTENTS

프롤로그

한 남자가 장엄한 왕성의 넓은 복도를 걷고 있었다. 쿵쿵 울리는 난폭한 발소리와 날이 선 표정에 지나치는 사람들은 흠칫 놀랐다.

"프리드 님!"

부글부글 끓는 감정을 의도치 않게 밖으로 표출하던 남자에게 긴박한 목소리가 들려왔다.

"미하일이냐?"

"프리드 님! 카틀레아가, 카틀레아가 당했다고, 임무에서 돌아왔더니 다른 녀석들이 그런 이야기를……! 아니죠? 카틀레아가 죽었다뇨, 그럴 리가 없습니다! 그 녀석한테는 프리드 님이 하사한 아하트드도 있었는데—."

프리드라고 불린 남자는 흥분한 부하, 미하일의 어깨를 잡았다. 무언가를 참듯 꽉 힘을 주어서……. 그것만으로 미하일은 깨달았다. 【오르크스 대미궁】으로 임무를 떠난 소중한 이가 영원히 돌아오지 못할 사람이 되었다는 것을…….

"어떻게, 그럴 수가……. 용사가 그리도 강하단 말입니까? 그만한 마물을 부려도 상대가 되지 않을 만큼이나? 그런 일이……."

"미하일, 진정해라. 사전 조사는 틀리지 않았어. 지금 용사에게 카틀레아를 이길 만한 힘은 없을 거다."

"그럼, 그럼 어째서……!"

미하일은 눈동자에 절망의 빛을 띠고 프리드에게 달려들 것처럼 물었다. 프리드는 고개를 젓고는 천천히, 관계가 없을 법하되 중대한 문제를 거론했다.

"우르 마을 임무가 실패로 돌아갔어."

"뭐라고요? ……그렇다면 역시 대상이 배신하지 않았다는 뜻입니까?"

"아니, 그게 아니야. 작전은 성공했고, 마물 6만 대군이 우르 마을과 함께 풍작의 여신을 짓밟을 예정이었어. 하지만…… 이레귤러 때문에 계획이 수포로 돌아갔다."

"이레, 귤러?"

미하일은 무슨 말이냐며 의아해했다. 프리드는 마치 보이지 않는 적을 노려보는 양 허공으로 날카로운 시선을 던졌다.

"단 네 사람에게 마물 대군이 전멸했다. 게다가 임무를 맡은 레이스는 한쪽 팔을 잃었고, 그 상태로 귀환을 강행한 결과 전선 복귀는 절망적인 상황이야."

"어떻게, 레이스까지……. 그리고 프리드 님의 강화를 받지 않은 마물이라고는 하나, 그 대군을 단 네 명이서? 지금 절 놀리시는 겁니까?"

전율하듯 휘청거린 미하일에게 프리드는 눈길을 되돌렸다.

"농담이었다면 얼마나 좋았을까……. 듣자 하니 그 괴물들은 우르 마을을 떠난 후 오르크스 대미궁으로 달려갔다는 모양이더군. 마침 카틀레아가 용사와 접촉했을 시기야."

"……! 그럼 카틀레아는 그놈들에게……."

복도에 새빨간 물방울이 뚝 떨어졌다. 그것은 미하일이 움켜쥔 주먹에서 흐른 것으로, 치미는 분노의 발로였다.

프리드는 미하일의 어깨에 손을 올린 채 날카로운 목소리로 말했다.

"적은 상상 이상으로 강하다. 나는 지금부터 대화산으로 갈 거다. 새로운 신대 마법을 손에 넣어 더욱 강해져야 돼. 기필코 그래야만 해."

"프리드 님……."

자신들이 신뢰해 마지않는 최강의 장수가 이렇게까지 말하는 상대란 대체 누구인가? 프리드는 전율을 감추지 못하는 미하일에게 아군마저 간담을 서늘하게 하는 눈빛을 보냈다.

"모든 것은 우리의 폐하를 위하여, 그리고 우리가 믿는 신을 위하여. 내가 없는 동안 잘 부탁하마, 미하일. 개전이 머지않았어. 그사이 그 분노로 칼을 갈아 둬라."

"네, 알겠습니다. 카틀레아의 원수는 반드시 제가 갚겠습니다."

미하일은 결연하게 고개를 끄덕였고 마찬가지로 고개를 끄덕여 답한 프리드는 곧장 발길을 돌렸다. 등 뒤로 미하일이 경례하는 기척을 느끼며 파트너가 대기하는 곳으로 갔다.

부하 앞이라 참고 있던 감정이 다시 서서히 새어 나왔다. 그 표정은 이미 광기가 느껴질 정도로 뒤틀려 있었다.

"우리의 신으로부터 하사받은 숭고한 사명을 모두 망쳐 놓은 대가…… 비싸게 치를 거다, 아직 보지 못한 적이여. 나와 대면하는 날이 네놈들의 마지막이 될 것이다. 이교도 놈들은 이 세계를 살아갈 자격이 없다."

증오와 분노로 점철된 프리드가 한 맺힌 혼잣말을 남기고서 얼마 뒤, 그는 어마어마한 수의 마물을 이끌고 나라를 떠났다.

마인족의 왕국, 마국(魔國) 가란드를…….

인간과 마인의 군사 균형을 홀로 무너뜨린 최강의 마인.

놀랍게도 그가 향한 곳은 나락의 괴물과 같은 장소.

과연 승리의 여신은 누구에게 미소 지을 것인가…….

제1장 ◆ 그류엔 대화산

적동색 세계.

【그류엔 대사막】은 그렇게밖에 표현할 수 없는 장소였다. 모래가 적동색인 것은 말할 것도 없거니와, 모래 자체가 고운지 항상 일정 방향에서 불어오는 바람에 풀풀 날리며 대기마저 적동색으로 물들였다. 360도 어디를 둘러봐도 적동 일색의 세계였다.

땅에는 크고 작은 모래 언덕이 수없이 존재하며 그 표면이 바람을 타고 항상 파도처럼 울렁거렸다. 시시각각 표면적과 모습을 바꾸는 양상은 사막 전체가 『살아 있다』고 표현할 만했다.

뜨겁게 내리쬐는 태양과 그 열을 남김없이 머금은 모래땅이 숨 막히는 열기를 토해 냈다. 40도는 가뿐히 넘을 온도. 휘날리는 모래와 더불어 여행길로는 최악의 환경이었다.

하지만 그것도 어디까지나 『평범한』 여행자의 이야기일 뿐.

현재 그런 혹독한 환경에 아랑곳하지 않고 거침없이 나아가는 검고 네모난 탈것, 마력 구동 사륜차 『브리제』가 뒤로 흙먼지를 일으키며 사막을 폭주하고 있었다. 길다운 길은 없었지만, 그것은 차 안에 설치된 방위 자석이 해결해주었다.

"……바깥은 지독하네요……. 평범한 마차가 아니라서 정말 다행이에요."

"그러게 말이다. 이런 환경에 좌지우지될 만큼 심신이 약하지는 않지만…… 자진해서 오고 싶은 곳은 아니구나."

차내 뒷좌석에서 시아와 티오가 창문을 쉴 새 없이 때리는 모래와 창밖의 적동색 세계를 바라보면서 차량이 없었으면 큰일 날 뻔했다는 투로 중얼거렸다. 아무리 티오가 진성 마조 변태라도 이 환경에서 얻을 건 귀찮음뿐인가 보다.

"전에 왔을 때랑 너무 달라! 엄청 시원하고 눈도 안 아파! 아빠 대단해!"

"그렇지~. 하지메 아빠는 대단하구나~. 뮤, 우리 시원한 물 마실까?"

"마실래~. 카오리 언니 고마워~."

앞쪽 창가에서는 뮤가 카오리에게 안겨 무릎 위에 앉아 있었다. 뮤는 일전에 유괴되어 이곳을 지났을 때와는 천지 차이라며 흥분한 듯 만세를 불렀고, 쾌적한 공간을 만들어 낸 하지메에게 초롱초롱한 눈빛을 보냈다.

어찌 보면 당연한 반응이었다.

해인족인 뮤에게 사막 횡단이 얼마나 가혹한 경험이었을까. 네 살이라는 어린 나이를 생각하면 오히려 탈진해 죽지 않은 것이 용할 정도였다. 그런 환경을 견뎌 낸 뮤의 입장에서 보면 이 차이는 더욱 각별하게 와 닿을 것이다. 왜냐하면 브리제에는 냉난방 장치가 완비되어 있기 때문이었다.

뮤에게 맞장구치며 사막에서는 구하지 못할 차가운 물을 태연히 건넨 사람은 시라사키 카오리였다. 카오리는 【호르아드 마을】에서 하지메에게 충격적인 고백을, 유에에게는 선전 포고를 한 후, 하지메의 의견도 무시하고 어느샌가 동료 사이에 끼어들어 있었다.

참고로 차가운 물도 차 안에 설치된 냉장고에서 꺼낸 것이었다.

"저기, 시라사…… 카오리. 그 하지메 아빠라는 말 좀 안 하면 안 될까? 뭔가 엄청 낯간지러운데."

"응? 그래도 뮤는 계속 그렇게 부르잖아?"

"아니, 뮤는 이제 익숙해졌어. 다만 동급생이 아빠라고 부르는 건 아무리 그래도 거부감이……."

주변 사람을 잘 챙기는 천성 덕에 적극적으로 뮤를 돌보는 카오리는, 뮤가 곁에 있을 때면 대개 하지메를 하지메 아빠라고 불렀다.

동급생 여자애에게 아빠라고 불리는 것은 뮤가 아빠라고 부르는 것과는 또 다른 거부감이 있는지, 하지메는 심히 복잡미묘한 표정이었다.

참고로 하지메가 카오리를 성이 아니라 이름으로 부르는 것은 카오리가 부탁한 결과였다. 카오리 왈, 「다들 이름으로 부르는데 나만 성으로 불러. 치사해!」라는 이유였다.

"그래? 그럼 안 할게……. 하지만 나도 언젠가 아이가 생기면 그때는……."

볼을 새빨갛게 물들인 카오리가 하지메를 힐끔힐끔 보면서 그런 말을 중얼거렸다.

뮤를 제외한 차 안이 묘한 분위기에 휩싸였다. 하지메가 못 들은 척하려는데 유에가 대신 카오리에게 대답했다.

"……안됐지만, 내가 먼저. 이미 약속했어."

"……?! ……하지메, 이게 무슨 소리야?"

"……딱히 이상한 이야기는 아니잖아? 아직 먼 미래의 이야기기도 하고."

"……후후, 부모님께 소개할 약속도 했어."

"……?!"

"……행복한 가족계획도 다 짰어."

"……?!"

"……하지메와 고향에서 데이트할 계획도."

"……?!"

유에의 맹공이 멈추지 않는다! 말이 파일 벙커가 되어 카오리의 가슴에 잇따라 꽂혔다.

하지만 카오리도 이대로 당하고만 있을 여자는 아니었다. 절망적 상황에서 끝까지 하지메의 생존을 믿었고, 특별한 인연을 맺은 것이 분명한 유에에게 정면으로 도전하는 담력도 가졌다. 유에의 말이 끊기자 순간의 틈을 파고들어 반격에 나선다!

"나, 나는 유에가 모르는 하지메를 많이 알고 있는걸! 예를 들면 하지메의 꿈이라거나 취미 같은 거, 그중에서도 특히 좋아하는 장르도! 유에는 하지메가 좋아하는 애니메이션이나 만화 같은 거 모르지?"

"우, 그건…… 그래도 지금은 관계없어. 여기에는 그런 거 없으니까. 일본에 간 뒤에 배우면 돼."

"뭘 모르는구나? 지금 하지메를 봐. 어딜 봐도 애니 캐릭터 잖아."

"쿨럭?!"

카오리와 유에의 싸움일 텐데 어째선지 하지메에게 대미지가 들어왔다. 그것도 치명타로…….

"백발에 안대, 거기다가 마안…… 분명히 하지메가 좋아하는 캐릭터 중에도 있었는데……. 무기도 그 크로스 비트? 라는 건 판○[#1]이 모델일 테고……. 이쪽 세계에서도 변함없어. 하지메는 지금도 충분히 오타쿠야!"

"크학?! 카, 카오리……."

"으, 으……. 하지메의 무기가 거기서 따온 거였다니……."

"후후. 좋아하는 사람이 뭘 좋아하는지도 모르는데 이겼다고 뻐길 수 있어?"

"……카오리, 배짱도 좋아. 그럼 나도 알려줄게. 하지메가 좋아하는 것…… 침대 위에서."

"……?! ……뭐, 뭐, 뭐, 침대 위라면, 으~, 역시 이미……."

"후후후. ……나와의 차이를 절실히 깨닫도록 해."

이동 중에 툭하면 불똥을 튀기는 유에와 카오리에게 질려 다른 멤버들은 이미 반쯤 무시하고 있었다. 처음에는 시아가 조마조마하게 지켜보고 있었으나, 결국 심각한 문제가 되지는

#1 판○ 판넬. 『기동전사 건담』에 등장하는 원격 조작 무기.

않았기에 지금은 말려들지 않도록 몸을 사렸다.

어떻게 보면 가장 피해를 보는 것은 하지메일지도 몰랐다. 두 사람이 입씨름을 벌이는 요인은 대체로 하지메에 관한 것이었고, 그때마다 높은 확률로 유탄이 날아들어 가슴에 박혔다. 지금도 평소 켕기는 점을 지적당해 정신적 타격을 입고 말았다.

유에가 심술궂은 미소를 띠고 적나라한『밤의 이야기』를 시작하려고 했다. 카오리는 듣고 싶지 않다며 귀를 막고 도리질쳤고, 하지메는 가슴을 부여잡고 그런 유에를 말리려고 했다.

"……우~, 유에 언니랑 카오리 언니는 맨날 싸워! 친하게 안 지내는 언니들 싫어!"

그렇게 말한 뮤가 카오리의 무릎에서 내려와 뒷좌석에 앉은 시아의 무릎에 올라타서 고개를 팽 돌려 버리자, 유에와 카오리가 갑자기 어쩔 줄 몰라 했다. 남의 눈치도 보지 않고 싸우던 두 사람도 네 살배기 아이가 면전에서 싫다고 하니 느끼는 바가 있는 모양이었다.

"어유, 두 사람 다 뮤 앞에선 말을 좀 가리세요. 애가 뭘 보고 배우겠어요? 하지메 씨 일로 열을 내는 건 저도 이해하지만, 조금 자중하세요."

"……! 이런 불찰이…… 시아에게 야단맞다니……."

"미, 미안해. 뮤, 시아."

설마 시아에게 주의를 받을 줄은 몰랐다며 두 사람은 기가 꺾여 어깨를 떨어뜨렸다.

유에에게 시아는 친구이자 동생과도 같다. 하지메에게 호의를 가지기는 했으나, 동시에 유에를 필요로 하기에 연적이라는 명확한 인식이 없었다.

티오는, 그냥 변태다.

그렇기 때문에 정면에서 선전 포고한 카오리야말로 처음 나타난 연적이었다.

유에는 하지메와 자신 사이에 끊으려야 끊을 수 없는 인연이 있다고 확신하고 있었다. 자신이 하지메에게 『특별』하다는 흔들리지 않는 자신감을 가졌다. 그래서 카오리가 고백하고 선전 포고를 했을 때도 정면으로 맞붙어 쓰러뜨려 주겠노라는 여유가 있었다.

지금도 여유와 자신감이 있는 것은 변함이 없었지만, 카오리가 동행한 후 하지메와 카오리가 원래 세계의 추억으로 이야기꽃을 피울 때가 더러 있었다.

—자신이 모르는 예전의 하지메를 잘 알고 있다.

자신도 모르게 카오리에게 경쟁심이 발동하는 이유는 바로 그것이었다.

카오리는 카오리대로 현재 하지메의 연인인 유에에게 질투와 경쟁심을 불태우는 상태였다. 다만 천성이 여려서 음험한 대항은 하지 않았다.

그 결과, 마치 자신의 수집품을 자랑하는 어린아이들처럼 심각하지 않은 수준의 언쟁이 끊이지 않았고, 오늘 마침내 뮤와 시아에게 혼나게 되었다.

평소라면 하지메가 유에를 편들고 사태를 수습하는 것이 기본이지만, 대개 둘의 언쟁으로 피해를 보는 하지메는 오늘도 어김없이 마음의 상처를 달래고자 생기 없는 눈으로 마냥 나 몰라라 했다.

"응? 저게 뭔고? 주인님. 세 시 방향에서 무슨 일이 났나 보구나."

유에와 카오리가 뮤의 기분을 풀고자 필사적으로 사이좋은 척하고, 시아가 쓴웃음 지으며 뮤를 어르고, 하지메가 죽은 동태 눈알로 앞을 보며 「난 중2병이 아니야……」라고 중얼거리는 모습을 재밌다는 양 구경하던 티오가 문득 하지메에게 말했다. 창밖에서 무언가를 발견한 모양이었다.

하지메가 그 말에 따라서 눈을 돌렸다. 오른편에 있는 거대한 모래 언덕 너머에 샌드웜이라고 불리는 지렁이형 마물이 상당수 모여 있는 듯했다. 모래 언덕 정상으로 수많은 머리가 보였다.

샌드웜은 평균 크기만 20미터, 큰 것은 100미터에 이르는 대형 마물이다. 이곳 【그류엔 대사막】에서만 서식하며, 평소에는 땅속에 숨어 있다가 먹잇감이 다가오면 이빨이 삼중으로 빽빽하게 들어찬 커다란 입을 벌려 아래에서 덮친다. 감지하기 어려울뿐더러 기습에 능하여 대사막을 횡단하는 자에게는 사신처럼 두려움을 사고 있다.

다행히 샌드웜 자체도 감지 능력은 낮으므로, 우연히 근처를 지나는 불행을 겪지 않는 한 멀리서 발견당해 표적이 되는 일은 없었다. 그렇다면 모래 언덕 너머에는 그 불행한 사람이 있다는 뜻인데…….

"……? 저것들이 왜 저기서 빙빙 돌고 있지?"

바로 그게 문제였다. 그저 샌드웜이 출현했을 뿐이라면 티오도 의아해하며 하지메에게 말하지 않았을 것이다. 하지메의 감지 능력이라면 샌드웜의 기습도 눈치챌 수 있고, 브리제의 속도라면 직진만 해도 충분히 공격 범위에서 벗어날 수 있었다.

이상한 점은 샌드웜에게 공격받는 자가 있는데, 왜 샌드웜이 달려들지 않고 상태를 살피듯 주위를 맴돌고 있느냐는 것이었다.

"마치 먹어야 할지 말아야 할지 고민하는 것 같구나."

"그렇게 보이긴 하는데, 그런 일도 있어?"

"내 지식에는 없는 일이야. 놈들은 뭐든 먹어 치우니까 먹잇감을 앞에 두고 망설이는 일은 없을 터인데……."

티오는 진성 마조 변태이긴 하지만 유에보다 오래 살았으며, 유에와 달리 유폐되지도 않았기에 지식수준은 상당히 높았다. 그래서 마물에 관한 정보 따위가 필요할 때는 도움이 되었다. 그런 티오가 고개를 갸웃거리는 것을 보면 틀림없이 무슨 이상 사태가 일어났다는 뜻이리라.

하지만 구태여 참견할 필요도 없었다. 하지메는 확인하지 않고 말려들기 전에 냉큼 거리를 두려고 했다.

그런데 그때—.

"윽?! 꽉 잡아!"

하지메는 그렇게 외치고 단숨에 브리제를 가속했다. 그 직후 후방에서 모래색 거구가 튀어나와 브리제의 뒷부분을 스치며 차체를 들어올렸다. 크게 입을 벌린 샌드웜이었다. 아무래도 불행한 것은 하지메 일행도 마찬가지였나 보다.

하지메는 이어서 핸들을 좌우로 꺾어 가며 모래땅을 고속으로 질주했다. S자를 그리면서 달리는 브리제 바로 아래에서 두 번째, 세 번째 샌드웜이 튀어나왔다.

"꺄아아!"

"히익!"

"우와아아!"

카오리, 뮤, 시아 순으로 비명이 터졌다. 뒷좌석의 뮤를 걱정하여 좌석에 무릎 꿇고 뒤를 보고 있던 카오리는 강력한 원심력에 휘둘려 균형을 잃었다. 그리고 유에의 무릎 위에 엉덩이를 올린 상태로 하지메 무릎 위에 쓰러졌다.

눈을 깜빡깜빡하는 카오리는 그대로 희미한 홍조를 띠며 상체를 틀어 하지메의 상체를 와락 끌어안았다. 위치상 대단히 좋지 않은 장소였다. 하지메의 얼굴 근육이 굳었다. 참고로 카오리의 하반신은 아직도 유에를 깔고 앉아 있었다.

"야, 시라…… 카오리! 이런 상황에서 무슨 짓이야!"

"위험하니까! 위험이 위험하니까[#2]! 붙잡고 있는 거야!"

"……카오리, 네 이 녀석. 나를 깔아뭉개고 기습하다니…… 한 방 먹었어."

#2 위험이 위험하니까 「도라에몽」에 등장한 유명한 중복 표현.

샌드웜의 기습을 받는 와중에 카오리가 이때다 싶어 하지메에게 달라붙자, 유에가 괘씸하다는 듯 그 엉덩이를 찰싹찰싹 때렸다. 하지만 카오리는 홍조를 띤 채 하지메의 배에 얼굴을 파묻고 움직이지 않았다.

그러는 사이 땅속에서 상체를 드러낸 샌드웜 세 마리는 모든 기습을 피한 브리제를 노려보며 이번에는 그 거구로 위에서 강습해 왔다.

평범한 마차였다면 그 공격으로 끝났을지도 모른다. 하지만 이것은 하지메에게 잠들어 있는 오타쿠 혼이 만들어 낸 아티팩트다. 그냥 물어뜯는 정도로는 꿈쩍도 하지 않을 것이다.

게다가—.

"그러고 보니 이걸 쓰는 건 처음인가!"

하지메는 드리프트로 차체의 방향을 꺾은 뒤 브리제를 후진으로 몰면서, 차체의 특정 부위에 마력을 불어넣어 내장된 기능을 가동했다.

덜컹! 철컥! 철컥! 울려 퍼지는 기계음과 동시에 브리제 보닛 일부가 미끄러지며 열렸다. 그리고 안에서 네 발의 로켓탄이 장착된 로봇 암(arm)이 앞으로 나왔다.

그 암은 사냥감을 찾는 듯 까딱까딱 움직여, 다가오는 샌드웜에게 포신을 조준했다. 그 직후 푸슝 소리를 내며 불꽃 튀는 죽음의 탄두를 뱉었다.

오렌지색으로 빛나는 꼬리를 남기며 샌드웜의 그 커다란 입 속으로 뛰어든 로켓탄은, 한 박자 늦게 굉음과 함께 샌드웜을 산산조각 냈다. 샌드웜의 새빨간 피와 살점이 소나기처럼 쏟아졌고 거꾸로 달리는 브리제의 앞 유리에 진득하게 들러붙었다.

"우웩……. 시아, 뮤가 보지 않게 해줘."

"이미 하고 있어요~. 아앙! 뮤, 숨 막혔어요? 그래도 끝 쪽은 잡으면 안 돼요."

시아의 거대한 가슴이 얼굴을 감싸 숨이 막혔는지, 뮤가 빠져나오려다가 시아의 어딘가를 만지고 만 모양이었다. 시아가 무심결에 신음할 법한 곳을……. 하지메는 못 들은 셈 쳤다. 긴장감이 쫙 빠지는 것은 어쩌지 못했지만…….

카오리는 아직 하지메의 허리를 붙잡고 얼굴을 파묻고 있었지만 결국 유에가 억지로 떨어뜨려 안전벨트로 좌석에 고정해 버렸다. 자기도 상당히 망측한 짓을 했다는 자각은 있는지, 카오리는 귀까지 새빨갛게 물들이고 고개를 숙이고 있었다.

"저, 저기, 하지메 미안. 나도 모르게 충동적으로…… 절대로 엉큼한 목적이 있어서 그런 건 아니야. 그냥, 조금 끌어안아 보고 싶었달까……."

"……그리고 운이 좋으면 그대로 하지메를 탐닉하려고?"

"응, 실은 그래…… 헉?! 아니야! 유에, 이상한 소리 하지 마. 나는 유에처럼 엉큼하지 않아."

"……나를 엉큼하다고 하다니. ……확실히 하지메와 둘만 있을 때는 그럴지도."

"……너희들 이제 좀 조용히 해. 그리고 유에는 자제해. 밤 이야기는 금지야."

브리제에 내장된 로켓탄으로 샌드웜 세 마리를 분쇄한 하지메는, 그 폭음과 충격을 감지한 모래 언덕 너머의 샌드웜들이 움직이는 것을 보았다. 또 한바탕 치러야 하나 싶어서 눈초리를 날카롭게 했지만…… 옆에서 카오리와 유에가 평소처럼 옥신각신하느라 무게를 잡을 수 없어 무심코 짜증 섞인 주의를 줬다.

그러면서도 속으로는 둘만 있을 때, 정확히는 『밤』의 유에는 엉큼한 걸 넘어서 엄청나게 선정적이라는 걸 떠올려 버렸다. 그것을 꿰뚫어 본 카오리는 눈물을 머금었다.

유에 쪽은 요염한 웃음을 흘린 뒤 혀를 할짝거리며 하지메를 바라보았고, 그것을 본 카오리는 더욱 귀여운 소리로 끙끙거렸다. 아무래도 무의식중에 더 큰 불씨를 놓은 것 같았다.

뒷좌석에서 시아가 「그 기분 알아요, 카오리 씨. 동지네요」라며 동정심 섞인 눈빛을 보내면서 카오리의 어깨를 톡톡 다독였다.

하지메는 그녀들을 무시하고 모래 언덕 위로 브리제를 몰았다. 아래쪽으로 땅속 얕은 곳을 헤엄치는 샌드웜 무리가 보였다. 모래가 불룩 솟아올라 은밀성이 없었다. 샌드웜도 하지메가 눈치챘다는 것을 알고 기습보다 속도를 중시한 것이리라.

하지메는 로켓 런처를 집어넣고 대신할 병기를 기동했다. 보닛 중앙이 세로로 갈리지더니 그곳에서 직사각형 기계가 올라왔다. 그 후 직사각형 상자는 철컹 소리를 내며 총신을 늘려나갔고, 최종적으로 슈라겐과 흡사한 대형 라이플로 변했다.

그 직후 브리제 내장형 슈라겐에서 붉은 스파크가 튀었다. 투우웅! 암이 각도를 조정함과 동시에 굉음을 울리며 한 줄기 섬광이 적동색 세계를 갈랐다.

발사된 초속(超速)의 탄환은 불룩 솟아오르며 다가오는 모래에 착탄했고 충격과 함께 요란한 모래 먼지를 일으켰다. 그 분화 같은 모래 기둥에는 당연히 모래색 살점과 새빨간 피가 대량으로 섞여 있었다.

브리제 내장형 슈라겐은 그 후로도 연달아 붉은 섬광을 뿜어, 먹잇감을 잡으려고 다가오던 샌드웜을 남김없이 땅속에서 폭발시켰다.

"하지메! 저기!"

"……하얀 사람?"

하얗게 연기가 올라오는 브리제 내장형 슈라겐을 수납하는 것과, 카오리가 놀라며 전방을 가리킨 것은 동시였다.

카오리가 손가락으로 가리킨 곳에는 유에가 중얼거린 것처럼 하얀 옷으로 몸을 감싼 사람이 쓰러져 있었다. 방금 샌드웜들은 그 인물을 노리고 있던 게 아닐까. 하지만 왜 잡아먹히지 않았을까? 이 거리에서는 확인할 수 없는 수수께끼였다.

"하지메, 부탁이야. 저기로 가줘. ……나는 『치유사』잖아."

"……뭐, 상관없겠지. 조금 신경 쓰이기도 하고."

카오리는 애원하는 눈초리로 하지메를 봤다. 하지메도 어떻게 저 상태로 사막의 마물에게 공격받지 않았는지 흥미가 있었기에 카오리의 부탁을 받아들였다.

마물을 다가오지 못하게 하는 방법이나 아이템이 있는 것인지도 모른다. 실제로 수해에선 마물을 물리는 페어드렌 수정이 존재했다. 마물이 잘 다가오지 않는 정도의 효과밖에 없었지만 어쩌면 더 강력한 아이템이 있을 가능성은 부정할 수 없었다.

그런 이유로 브리제를 몰아서 쓰러진 사람 근처까지 왔다.

그 인물은 갈라베야(이집트 민족의상)와 흡사한 옷과 큰 후드가 달린 외투를 껴입고 있었다. 얼굴은 보이지 않았다. 엎어져 있고 더구나 후드에 가려졌기 때문이었다.

브리제에서 내린 카오리가 종종 달려가 그 인물을 뒤집었다.

"……! 이건……."

후드를 벗겨 얼굴이 드러난 사람은 20대 중반의 아직 젊은 청년이었다. 하지만 카오리가 놀란 것은 그 점이 아니라 청년의 상태였다.

괴롭게 찌푸린 얼굴에서는 땀이 비 오듯 흘렀고 호흡은 거칠었으며 맥박도 빨랐다. 그리고 옷 너머로도 알 수 있을 만큼 온몸이 불덩이처럼 뜨거웠다. 게다가 마치 내부에서 강한 압박을 받는 것처럼 혈관이 불거졌고, 눈이나 코 등 점막에서 출혈도 발생했다. 정상이 아닌 것은 자명했다. 적어도 단순한 일사병이나 감기는 아닌 듯했다.

하지메는 마치 바이러스 감염자 같은 청년에게 다가가는 것에 위기감을 느꼈지만, 치유 전문가가 진찰하는 중이라서 얌전히 상태를 살피기로 했다.

카오리는『침투 간파』를 사용했다. 이것은 마력을 상대에게 침투시켜 대상의 상태를 진찰하고, 결과를 자신의 스테이터스 플레이트에 표시하는 기능이었다.

그 결과는—.

"……마력 폭주? 독극물을 먹어서 체내 마력이 폭주했어?"

"카오리? 알아냈어?"

"으, 응. 이건데……."

그렇게 말하며 카오리가 보여준 스테이터스 플레이트에는 이렇게 표시되어 있었다.

상태: 마력 과잉 활성. 체외 배출 불가.

증상: 발열. 의식 혼탁. 전신 통증. 모세 혈관 파열 및 그로 인한 출혈.

원인: 체내 수분에 이상 있음.

"추측이지만 뭔가 안 좋은 걸 섭취해서 마력 폭주 상태에 빠진 것 같아. 게다가 밖으로 배출할 수 없으니까 내부에서 강제로 활성화, 압박돼서 육체가 버티지 못하고 있어. 이대로 가면 장기나 혈관이 파열할 거야. 출혈 과다나 탈진으로 사망할 가능성도 있어……. 천혜여, 나 여기에 회복을 바라노라, 『만천』."

카오리는 그렇게 결론 내리고 회복 마법을 외었다. 사용한 것은『만천』. 중급 회복 마법 중 하나며 효과는 상태 이상 해제다.

하지만―.

"……거의 효과가 없어. 왜지? 정화할 수 없다니…… 그만큼 독극물이 녹아들었다는 뜻인가?"

『만천』으로 진행을 늦출 수는 있어도 완치는 힘들 것 같았다. 체내의 압박 탓인지 청년은 괴롭게 신음했고 점막 출혈도 멈추지 않았다. 카오리는 지금 단계에서 명확한 치료법이 떠오르지 않아 어금니를 깨물며 응급 처치를 하기로 했다.

"빛의 은총으로 선언하노라. 이곳은 성역이자 나의 영역. 모든 마(魔)는 내 의지 아래 굴하라. 『회성(廻聖)』."

빛 계열 상급 회복 마법 『회성』. 이것은 일정 범위에 있는 사람들의 마력을 타인에게 양도하는 마법이다. 기본적으로는 자신의 마력을 동료에게 양도하여 대상의 마력 고갈을 일시적으로 피하게 해주거나, 강력한 마법을 발동할 때 마력이 부족할 경우 지원하기 위한 마법이다.

또한 양도하는 마력은 사용자의 마력에 한정되지 않으므로 영역 내에 있는 자에게서 강제로 마력을 추출해 타인에게 넘길 수도 있다. 쉽게 말하자면 드레인 계열 마법으로도 쓸 수 있다는 뜻이다. 다만 타인에게서 추출할 경우 제법 시간이 걸리고, 한 번에 많은 양을 뽑을 수 없어서 실전에 유용하다고는 하기 어렵다.

그래도 카오리는 본래 열 소절은 필요한 영창을 겨우 세 소절로 생략하여 실전에서 어느 정도 쓸 수 있는 수준까지 끌어

올렸다. 카오리의 기량이 얼마나 대단한지 알 수 있는 부분이었다.

괴로워하는 청년에게 이 마법을 사용한 이유는 물론 체내에서 날뛰며 몸을 압박하는 마력을 몸 밖으로 배출하기 위해서였다. 스테이터스 플레이트에는 『체외 배출 불가』라고 표시되었지만 상급 마법으로 강제 드레인 하면 혹시 모른다는 생각에 시도해 본 것이었다.

연보라색 빛이 청년을 중심으로 퍼지며 반딧불 같은 아련한 빛이 솟아올랐다.

신비로운 광경이었다. 아련한 빛도 빛이지만, 눈을 감아 청년의 가슴에 손을 얹고 정신을 집중하는 카오리의 모습은 어딘가 신성함마저 느껴졌다.

카오리가 너무나도 간단하게 상급 마법을 사용하는 모습을 보고, 마법에 정통한 유에와 티오는 무심결에 감탄했다. 뮤는 시아에게 안긴 채 「예쁘다……」라고 중얼거리며 마음을 사로잡힌 표정으로 카오리를 바라보았다.

주위에서 새로운 동료들이 내는 감탄의 목소리를 눈치챈 기색도 없이, 카오리는 청년에게서 추출한 마력을 하지메에게 받은 신결정 팔찌로 옮겨 담았다. 아무래도 상급 마법으로 강제 드레인 하는 방법은 효과가 있는 듯했다.

참고로 반지가 아니라 팔찌를 준 이유는 과거 두 차례 경험한 오해를 반복하지 않기 위해서였다.

서서히 청년의 호흡이 안정되어 갔다. 몸에서도 붉은 기가

빠졌고 출혈도 멈춘 것 같았다. 카오리는 『회성』의 사용을 멈추고 초급 회복 마법 『천혜』를 발동해 청년의 다친 혈관을 치료했다.

"일단 지금 당장 무슨 일이 나진 않겠지만, 근본적으로는 아무것도 해결되지 않았어. 마력을 너무 빼면 이번에는 기력이 쇠해서 죽을지도 모르니까 압박을 줄이는 정도밖에 뽑지 않았거든. 이대로 가면 또 마력 폭주의 영향으로 내부에서 압박받거나, 육체적 피로로 기운을 잃고 죽을…… 가능성이 크다고 봐. 공부한 내용에서 이런 증상은 본 기억이 없는데……. 유에랑 티오는 뭐 아는 거 없어?"

카오리는 일단 위기를 벗어났다며 안도했지만, 완치하지는 못했다고 근심을 내비쳤다. 그리고 지식이 풍부한 유에와 티오에게 도움을 청했다.

두 사람 다 기억을 뒤지듯 시선을 돌렸으나 해당하는 지식은 없는 것 같았다. 결국 원인을 알 수 없는 병이라고밖에 할 수 없는 상황이었다.

"카오리, 만약을 위해서 우리도 진찰해줘. 미지의 병이라면 공기로 감염될 가능성도 있잖아? 뭐, 마력 폭주라면 뮤는 걱정할 필요 없겠지만."

"응, 알았어."

하지메의 말에 고개를 끄덕인 카오리가 모두를 조사했지만 딱히 이상은 발견하지 못했다. 호흡만으로 주위 사람에게 감염되는 병은 아닌 모양이라고 생각한 하지메 일행은 가슴을 쓸어내렸다.

그리고 얼마 후, 청년이 신음하며 눈꺼풀이 파르르 떨렸다. 깨어나려나 보다. 천천히 눈을 뜨고 주위를 돌아본 청년은, 눈앞에서 걱정스럽게 자신을 바라보는 카오리를 보며 「여신? 그래, 나는 하늘나라로……」 같은 소리를 지껄였다.

그리고 이번에는 다른 이유로 몸에 열을 내면서 카오리에게 손을 뻗으려고 했다. 더위와 성가신 모래 때문에 짜증이 치밀던 하지메는 울컥한 표정을 숨기지 않고 청년의 배를 밟았다.

"읍?!"

"하, 하지메?!"

몸을 기역 자로 꺾고 신음한 청년과 놀라서 소리 지르는 카오리를 무시한 하지메는 청년에게 무슨 일이 있었냐고 사정을 물었다.

청년이 입은 갈라베야를 닮은 의상과 외투는 【그류엔 대사막】 최대의 오아시스인 【앙카지 공국】의 의상이란 사실을 하지메는 기억하고 있었다. 『무능』이라고 불리던 시절 현실 도피 삼아 조사한 지식이었다. 청년이 앙카지에서 무언가에 감염되기라도 했다면 지금 가려는 장소는 위험 지대라는 말이 된다. 그 사정을 꼭 들어 두고 싶었다.

하지메에게 밟혀서 정신을 되찾은 청년은 자신을 둘러싼 일행과 그들 뒤에 있는 난생처음 보는 검은 물체에 머리가 혼란스러운지 눈만 깜빡거렸다. 하지만 카오리에게 대강의 사정을 듣는 사이 냉정함을 찾은 것 같았다.

"나도, 공국도 여기서 끝이라고 생각했는데, 아무래도 신은 아직 나를 버리지 않으셨나 보군."

청년이 중얼거렸다.

사람을 구할 만큼 선의가 넘치는 신 따위 존재하지 않는다는 것을 알면 청년은 어떻게 생각할까?

머리 한편으로 그런 생각을 하면서 청년의 심각한 용태를 떠올리자, 설마 이것도 신의 악의는 아닐까 하는 생각에 하지메는 적동색 하늘을 올려다보지 않을 수 없었다.

"하지메, 일단 같이 차 안에 들어가는 편이 좋지 않을까?"

아직 체내에 이상을 끌어안은 청년은 혼자 일어서는 것도 힘든 처지였다. 사막의 기온도 영향을 미쳐 상당량의 땀을 흘린 까닭에 탈수도 우려되는 상황이라, 이대로 이곳에서 이야기를 듣기는 어려울 듯싶었다.

그렇게 판단 내린 하지메는 한숨을 쉬고 카오리의 제안에 응했다.

하지메가 청년을 업어 브리제 뒷자석에 던져 넣자, 그는 차 안의 쾌적함에 무심코 「역시 신의 영역이 아닌가?!」라며 소리쳤다. 의외로 건강한 건지도 모르겠다.

하지만 차가운 물을 마시고 한숨을 돌린 뒤, 그는 자신이 사명을 다하지 못하고 쓰러졌다는 사실을 떠올린 듯 표정이 굳었다.

"우선 구해줘서 감사하네. 그대로 죽었다면…… 앙카지까지 끝장날 뻔했어. 내 이름은 비즈 포워드 젠겐이라고 하네. 앙카지 공국의 영주, 란지 포워드 젠겐 공의 아들이지."

놀랍게도 비즈라고 이름을 밝힌 청년은 보통 거물이 아닌 것 같았다.

【앙카지 공국】은 【바다 위 마을 에리센】에서 운송되는 해산물을 가능한 한 신선하게 유지하며 옮기기 위한 교통의 요지다. 그리고 에리센에서 온 해산물의 공급량은 북쪽 대륙 전체 유통량의 80퍼센트에 이른다.

즉, 북쪽 대륙 해산물 공급에 거의 독점적 권한을 가진 것이나 다름없다. 단순히 이름뿐인 귀족이 아니라 【하일리히 왕국】 내에서도 신뢰가 두터운 굴지의 대귀족이라는 뜻이다.

비즈도 카오리가 『신의 사도』로서 이세계에서 소환된 자라는 이야기와, 하지메 일행의 모험가 랭크를 듣고 눈을 뒤집으며 경악했다. 그리고 갑자기 하늘에 대고 기도를 올리기 시작했다.

"이것이 신의 안배인가! 우리를 위해 여신을 보내주셨단 말인가!"

이 경우 여신이란 당연히 카오리를 말하는 것이겠지만 정작 카오리 본인은 어리둥절한 눈치였다.

하지메가 조금 위압적으로 사정 설명을 재촉하자 비즈는 식은땀을 흘리면서 목을 가다듬고 이야기를 풀었다.

비즈의 이야기를 요약하자면 이랬다.

나흘 전, 앙카지에서 원인을 알 수 없는 고열로 쓰러지는 사람이 속출했다. 그것은 정말로 갑작스러운 일이라 고작 하루 만에 전체 인구 27만 명 중 3천 명 가까운 사람이 의식 불명에 빠졌고, 증상을 호소하는 사람은 2만 명을 넘었다. 의료원은 바로 포화 상태에 빠져 공공시설을 모두 개방하고 의료 관계자도 총동원해 치료와 원인 규명에 착수했지만, 카오리와 마찬가지로 진행을 늦출 수는 있어도 완치하지는 못했다.

그러는 사이에 환자는 잇따라 늘어났고 급기야 의료 관계자 중에서도 쓰러지는 자가 나타나기 시작했다. 진행을 늦추기 위한 마법을 사용하는 사람도 심각하게 부족하여 아무런 대책도 없이 혼란만 커져 가는 가운데, 마침내 처치를 받지 못한 사람 중에서 사망자가 나왔다. 발병 후 불과 이틀 만에 사망한다는 사실이 나라를 절망에 빠뜨렸다.

그런 와중 한 약사가 우연한 계기로 식수에 『액체 감정』을 사용했다.

그 결과, 그 물에 마력 폭주를 촉발하는 독소가 포함된 것이 밝혀졌다. 공국은 곧바로 조사 팀을 편성해서 최악의 사태를 상정하며 앙카지 오아시스를 조사했고, 아니나 다를까 오아시스 자체가 오염되어 있었다.

사막 한가운데 자리 잡은 앙카지에서 오아시스는 생명선이었다. 당연히 그곳의 경비와 유지, 관리에는 엄중에 엄중을 기하고 있었다. 상식적으로 생각하면 앙카지의 경비망을 뚫고 오아시스에 독을 풀기란 불가능에 가깝다고 해도 과언이 아닐 만큼 갖가지 대책이 마련되어 있었다.

대체 누가, 어디서, 어떻게 그런 일을 저질렀단 말인가…….

조사 팀은 고개를 꼬았지만 그보다 중요한 것은 최소 이틀 전에 저장해 둔 물밖에 쓸 수 없다는 사실이었다. 그리고 이미 오염된 물을 마셔서 감염된 환자를 구할 방도도 없었다.

다만 전혀 대책이 없진 않았다. 환자들을 구할 방법이 딱 하나 존재했다.

그것은 『정인석(静因石)』이라고 불리는 광석을 사용하는 방법이었다. 『정인석』은 마력의 활성을 진정시키는 효과를 가진 특수한 광석으로, 사막 먼 북쪽에 있는 암석 지대나 【그류엔 대화산】에서 소량 채취할 수 있는 귀중한 광석이었다. 마법 연구에 종사하는 자가 마력 조정이나 폭주 예방을 위해 구하는 경우가 많았다. 이 『정인석』을 가루 내서 복용하면 몸 안의 마력을 진정시킬 수 있으리라는 계산이었다.

하지만 북쪽 암석 지대는 너무 멀어서 왕복에 적어도 1개월 이상은 걸린다. 그리고 앙카지의 모험가, 특히 【그류엔 대화산】 대미궁에 들어가서 『정인석』을 채취해 돌아올 수 있을 정도의 실력자들은 이미 병석에 드러누워 버렸다. 그렇다고 아무나 보내자니 어지간한 모험가는 【그류엔 대화산】을 둘러싼 모래 폭풍조차 돌파할 수 없었다.

게다가 가령 그만한 실력자가 있다고 해도 어차피 안전한 물이 심각하게 부족한 이상, 왕국으로 구호 요청을 보내야만 했다.

그 구호 요청도 총인구 27만 명을 끌어안은 앙카지를 일시적으로나마 갈증에서 해방해줄 물 운반, 【그류엔 대화산】이라는 대미궁에 가서 돌아올 수 있을 실력자 수배 등 쉽게 가능한 일이 아니었다. 공국에서 요청을 보내면 무시할 수야 없겠지만, 내용이 내용인 만큼 보통은 앙카지의 상황을 한번 조사하려고 할 것이다. 하지만 그런 느긋장 대처를 기다려줄 만한 시간은 없었다.

그래서 강권을 발휘할 수 있는 젠겐 공이나 그 대리인 비즈가 직접 구호 요청을 할 필요가 있었다.

"아버지나 어머니, 내 동생도 이미 감염되어 앙카지에 비축한 정인석으로 어떻게든 목숨을 부지했네. 하지만 몸이 약해질 대로 약해져서 도무지 왕국이나 근처 마을까지 갈 여력도 없었어. 그래서 내가 구호를 요청하기 위해 어제 호위대와 함께 앙카지를 나섰지. 그때까지만 해도 증상이 나타나지 않았었는데…… 감염되어 있었나 보더군. 아마 증상이 나타날 때까지 개인차가 있던 거겠지. 가족이 쓰러지고, 나라가 혼란에 빠지고, 구호가 시급한 상황이다 보니 내가 동요했던 것 같네. 만전을 기하고 정인석을 복용했어야 했어. 내가 지금 이러고 있는 동안에도 앙카지의 백성이 목숨을 잃어 가고 있거늘…… 한심하다!"

비즈는 몸에 힘이 들어가지 않았지만 그래도 주먹에 모든 힘을 쥐어짜서 자신의 무릎을 쳤다.

【앙카지 공국】의 차기 영주는 책임감이 강하고 백성을 위하는 인물 같았다. 호위하던 자들도 샌드웜에게 공격받아 전멸했다고 하니 그의 원통함은 이루 말할 수 없으리라.

요행이었던 것은 샌드웜이 아마 이 병을 알아차리고 포식을 망설였다는 것이었다. 병에 걸려서 쓰러졌지만 병에 걸렸기에 샌드웜에게 공격받지 않았고, 그 결과로 하지메 일행과 만날 수 있었다. 인생사 새옹지마란 이를 두고 하는 말일 것이다.

"……자네들에게, 아니, 경들에게 앙카지 공국 영주 대리로서 정식으로 의뢰하고 싶네. 부디 나에게 힘을 빌려주게나."

그렇게 말하고 비즈는 머리를 깊숙이 숙였다. 차 안에 잠깐의 정적이 흘렀다.

창문에 부딪치는 모래알 소리가 유난히 컸다. 명색이 영주의 대리인이 이토록 간단하게 머리를 숙여서는 안 되는 법이란 건 누구보다도 비즈 자신이 가장 잘 알 테지만, 어디서 솟았는지 모를 이 천재일우의 기회를 놓치지 않기 위해서 필사적인 것이리라.

모두의 시선이 하지메에게 향했다. 결단은 하지메에게 맡긴다는 뜻이겠지만, 유에와 티오 외에는 어딘지 모르게 그 눈빛에 구해주고 싶다는 의사가 묻어났다. 특히 카오리는 『치유사』로서 이 사태를 못 본 척하고 싶지 않은지 간곡한 눈빛을 보내왔다. 뮤는 더 직설적이었다.

"아빠~. 안 도와줘?"

대단히 순진한 눈으로 그런 말을 던졌다. 하지메라면 무슨 일이든 할 수 있다고 무조건 믿는 눈치였다. 뮤에게 있어 하지메는 틀림없이 슈퍼 히어로였다. 그런 뮤와 은연중에 기대하는 카오리의 눈빛에 하지메는 어쩔 수 없다며 씁쓸히 웃고 어깨를 으쓱였다.

시아와 티오는 그런 하지메에게 후후, 웃음을 흘렸다. 하지메가 문득 옆에 있는 유에를 보았다. 그녀는…… 평소 그대로였다.

하지메가 어떤 선택을 해도 자신의 모든 것을 걸고 힘이 되어 준다. 말로 하지 않아도 유에의 마음은 확실하게 전해졌다. 하지메는 살며시 유에의 볼을 한 번 쓰다듬고 비즈에게 승낙을 뜻을 전했다.

【그류엔 대화산】은 원래부터 갈 예정이었고, 그때 뮤는 앙카지에 맡기고 갈 생각이었다. 아무리 하지메 일행이 강해도 네 살 난 아이를 대미궁에 데리고 가는 것은 타당한 판단이 아니었다. 그래서 대미궁을 공략할 겸 『정인석』을 확보하는 것은 전혀 문제 되지 않았고, 뮤는 아인족 아이이기 때문에 마력 폭주라는 이번 병과는 무관하기에 위험도 없었다. 어느 쪽이 됐건 하지메가 겸사겸사 처리할 수 있는 문제들이었다.

"하지메 경이 『금색』 클래스라면 이대로 대화산에서 『정인석』을 채취해 와줬으면 싶지만, 물을 확보하기 위해서 왕도로 갈 필요도 있네. 이 이동형 아티팩트는 하지메 경 외에도 다룰 수 있나?"

"뭐, 카오리와 뮤 외에는 다룰 수 있지만…… 굳이 왕도까지 갈 필요 없어. 물은 어떻게든 확보할 수 있을 테니까 먼저 앙카지로 갔으면 좋겠는데."

"확보할 수 있다고? 어떻게 말인가?"

수십만 명이 사용할 물을 확보할 수 있다는 말에 비즈는 미심쩍어했다. 당연한 의문이었다. 하지만 물은 굳이 운반하지 않아도 얻을 방법이 있었다. 물 속성 마법으로 대기 중의 수분을 모아서 만들면 된다.

물론 보통 마술사가 필요량을 마련하기란 거의 불가능하겠지만, 이곳에는 마법에 관한 희대의 천재가 있었다. 바로 유에였다.

게다가 유에라면 마력을 곧바로 회복할 수단도 다수 가지고 있었다. 비즈나 란지가 앙카지에 남아 있는 정인석을 복용해서 컨디션에 만전을 기한 다음, 다시 왕국에 구호 요청을 하러 갈 시간 정도는 충분히 벌 수 있을 것이다.

그 요지를 간추려서 설명하자 처음에 비즈는 믿지 못하는 눈치였다. 하지만 어차피 지금 상태로는 왕국까지 갈 수 있을지도 의심스러운 상황이었고, 『신의 사도』인 카오리도 설득하는 터라 앙카지로 돌아가기로 마음먹었다.

사막 지대를 빠르게 미끄러지듯 달리는 브리제에 다시 한 번 놀란 비즈는 왜 『신의 사도』인 카오리가 단독으로 모험가들과 함께 있는지, 왜 해인족 아이가 인간족인 하지메를 아빠라고 부르는지, 왜 토인족과 화기애애하게 지내는지, 왜 묘령의 흑발 여성은 매도받고 기분 나쁜 웃음을 짓고 있는지 등의 의문을 품으면서도, 희망이 보이기 시작했다며 가슴을 뜨겁게 달구었다.

흩날리는 적동색 모래를 뚫고 도착한 앙카지는【중립 상업 도시 휴렌】을 뛰어넘는 외벽으로 둘러싸인 유백색 도시였다. 외벽부터 건축물에 이르기까지 모든 것이 우윳빛이었으며, 적동색 바깥 세계와의 대비가 아름다웠다.

그러나 휴렌과는 달리 불규칙한 형태로 도시를 둘러싸는 외벽 곳곳에서 빛의 기둥이 하늘로 뻗어, 상공에서 다른 빛의 기둥과 합류하며 앙카지 전체를 덮는 거대한 돔을 이루고 있었다. 가끔 무언가가 부딪치는지 그곳에 파문 같은 것이 퍼졌다. 마치 물속에서 일렁이는 수면을 보는 듯 신기하고 아름다운 광경이었다.

비즈의 말에 따르면 이 돔이 모래의 침입을 막는 듯했다. 달마다 몇 번씩 대규모 모래 폭풍이 들이닥치지만 이 돔 덕분에 먹구름이 낀 것처럼 흐리게 보일 뿐, 앙카지 내부에 모래가 침입하는 일은 없다고 한다.

하지메 일행은 돔과 비슷하게 빛나는 거대한 문을 통해 앙카지에 입성했다. 모래의 침입을 막는 목적으로 문까지 마법 배리어로 만든 듯했다. 문지기는 브리제를 봐도 눈을 조금 크게 뜰 뿐 별다른 반응을 보이지 않았다.

앙카지의 현재 상황 탓인지 분위기가 어둡고 패기도 없어서 혼이 나간 사람 같았다. 물론 그도 브리제 뒷좌석에 차기 영주가 있는 것을 알자마자 직립 부동 자세를 취하며 병사다운 패기를 되찾긴 했지만…….

앙카지의 대문은 고지에 위치했다. 이곳을 찾은 사람이 가장 먼저 앙카지의 아름다운 전망을 한눈에 바라볼 수 있게 하기 위해서라고 한다.

동쪽에는 햇빛을 반사해서 반짝이는 오아시스가 있었고 그 주변에는 녹음이 짙었다. 오아시스의 물은 여러 갈래로 뻗어 강을 이루며 도시로 흘러들었고, 사막 한가운데인데도 나룻배가 여기저기에 정박해 있었다. 마을 군데군데 녹색 광장이 설치되어 광대한 토지를 아낌없이 이용하고 있음을 잘 알 수 있었다.

북쪽은 농업 지대 같았다. 앙카지는 과일 생산량이 많다는 이야기를 증명하듯, 하지메가 『멀리 보기』로 확인하자 온갖 과일이 다채롭게 자라고 있었다. 서쪽에는 유독 큰 궁전 같은 건물이 있었고 다른 유백색 건물과 달리 순백이라고 해도 좋을 만큼 하얬다. 다른 곳과는 일선을 긋는 장엄함과 규모를 자랑하니 저기가 영주가 사는 곳이리라. 그 궁전 주변에 투박한 건물이 구획에 맞춰 질서 정연하게 늘어선 모습을 보면 행정구인지도 모르겠다.

사막의 나라이자 물의 도시라고 표현하고 싶어지는 곳…… 【앙카지 공국】은 그런 나라였다.

"이거…… 장관인데."

"……응. 아름다운 도시야."

하지메가 얼떨결에 감상을 말했고 유에가 동의했다. 다른 멤버도 같은 마음인지 탄식을 흘리고 있었다.

"그래도…… 왠지 아파 보여."

불쑥 중얼거린 사람은 뮤였다.

그 말대로 그 장엄함에 반하여 앙카지는 어둡고 음침한 분위기에 싸여 있었다.

평소에는 에리센과 대륙을 잇는 중계 지역이며 과일 거래로 교역이 활발하고, 관광지로도 인기가 있어서 활기와 북적임으로 가득한 도시지만…… 지금은 거리에 나온 이가 거의 없었고 가게도 대부분 문을 닫은 듯 보였다. 창과 문도 죄다 걸어 잠갔다. 마치 태풍이 지나가길 기다리는 것 같은 고요함이 온 도시를 지배하고 있었다.

"……사도님과 하지메 경에게도 활기 넘치는 공국을 보여주고 싶었어. 미안하지만 지금은 시간이 없네. 도시 안내는 모든 일이 해결된 후에 내가 직접 하지. 우선은 아버지께 가세. 저 궁전이네."

비즈의 말에 고개를 끄덕인 하지메 일행은 문제의 오아시스를 등지고 걸음을 옮겼다.

"아버지!"

"비즈! 네가 어째서…… 아니, 기다리거라, 그건 무엇이더냐?!"

비즈를 따라 프리 패스로 궁전 안으로 들어간 하지메 일행은 그대로 영주인 란지의 집무실로 안내받았다. 심하게 약해졌다고 들었는데, 회복 마법과 마법약을 다용해서 오기로 집무를 보고 있다는 듯했다.

그런 란지는 하루 전 구호 요청을 위해 왕도로 간 아들이 돌아왔다는 데에 놀라움을 감추지 못했고, 이곳까지 오는 동안 궁전에서 일하는 이들이 비즈를 보고 보인 반응과 마찬가지로 눈을 휘둥그렇게 떴다.

무리도 아니었다. 현재 비즈는 공중에 떠 있었다.

정확하게 말하자면 공중에 뜬 크로스 비트 위에 엎드려서 운반되고 있었다.

차 안에서 휴식을 취하여 다소 회복은 되었지만 몸이 워낙 약해져서 아직 걷기 힘든 상황이었다.

그래서 보다 못한 카오리가 어깨를 빌려주려고 했으나—.

비즈가 얼굴을 붉히며 「아, 사도님께서 직접 나를……」이라며 촉촉한 눈망울로 카오리를 보기에 하지메가 크로스 비트를 출격시킨 것이었다.

딱히 하지메가 질투를 했다거나 그런 것은 아니었다. 그렇게 착각한 카오리가 볼을 발그레 물들이고 하지메를 힐끔힐끔 보았지만 단순히 제2, 제3의 코우키나 히야마를 낳지 않기 위함이었다.

비즈는 크로스 비트에 매달려 묘하게 꼴사나운 모습을 하고서도 빠르게 사정을 설명했다. 이야기는 막힘없이 진행되었다. 집사로 보이는 사람이 가져온 정인석 가루를 복용하자 비즈는 점점 체력을 되찾았고, 거기에 카오리가 회복 마법을 쓰니 완쾌까지는 아닐지라도 행동하는 데 지장이 없는 수준까지 회복되었다.

또한, 회복되었다고는 해도 체내 수분에 녹아든 독소가 사라진 것이 아니라 단순히 정인석으로 인해 효과가 억제되었을 뿐이었다. 체내 수분에 녹아든 이상, 시간과 함께 배출될 가능성은 있으므로 지금은 상태를 지켜볼 수밖에 없었다.

"그럼 움직여 볼까? 카오리는 시아를 데리고 의료원과 환자가 수용된 시설로 가. 마정석도 가져가고. 우리는 물을 확보할 거야. 영주, 가로세로 최소 200미터 너비의 탁 트인 장소가 있어?"

"음? 으음, 농업 지대에 가면 있긴 한데……."

"그럼 카오리와 시아 외에는 그쪽이군. 시아는 마정석이 꽉 차면 유에에게 가져다줘."

하지메가 멤버에게 지시를 내렸다. 일행이 해야 할 일은 간단했다. 카오리가 비즈에게 한 것과 마찬가지로 『회성』을 써서 환자들에게서 마력을 조금씩 추출하며 『만천』으로 병의 진행을 늦추어 응급 처치를 한다. 추출한 마력은 마정석에 담고, 꽉 차면 그것을 유에에게 건네서 물을 만들 마력으로 보충한다. 하지메는 저수지를 만들 유에에게 협력한 후 그대로 오아시스로 가서 일단 원인을 조사해 본다. 원인이 밝혀지면 해결하면 될 것이고 모른다면 그대로 【그류엔 대화산】으로 간다, 라는 계획이었다.

하지메의 호령에 모두 기운차게 고개를 끄덕였다.

의료원으로 가는 카오리, 시아와 헤어진 하지메와 일행은 영주인 란지 및 그의 호위, 시종 몇 명과 함께 앙카지 북부에 위치한 농업 지대 일각에 와 있었다.

가로세로 200미터라고 했는데 그 세 배는 될 법한 평지가 펼쳐져 있었다. 평소에는 어떤 작물을 키우는 장소지만 시기상 지금은 휴경지라고 했다.

아직도 반신반의 중인 란지는 이 비상시에 자신을 속였다간 즉석에서 사형에 처해 버리겠다는 안광으로 하지메 일행을 노려봤다.

지푸라기라도 잡고 싶은 심정으로 물이라는 생명선 확보를 맡겼지만 상식적으로 생각해서 불가능한 이야기였기에, 란지의 눈총을 사는 것도 어쩔 수 없는 일이었다.

그래도 그 의심의 눈초리는 직후 펼쳐진 광경에 경악 일색으로 물들었다.

바람도 없는데 유에의 황금색 머리가 살랑 나부꼈다. 막대한 마력이 대기를 진동시키고 흘러넘치는 황금색 마력광이 세계를 덧칠했다.

펼쳐지는 것은 신대의 마법. 만물을 압착해 일그러뜨리는 초월적 힘.

"……『괴겁(壞劫)』."

우아하게 뻗은 흰 손이 가리키는 농지 바로 위에, 검게 소용돌이치는 구체가 출현했다.

그 구체는 농지 위에서 형태를 바꾸어 얇게, 네모나게 펴지더니 마침내 가로세로 200미터의 얇은 막이 되었다. 그리고 한순간 정지한 후 소리도 내지 않고 지면으로 낙하해 그대로 아무 일도 없었다는 양 대지를 찍어 눌렀다.

어마어마한 압력으로 대지는 요란하게 함몰되어 갔다.

국지적으로 발생한 지진은 마치 대지가 지르는 비명 같았다.

순식간에 무시무시한 중력에 눌린 농지는 너비 200미터, 깊이 5미터의 거대한 저수지가 되었다.

하지메가 란지를 힐끗 보자 시종까지 포함한 모두가 턱이 빠지지 않을까 걱정될 만큼 입을 벌리고 있었고, 눈도 튀어나올 듯 크게 떴다.

모두 하나같이 충격이 너무 강해 말을 잃은 듯했지만 속으로는 경악하며 비명을 지르고 있을 게 분명했다.

신대 마법을 절반 정도의 출력으로 사용한 유에는 작게 숨을 돌렸다. 마력이 고갈될 정도는 아니었지만, 한 번에 대량으로 소비한 점에는 변함이 없어서 가볍게 권태감을 느낀 것이었다.

우르에서 전쟁을 벌일 때처럼 마정석에 모아 놓은 마력을 써도 되겠지만, 이후 【그류엔 대화산】에 도전할 것을 고려하면 가능한 한 마정석의 마력은 아껴 두고 싶었다. 또, 전쟁 때와는 달리 시간이 있기 때문에 유에는 또 하나의 마력 보급 방법을 실행했다.

유에가 갑자기 몸을 뒤로 쓰러뜨렸다. 하지만 균형을 잡으려는 행동은 취하지 않았다. 스스로 한 일이며, 그러지 않아도 쓰러지지 않으리란 것 뻔히 알기 때문이었다. 예상대로 유에의 몸은 하지메의 팔에 폭 소리를 내며 안겼다.

하지메는 유에를 뒤에서 살짝 힘을 주고 끌어안아 그대로 들어 올렸다. 그리고 방향을 돌려 이번에는 정면으로 끌어안았다. 유에도 기쁘게 미소를 띤 후 하지메의 목에 팔을 둘러 마주 끌어안았다.

그리고—.

"……잘 먹겠습니다."

그대로 하지메의 목을 물었다.

—덥석! 쭈욱~.

하지메의 몸에서 피가 흘러 나갔다. 유에는 황홀하게 눈을 적시며 몇 번이고 하지메의 목을 혀로 핥았다. 유에는 평소부터 그 겉모습에 반해 어딘가 요염함을 발했지만 하지메에게서 흡혈을 하면 그 분위기가 두드러졌다. 몸 전체에서 페로몬이라도 나오는 것이 아닐까 싶을 정도로 요염한 분위기였다.

—으응, 아음, 쭉, 쭉…… 후우.

작게 신음 같은 목소리와 음란함이 감도는 소리를 내며 하지메의 목에 혀를 감는 미모의 소녀를 본 남자들은, 본래 피를 빠는 모습을 볼 때의 꺼림칙함이나 유에의 종족에 관한 의문조차 잊고서 엉거주춤하게 엉덩이를 뒤로 뺐다.

하지만 영주만은 달랐다. 경악에서 헤어나 날카로운 눈빛으로 하지메 일행을 보고 있었다. 머릿속에는 이런저런 생각이 들고 있을 것이다. 조금 콧김이 거친 느낌도 들고 눈에 핏발이 선 기분도 들지만 지극히 진지하게 고찰하고 있는 것이 틀림없었다.

덧붙여 티오도 그 변태성을 유감없이 발휘하고 있었지만,

뮤에게 보여주기엔 이르다는 분별력은 있었는지 흥분하면서도 뮤의 눈을 꼭 가리고 있었다.

뮤는 안 보인다고 계속 보챘으나 뒤에서 끌어안은 시아를 뛰어넘는 거유가 뒤통수를 꽉 붙잡아서 저항하지 못하는 듯 보였다.

『혈력 변환』으로 하지메에게 받은 피를 마력으로 바꾼 유에는 살며시 하지메의 목에서 몸을 떨어뜨렸다. 그리고 한 번 혀를 할짝거리더니 이번에는 하지메의 입술에 키스했다.

열띤 눈동자로 마주 보는 하지메와 유에에게 어험, 하고 큰 헛기침 소리가 날아왔다. 영주 란지와 엉덩이를 뺀 수행원들이었다. 하지메와 유에가 아차 하며 민망하게 웃더니…… 방향을 바꿔 다시 키스해 댔다.

"아니, 아니, 아니, 하려면 안 보이게 하라는 게 아니라! 지금 그건 뭐였나, 왜 피를 빨았나, 묻고 싶은 건 이것저것 있지만 일단 지금 해야 할 일을 하라는 뜻으로…… 아니, 사실 알고 있잖아?!"

영주의 태클에 어쩔 수 없다며 어깨를 으쓱인 하지메와 유에는 그 몸짓에 울컥한 이들을 본체만체하고 일에 착수했다.

하지메는 저수지에 내려간 뒤『보물 창고』에서 브리제를 꺼내 달렸다. 브리제에 붙은『광물 분리』기능으로 흙 속에 있는 광물을 골라내고 물이 흡수되지 않도록 저수지 표면을 금속 코팅하기 위함이었다.

하지메가 코팅을 끝내고 돌아오자 이번에는 유에가 팔을 내밀어 즉석에서 저수지에 물 속성 마법을 사용했다.

"……『범화랑(氾禍浪)』."

물 속성 상급 마법 중 하나이며 큰 파도를 만들어 상대에게 부딪치는 마법이다.

말이 좋아 큰 파도지, 보통 마술사는 기껏해야 가로세로 10~20미터 크기의 해일을 발생시키는 정도지만, 유에가 사용하면 차원이 달라진다. 허공에 폭 150미터, 높이 100미터의 해일이 발생해 단숨에 저수지에 흘러들었다. 이 저수지를 채운 물의 총량은 약 20만 톤. 도중에 몇 번이나 하지메의 피를 빨아 마력을 보급하여 절반가량을 채웠다. 하지만 하지메의 혈액량에도 한계가 있었다.

더 피를 빨면 빈혈을 일으키는 수준까지 왔을 때 현장으로 시아가 뛰어왔다. 손에는 카오리에게 맡은 마정석이 있었다. 소량씩이라도 수천 명의 환자에게 흡수한 마력은 상당한 양이었다. 카오리가 의료원이나 기타 시설로 향한 지 두 시간도 지나지 않은 시점이었다. 이 단시간에 그만한 사람에게 치료를 행했다는 점에서 카오리도 충분히 사기적인 능력자였다.

시아가 다시 카오리를 도우러 돌아감과 동시에 유에는 다시 『범화랑』을 연발했다. 얼마 지나지 않아서 200미터 너비의 저수지는 오염되지 않은 신선한 물로 넘칠 듯이 찰랑거렸다.

"세상에, 맙소사……."

란지는 믿기지 않는 사태에 넋을 잃고 햇빛을 반사하며 오아시스 못지않게 반짝이는 연못을 바라봤다. 말문이 막힌 기색이었다.

"일단 이걸로 당분간은 버티겠지. 나머지는 오아시스를 조사해 보고…… 아무것도 밝혀지지 않으면 시간 날 때 구호 요청을 보내면 돼."

"그, 그렇군. 아니, 묻고 싶은 말은 산더미지만…… 감사하네. 정말로 고마워. 이제 우리 백성을 갈증에 시달리게 하지 않아도 되겠군. 내가 오아시스로 안내하겠네."

란지는 아직 충격에서 벗어나지 못한 느낌이었지만, 그래도 지금 해야 할 일은 잘 알고 있는지 하지메 일행에 대한 태도를 180도 바꾸고 성심껏 감사했다.

하지메 일행은 그 길로 오아시스로 이동했다.

오아시스는 여전히 빛을 반사하며 아름답게 반짝거려, 도저히 독이 섞인 것처럼은 보이지 않았다.

하지만—.

"응?"

"……하지메?"

하지메가 눈살을 찌푸리면서 오아시스 한 곳을 응시했다. 그 변화를 깨달은 유에가 하지메를 보고 갸웃거리며 의아하다는 표정을 보였다.

"아니, 뭐랄까, 지금 마안석에 반응이 있었던 것 같은데……. 영주, 조사 팀은 뭘 얼마나 알아냈지?"

"……어디 보자, 자료에는 오아시스와 그곳에서 흐르는 강, 각처 우물의 수질 조사와 지하 수맥을 조사했을 것이네. 수질에 관해선 아들에게 들었을 테지. 지하 수맥에서는 딱히 문제가 발견되지 않았네. 뭐, 그것도 이 오아시스로부터 수십 미터를 조사하는 게 한계였지만 말일세. 오아시스 바닥까지는 아직 손을 대지 못했어."

"오아시스 바닥에 무슨 아티팩트라도 가라앉아 있어?"

"음? 없네. 오아시스의 경비와 관리에 어떤 아티팩트를 사용하고는 있지만, 그것은 지상에 설치되어 있네. 결계 계열 아티팩트라서 오아시스 전체를 오염시키는 일은 있을 리 없어. 실제로 지금까지 오아시스가 오염된 일은 단 한 번도 없었으니까."

란지가 말하는 아티팩트란 『진의의 재단(裁斷)』이라는 것으로, 실은 이 앙카지를 보호하는 빛의 돔을 가리켰다.

모래의 침입을 막고 공기와 수분 등 필요한 것만 통과시키는 편리한 장벽이며, 무엇을 통과시킬지는 설정하는 사람이 정할 수 있다. 그 탐지 설정은 범용성이 뛰어나며, 어둠 속성 마법이 사용됐는지 정신 작용도 탐지할 수 있었다.

즉, 『오아시스에 악의를 가진 것』이라고 설정하면 『진의의 재단』이 반응해서 설정 권한자인 란지에게 알린다. 물론 실제 설정 내용은 기밀 사항이라서 영주밖에 모른다. 덧붙이자면 현재는 조사 등으로 사람의 출입이 많은 데다, 이미 오염되어 경비는 최소한의 병력만 남긴 채 해제되었다.

"……아, 그래? 그럼 저건 대체 뭐지."

【앙카지 공국】이 자랑하는 오아시스가 오염되어 분한 마음

에 주먹을 움켜쥐는 란지를 보고 하지메는 입가를 일그러뜨리며 웃었다. 하지메의 마안석에는 오아시스 중앙 부근 바닥에서 마력을 내뿜는『무언가』가 또렷하게 보였다.

있을 리 없는 것이 있다는 말에 란지 일동이 동요했다.

오아시스 바로 앞까지 온 하지메는『보물 창고』에서 500밀리리터 페트병 모양의 금속 덩어리를 꺼내어 직접 마력을 불어넣었다. 그리고 그것을 아무렇게나 오아시스에 던졌다.

그러고는 잰걸음으로 오아시스에서 멀어져 유에 옆에 나란히 섰다. 모두 의아하다는 표정으로 돌아봤지만 하지메는 아무 말도 하지 않았다. 그리고 인내심이 바닥난 란지가 하지메에게 말을 물으려고 한 그 순간—.

콰아아아앙! 엄청난 폭발음과 함께 오아시스 중앙에서 거대한 물기둥이 솟았다. 란지 일동은 다시 입을 떡 벌리고 눈을 휘둥그렇게 떴다.

"쳇, 의외로 잽싼데. ……아니, 방어력이 높은 건가?"

하지메는 그런 말을 하면서 이번에는 아까와 같은 물건을 열 개 정도 꺼내 오아시스에 휙휙 던졌다. 그리고 역시나 몇 초쯤 지나자 오아시스 곳곳에서 대폭발과 거대한 물기둥이 일었다.

하지메가 던진 것은 흔히 말하는 어뢰였다. 조만간 에리센을 경유하여 가게 될 7대 미궁 중 하나,【메르지네 해저 유적】은 밀레디의 말에 따르면 바다 아래에 있다고 했다. 그래서 바다용 병기 하면 어뢰라는 생각에 시험 삼아 몇 개를 만들어 두었다. 모처럼 좋은 기회니까 실험할 겸 써 보았지만 결과를 말하자면 위력은 제법 좋으나 추적성과 속도가 조금 부족했다. 개량의 여지가 있었다.

참고로 이 어뢰는 생성 마법으로 『식별 감지』와 『추적』을 부가한 광석을 넣어 제작했기에 한번 적을 포착하면 그 후로는 알아서 쫓아가 접촉해 폭발한다. 즉, 물속에 있는 무언가는 현재 절찬리에 미지의 병기에게 쫓기고 있다는 뜻이다.

"잠깐, 잠깐, 잠깐! 하지메 경! 대체 무슨 짓을 한 게야! 아아! 잔교가 날아가 버렸어! 물고기 파편이! 오아시스가 새빨갛게!"

"쳇, 아직도 안 잡혔나. 좋아, 50개를 추가해서……."

서서히 비참하게 변해 가는 오아시스의 경관에 란지가 비명을 질렀지만, 하지메는 개의치 않고 불길한 소리를 중얼거리면서 앞으로 나가려고 했다. 란지는 부하와 함께 더는 안 된다고 포효하며 하지메에게 매달려서 필사적으로 막으려고 했다.

하지메의 마안에 비친 『무언가』를 모르는 란지의 입장에서는, 하지메가 갑자기 정체불명의 물체를 오아시스에 던져 넣어 그곳의 설비와 서식하는 민물고기를 차례차례 폭파하는 상황이었다.

그런데도 결계는 반응하지 않았다. 하지메가 악의 없이 파괴 활동을 벌이고 있다는 영문 모를 상황에 란지도 당혹감을 감출 수 없었지만 좌우지간 오아시스를 지키기 위해 필사적이었다.

하지메는 매달리는 이들을 귀찮다며 떨쳐 내고 앞으로 나가려고 했다.

하지만 그 직후—.

"윽?!"

쉭! 바람을 가르는 소리와 함께 물이 무수한 촉수가 되어 사람들을 덮쳤다.

하지메는 반사적으로 돈나와 슈라크로 응수해 물 촉수를 날려 버렸다. 유에는 얼려서, 티오는 불길로 곧장 증발시켜 막았다.

대체 무슨 일인가 하고 오아시스를 본 란지 일행의 눈에, 오늘 몇 번째로 보는 것인지 모를 경악스러운 광경이 날아들었다. 하지메의 거듭되는 폭격에 분노를 드러내듯 수면이 갑자기 솟아오르는가 싶더니 중력을 거슬러 그대로 10미터 남짓한 높이의 언덕이 되었다.

"이게…… 뭐야……?"

아연실색한 란지의 혼잣말이 유난히 명료하게 울렸다.

오아시스에서 나타난 그것은 몸길이 10미터에 무수한 촉수를 꿈틀거리며, 몸 안에 붉게 빛나는 마석을 가진 마물이었다. 슬라임…… 그렇게 표현하는 것이 가장 이해하기 쉬울 것이다.

하지만 크기가 비정상이었다. 보통 슬라임형 마물은 기껏해야 1미터 정도다. 또한 주위의 물을 조종하는 능력도 없다. 적어도 촉수처럼 다루는 것은 자신의 육체 외에는 불가능했을 것이다.

"뭐야……? 이 마물은 대체 뭐란 말이냐? 바츄람……인가?"

란지가 얼이 빠진 것처럼 중얼거렸다. 바츄람이란 토터스의 슬라임형 마물을 말했다.

"아무렴 어때? 이 녀석이 오아시스를 오염시킨 원인이지? 보나 마나 독소를 뿜는 고유 마법이라도 가지고 있지 않겠어?"

"……그렇게 생각하는 게 타당하겠지. 허나 쓰러뜨릴 수 있겠나?"

하지메와 란지가 대화하는 동안에도 오아시스 바츄람은 머리끝까지 화가 난 듯 촉수로 공격해 왔고, 유에와 티오가 마법으로 대처하고 있었다.

하지메도 대화하면서 돈나와 슈라크로 맞대응하며 핵이라고 생각되는 붉은 마석을 노렸다. 하지만 마석은 마치 의지를 가진 것처럼 몸속을 종횡무진 이동하여 조준이 쉽지 않았다.

그것을 본 란지는 하지메가 가진 아티팩트와 유에, 티오의 마법에, 이젠 놀랍지도 않다고 자포자기의 심정으로 무시한 뒤 냉정하게 하지메에게 승산을 따졌다.

"으음…… 아, 됐어. 이제 잡았으니까."

눈을 찌푸려 움직이는 마석의 궤적을 좇던 하지메는 란지의 질문에 건성으로 대답하고, 느긋하게 슈라크를 홀스터에 넣은 후 돈나를 양손으로 잡았다.

오른팔을 곧게 뻗고 왼쪽 팔꿈치를 굽힌 채 몸을 살짝 틀어 다리를 앞뒤로 벌렸다. 소위 위버 스탠스라고 불리는 사격 자세였다. 돈나로 정밀 사격을 하기 위함이었다.

하지메의 눈은 마치 매처럼 예리하게 가늘어져 마석의 움직임을 완전히 포착했다.

잠시 후—.

투팡! 메마른 파열음이 울림과 동시에 허공을 가르며 날아간 한 줄기 섬광은, 관성을 무시하고 진로를 바꾼 마석을 한 치 오차도 없이 꿰뚫었다. 마치 자석이 서로를 끌어당기는 것처럼, 혹은 마석이 스스로 맞으러 가는 것처럼 보였다.

레일 건의 충격과 열량으로 마석은 순식간에 소멸했고, 동시에 오아시스 바츄람을 구성하던 물도 힘을 잃고 단순한 물로 돌아갔다. 쏴아아아! 대량의 물이 쏟아지는 소리를 울리며 오아시스에 거센 파도가 일었다.

"……끝난 겐가?"

"그래. 이제 오아시스에 마력 반응은 없어. 원인을 배제했다고 정화가 됐는지는 모르겠지만."

하지메의 말로 앙카지를 멸망의 위기에 빠뜨린 원흉이 싱겁게 격퇴되었다는 것을 안 란지와 수행원들은 마치 여우한테 홀린 기분이었다. 그래도 원흉이 눈앞에서 소멸한 것은 확실하기에 란지의 부하 한 명이 부랴부랴 수질을 검사했다.

"어떤가?"

"……아직 오염되어 있습니다."

란지의 기대 섞인 목소리에 부하는 낙담한 기색으로 고개를 저었다. 오아시스에서 퍼 올린 물로도 사람들이 감염되었으니 예상하던 일이긴 했다. 하지만 오아시스 바츄람이 없어져도 한번 오염된 물은 남는다는 사실에 역시나 낙담을 감추지 못했다.

"그리 낙심 말거라. 원흉이 사라졌으니 더는 오염이 진행될 일은 없다. 신선한 물은 지하 수맥에서 얼마든지 솟아오르니까 오염수를 잘 배출하면 머지않아 본래 오아시스를 되찾을 것이야."

티오가 위로하듯 란지 일행에게 말하자 그들도 마음을 다잡고 복구를 향한 의욕을 보이기 시작했다. 란지를 중심으로 한데 뭉친 모습에서 앙카지 주민은 누구나 이 나라를 사랑한다는 것을 잘 알 수 있었다. 혹독한 환경에 있는 나라이기 때문에 애국심도 강한 것이리라.

"……그나저나 그 바츄람 같은 마물은 대체 뭐였을까……. 신종 마물이 지하 수맥으로 흘러들기라도 했단 말인가?"

마음을 추스른 란지가 의문스럽게 오아시스를 바라봤다.

그 말에 하지메가 답했다.

"추측일 뿐이지만…… 마인족 소행 아냐?"

"뭣이?! 마인족이라고? 하지메 경, 경이 그렇게 말하는 것을 보니 짐작 가는 바가 있는 게로군?"

란지는 하지메의 말에 놀란 표정을 보였지만 곧 냉정함을 찾고 하지메에게 자세한 이야기를 들려 달라고 했다. 란지는 물 확보와 원흉 배제에 성공한 하지메에게 경의와 신뢰를 품은 듯, 처음에 보인 의심의 눈빛은 이미 티끌만큼도 남아 있지 않았다.

하지메는 오아시스 바츄람이 마인족의 신대 마법으로 태어난 새로운 마물이라고 추측했다. 오아시스 바츄람의 특이성도 특이성이지만 이미 마인족이 【우르 마을】에서 아이코를 노리고, 오르크스에서 용사 일행을 노린 사실이 있기 때문이었다.

아마도 마인족 마물의 군비가 갖추어지고 있는 것이리라. 그리고 전쟁이 벌어지기 전에 위험 요소나 불확정 요소, 북쪽 대륙의 요충지를 조사하며 타격을 입히는 것이다. 식량 공급 문제를 뒤집어 놓을지도 모르는 아이코와, 성교 교회가 마인족의 마물에 대항하기 위해 이세계에서 불러들인 용사를 노린 것이 그 증거였다.

그리고 앙카지는 에리센에서 온 해산물 공급의 중계 지점이며 과일 및 그 외 식량 공급에도 큰 비중을 차지한다. 다시 말해 식량 문제에 있어서는 틀림없는 요충지다. 게다가 습격하면 대사막 한가운데 있다는 지리적 특성상 구호 요청을 보내기가 어렵다. 마인족이 노릴 법도 했다.

그 요지를 란지에게 이야기하자 그는 낮게 신음하고 쓰디쓴 표정을 보였다.

"마물에 관한 말은 나도 들었네. 우리도 독자적으로 조사는 하고 있었네만…… 설마 저런 것까지 부리고 있었을 줄이야……. 내 생각이 짧았군."

"그거야 어쩔 수 없는 일 아니겠어? 아마 왕도에서도 신종 마물에 관한 정보는 아직 파악하지 못했을 테니까 말이야. 용사 일행이 기습받은 것도 바로 얼마 전이니까 지금쯤 여기저기서 난리법석일걸?"

"드디어 본격적으로 움직이기 시작한 건가. 하지메 경…… 경은 자신을 모험가라고 소개했네만, 그 아티팩트하며 능력하며, 역시 카오리 경과 같은……."

하지메가 아무 대답도 하지 않고 어깨를 으쓱이자 란지는 뭔가 사정이 있겠거니 짐작하며 더는 캐묻지 않았다. 어떤 사정이 있건 하지메 일행이 앙카지를 구했다는 사실에는 변함이 없었다. 은인에게 쓸데없는 추궁보다도 따로 해야 할 일이 있는 법이다.

"……하지메 경, 유에 경, 티오 경. 앙카지 공국 영주 란지 포워드 젠겐은 나라와 백성을 대표해서 그대들에게 감사를 표하오. 경들은 이 나라를 구했소이다."

란지가 그렇게 말한 뒤 란지를 포함한 부하들까지 머리를 깊숙이 숙였다.

영주가 그렇게 쉽게 머리를 숙여서는 안 되겠지만, 설령 하지메가 『신의 사도』 중 한 명이 아니더라도 란지라면 분명 머리를 숙였을 것이다. 아주 짧은 인연이었으나 그래도 그의 애국심이 보통이 아니란 것을 이해할 수 있었다. 그렇기에 주위 부하들도 자신을 일개 모험가라고 소개한 하지메에게 란지가 머리를 숙이는 것을 말리지 않고 함께 머리를 숙였다. 이런 점은 부전자전이리라. 언동이 비즈와 빼다 박았다.

그런 그들에게 하지메는 만면에 생긋 웃음을 지었다.

"그래, 많이들 감사해. 그리고 절대 이 크나큰 은혜를 잊지 말고.”

그리고 대놓고 생색을 냈다. 시원시원할 정도로 뻔뻔했다.

란지는 「아니, 신경 쓰지 마. 사람으로서 당연한 일을 했을 뿐이야」라고 겸손하면서 은근슬쩍 속내를 비치리라 생각해서 얼떨결에 당황해 버렸다.

란지는 처음부터 구국의 영웅에게 사례를 할 생각이었던 터라 딱히 상관은 없었지만, 설마 이렇게까지 직설적으로 나올 것이라고는 예상하지 못했다.

하지메로서는 카오리에게 부탁도 받았고, 뮤를 맡겨야만 하는 이상 앙카지의 안전 확보는 필요한 일이었기 때문에 딱히 감사를 받을 일은 아니었다.

하지만 모처럼 감사한다는데 받지 않을 이유는 또 무엇이랴. 무슨 일이 생겼을 때 자신의 편을 들어줄 사람은 많으면 많을수록 좋을 테니까 거하게 생색을 내기로 했다. 란지라면 그런 점은 성실히 지켜주겠지만, 그도 정치가인 이상 언질은 받아 두겠다는 심산이었다.

“그, 그래. 물론이지. 대대손손 기억하고말고……. 허나 앙카지에는 아직 괴로워하는 환자가 많네. ……그것도 부탁할 수 있겠나?”

정치가로서 혹은 귀족으로서 서로의 의중을 떠보는 것이 일상인 란지는 하지메의 직설적인 말에 조금 당황했으나, 이윽고 무언가를 이해한 것처럼 쓴웃음 지으며 고개를 끄덕였다. 그리고 감염자들을 구하기 위해 『정인석』의 채취를 다시금 의뢰했다.

"원래 【그류엔 대화산】에 볼일이 있어서 왔으니까 그쪽도 문제없어. 그런데, 얼마나 채취해야 하는 거야?"

"받아주는 겐가……. 여봐라, 자료를 가지고 오너라."

하지메가 두말하지 않고 의뢰를 받아들이자, 란지는 가슴을 쓸어내린 뒤 부하에게 자료를 가지고 오게 하여 현재 환자 수와 필요한 채취량을 전했다. 상당한 양이 필요할 듯싶었다.

"꽤 많은 양이 될 걸세. 짐꾼 정도라면 우리 쪽에서 내줄 수 있네만……."

"아니, 됐어. 이름난 상인도 눈이 돌아가는 대량 운송용 아티팩트가 있으니까."

"……없는 게 없군. 이것도 신의 뜻인가."

란지는 이미 놀라움을 넘어 어이가 없다는 얼굴이었다. 눈앞에 있는 남자에게 불가능한 일이 있는 걸까 싶어 메마른 웃음까지 나오려고 했다.

한편, 의료원에서는 시아를 대동한 카오리가 맹활약을 펼치고 있었다.

긴급한 환자부터 마력을 일제히 추출하여 마정석에 담고, 반경 10미터 이내에 모인 환자의 병세를 일제히 늦추며 동시에 기력을 찾도록 회복 마법까지 사용했다.

시아는 움직일 수 없는 환자들을 괴력으로 한 번에 옮기고 있었다. 마차를 모는 게 아니라 환자를 실은 마차를 통째로 들고 건물 위로 이동해 시설을 오가는 중이었다. 급한 환자는 카오리가 각 시설을 이동하는 것보다 한곳에 모아 한 번에 보는 편이 효율적이기 때문이었다.

하지만 가녀린 토끼 귀 소녀가 보이는 비현실적인 광경을 목격한 자들이 자신도 병에 걸려 헛것이 보이기 시작했다고 절망하며 의료원으로 뛰어드는 모습이 자주 목격되었기에, 이 방법은 의료원을 혼란시키는 폐해도 낳고 있었다.

의료원 직원들은 상급 마법을 연발하거나 여러 회복 마법을 자못 당연하게 동시 사용하는 카오리에게 경악을 뛰어넘어 깊은 존경심을 품은 듯했다. 지금은 모두 카오리의 지시에 따라서 환자를 치료하고 있었다.

카오리를 중심으로 움직이는 의료원으로 하지메 일행이 찾아왔다. 의료진과 환자들이 함께 온 란지에게 머리를 숙이려고 했지만, 란지는 그것을 손으로 제지하며 그들 앞으로 나가서 외쳤다.

"모두 듣거라! 지금 막 오아시스를 오염시키던 원인을 제거하였다! 시간은 걸릴지도 모르나, 우리의 오아시스는 돌아올 것이다! 더불어 물 확보에도 성공했다! 원조가 올 때까지 충분히 버틸 수 있는 양이다. 게다가 여기 있는 금색 랭크 모험가들이 정인석 채취 의뢰를 수락해주었다! 앞으로 며칠, 며칠만 버텨 다오! 기력을 끌어내서 이 난국을 함께 극복하자!"

란지의 부드러운 바리톤 음성이 울려 퍼졌다. 북쪽 대륙 요충지를 다스리는 귀족답게 힘 있는 연설이었다.

모든 사람이 한순간 이게 무슨 소리인가 하고 당황했지만 영주의 활짝 편 표정을 보더니 점차 머리에 침투되었나 보다.

곧 건물이 떠나갈 정도의 대환성이 터졌다. 많은 사람이 목숨을 잃었고, 사막 한가운데서 안전한 물도 확보할 수 없어 절망에 빠졌던 사람들이 웃음을 되찾기 시작했다. 환자나 그 가족들은 서로를 부둥켜안고 안도의 눈물을 흘렸다. 의료진은 동료와 서로의 어깨를 두드리며 다시 한 번 마음을 굳게 다졌다. 많은 사람이 하지메 일행의 협력에 감사했다.

그때, 란지가 하지메를 힐끔 보았다. 시선을 느낀 하지메는 그 의도를 깨닫고 볼을 실룩거렸다.

"영주, 당신……."

"너무 괘념치는 말게나. 그저, 하지메 경이 돌아오지 않으면 살짝 절망할 뿐이니까 말일세."

은연중에 「안 도와주면 우리 죽는다? 진짜 열심히 해라? 진짜 의뢰 달성해서 돌아와야 한다?」라고 말하는 것이었다. 기댈 수밖에 없고 감사도 하고 있지만, 수만 명이 죽을지도 모르는 상황이었다. 이렇게 기뻐하는 사람들이, 감사하는 사람들이 죽어 나간다…… 그 죄책감을 느끼고 싶진 않겠지? 협박이나 다름없었다. 어디까지나 양심에 호소해서 도망가지 못하게 막겠다는 정도였지만—.

"성격 참 고약하네."

"성격이 고약하지 않은 귀족은 없지."

하지메가 피식 웃자 란지는 어깨를 으쓱했다. 딱히 화가 나지는 않았다. 공국의 영주라면 당연한 일이었고, 오히려 이 정도 위기관리도 하지 않는다면 믿을 가치도 없었다. 하지만 가장 큰 이유는 설령 내빼서 앙카지가 멸망하더라도, 하지메의 양심은 「슬픈 일이 있었다」는 정도의 감회밖에 품지 않기 때문이었지만…….

하지메는 란지에게서 눈을 떼고 카오리에게 다가갔다.

"카오리, 지금부터 【그류엔 대화산】에 갈 거야. 얼마나 걸리겠어?"

"하지메……."

카오리는 하지메의 모습을 보고 기뻐하며 표정을 풀었지만 곧 진지한 표정을 지은 뒤 허공을 바라봤다. 그리고 계산을 끝냈는지 다시 하지메를 보며 이틀이라고 답했다. 그것이 마력 면에서나 환자의 체력 면에서 한계라고 판단한 것이었다.

"하지메. 나는 여기에 남아서 환자분들을 치료할게. 정인석을 가져다줘. 미안…… 하지메가 이 세계에 관심이 없는 건 알지만……."

"가는 길에 겸사겸사하는 거니까 신경 쓰지 마. 내가 스스로 정한 일이야. ……게다가 사람이 픽픽 죽어 나가는 곳에 뮤를 두고 갈 수도 없잖아?"

"후후, 그러게. 믿고 있을게. 뮤는 내가 잘 보고 있을 테니까 다녀와."

카오리는 앙카지에 올 때까지 하지메에게서 미치광이 신의 이야기와 여행의 목적을 들었고, 하지메가 이 세계를 버려서라도 고향에 돌아가는 것을 우선한다는 이야기도 들었다. 그리고 이해할 수 없다면 코우키 일행에게 돌아가라는 말까지도……. 카오리는 모든 이야기를 듣고서도 하지메를 따라가겠다는 의지를 굽히지 않았다.

이번 일도 하지메가 앙카지를 버린다고 결단했다면 설득 정도는 했겠지만 하지메가 수락하지 않으면 포기했을 것이다.

하지만 될 수 있으면 앙카지 사람들을 돕고 싶다고 생각한 것도 사실이었고, 하지메가 결단을 내릴 때 애원하는 눈빛을 보내고 말았다. 자신이 그런 마음을 품었다는 이유만으로 하지메가 결단을 내렸다고 생각할 만큼 자만하지는 않았으나, 하지메가 카오리의 눈빛에 쓴웃음을 지으며 어깨를 으쓱이던 것을 보면 조금은 결단에 영향을 미쳤을 것이다.

그래서 카오리는 마치 자신이 고집을 부려 하지메를 말려들게 한 건 아닐까 하는 복잡한 기분을 끌어안고 있었다.

하지만 하지메는 무심결에 사과한 카오리에게 대수롭지 않다는 식으로 손을 휘휘 저었다. 카오리의 마음을 꿰뚫어 본 것처럼, 스스로 정한 일이니까 신경 쓰지 말라며……. 카오리는 그런 하지메의 무뚝뚝하지만 자신을 배려하는 태도에, 그리고 은근슬쩍 발휘하는 부성애에 살며시 웃고 신뢰와 애정을 가득 담은 눈빛을 보냈다.

"나도 최선을 다할게. 무사히 돌아와야 해. 기다릴 테니까……."

"……그, 그래."

카오리의 사랑한다는 듯 누그러뜨린 눈매와, 마치 전쟁에 나가는 남편을 전송하는 아내 같은 분위기에 하지메는 말문이 막혔다.

본래 카오리의 언동은 직설적인 경향이 있었다. 원래 세계에 있을 때도 코우키의 착각을 일언지하에 잘라 버리거나, 하지메에게 폭탄 발언을 해서 교실에 질투의 폭풍을 불게 하는 등…….

그런 일이 일상이 되어 있었다. 그런데 그것이 고백해 온 그날부터 더욱 노골적으로 변했다.

하지메는 괜스레 눈을 돌렸지만 돌린 곳에…… 유에가 있었다.

일전에 본, 감정이 느껴지지 않는 눈초리로 빤히 하지메를 바라봤다. 엄청 바라봤다. 자기도 모르게 반대편으로 고개를 돌리자 애정을 가득 담아 부드럽게 미소 짓는 카오리가…….

그런 카오리의 분위기를 보고 우리의 아이돌 뮤가 폭탄을 던졌다.

"카오리 언니, 아까 유에 언니 같아~. 카오리 언니도 아빠랑 뽀뽀해?"

"이런, 보였느냐? 뮤."

"웅? 손가락 사이로 보였어. 유에 언니 엄청 귀여웠어~. 뮤도 아빠랑 뽀뽀할래~."

"으음, 나도 아직 못한 일이니 뮤는 좀 더 크고 나서 하자꾸나."

"우~."

하지메는 뮤의 순진한 말에 훈훈하게 미소 지었고 티오에게 「이 쓸모없는 녀석!」이라며 부당한 분노를 부딪쳤다. 아니나 다를까 변태 용은 「나, 나를 그런 눈으로! 하앙!」하며 흥분하기 시작했지만 지금은 아무래도 좋은 일이었다.

왜냐하면 하지메 바로 옆에서 장검으로 어깨를 두드리는 한냐가 출현했으니까. 카오리의 정체불명, 원리 불명인 스탠○ 같은 『무언가』였다.

"……어떻게 된 일일까? 응? 하지메랑 유에는 일하러 갔었지? 그런데 왜 키스하고 있었을까? 뭘 어떡해야 그렇게 되는 걸까? 그럴 필요가 있었나? 내가 필사적으로 환자분들에게 응급처치하는 동안 둘이서 재미 보고 있었어? 나 같은 건 까맣게 잊고? 오히려 둘만 남으려고 나랑 헤어진 건 아니지?"

눈에서 생기를 없애고 한냐를 등에 업은 카오리 씨가 하지메를 바라봤다. 하지메의 볼에 자연스레 식은땀이 흘렀다. 흡혈하는 김에 한 것이지 키스하려고 헤어진 것은 아니라고 말하려는데, 그 전에 유에가 앞으로 나섰다.

하지메는 오해를 풀어주는가 싶어 기대했지만 이 상황에서 유에에게 기대하는 것이 바보였다.

유에는 카오리와 정면으로 마주 보며 허리에 손을 대고 당당히 가슴을 폈다. 그리고 훗, 하며 입꼬리를 올리고 말하길—.

"……맛있었어."

"아핫, 아하하하하핫."

"후훗, 후후후후후훗."

의료원에 두 미소녀의 소름 끼치는 웃음소리가 메아리쳤다. 조금 전까지만 해도 카오리를 성녀처럼 여기던 의료진과 환자들은, 다 같이 식겁하며 되도록 눈을 마주치지 않게끔 얼굴을 돌리고 있었다.

무리도 아니었다. 칼부림하는 한냐를 등에 업은 사람을 누가 성녀라고 생각하겠는가. 더구나 상대하는 쪽도 등 뒤에 먹구름과 번개를 두른 용을 업고 있었다. 눈을 피하고 싶을 만도 했다.

하지메는 웃으면서 노려보는 카오리와 유에에게 한숨을 쉰 뒤 다가가서 재빨리 딱밤을 날렸다. 파앙! 딱밤으로 날 리 없는 소리를 내며 명중한 손가락에 유에와 카오리는 무심코 앓는 소리를 내고 그 자리에서 몸을 웅크렸다. 눈물을 글썽이며 무슨 짓이냐고 올려다보는 두 사람에게 하지메는 어이없다는 표정을 지었다.

"카오리, 딱히 유에랑 그런 짓을 하려고 따로 행동한 건 아니야. 너도 알잖아? 그리고 유에는 내 애인이야. 무슨 짓을 하든 너한테 참견받을 이유는 없어. 그것도 전부 받아들이고 따라온 거잖아?"

"우…… 그렇긴 한데…… 이런 건 머리로 이해한다고 되는 게 아닌데……."

카오리는 하지메에게 혼나자 풀이 죽으면서도 토를 달았다. 하지메는 다시 한숨짓고 유에에게도 일일이 상대하지 말라고 주의했지만, 유에는 고개를 획 돌리고는 「이건 여자의 싸움…… 하지메는 참견하지 마」라며 일축해 버렸다.

앙카지 사람들은 갑작스러운 치정 싸움에 어리둥절한 눈치였고, 시아는「요즘 제가 나설 자리가 없는 것 같아요……」라며 자신의 처지를 돌아보는 중이었다. 그 옆에서 티오는 아직도 헉헉거렸고 뮤는 또 유에와 카오리가 싸운다며 화가 잔뜩 났다.

하지메는 사태 수습을 단념하고 얼른【그류엔 대화산】에 가기로 했다. 사전에 이야기는 해 두었지만, 의료원에서 손을 뗄 수 없는 카오리뿐 아니라 란지에게도 다시금 뮤를 부탁했다. 란지는 하지메 일행의 관계에 기막혀하는 한편, 선뜻 뮤를 맡았다.

미리 타일러 뒀지만 하지메가 출발할 낌새를 알아차린 순간 뮤는 서운함에 얼굴을 숙였다. 하지메는 무릎을 꿇어 뮤와 눈높이를 맞추고 천천히 머리를 쓰다듬었다.

"뮤, 다녀올게. 얌전히 기다리고 있어야 한다?"

"우우, 얌전히 있을래. 그러니까 빨리 와, 아빠."

"그래. 되도록 빨리 끝내고 올게."

옷자락을 양손으로 꽉 잡고 울음을 참는 뮤와 그녀를 자상하게 달래는 하지메의 모습은 종족과 관계없이 영락없는 부녀였다. 치정 관계로 싸늘해진 분위기가 어렴풋이 훈훈해졌다. 하지메는 뮤의 등을 밀어 카오리 쪽으로 보냈다. 그리고 유에, 시아, 티오에게 출발을 외쳤다.

발길을 돌리려는 하지메에게 카오리가 말을 걸었다.

"아, 하지메…… 저기, 잘 다녀와."

"그래. 뮤를 잘 부탁해."

"응. 그래서, 말인데…… 키스, 하면 안 될까? 잘 다녀오라는…… 의미로."

"……당연히 안 되지. 그보다 갑자기 왜?"

"볼이라도 괜찮은데, 안 돼?"

카오리가 볼을 붉히고 몸을 옴지락거리면서도 생각보다 강한 어조로 그렇게 말했다.

아무래도 유에에게 대항하려면 이럴 때 물러서선 안 된다고 생각한 모양이었다. 지금 생각해 보면 원래 세계에 있을 때도 비교적 적극적이었던 기분이 들지만, 자신의 호의를 알아차리고 고백한 후로는 정말로 팍팍 밀어붙이게 됐다.

뒤에서 「앗, 그럼 저도!」라고 소리치는 토끼 귀를 무시하고 단칼에 거절하려는데 예상치 못한 상대에게 저지당했다.

"뮤도~. 뮤도 아빠랑 뽀뽀할래!"

뮤가 천진난만하게 손을 뻗어 온 것이었다. 심지어 카오리가 뮤에게 편승했다. 뮤에게는 강하게 나갈 수 없는 하지메가 이 핑계 저 핑계로 상황을 모면하려고 해 보았으나—.

"아빠는, 뮤 싫어?"

급기야 눈물을 글썽이며 그런 소리를 하는데 무슨 도리가 있으랴.

결국 카오리와 뮤, 그리고 왠지 시아와도 서로 뺨에 키스를 하게 되었고, 이번에는 병석에 드러누운 수많은 환자들 사이에서 훈훈한 시선을 모으는 해괴한 상황이 연출되었다. 그 후 하지메는 도망치듯 【그류엔 대화산】으로 출발했다.

덧붙여 티오도 키스를 희망했지만 콧김이 거칠어 그만 무심결에 뺨을 때렸더니 괜히 더 흥분만 돋우어 버렸다. 풀썩 쓰러지면서도 헉헉대는 모습이 대단히 기분 나빴다는 것만 말해 두겠다.

【그류엔 대화산】.

그곳은 【앙카지 공국】에서 북쪽으로 약 100킬로미터 떨어진 곳에 위치한다. 모습은 지름 약 5킬로미터, 해발 고도 약 3천 미터의 거암이다. 보통 성층 화산처럼 원추형의 산이 아니라 이른바 용암 원정구처럼 평평한 형태고, 산이라기보다 거대한 언덕이라고 표현하는 편이 어울린다. 다만 그 해발과 규모가 보통이 아닐 뿐…….

이 【그류엔 대화산】은 7대 미궁 중 하나로 잘 알려져 있지만 【오르크스 대미궁】처럼 모험가가 빈번히 찾는 일은 없다. 그것은 내부의 위험성과 성가심, 그리고 【오르크스 대미궁】 마물처럼 마석 회수의 효율이 좋지 않기 때문……이기도 하지만, 가장 큰 이유는 입구에 도달할 수 있는 자가 적기 때문이다.

그 원인은—.

"꼭 라퓨ㅇ[#3] 같네."

"……라ㅇ타?"

#3 라퓨ㅇ 애니메이션 『천공의 성 라퓨타』의 라퓨타.

하지메가 일본을 대표하는 명작 애니메이션의 한 장면이 떠올라 얼떨결에 중얼거리자 일행이 의아하다는 얼굴로 돌아봤다. 하지메는 아무것도 아니라며 어깨를 으쓱이고 브리제 안에서 전방에 보이는 거대한 모래 회오리를 바라봤다.

그렇다. 【그류엔 대화산】은 그 유명한 천공의 성을 감싼 거대 적란운처럼 거대한 모래 폭풍에 싸여 있었다. 그 규모는 【그류엔 대화산】을 완전히 뒤덮어 모습을 감출 정도였고, 모래 폭풍이라기보다 움직이는 벽이라고 칭하는 편이 와 닿을 듯했다.

게다가 이 모래 폭풍 안에는 샌드웜이나 다른 마물도 다수 숨어 있으며 시야조차 확보하기 어려운데 가차 없이 기습해 온다. 어쭙잖은 실력으론 【그류엔 대화산】을 감싼 모래 폭풍조차 돌파하지 못한다는 이야기도 이해할 만했다.

"걷는 게 아니라서 더더욱 다행이에요."

"제아무리 나라도 이곳에 맨몸으로 들어가고 싶지는 않구먼그래."

하지메와 마찬가지로 거대 모래 폭풍을 바라보는 시아와 티오도 브리제에게 감사하다며 기도하고 있었다.

이번에는 느긋하게 공략할 여유가 없다. 표층 부분에서는 정인석을 그다지 채취할 수 없으니 사람 손이 닿지 않은 심층까지 가서 대량으로 구해야만 했다. 심층부까지 가면 지금까지 그랬던 것처럼 바깥까지 직통으로 연결된 출구가 있을 것이다. 그걸로 단번에 탈출해서 앙카지로 돌아간다.

하지메는 앙카지 주민의 안위에는 크게 관심이 없었지만 도울 수 있다면 돕는 것이 좋았다. 그러면 적어도 카오리와 동료들은 슬퍼하지 않을 것이고 뮤에게 충격적인 광경을 보여주지 않아도 된다.

하지메는 그런 생각을 하면서 브리제를 단숨에 가속해 거대 모래 폭풍으로 돌격했다.

모래 폭풍 내부는 그야말로 적동색 일색으로 뒤덮인 닫힌 세계였다. 【하르치나 수해】의 안개처럼 앞이 거의 보이지 않았다. 물리적 영향이 있는 만큼 안개보다 성가실지도 모른다. 이곳을 마법 장벽이나 몸을 덮는 천으로 덮고 마물을 경계하며 돌파하기란 지극히 어려운 일이리라.

햇빛도 거의 닿지 않는 어둠의 장막을 녹광석 헤드라이트가 갈랐다. 시속은 약 30킬로미터. 사전 정보에 따르면 5분 안에 돌파할 수 있을 것이었다.

그런데 그때, 대뜸 시아의 토끼 귀가 쫑긋 섰고 한 박자 늦게 하지메도 반응했다.

"꽉 잡아!"

하지메는 소리치며 핸들을 크게 꺾었다.

그 직후 샌드웜 세 마리가 바로 아래에서 입을 쩍 벌리고 튀어나왔다. 하지메는 브리제로 S자를 그리며 그 기습을 피했고 상대해줄 시간은 없다는 양 그대로 뿌리치고 달렸다.

브리제의 속도라면 일일이 모래 폭풍 속에서 싸우는 것보다 냉큼 추적 범위에서 벗어나는 편이 나았다.

질주하는 브리제를 향해 추가로 좌우에서 샌드웜 두 마리가 달려들었다. 타이밍으로 보아 바로 옆에서 부딪쳐 올 것 같았다. 제까짓 게 몸으로 부딪친다고 차체가 손상될 일은 없겠지만 차가 전복될 가능성은 있었다. 그래서 『기척 감지』로 기습을 파악한 하지메는 드리프트를 사용하여 차체를 회전시키고자 했다. 하지만 유에와 티오가 그것을 제지했다.

"……응, 맡겨줘."

"나한테 맡기거라, 주인님."

하지메는 두 사람의 말을 듣고 꺾을 뻔한 핸들을 원위치에 둔 채 주저 없이 직진했다. 그 직후 육중한 질량을 자랑하는 지렁이가 적동색 세계에서 튀어나왔다.

하지만 좌우에서 협공을 노린 샌드웜의 습격은 브리제에 스치지도 못했다.

""……『풍인』.""

왼쪽 샌드웜을 슬쩍 본 유에가 그렇게 중얼거렸고, 차 바깥에서 생성된 바람의 칼날이 순식간에 발사된 뒤 공중에서 휘날리는 모래에 그 궤적을 그렸다. 그리고 코앞까지 다가와 있던 샌드웜은 가로 일자로 절단당해 상하로 나뉘며 피와 살을 흩뿌렸다.

그 광경은 오른쪽을 맡은 티오 쪽에서도 반복되고 있었다.

"흠, 역시나 유에로구나. 좋은 바람을 날리는군."

"……모래 폭풍의 바람이 있으니 이용해야지. 티오도 대단해."

서로가 한순간에 선택한 『풍인』은 바람 속성 공격 마법 중에서는 초급으로 분류되지만, 방금 사용한 『풍인』에는 중급 마법 수준의 위력이 있었다. 밖에서 격렬하게 휘몰아치는 바람을 이용했기 때문이었다. 단순히 마력만으로 강력한 마법을 쓰는 게 아니라, 그때의 상황이나 환경도 이용해서 최적의 마법을 선택하는 것. 말은 간단하지만 실천하기란 어려웠다. 역시 유에와 티오다운 훌륭한 기량이었다.

뒤에서는 처음 나타난 세 마리가 여전히 브리제를 추적해 왔다. 땅속을 헤엄치는 속도가 제법 빨라서 귀찮아진 하지메가 브리제의 장치를 기동했다. 차체 뒷부분에서 덜컹 소리가 나는가 싶더니 한 부분이 벌컥 열리고 검고 둥근 물체들이 굴러떨어졌다.

그것들이 브리제를 추적하던 샌드웜들과 접촉한 순간 대폭발을 일으켰다. 충격으로 지면이 물기둥처럼 치솟았고 땅속을 파며 다가오던 샌드웜들은 살점을 흩뿌리면서 튀어나왔다. 그곳에 추가로 검은 물체, 수류탄이 굴러떨어져 다시 대폭발을 일으켰고 샌드웜들을 절반쯤 날려 버렸다. 찢겨 나간 상반신은 공중을 빙글빙글 돌다가 모래 폭풍 속으로 사라졌다.

"햐~, 대단해요~. 하지메 씨, 대체 브리제에 기능을 얼마나 탑재한 거예요?"

시아가 뒤쪽 유리 너머로 화려하게 폭발한 샌드웜을 바라보며 하지메에게 물었다. 하지메는 장난스럽게 씩 웃고 대답했다.

"마지막에는 변신해서 인간형 범용 병기…… 거대 골렘이 되지."

""""……""""

설마 그럴 리가 있겠느냐고 말하고 싶었지만 하지메라면 진짜 그럴지도 모른다며, 질문한 시아뿐 아니라 유에와 티오마저 입을 다물고 차 안을 두리번거리기 시작했다.

"농담이야. 아무리 그래도 그런 기능은 안 달렸어. ……달아보고는 싶지만."

하지메는 피식 웃었다. 하지만 여성진은 하지메라면 분명히 언젠가 저지를 거라 확신했다.

그렇게 여유로운 하지메 일행은 그 후로도 적동색 거대 거미나 개미 같은 마물의 공격을 받았다. 하지만 브리제의 무장과 유에, 티오의 공격 마법 앞에서 그것들은 속수무책으로 나가떨어졌고, 그 진격을 멈출 수 있는 것은 아무것도 없었다.

뒷좌석에서 자기는 쓸모가 없다며 낙심하는 시아를 무시하며 하지메 일행은 수많은 모험가들의 침입을 거절해 온 거대 모래 폭풍을 쉽사리 돌파했다.

푸왁, 소리를 내고 모래 폭풍을 빠져나온 하지메 일행 눈에 마치 호주의 울룰루를 몇 배나 크게 만든 듯한 바위산이 들어왔다. 태풍의 눈에 들어온 기분이었다.

【그류엔 대화산】 입구는 정상에 있다고 들어서 갈 수 있는 곳까지 브리제로 언덕을 올랐다. 바위산의 노출된 표면은 검붉었고 여기저기에서 증기를 분출하고 있었다. 활화산인데도 불구하고 한 번도 분화한 적이 없다는 것 또한 대미궁다운 신비함이었다.

이윽고 브리제로 오를 수 없을 만큼 경사가 가팔라지자 일행은 걸어서 정상을 향했다.

"으어어…… 더, 더워요오."

"응……."

"덥긴 덥네. ……사막의 햇빛으로 인한 열기와는 또 다른 열기야. ……이거, 시간제한과 관계없이 얼른 공략해 버리는 게 좋겠는걸."

"흠, 나에겐 오히려 딱 좋은 온도인데……. 더위에 몸부림칠 수 없다니…… 아깝구나."

"……오냐, 나중에 마그마라도 있으면 던져 넣어줄게."

밖으로 나온 순간 온몸을 휩싸는 열기에 티오 외 전원이 짜증스러운 표정을 지었다. 냉방이 되는 쾌적한 공간에 있었기 때문인지 더 덥게 느껴지는 것 같았다. 이세계 모험가, 여행자인데 현대 문명의 방구석 폐인 같은 고뇌를 맛보는 것은…… 자업자득이었다.

덥다고 노래를 부르면서도 시간이 없는 관계로 가볍게 바위산을 뛰어오른 일행은 결국 한 시간도 걸리지 않고 정상에 도착했다.

정상은 번잡하게 난립한 크고 작은 바위로 가득 차 있었다. 뾰족한 바위가 있는가 하면, 반대로 매끈한 광택의 바위도 있어 기괴한 오브제 전시장 같았다. 위로는 모래 폭풍의 천장이 손에 닿을 듯 가깝게 느껴졌다.

그런 기암괴석들 중에서도 특출하게 큰 암석이 있었다. 일그러진 아치 모양을 이룬, 길이 10미터 정도의 암석이었다.

그곳에 도착한 하지메 일행은 아치형 암석 아래에 【그류엔 대화산】 내부로 이어진 큰 계단이 있는 것을 발견했다. 하지메는 계단 앞에 서서 고개만 뒤로 돌려 유에, 시아, 티오의 얼굴을 순서대로 보았다. 그리고 자신감에 넘치는 표정으로 한마디, 대미궁 공략의 호령을 외쳤다.

"간다!"

"응!"

"네!"

"좋지!"

【그류엔 대화산】 내부는 【오르크스 대미궁】이나 【라이센 대미궁】 이상으로 터무니없는 곳이었다.

난이도를 말하는 것이 아니라 내부의 구조가 그랬다.

우선 마그마가 하늘을 흘러 다녔다. 아인족 나라 【페어베르겐】처럼 공중에 수로를 만들어 물을 흐르게 하는 것이 아니라 마그마가 공중에 떠서 그대로 강처럼 흘렀다. 새빨갛게 달아오른 마그마가 공중에서 굽이치며 흐르는 모습은 마치 거대한 용이 날아다니는 것 같았다.

또한 당연히 통로든 넓은 방이든 상관없이 도처에 마그마가 흘렀고, 미궁에 도전하는 자는 지면의 마그마와 머리 위의 마그마 양쪽을 주의할 필요가 있었다.

"으갸!"

"어이쿠, 괜찮아?"

"아우, 고마워요, 하지메 씨. 갑자기 마그마가 튀어나오다니…… 알아차리지 못했어요."

게다가 시아의 말대로 벽 곳곳에서 느닷없이 마그마가 분출했다.

정말로 갑작스러운 데 더해 사전 징후도 없어서 탐지가 어려웠다. 그야말로 천연 부비 트랩이었다. 하지메가 『열원 감지』를 사용할 수 있어서 다행이었다. 그것이 없었다면 경계하며 신중하게 나아가느라 공략 속도가 현저하게 떨어졌을 것이다.

그리고 무엇보다 견디기 힘든 것은 찜통 같은 더위, 다시 말해 열기였다. 미궁 도처에 마그마가 흐르니까 당연하지만 마치 사우나 안에 있는 것 같은, 혹은 프라이팬 위에라도 있는 것 같은 기분이었다. 【그류엔 대화산】 최대의 난점이었다.

하지메 일행은 땀을 뻘뻘 흘렸고 천장 근처를 흐르는 마그마에서 방울져 떨어지는 덩어리나 분출하는 마그마를 피하며 나아갔다. 그런 도중 넓게 트인 공간에서 이곳저곳이 인공적으로 깎인 장소를 발견했다. 곡괭이 같은 것으로 무언가를 부수기라도 했는지 엉망으로 깎여 나갔는데, 그 벽 일부에 연한 분홍색의 작은 광석이 엿보였다.

"오? 저거…… 정인석이지?"

"그래, 틀림없다."

하지메가 확인하듯 말하자 지식인 티오가 동의했다. 아무래도 모래 폭풍을 돌파해서 【그류엔 대화산】에 들어온 모험가의 채굴 장소 같았다.

"……작아."

"다른 곳에도 자갈만 한 것밖에 없네요……."

유에 말대로 남은 정인석은 대부분 새끼손톱보다 작은 것뿐이었다. 거의 고갈되었다는 것도 원인이겠지만 크기 자체가 작았다. 역시 표층 부분에서는 정인석 수집 효율이 너무 안 좋았다. 단숨에 많은 양을 손에 넣으려면 심층부로 갈 필요가 있었다.

하지메는 일단 『광물계 탐사』로 정인석의 유무를 조사해 간단하게 채취할 수 있는 것만 『보물 창고』에 넣은 뒤 일행을 재촉하여 길을 서둘렀다.

그 후로도 더위에 학을 떼면서 일곱 층 정도를 내려갔다. 기록에 남은 모험가들의 최고 도달 계층이었다. 그곳보다 앞으로 나아가 살아 돌아온 자는 없었다. 일행은 마음을 가다듬고 8계층으로 이어진 계단을 내려갔다.

그리고 8계층에 발을 디딘 순간, 강렬한 열풍이 불어오는가 싶더니 갑자기 일행의 눈앞에 거대한 화염이 들이닥쳤다. 불길이 나선을 그리며 오렌지색 벽처럼 밀려오고 있었다.

"……『절화(絶禍)』."

그런 화염에 발동된 것은 유에의 마법이었다. 하지메 일행의 눈앞에서 검게 소용돌이치는 구체가 출현했다. 다만, 그것은 대상을 지면에 짓누르기 위한 것이 아니었다.

사람 따위는 간단히 숯덩이로 만들 죽음의 불꽃은 지름 60

센티미터 정도의 검은 구체에 빨려 들어가서 남김없이 사라졌다. 여파조차 집어삼키는 그것은 정확히 말하면 불을 소멸시키는 것이 아니었다. 검게 소용돌이치는 구체, 중력 마법『절화』는 그 자체가 중력을 발생시키며 주변 모든 것을 끌어들여 내부로 빨아들이는 방패였다.

화염 포격이 모두 유에의 초중력 소용돌이로 빨려 들어가자, 그 사선 상에 습격자의 정체가 나타났다.

그것은 황소였다. 온몸에 마그마를 둘렀고 서 있는 곳도 마그마 속이었다. 날카로운 두 뿔이 곡선을 그리듯 자랐고 호흡할 때마다 입에서 불길을 토했다. 내열성에도 정도가 있지, 라며 무심코 따지고 싶어지는 마물이었다.

고유 마법일 터인 화염 포격이 싱겁게 사라져 버리자, 마그마 소는 화가 났는지 길길이 날뛰어 발치의 마그마를 사방으로 튀기곤 돌진할 자세를 잡았다.

그런 마그마 소에게 유에가 손가락을 탁 튀겼다.

그러자 초중력 소용돌이가 마그마 소를 향해 튕겨 날아갔고, 그 순간 압축되어 있던 화염은 포격이 되어 일직선으로 마그마 소를 향해 질주했다. 레이저 같은 포격은 마그마 소가 쐈을 때보다 압축된 만큼 위력이 높아져 있었다.

당장 돌진하려던 마그마 소는 출발하기도 전에 기선을 제압당해 유에가 돌려준 포격을 정통으로 맞았다.

폭음과 함께 공간이 격하게 진동했고 마그마 소가 서 있던 장소의 마그마가 폭격을 맞은 것처럼 날아갔다. 마그마 소는 충격에 의해 후방으로 회전하며 날아가 벽에 격돌했다.

"규오오오!"

하지만 비명인지 분노의 포효인지 모를 소리를 내고 곧바로 일어나서, 이번에야말로 침입자를 없애고 말겠다는 듯 맹렬한 기세로 돌진을 개시했다.

화염 포격을 돌려준 유에가 불만스럽게 말했다.

"읏…… 역시 화염 계열은 안 통하나 봐."

"마그마를 두르고 있는 시점에서 그럴 것 같더라. ……어쩔 수 없지."

하지메가 거기에 쓴웃음 지으며 돈나를 뽑으려고 하는데 시아가 제동을 걸었다.

"하지메 씨, 저한테 맡겨주세요!"

시아가 이미 드뤼켄을 들고 의욕에 불타며 콧바람을 씩씩 뿜고 있었다.

하지메는 시아가 오늘따라 유난히 적극적이라며 의문을 느꼈다. 하지만 그녀가 드뤼켄에 담은 마력을 마안석으로 보고, 신기능을 시험할 속셈이란 것을 안 뒤 알아서 하라는 식으로 손목을 훌훌 털었다.

"좋았어! 박살 내 버리겠어요오!"

기합 담긴 소리를 외친 시아는 통통 튀듯 경쾌한 스텝을 밟으며 이미 몇 미터 앞까지 접근한 마그마 소를 향해 뛰어들었다.

그리고 몸을 공중에서 한 바퀴 돌려 원심력을 힘껏 실은 드뤼켄으로 정면에서 돌진해 오는 마그마 소를 기막힌 타이밍에 내려쳤다. 내려친 드뤼켄은 빨려 들어가듯 정확히 마그마 소의 머리에 직격했다. 그리고 그 순간, 직격한 머리를 중심으로 연청색 마력 파문이 퍼졌고 이어서 엄청난 충격이 발생하며 마그마 소의 머리가 마치 폭발하듯 터졌다.

시아는 내려친 드뤼켄을 중심으로 공중에서 다시 한 바퀴 돌고는, 쓰러진 뒤 관성에 따라 땅을 미끄러지는 마그마 소를 뛰어넘어 화려하게 착지했다.

"오, 오오……. 하지메 씨, 이 신기능, 쓴 제가 기겁할 정도로 엄청난 위력인데요?"

"그런가 보네. 『충격 변환』이 대체 뭔가 했는데, 이거 제법……."

하지메뿐 아니라 유에와 티오도 무심코 감탄사를 낼 정도로 시아의 일격은 상당한 위력을 발휘했다. 그것은 하지메가 방금 입에 올린 『충격 변환』이라는 고유 마법 덕분이었다.

『충격 변환』은 하지메가 손에 넣은 새로운 고유 마법으로 마력 변환의 파생 기능이었다. 효과는 말 그대로 마력을 충격으로 변환하는 것.

실은 얼마 전 【오르크스 대미궁】에서 하지메가 다짜고짜 으깨 버린 말 머리의 고기를 파일 벙커의 말뚝을 회수하면서 같이 몰래 챙겼는데, 그 고기를 먹고 얻은 능력이었다.

이미 웬만한 마물 고기로는 능력을 얻긴 고사하고 스테이터스조차 변하지 않는다. 그러나 하지메가 코우키 일행의 위치를 파악할 수 있게 해줄 만큼, 강력한 코우키의 한계 돌파로도 쓰러뜨리지 못한 말 머리라면 효과가 있을지도 모른다고 생각해 먹어 본 것이었다. 아니나 다를까, 스테이터스는 많이 상승하진 않았지만 말 머리의 고유 마법을 얻을 수 있었다.

그리고 그 『충격 변환』을 생성 마법으로 광석에 부가하여 드뤼켄에 새로이 부착했었다.

하지메는 마그마 소의 터진 머리를 흥미롭게 바라보았으나 유에의 재촉에 길을 서둘렀다.

그 후 계층을 내려갈 때마다 마물의 종류는 늘어났다. 날개에서 마그마를 흩뿌리는 박쥐형 마물이나 벽을 녹이며 튀어나오는 시뻘겋게 달아오른 곰치 비슷한 마물, 불꽃 가시를 무수히 날리는 고슴도치형 마물, 마그마 속에서 얼굴만 내밀고 마그마를 두른 혀를 채찍처럼 휘두르는 카멜레온형 마물, 머리 위의 중력을 무시한 마그마 강을 헤엄치는 시뻘겋게 달아오른 뱀 등…….

어지간한 마법으로는 몸을 감싼 마그마나 뜨겁게 달궈진 육체에 씨도 먹히지 않는 데다가, 여기저기서 흐르는 마그마를 은폐물 삼아 기습해 오니 성가시기 짝이 없었다. 마물은 몸으로 들이박기만 해도 사람에게는 치명상을 줄 수 있는 데 더해, 주위 마그마를 이용한 공격도 많아서 무기는 무한대라고 해도 좋을 상황이었다. 더불어 위험하다 싶을 땐 마그마로 도망쳐 버리면 그것만으로 안전을 확보할 수 있었다.

설령 모래 폭풍을 돌파할 능력을 가진 모험가라도 마물이 나오는 8계층 이하로 내려갔다가 돌아오지 못했다는 것도 이해가 되었다. 게다가 그 마물들은 쓰러뜨려도 마석의 크기나

질 자체는 【오르크스 대미궁】 40층 수준과 크게 다르지 않았고, 귀중한 광물인 정인석도 표층과 거의 다를 바 없었기에 도전하려는 사람이 없는 것도 납득할 수 있었다.

그리고 무엇보다 귀찮은 점은 시시각각 더해 가는 더위였다.

"허억, 허억…… 더워요오."

"……시아, 덥다고 생각해서 더운 거야. 흐르는 건 그냥 물…… 봐, 시원하지? 후후."

"음? 주인님! 유에가 정신을 놓으려고 한다! 눈이 생기를 잃었어!"

더위에 강한 티오 외에는 하지메 일행조차 쓰러지기 일보 직전이었다. 일단 냉방용 아티팩트로 냉기를 내고 있었지만…… 단솥에 물 붓는 격이었다. 땀이 폭포처럼 흐르며 의식도 몽롱해지기 시작한 유에와 시아를 보고, 하지메도 턱 끝에 맺힌 땀을 훔치면서 잠시 휴식이 필요하겠다고 판단했다.

하지메는 넓은 장소로 나와서 마그마에서 비교적 떨어진 벽에 『연성』을 사용해 굴을 뚫었다. 그곳에 일행을 들이고 마그마의 열기가 직접 닿지 않도록 입구를 최소한으로 줄였다. 그리고 벽에 『광물 분석』과 『압축 연성』을 사용해서 단단한 금속으로 표면만을 코팅한 뒤, 그 곰치나 마그마 분출에 당하지 않도록 안전을 확보했다.

"후우…… 유에, 얼음덩어리를 만들어줘. 잠깐 쉬자. 안 그러면 조만간 치명적인 실수를 저지를 것 같아."

"응…… 알았어."

유에는 멍한 눈으로도 제대로 얼음 속성 마법을 발동해 방 중앙에 거대한 얼음덩어리를 출현시켰고, 티오가 마음을 써서 얼음을 중심으로 냉기가 퍼지도록 바람을 일으켰다. 얼음이 발하는 냉기가 티오의 바람에 실려 방 공기를 순식간에 식혀줬다.

"하아아~, 시원해요~, 이제 좀 살겠어요~."

"……후유."

다리를 W자로 해서 주저앉은 유에와 시아가 눈에 힘을 풀고 축 늘어졌다. 파김치 유에와 시아의 탄생이었다.

하지메는 내심 그런 둘을 귀엽게 느끼며『보물 창고』에서 수건을 꺼내 모두에게 나눠 줬다.

"유에, 시아, 늘어지는 건 좋지만 땀 정도는 닦아. 몸이 너무 식으면 움직임이 둔해지니까."

"……응~."

"알았어요~."

유에와 시아가 길게 늘어지는 목소리로 느릿느릿 수건을 펼치는 동안 티오가 하지메에게 말을 걸었다.

"주인님은 아직 여유로워 보이는군?"

"너만 하겠어? 나도 이 더위는 죽을 맛이야. 좀 더 좋은 냉방 아티팩트를 준비했어야 했는데……."

"흠, 주인님도 배기지 못한다는 건…… 아마 그게 이 대미궁의 콘셉트일 테지."

티오도 못 배길 정도는 아니지만 덥긴 더운지 수건으로 땀을 닦으며 말했다. 하지메는 고개를 갸우뚱했다.

"콘셉트?"

"그래. 주인님에게 이런저런 이야기를 듣고 생각했는데, 대미궁은 시련이라지? 신에게 도전하기 위한 시련……. 하면 저마다 무언가 콘셉트라도 있는 게 아닐까 하는 생각이 들더구나. 이를테면 주인님이 말한 【오르크스 대미궁】은 오만 마물과 다양한 전투를 거쳐 경험을 쌓는 것. 【라이센 대미궁】은 마법이라는 강력한 힘 없이 온갖 공격에 대응하는 힘을 익히는 것. 이 【그류엔 대화산】은 더위에 의한 집중력 저해와 그 상황에서 기습에 대응하는 것이 아닐까?"

"……옳거니. 구조가 어떻건 공략하는 건 변함이 없으니까 깊이 생각하지 않았는데…… 시련 그 자체가 해방자들의 『가르침』이란 건가?"

티오의 고찰에 하지메는 수긍했다. 진성 마조 변태 주제에 지식은 풍부하며 배려심도 깊은 티오에게 「평소에도 이러면 육감적이고 요염함 넘치고 지성적이기도 한 흑발 미인인데……」라며 딱하다는 눈빛을 보냈다.

하지만 티오의 목을 타고 흐른 땀이 맺혀 떨어지며 그 풍만한 가슴 계곡으로 사라지는 것을 목격하고 괜스레 얼굴을 돌렸다. 그리고 그 시선을 돌린 곳에도 땀으로 찰싹 달라붙은 옷을 입고 젖은 속살이 얼핏 비치는 유에와 시아가 있다는 것을 알고, 이번에는 눈이 저절로 유에에게 이끌렸다.

땀을 닦기 위해서 크게 풀어 헤친 순백의 드레스 셔츠로 엿

보이는 맨살은 더위 탓에 상기되어 어렴풋이 붉은빛을 띠었다. 땀으로 빛나는 맨살은 말로 표현하지 못할 만큼 탐스러웠고, 평소보다 뜨겁고 거친 유에의 숨결과 어우러져 몹시 요염한 기운을 뿜었다.

무심결에 눈을 돌리는 것도 잊고 응시하던 하지메는 불시에 고개를 든 유에와 눈이 딱 마주쳤다. 유에의 요염한 자태에 자신들이 처한 상황도 잊고 눈길을 빼앗겼다. ……아니, 거기서 그치지 않고 조금 욕정까지 들고 말았다. 하지메는 멋쩍게 눈을 돌리려고 했다.

하지만 눈을 돌리기 직전에 유에가 요염한 미소를 지으며 하지메의 시선을 붙잡았다. 그리고 옷을 풀어 헤친 채, 마치 고양이처럼 등을 굽히고 천천히 네발로 하지메에게 다가왔다. 하지메의 시선을 잡고 놓아주지 않는 촉촉한 눈망울과 열을 머금고 상기된 볼, 그리고 움직일 때마다 살짝 엿보이는 가슴의 굴곡…….

하지메의 바로 코앞까지 다가온 유에는 양반 다리로 앉은 하지메를 올려다보면서 어리광을 부리는 듯한, 유혹하는 듯한 달콤한 목소리로 말했다.

"……하지메가 깨끗하게 해줘."

하지메는 수건을 무의식중에 받아 들었다. 눈은 여전히 유에의 눈동자에 고정되었다. 하지메는 속으로 이런 유에에게는 못 이기는데, 하며 착잡하게 웃었다. 그리고 살며시 유에의 목에 손을 대려고 하는데…… 시아의 항의로 그 손이 멈췄다.

"거. 기. 두. 사. 람! 조금은 때와 장소를 가리세요! 갈 길도 바쁘고 여기는 대미궁이라구요! 아, 정말! 하여간 정말!"

"아니, 그 뭐냐, 어쩔 수 없잖아? 유에가 너무 매력적인데 어떻게 무시하겠어?"

"……빤히 바라보는 하지메가 귀여워서."

"반성이라는 말 아세요? 애당초 왜 저는 안 보시는 건데요? 바로 옆에서 저도 위험한 복장으로 있는데…… 훌쩍, 자신감 잃어요~. 티오 씨, 티오 씨도 그렇게 생각하죠?"

"뭐, 두 사람은 서로 사랑하는 사이 아니더냐. 별수 있으려고? 나도 장소에 상관없이 매도해줬으면 좋겠구나. ……그래도 뭐, 주인님이 내 가슴에 조금 반응을 보이긴 하더란 말이지~. 이번에는 그것으로 만족하마. 후후후."

티오는 여전히 변태적 발언을 했다. 처음에 티오의 가슴 위를 흐르는 땀에서 섹시함을 느낀 것이 전부 들통나 있었다. 그것을 들은 시아가 자기한테는 눈길도 한 번 안 줬다며 화를 냈고, 방금 때와 장소를 가리라고 말한 것도 잊고서 하지메 앞에서 벗기 시작했다. 자기도 질세라 티오까지 주섬주섬 벗어 대기에 귀찮아서 일단 고무탄을 발포해 조용히 만들었다.

그리고 가슴을 훌렁 내놓고 바닥을 데굴데굴 구르는 시아와, 기분 나쁘게 웃으며 몸부림치는 티오 앞에서 유에의 땀을 닦았다. 여기에 카오리가 없어서 천만다행이라고 내심 안도의 숨을 내쉬며…….

【그류엔 대화산】의 아마도 50층 부근.

현재 하지메 일행이 있는 계층이었다. 왜 『아마도』냐 하면, 하지메 일행이 놓인 상황이 조금 특수해서 현재 계층을 정확히 알 수 없기 때문이었다.

구체적으로는 하지메 일행이 공중을 대하처럼 흐르는 마그마 위를, 적동색 암석으로 만든 쪽배에 탄 채 둥둥 흘러가고 있는 탓이었다.

"하드 모드 인디아나 존스 기분인데……."

하지메는 지구에서 가장 유명하고 다이내믹한 고고학자를 떠올리며 중얼거렸다.

왜 이런 상황이 되었는지…… 단적으로 말하자면 하지메의 실수 때문이었다. 풀어 설명하자면, 조금 전 미궁을 공략하면서 정인석을 찾던 하지메 일행은 집요하게 자신들을 말려 죽이려는 마그마가 이따금 부자연스러운 움직임을 보이는 것을 눈치챘다.

구체적으로는 바위 등의 장애물이 없는데도 흐름이 크게 바뀌거나, 아무것도 없는데 흐름이 급격히 느려지거나, 공중을 흐르는 마그마 중 일부에서만 마그마가 많이 떨어지는 것 등이었다.

대개 그것은 통로에서 벗어난 마그마 건너편이라서 공략에는 방해가 되지 않는다는 이유로 관심을 주지 않았지만, 우연히 『광물계 탐사』의 효과 범위에 그런 장소가 들어갔고 그 부자연스러운 움직임이 『정인석』에 의해 비롯된 것임이 판명되었다. 마그마 그 자체에 포함된 마력이 『정인석』 때문에 진정되어 흐름을 저해하는 결과를 낳은 것이었다.

그렇다면 마그마의 움직임이 강하게 저해받는 장소엔 『정인석』이 많이 있는 게 아닐까? 그렇게 추측하고 찾은 결과, 정말로 대량의 『정인석』이 묻힌 곳을 여러 군데 발견했다. 상당량의 『정인석』을 모은 하지메 일행은 예비용으로 조금만 더 모으자는 생각에 어느 장소로 향했다.

그곳은 공중을 흐르는 마그마가 크게 벽을 우회하며 흐르는 장소였다. 하지메가 연성을 사용해 즉석에서 계단을 만들어 다가가 『광물계 탐사』를 사용하자, 충분한 양의 『정인석』이 묻혀 있다는 사실을 알았다.

하지메는 곧바로 연성의 『광물 분리』를 사용해 정인석만을 회수했지만 더위 때문에 집중력이 저하되고, 몇 번이나 반복한 『정인석』 수집에 긴장이 풀렸는지, 벽 너머의 상태에 생각이 미치지 못했다.

하지메가 자신의 실수를 깨달은 것은 『정인석』을 『보물 창고』에 수납하여 그 효력이 사라진 순간, 『정인석』이 사라진 벽 너머에서 마그마가 뿜어져 나온 뒤였다.

하지메는 순간적으로 뒤로 풀쩍 물러났지만 터져 나오는 마그마의 기세는 격렬했다. 흡사 금이 간 댐에서 물이 분출하여 무너지듯, 마그마가 구멍을 억지로 넓히며 단번에 쏟아져 들었다.

하지메 일행은 그 무시무시한 기세에 눈 깜짝할 사이 마그마에 둘러싸였고, 유에가 장벽을 펼쳐서 버티는 동안 하지메가 연성으로 쪽배를 만들어 목숨을 건진 것이었다. 쪽배는 곧 작열하는 마그마에 녹을 것 같았지만, 하지메가 『금강』의 파생 기능 『부여 강화』로 쪽배에 금강을 걸자 문제는 없었다.

그리하여 마그마 위를 떠내려가는 사이 어느샌가 공중을 흐르는 마그마를 타고 계단과는 다른 길로 【그류엔 대화산】 심층부까지 내려가게 되었고, 때로는 작열하는 급류에서 래프팅 하며 현재에 이르게 된 것이었다.

참고로 공중 마그마 강에 접어들었을 때 곧장 바닥으로 빠질 뻔했으나, 시아가 퍼뜩 중력 마법 『부여 효과』로 쪽배의 무게를 줄여 마그마에 탈 수 있었다. 『부여 효과』는 시아가 닿은 것의 무게를 자신의 체중과 똑같이 조정할 수 있는 기능이었다.

"앗, 하지메 씨. 또 터널이에요."

"해발로 미루어 슬슬 산기슭에 닿겠구먼. 무언가가 있을지도 몰라."

시아가 가리킨 방향을 보자, 하지메 일행이 떠내려가는 마그마가 벽에 뚫린 큰 구멍 속으로 이어져 있었다. 마그마 자체에 비쳐 아래쪽으로 이어진 것이 보였다. 지금까지도 동굴에 들어갈 때마다 계층을 내려왔으므로 평범하게 계단을 타고 내려오는 것보다 속도는 훨씬 빠를 것이다.

티오의 충고에 알았다고 고개를 끄덕이며 하지메 일행은 동굴 안으로 돌입했다. 공중 마그마 강은 널찍한 동굴 중앙을 뱀처럼 구불거리면서 이어졌다. 그리고 차차 고도를 낮추던 마그마 강이 커브를 돈 후, 갑자기 끊겼다. 아니, 정확히는 폭포라고 해도 과언이 아닐 만큼 급격하게 떨어지고 있었다.

"또 이거냐……. 다들 떨어지지 않게 조심해!"

하지메의 말에 일행이 고개를 끄덕이고 쪽배 가장자리나 하지메의 허리에 매달렸다. 롤러코스터가 처음 낙하지점에 오를 때처럼 긴장감이 서서히 밀려왔고, 마침내 하지메 일행의 쪽배가 낙하를 개시했다.

귓가에서 바람이 윙윙 불어제치는 소리가 났다. 무서운 속도의 급류로 변한 마그마를 시아의 중력 마법을 사용한 체중 이동과 티오의 바람으로 제어하면서 내려갔다. 마그마의 점성 따위는 존재하지 않는 것처럼 속도는 계속해서 높아졌다.

하지메는 신발 뒤에 스파이크를 연성해 몸을 고정하며 방심하지 않고 주위를 경계했다. 왜냐하면 꼭 이럴 때만 골라서—.

"쳇, 역시 나왔군."

하지메는 혀를 참과 동시에 돈나를 뽑아 망설이지 않고 방아쇠를 당겼다. 주위에 울려 퍼지는 작렬음. 그것이 세 번 울림과 함께 세 줄기 섬광이 허공을 찢으며 목표를 놓치지 않고 격파했다. 하지메 일행에게 달려든 것은 날개에서 마그마를 흩뿌리는 박쥐였다.

이 마그마 박쥐는 한 마리, 한 마리가 그다지 위협적이진 않았다. 꽤 빠르게 날 수 있다는 것과 마그마가 섞인 불덩이를 날리는 정도밖에 능력이 없기 때문이었다. 하지메 일행에게는 조무래기나 다름없는 적이었다.

하지만 마그마 박쥐의 귀찮은 점은 떼 지어 공격한다는 점이었다. 한 마리를 발견하면 서른 마리는 더 있다고 생각하라는 검은 벌레 같은 마물로, 암벽 틈새 등에서 와르르 튀어나왔다.

지금도 하지메가 마그마 박쥐 세 마리를 순식간에 처리했지만, 격류를 급속히 내려가며 귀를 때리는 바람 소리에 섞여서 어마어마한 수의 날갯소리가 들려왔다.

"……하지메, 왼쪽과 뒤쪽, 맡길게."

"알았어. 시아, 티오, 배 제어는 너희가 해."

"알았어요!"

"그러마. 상은 엉덩이를 때려주면 족하다."

티오의 농담인지 진담인지 모를 변태성 발언은 무시하고, 하지메와 유에가 쪽배 위에서 대각선상으로 등을 맞댄 직후 마그마 박쥐 떼가 모습을 드러냈다.

그것은 이미 하나의 생물이라고 해도 과언이 아니었다. 어마어마한 수의 마그마 박쥐는 마치 새들의 한 치 흐트러짐 없는 무리 비행처럼 한데 뭉쳐서 파도치듯 움직였다. 그 모습은 멀리서 보면 한 마리 용과 같았다. 날개가 마그마를 둘러 벌겋게 달아올라서 이름을 붙인다면 화룡이라 할 수 있으리라.

하나로 뭉쳐 하지메 일행에게 엄습하는 마그마 박쥐는 도중에 두 갈래로 갈라지더니 전방과 후방에서 협공해 왔다. 아무리 한 마리, 한 마리가 약하다고는 해도 하나의 거대한 생물을 이룰 수 있는 숫자라면 보통은 물량으로 밀어붙일 수 있었다.

하지만 이곳에 있는 것은 치터 집단. 단순한 물량으로 밀어붙일 수 있을 만큼 쉬운 상대가 아니란 것은【우르 마을】에서 대지의 양분이 된 마물들로 증명되었다.

"수에는 수로. 배 터지게 먹어라."

하지메는『보물 창고』에서 개틀링 레일 건『메체라이』를 꺼내어 옆구리에 끼고 그 괴물의 방아쇠를 당겼다.

드르르르르르르르! 독특한 사격음을 내면서 무서운 위력과 연사력을 유감없이 발휘한 살의의 폭풍은 그 탄환 하나하나로 까마득히 먼 곳까지 사정없이 관통했다. 동굴 벽을 파괴할 때까지 사선 상에 있는 마그마 박쥐는 저항 한 번 하지 못하고 모두 분쇄되어 땅에 떨어졌다.

거기다 하지메는 로켓&미사일 런처『오르칸』을 꺼내서 메체라이를 든 반대쪽 손으로 어깨에 메어, 무자비하게 그 폭발적 위력을 해방했다. 불꽃의 꼬리를 끌며 날아간 로켓탄은 메체라이의 탄막으로 중앙에 뭉친 박쥐 떼의 한가운데에 들어가 굉음과 함께 막대한 충격을 흩뿌렸다.

결과는 보나 마나였다. 산산이 조각난 마그마 박쥐 무리는 그 몸통의 파편으로 일시적인 소나기를 뿌렸다.

후방에서 쫓아온 마그마 박쥐도 크게 다르지 않았다.

"……『남룡(嵐龍)』."

유에가 오른손을 똑바로 뻗어 그렇게 중얼거린 순간, 녹색 폭풍이 모여 구체를 만들었다. 그리고 순식간에 마치 우화하듯 구체를 깨고 한 마리 용으로 변모했다. 녹색 바람으로 짜인 『남룡』이라고 불리는 바람의 용은 마그마 박쥐 무리를 한 번 노려보고 그 입을 벌려서 가엾은 마물을 먹어 치우기 위해 날아갔다.

당연히 마그마 박쥐들은 불덩이를 날리면서도 『남룡』을 피하려고 또 두 갈래로 갈려 우회를 시도했다. 하지만 유에의 『용』은 모두 중력 마법을 사용한 복합 마법이었다. 당연히 『남룡』도 단순한 바람이 아니라 풍인으로 구성되었으며, 주변 사물을 자신에게 끌어당기는 중력을 내포한 용이었다. 한 번 발동하면 그 중력에서 벗어나기란 지극히 어려운 일이었다.

마그마 박쥐들은 이전 『뇌룡』이나 『창룡』의 먹잇감이 된 마물들처럼 저항도 하지 못한 채, 『남룡』에게 끌려 들어가서 칼날 같은 폭풍에 육체를 난도질당해 피와 살을 흩뿌리며 찢겨 나갔다. 유에가 『뇌룡』이나 『창룡』을 쓰지 않은 이유는 마그마 박쥐가 열에 강해 보였고 날개만 잘라도 충분하다고 판단한 까닭에서였다.

마지막으로 『남룡』은 박쥐 떼의 한가운데에서 터지더니 그 몸을 구성하던 수백 수천의 바람 칼날을 모든 방향으로 흩뿌리며 마그마 박쥐의 섬멸을 완료했다.

"으음, 주인님과 유에의 섬멸 능력은 언제 봐도 무섭구나."

"대단해요오."

티오와 시아가 쪽배를 제어해서 절묘하게 격류를 타며 기가 막힌다는 웃음으로 칭찬했다. 하지메는 그 말에 어깨를 으쓱한 뒤 메체라이와 오르칸을 『보물 창고』에 넣었고, 의기양양하게 가슴을 펴는 유에의 머리를 톡톡 두드린 다음 전방으로 눈을 돌렸다. 유에도 손길에 눈웃음을 짓고는 시선을 사주 경계로 되돌렸다.

기회를 놓치지 않고 은근슬쩍 스킨십을 나누는 하지메와 유에를 본 시아가 「외로워! 나도 관심 좀!」 오라를 내뿜었고 티오가 거기에 편승했다. 하지메는 살짝 난처하다는 표정을 지으면서도 시아의 토끼 귀를 살짝 쓰다듬고 티오의 볼을 콱 꼬집어줬다.

그것만으로도 몹시 기뻐하니까 하지메로서는 난감할 따름이었다.

마물에게 공격받으며 공중 마그마 격류를 내려가는 중인데 일행은 제법 마음의 여유가 있었다. 하지만 그 여유에 찬물을 끼얹고 싶었는지, 지금까지 쭉 하강하던 마그마가 갑자기 상승하기 시작했다.

하강한 여세를 몰아 수십 미터를 올라가자 그 앞에 빛이 보였다. 동굴 출구였다. 하지만 문제는 이번에야말로 정말로 마그마가 끊겼다는 것이었다.

"꽉 잡아!"

하지메의 외침에 일행은 다시 쪽배에 매달렸다. 쪽배는 격류를 내려온 속도를 살려 동굴 밖으로 쾌속 방출되었다.

갑자기 찾아온 부유감에 하지메는 아랫도리가 저릿한 느낌을 맛보며 재빨리 주위 상황을 파악했다. 하지메 일행이 나온 공간은 일찍이 본【라이센 대미궁】최종 시련의 방보다도 더욱 광대한 공간이었다.

【라이센 대미궁】의 방처럼 구형이 아니라 자연 그대로 불규칙한 형태로 이루어져 정확한 넓이는 파악할 수 없었지만, 적어도 지름 3킬로미터는 넘었다. 바닥은 거의 마그마로 뒤덮였고, 곳곳에 솟아오른 암석이 소소한 발판을 제공하고 있었다.

주위 벽도 크게 튀어나온 곳이 있는가 하면 거꾸로 깎여 나간 곳도 있었다. 공중에는 역시나 무수한 마그마 강이 교차했으며, 그중 대부분은 아래의 마그마 바다로 사라지고 있었다.

부글부글 끓는 작열의 바다와 플레어처럼 치솟는 불기둥. 지옥의 가마솥이 있다면 분명 이런 모습일 것이다. 하지메 일행은 아주 자연스럽게 그런 감상을 품었다.

하지만 무엇보다 눈에 띈 것은 마그마 바다 중앙에 있는 작은 섬이었다. 마그마 위로 10미터 정도 불거져 나온 바위섬이었다. 그것만 놓고 보면 다른 발판보다 클 뿐이겠지만 그 위를 마그마 돔이 덮고 있었다. 마치 소형 태양 같은 마그마 구체가 섬 중앙에 존재하는 기이한 광경은 하지메 일행의 눈길을 빼앗기에 충분했다.

"……『내상(來翔)』."

날아가다가 그만 뒤집어진 쪽배를 티오가 공중에서 다시 돌려놓자, 각자 자세를 제어하며 다시 올라탔고 유에가 쪽배의 낙하 속도를 『내상』으로 조정했다.

완만하게 마그마 바다에 내려앉은 쪽배 위에서 하지메 일행은 명백하게 지금까지와는 분위기가 다른 그곳을 최대한 경계했다.
"……저기가 해방자의 은신처?"
유에가 마그마 돔이 있는 중앙 섬에 눈길을 주며 중얼거렸다.
"계층 깊이로 보아도 그렇게 생각하는 게 타당하겠지. 하지만 그렇다면……."
"마지막 가디언이 있을 거다…… 그렇지? 주인님."
"지름길로 온 것 같으니까 이미 지나쳤다고 생각할 순 없을까요?"
하지메의 생각을 티오가 확인하더니 조그마한 이변도 놓치지 않겠다는, 진성 마조 변태라고는 생각하지 못할 눈빛으로 주위를 둘러봤다. 그런 일행의 모습에 시아가 바짝 긴장하면서도 어느 방향을 보며 낙관론을 제시해 봤다.
하지메가 시아의 시선을 좇자 큰 발판과 그 앞에 계단이 있는 것이 보였다. 벽 안쪽에서 이어진 계단이었다. 아마도 정규 루트대로 오면 그 계단으로 나오게 되는 것이리라.
하지만 아무리 마그마 강을 타고 오는 것이 말도 안 되는 일이라고 해도, 대미궁 최종 시련까지 제치고 왔다는 것은 너무 낙관적인 생각이었다. 시아도 「그러면 좋겠는데~」라고 입으로 말하면서 그 날카로운 표정은 전혀 그렇게 생각하지 않음을 말해줬다.
하지메 일행의 그 경계가 옳았다는 것은, 직후 공중을 흐르는 마그마가 총알처럼 날아든다는 형태로 증명되었다.
"내게 맡기거라!"

티오의 기합과 함께 마법이 발동하여 마그마 바다에서 불덩이가 튀어나와 머리 위에서 떨어지는 마그마 덩어리를 상쇄했다.

하지만 그 공격은 단순한 시작 신호에 불과했나 보다. 티오가 날린 불덩이가 마그마와 상쇄되어 사라진 직후, 마그마 바다와 머리 위 마그마 강에서 불덩이가 기관총처럼 날아들었다.

"쳇, 흩어져!"

이대로는 쪽배와 함께 지금 있는 장소에 발이 묶이겠다고 판단한 하지메가 쪽배를 포기하고 근처 발판으로 흩어지도록 지시했다. 엄청난 물량의 불덩이가 조금 전까지 일행이 있던 쪽배를 파괴하고 마그마 바다로 침몰시켰다.

하지메 일행은 각자 다른 발판에 착지해 계속해서 쫓아오는 마그마 덩어리를 격퇴해 나갔다. 방어 자체는 그다지 어렵지 않았지만, 언제 끝날지 모르는 파상 공격에 일행의 표정은 짜증스러웠다. 마그마 바다에서 올라오는, 경치가 일그러져 보일 정도로 뜨거운 공기도 그 짜증의 원인일 것이다.

그런 상황을 타개하고자 하지메는 건 스핀으로 돈나와 슈라크의 재장전을 마침과 동시에, 돌아보지도 않고 슈라크의 총구를 어깨 위로 돌려 후방을 겨눴다. 그리고 전방을 향한 의수 팔꿈치에서 산탄을 발사해 마그마 덩어리를 격파하면서, 뒤에서 유에를 쫓는 마그마 덩어리를 슈라크를 연사해 격추했다.

말은 하지 않아도 그 의도를 정확히 파악한 유에는 한순간 생긴 틈을 이용해 중력 마법을 발동했다.

"……『절화』."

울려 퍼지는 마법의 이름과 함께 하지메 일행 네 사람의 중간 지점에 검게 소용돌이치는 구체가 출현하여, 빗발치는 마그마 덩어리를 잇달아 끌어당겼다. 검고 작은 별은 집어삼킨 모든 것을 초중력으로 짓눌러 압축했다.

유에의 마법으로 불덩이 탄막에 구멍이 생긴 순간, 하지메는『공력』으로 하늘로 뛰어올라 단숨에 마그마 돔이 있는 중앙 섬에 접근했다.

하지메 일행을 덮치는 탄막의 가장 성가신 점은 멈출 수단이 보이지 않는다는 것이었다. 장소로 미루어 분명히【그류엔 대화산】최종 시련일 텐데, 지금까지 겪은 대미궁과 달리 눈에 보이는 적이 존재하지 않아 어떻게 하면 통과할 수 있는지 알 수 없었다. 그래서 가장 수상한 중앙 섬에 쳐들어가자고 생각한 것이었다.

하지메는 허공을 박차서 중앙 섬으로 가며『염화』를 사용했다.

『중앙 섬을 조사할게. 엄호 부탁해.』

『응. 알았어.』

유에의『절화』효과 범위 밖에서 마그마 덩어리가 하지메를 덮쳤지만, 유에가 그렇게는 안 된다며『절화』를 유지한 채 마그마 바다에서 추가로 불덩이를 만들어 격추시켰다.

티오도 마그마 바다에서 무수히 불덩이를 날렸고 시아는 드뤼켄을 망치 형태로 만들지 않고 샷건 모드로 엄호했다.

세 사람의 엄호를 받아 일직선으로 중앙 섬을 향하던 하지메는『공력』으로 마지막 도약을 한 후 착지하려고 했다.

하지만 그 순간—.

"그워어어어어어어!"

"큭?!"

그런 몸속까지 떨리는 중후한 포효가 울리는가 싶더니, 허공을 박찬 하지메의 바로 아래에서 커다란 입을 벌린 거대한 뱀이 덮쳐 왔다.

온몸에 마그마를 두른 탓인지 작열하는 마그마로 가득한 이 장소에서는 열원 감지에도 기척 감지에도 걸리지 않았다. 또, 마그마 바다 전체가 마력으로 가득 차서 마력 감지에도 걸리지 않아 완벽한 기습이 되었다.

하지메는 초인적인 반응 속도로 몸을 비틀어 겨우 그 아가리를 피할 수 있었다.

바로 방금까지 하지메가 있던 장소를 마그마 뱀이 입을 턱 닫으며 지나쳤다.

하지메는 공중에서 고양이처럼 몸을 돌리며 지나치는 뱀의 머리에 총구를 겨누어 쏘았다. 필살의 파괴력을 품은 섬광이 정확히 마그마 뱀의 머리를 포착해 날려 버렸다.

"뭐얏?!"

하지만 울려 퍼진 목소리는 마그마 뱀의 단말마가 아니라 하지메의 경악이었다.

당연히 그 원인은 마그마 뱀에게 있었다.

마그마 뱀의 머리는 확실히 날아갔지만 그것은 마그마가 튀었을 뿐이었다. 안에 내용물이 전혀 없었다. 지금까지 본【그류엔 대화산】의 마물들은 기본적으로 마그마를 몸에 두르고 있었으나, 그것은 어디까지나 두르고 있었던 것이지 육체는 분명히 존재했다. 결코 마그마만으로 구성되어 있지는 않았다.

하지메는 바로 정신을 가다듬고 일단 시험이나 해 보자는 요량으로 머리 외에 다른 부분을 대중없이 쏴 댔다. 몇 줄기 섬광이 사정없이 마그마 뱀의 몸을 꿰뚫었지만 역시나 어디에도 육체는 존재하지 않았다. 아무래도 이 마그마 뱀은 완전히 마그마만으로 구성된 것 같았다.

"귀찮아 죽겠네. 상대 못 해주겠어."

하지메는 놀라면서도 일단 몸 여기저기에 구멍을 뚫어 놓은 덕분에 마그마 뱀이 멈춘 사이, 그 옆을 빠져나가『공력』으로 다시 중앙 섬을 향해 도약하려고 했다.

하지만 마그마 뱀의 공격은 아직 끝난 게 아니었다. 하지메가 옆을 빠져나가려고 한 순간, 머리를 잃고 몸이 너덜너덜해진 뱀은 갑자기 몸을 꼬며 하지메에게 부딪치려고 했다.

하지메는 의수의 산탄을 발사해 그 반동으로 몸을 날림으로써 아슬아슬하게 회피에 성공했다. 그런데 그때, 하지메의 등에 오한이 퍼졌다. 하지메는 본능에 따라서 지체 없이 의수의 산탄을 연속으로 갈기며『공력』까지 병행해 그 자리를 고속으로 이탈했다.

그러자 하지메의 진로를 쫓듯 마그마 바다에서 마그마 뱀이 차례차례 튀어 올라 그 거대한 입을 턱, 턱 닫고 있었다.

하지메는 공중을 빙글빙글 돌며 후퇴하고는 근처 발판에 착지했다. 그 옆으로 일행도 찾아왔다. 하지메가 공격받는 동안에 불덩이 난사가 잠시 멎은 것 같았다.

"……하지메, 무사해?"

"그래, 문제없어. 드디어 기다리던 게 나왔군."

유에는 하지메의 팔에 살며시 손을 대며 안위를 걱정했고, 하지메는 전방에서 눈을 돌리지 않고 살짝 손을 맞잡아 응했다. 그런 하지메의 눈에는 쏴아아, 소리를 내며 연이어 나타나는 마그마 뱀이 비치고 있었다.

"역시 중앙 섬이 종착점인가 보구나. 지나가고 싶으면 우리를 쓰러뜨려 보라는 모양새인데."

"하지만 방금 하지메 씨가 쏜 상대는 아무렇지도 않게 재생했는데요? 쓰러뜨릴 수 있을까요?"

끝내는 스무 마리가 넘는 뱀이 그 대가리를 늘어뜨리고 하지메 일행을 포위해 내려다보는 상황에 이르렀다. 처음 하지메에게 총격을 받은 마그마 뱀도 이미 재생을 마치고 아무 일도 없었다는 양 본래 모습을 되찾았다.

시아가 눈썹을 내리깔고 그 점을 지적했다. 【라이센 대미궁】 때는 재생하는 기사에게 동요해 쩔쩔맸으면서 지금은 냉정하게 공략 방법을 생각하고 있었다. 그것을 알려주듯 토끼 귀가 쫑긋쫑긋 바쁘게 움직였다. 하지메는 제법 늠름해졌다고 작게 미소 지으며 자신의 추측을 말했다.

"아마 바츄람 계열 마물과 마찬가지로 마그마를 형성하기 위한 핵인 마석이 있을 거야. 마그마가 방해해서 내 마안으로도 위치를 알 수 없지만…… 그걸 박살 낼 수밖에 없어."

하지메의 말에 모두가 고개를 끄덕인 것과, 총 스무 마리의 마그마 뱀이 일제히 달려든 것은 동시였다.

마치 태양의 플레어처럼 치솟은 마그마 뱀들은 입에서 불덩이를 날리며 엄습해 왔다. 스무 마리의 전방위 공격. 보통이라면 도망칠 곳도 없이 거대한 질량의 마그마에 삼켜지고 끝날 것이다.

"오랜만에 날리는 일격이다! 맘껏 맛보아라!"

티오가 그렇게 말하고 앞으로 가지런히 내민 양손 앞에 방대한 양의 검은 마력이 출현했다. 그것은 순식간에 한 점으로 모이며 압축되더니 다음 순간 단숨에 해방되었다. 용인족이 자랑하는 브레스였다.

한때 하지메가 온 힘을 다해 방어하게 했던 무시무시한 위력의 검은 섬광은 티오의 정면에서 다가오던 마그마 뱀을 흔적도 없이 소멸시켰다. 그리고 멈추지 않고 팔을 옆으로 돌리며 흡사 거대한 검은 광선으로 된 검을 휘두르듯 마그마 뱀들을 소멸시켜 나갔다.

한 번에 마그마 뱀 여덟 마리가 소멸했고, 그로 인해 뚫린 포위망의 구멍으로 하지메 일행이 뛰쳐나갔다.

흔적도 남기지 않고 날아가 버렸으니 마석이 어디 있건 함께 소멸했으리라 생각했지만 그렇게 쉽게 해결되지 않는 것이

바로 대미궁이었다.

하지메 일행이 방금까지 있던 장소를 덮친 마그마 뱀 열두 마리는 발판을 으스러뜨리며 마그마 바다로 사라졌지만, 다시 출현했을 때는 다시 스무 마리로 돌아와 있었다.

"잠깐, 뭐야? 마석이 박살나는 순간을 확인했는데. 쓰러뜨리는 게 통과 조건 아니었어?"

하지메가 미심쩍게 표정을 찌푸렸다. 티오의 브레스가 마그마 뱀에 도달한 순간, 『순광』을 발동한 하지메는 크게 상승한 동체 시력으로 마그마 뱀 안의 마석이 소멸하는 순간을 똑똑히 확인했다.

하지메가 미궁 공략 방법에 의문을 품고 있는데 시아가 중앙 섬을 가리키며 목소리를 높였다.

"하지메 씨! 보세요! 암벽이 빛나요!"

"뭐?"

그 말에 중앙 섬을 보니 정말로 암벽 일부에서 주먹만 한 빛이 오렌지색으로 빛나고 있었다. 방금까지는 알아차리지 못했지만 암벽에는 무슨 광석이 박혀 있었고 빛은 그곳에서 나는 듯했다.

하지메가 『멀리 보기』로 확인하자, 보호색이 되어 알아보기 어려웠지만 아무래도 상당수의 광석이 규칙적으로 중앙 섬 암벽에 박혀 있는 것 같았다. 중앙 섬은 원추형이므로 광석이 늘어선 간격과 섬의 둘레를 생각하면 어림잡아 100개는 박혀 있을 것이다. 그리고 현재 빛을 내는 광석은 여덟 개…… 방금 티오가 소멸시킨 마그마 뱀과 같은 수였다.

“아하…… 이 마그마 뱀을 100마리 쓰러뜨리는 게 통과 조건이다 이건가?”

“이 더위에서 저걸 100마리 상대하라니……. 미궁 콘셉트에도 맞는구나.”

가뜩이나 더위와 기습으로 지쳤을 도전자를 최후의 순간 가장 오래도록, 가장 강하게 집중해야 하는 상황으로 내몬다. 대미궁에 어울리는 악랄함이었다.

실제로 하지메 일행도 상당히 정신적 피로가 쌓여 있었다. 하지만 그 표정에 피로한 기색은 없었고, 공략 방법만 찾으면 당장에라도 돌파해주겠다는 기세등등한 웃음만이 깃들어 있었다.

그리고 전원이 해야 할 일을 이해하고 다시 정신을 가다듬은 직후, 마그마 뱀들이 다시 덤벼들었다. 마그마 덩어리가 호우처럼 쏟아졌고, 거대 질량의 마그마 뱀이 불규칙한 움직임으로 먹잇감을 태워 죽이고자 몰려왔다.

하지메 일행은 다시 흩어져서 각자 반격에 나섰다.

티오가 용의 날개를 등에 펼치고 그곳에서 발생한 바람으로 몸을 하늘에 띄우면서 진공 칼날을 동반한 회오리를 포격처럼 쏘았다. 바람 속성 중급 공격 마법 『포황(砲皇)』이었다.

“이걸로 아홉 마리다! 지금까지는 내가 한발 앞서고 있구나. 주인님! 내가 가장 많이 쓰러뜨리면 상(벌)을 바라노라! 물론 둘이서만 하룻밤 내내!”

아홉 마리째 마그마 뱀을 날려 버리고 갈가리 찢으면서 티오가 그런 소리를 지껄였다. 하지메는 어이가 없어서 거절하려고 했지만 시아가 그것을 가로막았다.

"앗! 티오 씨만 혼자 치사해요! 저도 참전할래요! 하지메 씨, 저도 이기면 하룻밤이에요오!"

그렇게 외치며 시아는 도약한 곳에 있는 마그마 뱀의 머리에 드뤼켄을 내려찍었다. 드뤼켄이 충돌하는 순간 연청색 마력 파문이 퍼졌고, 이어서 막대한 충격이 발생하며 마그마 뱀을 머리부터 아래에 있는 마그마 바다까지 한 번에 폭발시켰다. 마그마 뱀이 풍선처럼 터진 곳에서는 반짝반짝 빛나는 광물이 흩날리고 있었다. 『마충파』의 충격으로 깨진 마석이었다.

마그마 뱀을 한 마리 물리치고 공중에 떠 있는 시아를 향해 뒤에서 마그마 덩어리가 날아들었다. 시아는 드뤼켄의 사격으로 반동을 줘 피했지만, 그것을 노린 것처럼 시아가 떨어지는 곳으로 마그마 뱀이 입을 크게 벌리고 덮쳐들었다.

하지만 시아는 딱히 당황하지도 않고 마력을 쇼트 부츠에 불어넣었다. 그 순간 신발 밑창의 금속판에 부여된 능력이 발동해 시아의 발치에 연청색 파문을 퍼뜨렸다. 시아는 그 발판을 박차며 다시 무게가 느껴지지 않을 만큼 가볍게 뛰어올라 공중에서 춤췄다.

이 쇼트 부츠는 공중 전투를 할 수 없는 시아를 위해 만든 것으로, 하지메처럼 『공력』을 발동할 수 있게 해줬다. 여기에 시아의 체중 조작이 더해지면 그야말로 『공중에서 춤추듯』 싸울 수 있었다.

예상과 달리 시아 아래를 허무하게 지나친 마그마 뱀에게 시아는 변형시킨 드뤼켄의 총구를 겨누고 방아쇠를 당겼다. 발사된 것은 평소의 산탄이 아니라 슬러그 탄이었다.

단, 보통 슬러그 탄은 아니었다. 하지메 특제, 『마충파』가 부여된 특수 광석을 사용한 총알로 착탄과 동시에 안에 담긴 마력이 충격파로 변환된다. 위력만 따지면 유탄보다 월등히 뛰어났다.

드뤼켄의 포효와 함께 날아간 작렬 슬러그 탄은 마그마 뱀의 등에 직격했고, 머리부터 몸통이 전부 말려드는 대폭발을 일으켰다. 그 충격으로 부서진 마석이 또다시 공중에서 반짝반짝 흩날렸다.

"야, 누구 마음대로—."

"……그럼 나도 둘만의 일일 데이트."

하지메는 티오와 시아가 멋대로 시작한 경쟁에 퇴짜를 놓으려고 입을 열었지만, 그것을 막듯 유에도 토벌 경쟁에 출사표를 던졌다. 밤일과는 별개로, 최근 동료가 늘어나서 둘만의 시간이 부쩍 줄어든 탓에 꼬박 하루를 바라신단다.

유에는 기대에 부푼 분위기를 내면서도 한없이 흉악한 마법을 꺼냈다. 최근 주특기가 된 『뇌룡』이었다.

다만 예전보다 숙련도가 올랐는지 출현한 『뇌룡』의 수는 일곱 마리였다. 그것을 거의 동시에, 각기 다른 표적을 향해 풀었다. 우레의 포효가 울려 퍼졌다. 유에를 물어뜯으려고 한 마그마 뱀들은, 거꾸로 마그마 덩어리 따위는 아랑곳하지 않는 뇌룡 무리에게 차례차례 잡아먹혀 몸 안의 마석과 함께 사라져 갔다.

"역시 유에 씨가 제일 강적이에요!"

"유에 저 녀석은 버그다, 버그! 아무리 봐도 이상하잖느냐!"

그 광경을 본 시아와 티오가 저마다 얼굴에 조바심을 드러내고 투덜거리면서 한층 가열한 공격을 펼치며 토벌 수를 늘려 나갔다.

"……그냥 놔두자. 즐거워 보이니까."

하지메는 자신을 경품으로 내걸고 경쟁에 열을 올리는 세 여자에게 약간 체념한 듯 어깨를 으쓱였다. 그리고 뒤에서 달려든 마그마 뱀을 돌아보지도 않고 어깨 너머로 슈라크를 연사했다.

날아간 총알은 마그마 뱀 각 부위에 균등하게 명중하여 충격으로 마그마 육체를 날려 버렸다. 동시에 그 충격으로 마석이 공중을 향해 날아갔다. 하지메는 몸을 옆으로 비스듬히 돌려 전방에서 날아든 마그마 덩어리를 피하면서, 오른손의 돈나로 마그마 바다에 떨어지기 직전인 마석을 꿰뚫었다.

하지메가 슈라크로 쏜 총알도 시아에게 건넨 것과 같은 작열탄이었다. 단, 총알 크기의 문제로 작렬 슬러그 탄만큼의 위력은 나오지 않았다. 물론 슈라겐 등을 쓰면 그 이상의 파괴력을 낼 수 있지만 이번에는 첫 사용이라서 실험도 겸하여 쌍권총으로 사용해 봤다.

권총 규격의 총알로는 한 방에 마그마 뱀을 마석째 날릴 위력은 없었기에, 하지메는 두 발 정도를 쏴서 마그마 갑옷을 충격으로 날린 후 노출된 마석을 돈나로 정확하게 저격하는 방법을 택했다. 당연히 레일 건이라면 마그마 갑옷은 무시하고 마석을 관통하겠지만, 관통력이 너무 높아서 위치를 알기 어려운 마석을 노리기에는 적합하지 않았다.

계속해서 마그마 뱀 두 마리가 좌우에서 하지메를 협공했지만 『공력』과 『축지』로 고속 이탈하고는 공중에서 몸을 상하 거꾸로 뒤집어 슈라크를 발포했다.

울리는 작렬음은 한 발.

하지만 발사된 살의의 덩어리는 네 발. 좌우에서 맹렬하게 달려드는 마그마 뱀들은 갑자기 사냥감이 사라져 혼란에 빠질 틈도 없이 위에서 덮친 충격에 마그마 몸을 사방으로 흐트러뜨리며 핵인 마석을 노출했다.

동시에 돈나에서 나온 두 줄기 섬광이 1밀리미터의 오차도 없이 두 개의 마석을 꿰뚫어 분쇄했다.

깨닫고 보니 중앙 섬 암벽을 빙 두르며 규칙적으로 박힌 광석은 대부분이 빛나고 있었고, 그렇지 않은 것은 앞으로 여덟 개밖에 남지 않았다. 본격적인 싸움이 시작되고서 아직 10분도 채 지나지 않은 시점이었다.

【그류엔 대화산】의 콘셉트가 악조건으로 집중력이 저하된 상태에서 펼치는 장시간 전투라는 하지메 일행의 추측이 맞다면, 창설자의 의도가 완전히 어긋나 버린 셈이었다.

티오의 브레스가 마그마 뱀을 한꺼번에 쓸었다.

—앞으로 여섯 마리.

시아의 드뤼켄이 날리는 일격과 거의 동시에 작렬 슬러그탄이 발사되어 마그마 뱀을 한꺼번에 파열시켰다.

—앞으로 네 마리.

바로 아래의 마그마 바다에서 유에를 기습하여 물어뜯으려던 마그마 뱀이 유에를 감싸며 똬리를 튼 『뇌룡』에게 막혀 우왕좌왕했다. 그리고 다음 순간, 그 두 마리의 마그마 뱀을 네 마리의 『뇌룡』이 역으로 협공하여 먹어 치웠다.

—앞으로 두 마리.

하지메에게 급속도로 돌진하던 마그마 뱀이 마그마 덩어리를 산탄처럼 흩뿌렸다. 하지만 하지메는 바람에 흔들리는 나뭇잎처럼 마그마 덩어리를 피했고, 마그마 뱀이 물어뜯으려는 순간 교차하며 슈라크를 발포했다. 그리고 몸이 터지며 관성에 따라 튀어나온 마석을 보지도 않고 돈나로 저격해 깨뜨렸다.

마침내 마지막 한 마리만 남은 마그마 뱀이 바로 아래, 마그마 바다에서 기습을 시도했다. 하지메는 그대로 수직으로 『공력』을 사용해 뛰어올라, 아래에서 아가리를 쩍 벌리고 다가오는 마그마 뱀의 입 안을 향해 슈라크를 발포했다.

착탄과 동시에 붉은 충격파가 주위로 퍼지며 마그마가 터졌고 그 틈새로 어렴풋이 마석이 모습을 드러냈다. 하지메는 오른손의 돈나를 겨눴다. 유에와 시아, 티오가 흡족한 눈빛으로 하지메가 마지막 일격을 가하는 장면을 바라보고 있었다.

"이걸로 끝이다."

그녀들을 시야 한구석에 담으며 하지메는 【그류엔 대화산】 공략을 위한 마지막 한 발을 발사했다.

그 찰나―.

머리 위에서 광염(光焰)이 쏟아졌다.

'큿?! 회피, 안 돼, 늦었―!'

하지메의 길게 늘어난 의식이 시야를 전부 뒤덮는 빛줄기에 얼어붙었다.

마치 하늘에서 떨어지는 신벌과 같은 빛은 하지메를 한때 빈사로 몰고 간 빛. 아니, 그보다 아득히 강력할지도 몰랐다. 대기조차 비명을 지르게 하는 웅장하기까지 한 일격은 하지메가 공격을 행하는 순간, 전투 중 가장 무방비한 그 한순간을 노리며 날아들었고…… 하지메를 마지막 마그마 뱀과 함께 집어삼켰다.

믿어지지 않을 만큼 허무하게 하지메의 모습이 사라졌다. 압도적인 파괴의 폭풍 속으로…….

"하, 하지메에에!"

유에의 절규가 울려 퍼졌다. 광염이 하지메를 삼키는 광경을 조금 떨어진 데서 멍하니 지켜볼 수밖에 없었던 시아와 티오는, 이제껏 한 번도 들은 적 없는 유에의 비통한 외침에 퍼뜩 정신을 차렸다.

굉음과 함께 하지메의 머리 위에서 쏟아진 광염은 그대로 마지막 마그마 뱀까지 집어삼키며 작열의 바다에 떨어졌고,

요란하게 일대를 날려 버린 뒤 일시적으로 바다 밑바닥을 들추어냈다.

광염은 한동안 마그마 바다에 구멍을 내다가 차츰 얇아지더니 끝내 허공으로 녹아들듯 사라졌다.

유에는 필사적으로 하지메를 향해 뛰었다. 사라진 빛 속에서 나타난 하지메의 모습이 눈에 들어왔다. 몸은 엉망이었지만 아직 공중에 머물러 있었다. 하지만 가슴과 얼굴을 보호하듯 양팔을 교차한 하지메는 곧 균형을 잃었고, 그대로 광염의 충격으로 거칠어진 마그마 바다를 향해 추락하기 시작했다.

"큭! ……『내상』!"

의식을 잃었는지 힘없이 늘어져 등으로 낙하하는 하지메를 유에가 비상(飛翔) 마법으로 멈췄다. 그리고 뛰어들다시피 끌어안아 곧장 근처 발판에 착지했다.

"안 돼! 하지메! 하지메!"

더없이 강한 초조함을 드러낸 유에는 신수를 꺼내서 하지메에게 먹였다.

하지메의 상태는 상당히 심각했다. 오른팔은 녹아내려 뼈까지 보였고, 왼팔 의수도 반쯤 융해되었다. 안대는 어디로 날아갔는지 사라졌고, 뺨에서 목에 걸쳐 깊은 상처가 나 피가 쉴 새 없이 흘러내렸다. 게다가 복부 전체가 검게 탄화해 버렸다. 그래도 장기까지 다치지 않은 것은 성장했다는 증거일까?

광염이 하지메를 향해 쏟아진 그 순간, 하지메는 간발의 차로 몸을 비틀어 광염을 정면으로 보면서 『금강』의 파생 기능

『집중 강화』와 『부여 강화』를 사용했다. 그 덕택에 머리는 부여 강화된 의수로 보호했고, 심장이나 폐는 오른팔과 돈나로 간신히 지킬 수 있었다. 복부도 특수한 마물 가죽을 사용한 옷에 『부여 강화』를 사용해 지켰다. 하지메 본인의 마력 내성 수치가 워낙 높기도 하여 목숨에는 지장이 없어 보였지만—.

"안 돼…… 치료가 더뎌."

유에가 짜증을 드러냈다. 신수를 사용한 치료가 진행되지 않기 때문이었다.

한때 【오르크스 대미궁】에서 마지막 시련인 히드라와 싸웠을 때, 하지메는 유에를 감싸서 광염에 불타 쓰러졌다.

두 번 다시 보고 싶지 않다고, 두 번 다시 하지메가 이런 꼴을 당하도록 내버려 두지 않겠다고 맹세했거늘…… 하지메가 광염에 삼켜진 광경도, 중상을 입고 힘없이 쓰러진 광경도 마치 그때를 재현하는 것만 같았다. 유에는 분한 마음을 주체하지 못하고 평소의 무표정을 있는 대로 일그러뜨렸다. 하지만 적은 감상에 젖을 시간 따위 줄 생각이 없는 듯했다.

"어리석은 것! 위다!"

"읏, 아차—."

티오의 경고와 동시에 무수한 섬광이 호우처럼 쏟아졌다. 그것은 광염의 축소판이었다. 방금 일격에 비하면 10분의 1 정도인 위력과 규모. 그래도 한 발 한 발이 확실하게 그 몸을 멸할 죽음의 빛이었다.

유에는 두 번째 신수를 하지메에게 먹이는 데 모든 정신이 팔려서 상공에서 쏟아진 무수한 섬광을 눈치채지 못했고, 경고를 듣고 하늘을 올려다봤을 때는 유에의 마법 발동마저 늦은 상황이었다. 앞으로 3초, 아니, 1초만 있으면……. 슬로 모션처럼 길게 늘어난 시간 속에서 유에는 필사적으로 방어 마법을 머릿속에 구축했다.

"어딜! ……『남공(嵐空)』!"

그 몇 초를 티오가 벌었다. 발동한 것은 바람 속성 중급 방어 마법 『남공』. 압축된 공기의 벽이 죽음의 비를 막아 냈다. 직격을 받은 순간 크게 휜 바람의 결계는 본디 그대로 공격을 튕겨 내야 했지만, 그럴 여유는 전혀 주지 않고 연속해서 착탄하는 작은 빛줄기에 결계가 비명을 지르고 있었다. 버틴 시간은 불과 몇 초였다.

하지만 그 몇 초로 충분했다.

"……『성절』!"

유에의 방어 마법이 발동했다. 마음 같아서는 『절화』를 전개하고 싶었지만 아무리 숙련도가 올라서 발동 시간을 단축했다 한들 중력 마법의 구축, 발동의 어려움은 다른 속성 마법에 비할 바가 아니었다. 순간적으로 발동할 수 있는 상급 수준 방어 마법으로는 『성절』이 적당했다.

유에가 들어 올린 팔 앞에 찬란히 빛나는 빛의 장벽이 출현해, 유에와 곁에 쓰러져 있는 하지메를 반구형으로 덮었다. 직후, 티오가 펼친 『남공』이 결국 소형 광염의 폭풍을 버티지 못하고 공기가 파열하는 듯한 소리를 내며 소멸했다. 동시에 약해질 줄 모르는 파괴의 격류가 아래에 펼쳐진 빛의 장벽에 쇄도했다.

쿠구구구구구구구궁!

거대한 폭포와 같은 압력이 유에와 하지메를 소멸시키고자 끊임없이 쏟아졌고 유에의 『성절』이 위태롭게 삐걱거렸다.

"윽, 으, 아아악!"

상상을 초월하는 위력이었다. 이대로 가면 밀리겠다고 판단한 유에는, 배리어처럼 주변 전체를 덮도록 펼친 『성절』을 머리 위만을 지키는 방패 모양으로 변형시켰다. 공격을 막는 범위가 좁아진 만큼 강도는 높아졌다.

주위는 작은 광염의 여파로 쑥대밭이 되었고, 이미 유에와 하지메가 있는 곳 이외의 발판은 티끌로 변해 마그마 바다로 가라앉았다.

이 작은 광염은 집중적으로 하지메를 노리는 것 같았다. 조금 떨어진 발판에 있는 시아와 티오에게는 발을 묶는 정도밖에 쏟아지지 않았다. 그래도 시아와 티오의 발을 묶을 정도의 위력과 정밀도를 가진 탄막이니 예사로운 공격이 아닌 것은 확실했다.

"하지메 씨! 하지메 씨—!"

"진정해라, 시아! 지금 내 방어에서 나가면 너까지 죽어!"

"하지만! 하지메 씨가……!"

소용돌이치는 바람 방패로 공격의 궤도를 꺾는 티오가, 울음을 터뜨릴 것 같은 표정으로 광염의 호우 속으로 뛰쳐나가려는 시아를 한사코 말렸다.

티오라고 하지메가 걱정되지 않겠는가. 시아의 마음은 가슴이 미어질 만큼 이해할 수 있었다. 하지만 축소판이라고는 해도 하지메에게 중상을 입힌 것으로 모자라, 신수조차 제 효과를 발휘하지 못하게 하는 무시무시한 공격이 한창인데 무방비하게 뛰쳐나가게 둘 수는 없었다. 한 손으로 시아의 목덜미를 잡으며 필사적으로 빛의 맹위를 흘려보냈다.

10초인지, 아니면 1분인지.

영원히 이어질 것 같던 광염의 폭풍은 마지막으로 한층 격하게 쏟아진 후 겨우 끝을 보였다. 주위는 보기에도 처참한 상황이었고 여기저기에서 흰 연기가 피어오르고 있었다.

유에와 티오도 마력을 소진해 어깨를 들썩이며 마정석에 비축한 마력을 꺼내서 충전했다.

그리고 동시에 상공에서 감탄 반, 기막힘 반이 섞인 남자의 목소리가 들려왔다.

"……간과할 수 없는 실력이군. 여기서 기다리길 잘했지. 너희는 너무 위험하다. 특히 그 남자는……."

세 사람은 그 목소리가 들린 천장 부근으로 눈길을 돌렸다. 그리고 경악하여 눈을 휘둥그레 떴다. 어느샌가 그곳에는 어마어마한 수의 용과 그 용들과는 비교도 되지 않는 거구를 자랑하는 순백의 용이 하늘을 날고 있었고, 그 백룡의 등에는 붉은 머리에 거무스름한 피부, 조금 뾰족한 귀를 가진 마인족 남성이 있었기 때문이었다.

백룡

"설마 내 우라노스의 브레스에 직격당하고 죽지 않을 줄이야……. 게다가 보고로 들은 강력한 미지의 무기……. 여자들도 마찬가지다. 회룡(灰龍) 쉰 마리의 소사(掃射)를 견디다니 있을 수 없는 일이야. 네놈들은 대체 정체가 뭐지? 몇 가지 신대 마법을 익혔지?"

티오와 닮은 황금색 눈을 험악하게 찌푸려 뜨며 상공에서 내려다보는 마인족 남성은, 하지메 일행이 경계심을 숨기지 않으며 노려보는 것도 개의치 않고 그렇게 질문했다. 세 사람의 힘이 어딘가의 대미궁을 공략하고 얻은 신대 마법 덕분이라고 생각하는 모양이었다.

"질문하기 전에 우선 이름부터 말하는 게 어때? 마인족은 예의란 것을 모르나?"

그런 마인족 남성에게 답한 것은 방금까지 쓰러져 있던 하지메였다. 마인족 남성이 미간을 찌푸렸다. 하지만 그가 입을 열기 전에 여자 세 사람의 목소리가 울려 퍼졌다.

"하지메!"

"하지메 씨!"

"무사한가! 주인님!"

하지메는 간신히 상체를 일으켰지만 역시나 타격이 심한지 다시 쓰러질 뻔했다. 유에가 놓치지 않고 그 몸을 받쳤고, 시아와 티오도 얼마 남지 않은 발판으로 옮겨 와서 하지메를 걱정하듯 다가왔다.

하지메는 근심 어린 눈빛으로 자신을 바라보는 그녀들에게 괜찮다고 웃어 보이고는 제 다리로 일어섰다. 하지만 바로 전투가 가능한 상태는 아닐 것이며 이마에 맺힌 비지땀이 격통을 느끼고 있단 것을 알려줬다. 그래도 하지메는 시선을 일행에게서 상공의 마인족에게로 옮기고 당당한 웃음을 지어 보였다.

"……이제부터 죽을 자에게 이름을 댈 필요는 없을 테지."

"전적으로 동감이다. 그냥 남들이 다 하는 거라 물어나 봤을 뿐이야. 나도 관심 없으니까 신경 쓰지 마. 그런데 친구 팔은 좀 어때? 제법 멋있어지지 않았어?"

하지메는 회복을 위한 시간을 벌 겸 도발하듯 물었다. 마인족 남성의 『보고』라느니 『기다렸다』라는 말을 듣고, 예전 【우르 마을】에서 암약하다가 마지막에 하지메에게 팔을 잃고 도망친 마인족이 떠올랐기 때문이었다. 아마 그 녀석에게서 정보를 얻었으리라는 생각이었다.

마인족 남성은 그 말에 한순간 눈썹을 까딱 움직이고는 방금보다 조금 낮아진 목소리로 답했다.

"마음이 변했다. 네놈은 내 이름을 골육에 새겨라. 내 이름은 프리드 바그어. 이교도 놈들에게 신벌을 내릴 충실한 신의 사도다."

"신의 사도라……. 거창하게 나오시네. 신대 마법을 얻고 그렇게 소개할 수 있게 된 건가? 마물을 부리는 마법은 아니지? ……이런 광염을 쏠 수 있는 마물이 그렇게 우글거릴 턱이 없어. 아마 마물을 만드는 종류의 마법이겠군? 강력한 군대를 만들 수 있다면야 신의 사도라고 자처할 수도 있겠지."

"감은 좋군. 신대의 힘을 얻은 나에게 『그분』께서 직접 말씀하셨다. 『나의 사도』라고……. 그러니 나는 내 모든 것을 걸고 주인님의 바람을 이룰 것이다. 그 걸림돌이 될 수 있는 네놈들을 나는 온 힘을 다해 부정한다."

성교 교회의 교황 이슈타르를 방불케 하는 분위기를 가진 프리드 바그어라는 마인족은 하지메 일행의 존재 그 자체를 정면에서 부정했다.

하지만 그 준엄한 말투에 하지메는 당당하게 웃을 뿐이었다. 회복은 더뎠지만 『마력 변환』의 파생 기능 『치유력』으로 마력을 치유력으로 변환하고 있기에 어떻게든 지혈만은 되고 있었다. 왼팔은 쓸 수 없었지만, 오른팔은 뼈가 보여도 부러지지는 않았으니까 못 쓸 것은 아니었다. 나는 아직 싸울 수 있다. 하지메는 그렇게 다시 마음을 가다듬었다.

"누가 할 소리. 내 앞을 막아선 너는 적이야. 적은…… 전부 죽인다!"

하지메는 그렇게 부르짖으며 격통을 참고 돈나를 프리드에게 들어 방아쇠를 당겼다.

격발의 반동으로 오른팔과 몸이 비명을 질렀지만 모든 것을 적을 향한 살의로 덮어 버렸다. 게다가 『순광』을 발동하며 크로스 비트도 꺼내 출격시켰다. 그와 동시에 유에가 『뇌룡』을, 티오가 브레스를, 시아가 작렬 슬러그 탄을 쐈다.

하지만 회룡이라고 불린 길이 3, 4미터의 용 몇 마리가 훌쩍 사선 상에 들어오더니, 그 직후 정삼각형이 무수히 합쳐진 검붉은 장벽이 출현해 일행의 공격을 모두 막아 버렸다.

그 장벽은 하지메 일행의 막강한 공격력에 몇 초 버티지 못하고 깨지려고 했지만, 뒤에서 다른 회룡이 사선 상에 들어와서 똑같은 장벽을 겹겹이 전개하자 생각대로 돌파할 수 없었다. 잘 보니 용 뒤에는 거북이형 마물이 붙어 있었다. 등딱지가 검붉게 발광하는 것을 보아 장벽은 거북이형 마물의 고유마법 같았다.

"내가 거느린 마물이 용뿐이라고 생각했나? 이 방어는 그리 간단하게 뚫지 못할 거다. 자, 보여주마. 내가 손에 넣은 또 하나의 힘, 신대의 힘을!"

그렇게 말한 프리드는 극도의 집중 상태에 들어가 미동도 하지 않고 중얼중얼 영창을 외기 시작했다. 새롭게 손에 넣은 신대의 힘이라고 말했으니 아마 이 【그류엔 대화산】에서 얻은 신대 마법일 것이다. 신대 마법의 강력한 위력을 아는 하지메 일행은 영창을 하게 두지 않고 더욱 맹렬하게 공격을 퍼붓기 시작했다.

하지만 장벽을 돌파해 회룡 몇 마리를 죽여도 곧 후속 병력이 앞으로 나와 새롭게 장벽을 펼쳐서 하지메 일행의 공격은 프리드에게 닿지 못했다. 마음 같아서는 세 사람에게 엄호를 맡기고 『공력』으로 직접 치러 가고 싶었지만, 회복이 덜 된 지금 가 봤자 회룡 무리에게 격추당하는 게 고작이라 생각한 하지메는 이를 악물었다.

돈나를 넣고 반동이 적은 오르칸을 꺼내어 모든 탄을 퍼부었지만 회룡 몇 마리를 장벽째 날려 버리는 데 그쳤고 여전히 프리드에게는 닿지 않았다. 크로스 비트도 위력이 부족해서 장벽을 파괴하는 데는 이르지 못했다.

그리고 그 시점에서 제한시간이 끝난 것 같았다. 프리드의 영창이 완료됐다.

"……『계천(界穿)』!"

"앗! 뒤예요! 하지메 씨!"

마지막 마법명을 읾과 동시에…… 프리드와 백룡의 모습이 사라졌다. 아니, 정확히는 빛나는 막 같은 것이 출현해서 그곳으로 뛰어든 것이었다.

하지메 일행은 프리드가 마법명을 읾과 동시에 시아가 외친 경고에 따라 경악할 틈도 없이 뒤를 돌아봤다.

그곳에는…… 하지메의 눈앞에서 커다란 입을 벌린 백룡과, 그 등에 타고 하지메를 노려보는 프리드가 있었다. 백룡의 입 안에는 이미 방대한 열량과 마력이 임계점까지 모이고 압축되어 있었다.

하지메가 반사적으로 오르칸을 방패로 삼은 것과 코앞에서 광염이 뿜어져 나온 것은 동시였다.

"크으윽! 으아아아아아아!"

굉음과 함께 앞으로 내민 오르칸에 직격한 광염이 하지메를 수평으로 날려 버렸다. 무지막지한 충격에 가뜩이나 피해를 입은 육체가 비명을 질렀고 하지메가 악문 입에서 고통의 비명이 나왔다.

"하지메!"

광염의 위력에 날아간 하지메를 도우려고 세 사람이 순간적으로 백룡을 공격하고자 했다. 하지만 그것을 미리 알고 있었던 것처럼 회룡의 공격이 그녀들에게 빗발쳐 그 자리에 꼼짝없이 발이 묶였다.

직격은 피했지만 날아간 하지메는 광염의 충격으로 상처가 벌어져서 범상치 않은 양의 피를 흩뿌렸다.

'어떻게 돼먹은 위력이야? 제기랄, 이대로 가면 밀리겠어.'

그래서 하지메는 결단했다. 이 위기 상황에서 무엇을 아끼랴.

발동한 것은 당연히…… 『한계 돌파』다.

하지메의 몸을 붉은 빛줄기가 감싸며 모든 스펙이 폭발적으로 상승한다!

"우아아아아!"

포효를 지르며 오르칸을 쳐들어 광염을 억지로 위로 틀었다. 하지만 완전히 흘리지 못해 광염의 여파로 더 많은 피를 뿜으며 밀려 날아갔다.

백룡이 추격타로 무수한 빛의 탄환을 날렸다. 그런 점까지도 히드라와 똑같았다. 하지만 히드라보다 광염의 위력이 높았다. 그렇다면 필연적으로 빛의 탄환도 더 강하리라.

한 발도 맞아선 안 된다!

"크로스 비트!"

하지메는 극한의 집중으로 색이 바랠 정도로 느려진 세계에서 덮쳐 오는 빛의 탄환을 나뭇잎처럼 흔들리며 밀리미터 단위로 피했다. 지직, 지직, 죽음이 바로 옆을 통과하며 스치는 소리를 들으면서 얼음처럼 차갑게 맑아진 정신으로 반격에 나섰다.

광염의 직격으로 녹아 망가져 버린 오르칸을 넣고, 동시에 돈나를 연사하며 크로스 비트를 소환해 프리드를 강습했다.

"어찌 이리도 끈질기단 말이냐! 한 끗 차이로 결정타를 입히지 못하다니!"

다시 거북이형 마물이 펼치는 장벽에 싸인 프리드는 중상을 입었을 하지메의 끈질김에 어금니를 깨묾과 동시에 경탄의 눈빛을 보냈다. 그리고 백룡을 고속으로 후퇴시키면서 다시 영창을 외기 시작했다.

『그렇겐 안 된다!』

프리드와 백룡은 크로스 비트의 맹공을 버티며 빛의 탄환을 피해 거리를 좁히는 하지메에게서 후퇴해 시간을 벌려고 했다. 그런데 갑자기 공간 전체에 울리는 듯한 신기한 목소리가 들렸다. 그와 동시에 옆에서 엄청난 충격이 찾아왔다.

프리드는 떠밀려 날아가는 백룡에게 매달리는 바람에 무심코 영창을 중단하고 말았다. 그리고 몸길이가 10미터에 이르는 백룡이 날아가게 된 원인을 돌아본 직후, 경악으로 그 눈이 크게 뜨였다.

"아닛, 흑룡이라고?!"

『가짜 주제에 누구 앞에서 까부느냐! 이제 주인님껜 손대지 못할 것이야!』

프리드와 백룡을 날린 것은 프리드의 말대로 『용화』한 티오였다.

용인족이란 사실을 마인족에게 알리는 위험성을 감수하고 그 모습을 드러낸 것이었다. 크기는 백룡보다 조금 작았지만 위압감은 백룡보다 월등히 뛰어났다.

티오가 하지메 일행의 여행에 동행하기로 한 것은 하지메가 마음에 든 것도 있었지만, 이세계에서 온 자들을 확인하고 그들이 어떤 길을 가는지 지켜본다는 이유도 있었다. 그 전제로 자신이 용인족이란 것은 가급적 숨기고 싶었다.

그것은 일족을 지키기 위한 규율이니까 당연한 생각이었다. 아무리 강력한 종족이라고 해도 인해 전술에는 당해 낼 수 없다. 그 사실은 500년 전의 박해로 사무치게 실감했다.

하지만 무적이라고, 다칠 리가 없다고 생각한 하지메가 중상을 입었다. 하늘에서 쏟아지는 광염에 불타서 힘없이 쓰러지는 하지메를 봤을 때 티오의 가슴은 심한 동요에 휩싸였다.

—자신은 무슨 착각을 하고 있었단 말인가. 하지메도 사람이거늘. 다치는 일도 있거니와 한순간의 방심으로 허무하게 죽을 수도 있거늘.

그런 당연한 사실을 겨우 깨달은 티오는, 누구보다도 오랜 세월을 산 자신이 그 뻔한 상식을 잊을 만큼 하지메에게 심취해 있었단 것을 이제야 명확하게 자각했다. 단순한 흥미의 대상도, 장난으로 부르는 주인님도 아니었다.

티오에게 하지메는 한 사람의 여자로서 잃고 싶지 않은 『남자』고, 무엇과도 바꿀 수 없는 동료였다.

그렇기에 타인 앞에서 『용화』를 결단한 것이었다.

동료의 위기에 제 몸을 사린다면 앞으로는 가슴을 펴고 함께 걸을 수 없다. 박해받고도 수호자의 긍지를 가슴에 품고 사는 일족에게 얼굴을 들 수 없다. 무엇보다도 용인족 티오 클라루스의 영혼에 걸고 맹세코, 보신과 소중한 이들의 목숨을 저울질하는 옹졸한 짓은 할 수 없다!

『어린것, 기억해 둬라! 이것이 『용』의 브레스다!』

집속은 한순간—.

굉음과 함께 검은 섬광이 백룡과 프리드를 통째로 삼키고자 엄습했다.

백룡은 몸을 비틀어 다가오는 브레스를 향해 똑같이 광염 브레스를 쐈다. 흑백의 섬광이 양자 사이에서 격돌해 엄청난 충격파를 흩뿌렸다. 바로 아래에 있는 마그마 바다는 충격 지점을 중심으로 미친 듯이 요동치며 해일을 만들었다.

처음에는 비등한 힘 싸움을 벌이던 티오와 백룡의 브레스가 차츰 백룡 쪽으로 밀리기 시작했다.

"큭, 설마 이런 곳에서 용인족 생존자를 만날 줄은…… 어쩔 수 없지. 아직 위험을 동반하지만 이 마법으로 공간째—."

"누구 맘대로."

"윽?!"

용인족에 관해서는 보고를 듣지 못했기 때문인지 프리드는 진심으로 놀란 것 같았다. 예기치 못한 사태에 이를 갈면서 다시 정체불명의 신대 마법을 사용하려고 했다.

하지만 그것은 등 뒤에서 들린 목소리와 발사된 충격으로 중단되었다.

상처에서 피를 뿜으면서도 어느 틈엔가 프리드 뒤로 돌아온 하지메가 돈나를 연사한 것이었다. 한 발의 총성과 함께 날아간 총알은 여섯 발. 그것이 모두 거의 동시에 1밀리미터의 오차도 없이 같은 곳에 명중했다.

프리드의 옆에 있던 거북이형 마물이 프리드가 반응하는 것보다 빨리 장벽을 펼쳤지만, 검붉게 빛나는 장벽은 거의 총구와 맞닿아 발사된 섬광과 충격에 유리창처럼 깨졌다. 초조함을 드러낸 프리드의 품으로 하지메가 파고들었다.

그리고 돈나에 두른 『바람의 손톱』을 발동하여 단숨에 휘둘렀다.

"크아아?!"

간발의 차로 뒤로 물러나 몸이 둘로 나뉘는 꼴은 면했지만, 프리드의 가슴이 가로 일자로 쭉 째졌다. 하지메는 공격을 멈추지 않고 프리드를 할퀸 여세를 사용해 빙글 회전하며 『마력변환』으로 『마충파』를 발동한 뒤 돌려 차기를 날렸다.

"카하아악!"

간신히 왼팔로 방어한 것 같지만 그런다고 막힐 공격이 아니었다. 왼팔이 으스러지고 내장까지 충격을 받은 프리드가 백룡 위에서 수평으로 날아갔다.

주인이 사라진 것을 깨닫고 눈을 돌린 백룡에게 검은 브레스가 단숨에 밀고 들어왔다.

그리고 하지메가 백룡 위에서 뛰어내린 직후 티오의 브레스가 백룡을 광염째로 날려 버렸다.

"루아아아아앙!"

비명을 지르며 날아간 백룡은 브레스를 정통으로 맞은 배에 큰 상처를 입으면서도 공중에서 간신히 자세를 고치고 천장 부근으로 빠르게 날아올랐다. 그곳에는 어느샌가 회룡에 올라탄 프리드가 있었다. 백룡이 상공에서 합류하자 프리드는 다시 백룡으로 올라탔다.

하지메는 『공력』으로 추격하려고 했지만—.

"윽?! 커헉!"

하지메를 감싼 붉은빛이 급속하게 사라지며 상처뿐 아니라 입에서도 피를 토했다. 『한계 돌파』의 제한시간이 찾아온 것이었다. 부상당한 상태로 한계 돌파까지 하는 바람에 상처가 도지고 제한시간도 짧아진 모양이었다. 『공력』이 멋대로 해제된 하지메는 마그마 바다로 낙하했다.

『주인님! 정신 차려라!』

"윽, 티, 티오……."

거의 빠질 뻔한 하지메를 티오가 날아와서 등에 태웠다. 하지메는 『한계 돌파』의 부작용과 상처가 도져 쓰러질 뻔했으나, 간신히 한쪽 무릎으로 버티며 짐승처럼 빛나는 안광으로 상공에 있는 프리드를 노려봤다.

프리드 주위로 일행을 공격하던 회룡들도 모이고 있었다.

"하지메!"

"하지메 씨!"

유에와 시아가 하지메의 이름을 외치며 달려왔고 티오는 근처에 있는 발판에 착지했다. 지금 티오가 공격을 받아 회피 기동을 하면 하지메가 버티지 못하고 떨어질 우려가 크기 때문이었다. 같은 발판으로 넘어온 유에와 시아는 곧장 하지메 곁으로 다가와서 그 몸을 지탱했다.

"……무시무시한 전투력이군. 함께 있는 여자들도 상식을 벗어났어. 멸종했다고 생각한 용인족에, 영창도 마법진도 없이 마법을 쓰는 자, 미래 예지 같은 능력과 초인적 힘을 가진 토인족……. 설마 신대의 힘을 쓰고도 이렇게까지 내몰리다니. 처음 일격을 맞추지 못했다면 땅에 떨어진 건 나였겠군."

가쁜 숨으로 어깨를 들썩이며 무사한 오른팔로 가슴에 난 상처를 누른 프리드는, 무언가를 꾹 억누른 듯한 목소리로 말하면서 하지메와 불꽃 튀는 시선을 나누었다.

"뭘 벌써 이긴 줄 알고 떠들어? 나는 아직 싸울 수 있다고."

하지메는 프리드의 말에 불쾌함으로 얼굴을 찡그렸다. 그리고 몸은 이미 엉망인데도 살의로 눈을 번득이며 전투를 이어나갈 것을 선언했다.

"……그래 보이는군. 네놈에게서 격류처럼 흘러나오는 살의는 아무리 몸이 망가져도 잠잠해지질 않아. 진정으로 무서운 점은 그 전투력이 아니라 적을 물고 늘어지는 적의…… 아니,

살아남으려는 집념인가."

프리드는 한 번 눈을 감고 결연한 표정으로 다시 하지메를 노려봤다.

"이 방법은 쓰고 싶지 않았건만……. 네놈들 같은 강적을 죽이는 데 필요한 대가라고 생각하지."

"뭐라는 거야?"

프리드는 하지메의 질문에 답하지 않고 어느샌가 어깨에 앉은 작은 새 마물에게 무언가를 전했다.

그 직후―.

구구구구구구구구구궁! 쿠궁! 쿵!

공간 전체, 아니, 【그류엔 대화산】 전체에 격진이 일며 엄청난 굉음과 함께 마그마 바다가 거칠게 출렁이기 시작했다.

"우오?!"

"응?!"

"꺄아?!"

『으음?!』

갑자기 아래에서 밀어 올리는 듯한 충격에 휩싸인 하지메 일행은 사인 사색의 비명을 지르며 필사적으로 균형을 잡았다. 격진은 시시각각 강해졌다. 진도로 따지면 이미 7은 확실했다. 마그마 바다에서는 무수한 불기둥, 아니, 마그마 기둥이 치솟기 시작했다.

"하지메 씨! 마그마가!"

시아의 말에 일행이 발판 가장자리를 보자 마그마가 점차 올라오고 있었다.

"무슨 짓을 했지?"

하지메가 이 이상 사태를 일으켰을 범인 프리드에게 감정을 죽인 목소리로 물었다. 프리드는 중앙 섬 바로 위에 있는 천장으로 이동하면서 그 질문에 답했다.

"주춧돌을 파괴했을 뿐이다."

"주춧돌이라고……?"

"이 마그마를 보고 이상하다고 생각하지 않았나? 【그류엔 대화산】은 누가 봐도 활화산이다. 그런데도 불구하고 지금까지 한 번도 분화한 기록이 없지. 그것은 즉 지하 마그마의 분출을 제어하는 요인이 있다는 뜻이다."

"그게 『주춧돌』…… 설마?!"

"네놈이 상상한 대로다. 마그마를 억제하는 거대한 주춧돌을 파괴했다. 얼마 안 가 이 대미궁은 파괴되겠지. 신대 마법을 동포에게도 전해주지 못하는 것은 한스럽지만…… 네놈들을 여기서 처리할 수 있다면 아깝지 않은 대가다. 대미궁과 함께 사라져라."

프리드는 싸늘하게 하지메 일행을 내려다보고는 목에 건 펜던트를 천장으로 들었다. 그러자 천장에 금이 가더니 좌우로 갈라지기 시작했다. 원형으로 열린 천장의 구멍은 그대로 산 정상까지 몇 개의 문을 통해 직통으로 연결됐다.

【그류엔 대화산】의 공략 증표로 지상까지 이어진 길을 연 것 같았다. 프리드는 마지막으로 한 번 더 하지메 일행을 흘

겨보고는 등을 돌려 백룡과 함께 천장의 통로로 사라졌다.

주위의 마그마 바다는 이미 허리케인의 세력권에 들어간 바다처럼 요동쳤고 솟아오르는 마그마 기둥은 점점 그 수가 늘어났다. 하지메 일행의 발판도 가장자리부터 마그마가 흘러들기 시작했다. 마치 세계의 종말 같은 광경이었다.

하지메는 잠깐 무슨 생각을 하듯 눈을 내리깔았다. 그리고 결정을 내린 후 상처를 누르며 일어섰다.

그 직후 프리드와 백룡이 나간 후에도 남아 있던 회룡들이 일제히 작은 광염을 쏘아 댔다. 무슨 일이 있어도 여기서 죽이고 싶은 모양이었다.

유에가 『절화』를 발동해 작은 광염을 빨아들여 공격을 막는 동안, 하지메는 『보물 창고』를 쥐고 티오의 단단한 비늘에 덮인 볼을 만졌다. 머리 위의 회룡들에게 브레스를 쏘려던 티오가 하지메를 돌아봤다.

"티오, 잘 들어. 넌 이걸 가지고 혼자 저 천장으로 탈출해."

티오는 한순간 무슨 말을 하는지 모르겠다는 표정으로 눈만 깜빡였지만 곧 상처받은 눈빛을 보내며 슬픔과 분노 섞인 목소리로 말했다. 하지메의 말이 마치 동료를 버리고 티오만 살아남으라는 것처럼 들렸기 때문이었다.

『주인님. 나는, 나만은 마지막을 함께할 가치가 없다는 것이냐? 나에게 버리고 가라는 말이더냐? 나는…….』

"티오, 그게 아니야. 시간이 없으니까 한 번만 말할게. 나는 아무것도 포기하지 않았어. 신대 마법은 손에 넣을 거고, 언젠가 저 자식은 죽여 버릴 거야. 그리고 『정인석』을 보낸다는 약속도 지킬 거고. 하지만 혼자선 못해. 그러니까 네 힘을 빌려줘. 네가 아니면 모든 걸 돌파하고 기한 내에 앙카지에 돌아갈 수 없어. ……부탁할게, 티오.”

하지메는 지금까지 한 번도 보인 적 없는 진지한 눈빛으로 용화 상태인 티오의 눈동자를 바라봤다. 오만불손하고 무슨 일이든 혼자서 해낼 수 있다는 태도로 일관하던 하지메가 절박하게 부탁하고 있었다.

모든 바람을 이루기 위해서는, 우리가 모든 난관을 뛰어넘기 위해서는, 티오의 협력이 없으면 안 된다며……. 티오의 힘이 필요하다며…….

그 말에는 체념도, 자기희생도, 티오만 떼어 놓겠다는 생각도 일절 담겨 있지 않았다.

티오의 마음이 슬픔과 분노에서 환희로 바뀌었다. 마음에 든 남자가, 아니, 지금은 진심으로 반려로 의식하는 상대가 생사의 갈림길에서 소중한 것을 『맡겼다』. 이에 부응하지 않으면 여자가 아니다.

그렇기에 티오는 단 한마디로 대답했다.

『맡겨 두거라!』

하지메는 티오의 비늘 안쪽에 『보물 창고』를 넣었다. 그렇게 하면 용의 육체를 통해 인간으로 돌아온 티오의 손에 들어가게 된다.

티오는 몸 안쪽에 『보물 창고』가 들어온 것을 확인하고 살짝 하지메에게 머리를 비볐다. 지금 할 수 있는 최대한의 애정 표현이었다. 하지메도 마지막으로 부드럽게 티오를 쓰다듬고 떨어졌다. 티오는 유에와 시아에게도 눈길을 줬다. 두 사람 다 조금도 체념의 빛을 보이지 않고 강하게 고개를 끄덕였다.

"티오, 카오리랑 뮤한테 전해줘. 『나중에 보자』고. 부탁할게."

『후후, 나만 믿거라.』

하지메의 가벼운 전언에 무심코 웃음을 흘린 티오는 잠시 뜸을 들인 후 힘찬 바람을 두르고 단숨에 날아올랐다. 날아드는 작은 광염을 나선으로 비행해 피하며 순식간에 회룡 무리에게 돌진했다. 흑룡의 돌진에 위기감을 느꼈는지 회룡들의 공격이 티오에게 집중되었다.

티오는 쇄도하는 작은 광염을 브레스로 상쇄하려고 했지만 잇따라 추가로 날아드는 공격을 간단히 밀어낼 수는 없었다. 하지만 접전이 펼쳐질까 생각된 그 순간, 아래쪽에서 광염이 뿜어져 나와 티오를 공격하던 회룡을 몇 마리 소멸시켰다.

유에가 『절화』로 압축한 광염을 해방한 것이었다. 이어서 작렬 슬러그 탄이 난발하며 회룡들을 충격파로 날려 버렸다.

그런데 그때, 프리드와 백룡이 바깥으로 나갔는지 천장의 문이 닫히기 시작했다. 시간이 없다고 생각한 티오는 공격에 맞을 것을 각오하고 가속에 집중했다. 그 덕분에 비행 속도는 더욱 증가했지만 회룡에게서 날아든 작은 광염이 티오의 비늘을 부수기 시작했다.

『흥, 이 정도 아픔이 뭐라고! 오히려 좋기만 하구나! 전부 덤벼 보아라!』

그 말 그대로 회룡의 공격이 티오의 몸에 피해를 줄수록 상태가 좋아져 비행 속도가 올라갔다. 『용화』의 파생 능력 『통각변환』의 효과였다. 고통이 심하면 심할수록 기분이 고양되고 임의의 능력이 일시적으로 강화되는 엽기적 파생 능력이었다. 참고로 하지메와 만나고서 수백 년 만에 새로 얻게 된 능력이었다. 파생 능력에 눈을 뜬 감각은 『벽을 뛰어넘었다』기보다는 『문을 열었다』는 표현이 옳겠지만…….

회룡들조차 살짝 기분 나빠하는 가운데, 티오는 마침내 광염의 폭풍을 돌파해 닫히기 직전인 문을 빠져나갔다. 머리 위를 보자 아득히 멀리 작은 빛이 보였다. 지상의 빛이었다. 그곳까지 난 몇 개의 문이 순서대로 닫히는 중이었다.

티오는 앞뒤 생각하지 않고, 마력을 『용화』를 유지할 수 있는 아슬아슬한 수준만 남기고 모든 것을 불사를 각오로 바람 조종에 쏟아부었다.

자신의 긴 생애를 되짚어 봐도 이렇게까지 속도를 낸 적은 없지 않던가. 티오는 글자 그대로 질풍이 되어 날아올랐다.

하나, 둘, 셋…… 문들을 빠져나가며 드디어 마지막 문, 지상으로 이어진 두꺼운 문 하나만을 남긴 곳까지 올라왔다. 검은 바람을 두른 한 발의 포탄처럼 돌진하는 티오. 그런 그녀의 머리 위에서 유성 같은 빛의 탄환이 날아들었다.

아마 티오가 오는 것을 깨달은 프리드가 발을 묶기 위해 공격하는 듯했다. 문은 이미 절반 이상 닫혔다. 회전하며 공격을 피하고, 혹은 회피하지 못해 몸으로 맞아 가면서도 속도만은 늦추지 않고 상승하는 티오에게 백룡의 광염이 쏟아졌다.

마력이 거의 없는지 처음에 보인 위력은 남아 있지 않았다. 기껏해야 절반 정도일까.

하지만 맞으면 작은 광염과는 비교가 되지 않는 피해를 입을 것이다. 그렇다고 회피하거나 반격을 하면 비행 속도가 떨어진다. 그러면 문을 빠져나가지 못할지도 모른다.

『에잇, 좋다!』

티오는 각오를 다지고 오히려 맞은 직후 『통각 변환』으로 속도를 더욱 올려주겠다는 생각으로 돌진했다.

그 순간, 몇 개의 그림자가 티오의 옆구리를 지나쳐 티오와 마주 오는 광염 사이에 끼어들었다.

그것은 티오의 눈에 익은 물체였다. 부유하는 십자가, 올 레인지 병기. 하지메의 크로스 비트였다. 티오의 바로 뒤에 붙어 따라온 것이었다.

날아든 크로스 비트 세 대는 붉은빛을 내며 각도를 틀어 광염을 막았고, 점차 옆으로 흘려보냈다. 광염의 위력에 한 대, 또 한 대가 파괴되었지만 광염이 끊어질 때까지 꿋꿋이 티오를 지켜 냈다. 더불어 티오를 지키듯이 크로스 비트 네 대가 바로 옆을 날았다.

『크하아~, 멋지구나! 주인님, 사랑하느니라—!』

격랑 같은 마그마에 싸여 있을 텐데도 티오에게 크로스 비트를 모두 보내 지하에서 조종하고 있을 하지메에게 감동한 티오는, 천지가 뒤흔들리도록 사랑을 부르짖었다.

용인족 중에서도 특출한 강자였던 티오를 지켜주는 남자는 이제껏 없었다. 왜냐면 그녀는 지키는 쪽이었으니까. 그렇기 때문에 극히 힘든 상황에서 보호를 받는다는 사실에 지금까지 느낀 적 없는 기쁨이 폭발했다.

"크우와아아아!"

용의 포효까지 울리며 드디어 마지막 문을 빠져나왔다. 검은 바람으로 변한 티오가 수직으로 뛰쳐나와 거대한 모래 폭풍에 휩싸이면서도 햇빛이 쏟아지는 천공을 날았다.

"그 상황에서 탈출했다고?! 순 괴물들만 모였군. 하지만 제아무리 흑룡이라고 해도 이미 만신창이다. 여기서 처치—?!"

백룡에 탄 프리드가 머리 위를 뛰어넘은 티오에게 경악하면서도 공격을 가하고자 눈을 날카롭게 떴다. 하지만 그 계획은 말문과 함께 막혔다. 네 대의 크로스 비트가 어느샌가 프리드와 백룡을 사방에서 둘러싸고 있었기 때문이었다.

프리드는 후퇴 도중에 데려온 거북이형 마물로 곧장 장벽을 펼쳤다. 크로스 비트의 공격력으로 장벽을 파괴할 수 없다는 것은 이미 검증되었다. 작열탄이 장전되었다면 이야기가 달랐을지도 모르지만, 원거리 공격 수단이 적은 시아의 작렬 슬러그 탄과 돈나, 슈라크의 총알을 우선한 까닭에 시간이 부족하여 아직 준비하지 못했다.

하지만 크로스 비트에는 또 하나 강력한 공격 수단이 있었다. 그것은 여유로운 표정을 띤 프리드의 얼굴이 얼어붙고, 이어서 백룡과 함께 큰 피해를 입고 날아가는 것으로 증명되었다.

굉음.

크로스 비트가 발포하지도 않고 대뜸 붉은빛이 이상하리만치 강해지는가 싶더니, 다음 순간…… 자폭해 버렸다.

네 대의 크로스 비트가 충격을 남김없이 표적에게 전하기 위해 사방을 둘러싼 탓에, 어마어마한 위력의 충격과 내장된 총알이 폭풍처럼 터져 장벽을 쉽사리 깨뜨리고 프리드와 백룡을 덮쳤다.

"끄아아아!"

"루아아아아앙!"

프리드, 백룡이 함께 비명을 지르며 멀찍이 튕겨 날아갔다.

거기에 쐐기를 박듯 날아온 티오의 회오리가 프리드와 백룡을 모래 폭풍 속까지 날려 버렸다. 티오도 브레스를 쏴서 확실하게 숨통을 끊어 버리고 싶었지만 이미 순간적으로 쓸 수 있는 여력조차 없었다.

티오는 잠시 프리드와 백룡이 사라진 곳을 관찰했다.

그리고 변화가 없는 것을 확인하고는 시선을 돌려 아래에 있는 【그류엔 대화산】을 바라봤다. 방금까지 보인 변태적인 분위기는 조금도 느껴지지 않는 조용한 눈빛이었다.

『믿고 있으마. 주인님, 유에, 시아.』

바람에 묻힐 만큼 작지만 확실한 힘을 품은 혼잣말을 남기고, 티오는 그곳을 뒤로했다.

목적지는 앙카지. 맡은 것을 전하기 위해서.

티오의 모습이 모래 폭풍 너머로 사라졌다.

……수십 분 후.

【그류엔 대화산】을 중심으로 격진이 일었다.

굉음이란 말도 우스운, 대기조차 일그러지는 듯한 대폭발이 발생하여 일시적으로 모래 폭풍까지 걷어 버렸다. 베일을 완전히 벗은【그류엔 대화산】은 시커먼 연기를 자욱하게 내뿜었고, 뜨겁게 달구어진 암석을 토하면서 화산 번개로 스파크를 튀겼다.

현존하는 역사서 중 단 한 번도 기록된 적 없는【그류엔 대화산】의 대분화. 어떻게 보면 귀중한 역사적 순간인 이 기이한 풍경은, 어떻게 된 영문인지 몇 분 후에 부활한 거대한 모래 베일에 싸여 그 모습을 감추고 말았다.

그러나 마치 세계가 비명을 지르는 듯한 굉음도, 치솟은 검은 연기도 앙카지 사람들은 확실하게 관측했다.

불안이 맺혔다.

그것은 소중한 사람의 귀환을 기다리는 소녀와 한 아이도 마찬가지였다.

"자폭은 로망이지."

"응? ……하지메?"

"하지메 씨?"

광염의 호우 속에서 느닷없이 씨익 웃으며 중얼거리는 하지메에게 유에와 시아가 의아하다는 표정을 지었다. 하지메는 아무것도 아니라며 고개를 흔들고, 그녀들에게 부축받으며 힘겹게 도약해서 중앙 섬 끝자락에 발을 걸쳤다.

티오가 떠난 후 주위 마그마는 점점 거칠어졌다. 이미 중앙 섬 이외의 발판은 모두 마그마 바다에 가라앉았다. 5분도 지나지 않아서 중앙 섬도 마그마가 삼켜 버릴 것이다.

쏟아지는 작은 광염을 유에의 『절화』가 빨아들이자, 안달이 난 회룡이 직접 공격해 왔다가 시아의 드뤼켄에 맞아 마그마 속으로 처박히길 반복했다. 회룡은 이미 열 마리도 남지 않았다.

중앙 섬에는 처음 본 마그마 돔이 없어졌고 대신 칠흑의 건조물이 모습을 드러냈다. 그 옆에는 지면에서 몇 센티미터 정도 부유한 원반이 있었다. 바로 위가 방금까지 열려 있던 출구인 것으로 보아 본래는 이것을 타고 지상으로 나가는 것이리라.

하지메 일행은 회룡들이 자신들을 공격하는 것보다 분출하는 마그마 기둥을 피하기에 급급해진 것을 보고 칠흑의 건조물로 다가갔다.

언뜻 보아서는 문도 달리지 않은 단순한 육면체 구조물로 보였지만 벽 일부에 매번 보아 온 7대 미궁의 문양이 새겨져 있었다.

하지메 일행이 그 앞에 서자 소리도 없이 벽이 옆으로 미끄러지면서 열려 안으로 들어갈 수 있었다.

일행이 안으로 들어간 것과 마침내 마그마가 중앙 섬까지 집어삼키고자 흘러든 것은 동시였다. 다시 소리도 없이 닫힌

문이 흘러드는 마그마를 아슬아슬하게 차단했다.

잠시 문을 바라보던 일행은 문이 녹아 마그마가 흘러들 것 같지는 않다며 안도의 한숨을 쉬었다. 이런 장소에 있는 은신처니까 만에 하나의 사태에 대비는 해 두었을 것이다. 따라서 십중팔구 마그마에 견디리라 예상은 했지만 막상 그 결과를 확인하고 안심하게 되는 것은 어쩔 수 없었다.

"우선은 안심이야. 그나저나 이 방은 진동도 차단하나?"

"응. ……하지메, 저거."

"마법진이네요?"

하지메는 방에 들어오자마자 대지진급 진동이 느껴지지 않는 점에 놀랐다. 그리고 옆에 선 유에가 그 말에 대답하며 손가락을 뻗었다. 그 앞에는 복잡하고 정밀한 마법진이 있었다. 신대 마법의 마법진이었다. 하지메 일행은 서로 고개를 끄덕이며 그 안으로 발을 내디뎠다.

【오르크스 대미궁】 때와 마찬가지로 기억이 저절로 흘러나와 미궁 공략의 행적이 뇌 속을 순환했다. 그리고 마그마 뱀을 모두 토벌한 시점에서 공략을 인정받았는지 뇌 속에 직접 신대 마법이 새겨졌다.

"……이게, 공간 조작 마법인가?"

【그류엔 대화산】의 신대 마법은 『공간 마법』 같았다. 이번에도 참 놀라운 것에 간섭할 수 있는 마법이었다. 여전히 신대 마법은 상식을 엿 바꿔 먹은 듯한 성능이었다.

"……순간 이동의 정체."

"아, 그때 갑자기 뒤에서 나타난 거 말이죠?"

유에가 프리드의 기습을 언급하자 시아도 이제야 이해가 된다는 식으로 고개를 끄덕였다.

처음 기습도 아마 공간 마법을 사용해 그 장소에 나타나 공격했을 것이다. 공간 전이, 혹은 공간을 비틀어 숨어 있었는지도 모르지만 성가시다는 점에는 변함이 없었다. 두 번째 기습도 순간적으로 시아가 『미래시』의 파생 능력 『가정 미래』를 사용하지 않았으면 하지메는 정통으로 공격을 맞았을지도 모른다. 기지가 돋보이는 파인 플레이였다.

하지메 일행이 공간 마법을 습득하고 마법진의 빛이 잠잠해지자 벌컥 소리와 함께 벽 일부가 열렸다. 이어서 정면 벽에 빛나는 문자가 떠올랐다.

『인간의 미래가 자유로운 의사 아래 결정되길 열망한다.』

『나이즈 그류엔』

"……심플하네."

그 메시지를 보고 하지메가 품은 솔직한 감상이었다. 주위를 돌아보아도 【그류엔 대화산】 창설자의 은신처치고는 생활감이 전혀 없었다. 정말로 그냥 마법진이 덩그러니 있을 뿐인 장소였다.

"……신변 정리라도 한 것 같아."

"나이즈 씨는 마법 외에 아무것도 남기지 않았나 보네요."

"그러고 보니 오스카의 수기에 나이즈란 이름도 있었지. 엄청 과묵한 인간이었다나 봐."

유에는 하지메를 시아 혼자 부축하게 하고 주먹만한 구멍이 열린 벽으로 가서 안에 든 펜던트를 꺼냈다. 지금까지 손에 넣은 증표와는 조금 분위기가 다른, 정교한 장식의 서클 펜던트였다. 유에가 그것을 하지메 목에 살며시 걸었다.

"마법도 증표도 얻었겠다, 다음은 탈출만 하면 되는데……."

"……어떻게?"

"뭔가 생각이 있으시죠? 아마 바깥은 완전히 마그마 속일 거예요."

말로는 걱정하면서도 유에와 시아에게서 불안은 눈곱만큼도 느껴지지 않았다. 하지메는 두 사람이 보내는 신뢰를 기쁘게 생각하며 탈출 계획을 설명했다.

"물론 마그마 속을 헤엄쳐서 가야지."

"……응?"

"……네?"

압도적으로 설명이 부족한 첫말에 유에와 시아가 역시 몸이 많이 안 좋냐고, 다소 머리를 걱정하는 표정으로 되물었다.

"아니, 제대로 설명할 테니까 그런 눈으로 보지 말아줘. 사실 이 건물 바로 앞에 잠수정을 준비했어. 다음 메르지네 해저 유적에서 필요하다고 생각해서 만들어 둔 거야. 마그마 속에서도 견딜 수 있을지 조금 불안하긴 했지만, 금강으로 감싼 쪽배가 견뎠으니까 괜찮을 거라고 생각했거든. 역시나 괜찮은

가 보더라고."

"대체 어느새 그런 걸……."

시아가 기막혀하며 말했다. 유에의 눈동자에도 비슷한 감정이 보였다.

실은 프리드가 주춧돌을 파괴했다고 했을 때 이미 『보물 창고』에서 직접 마그마 속으로 잠수정을 전송해 뒀다. 녹는다면 바로 강행 돌파해서 티오와 함께 천장으로 탈출할 생각이었지만 잠시 상태를 보아도 녹을 기미가 없었기에(감응석을 넣어서 상태를 알 수 있다) 마그마가 차오른 후에도 탈출할 수 있다고 생각한 것이었다.

다만, 명백하게 이상한 수준으로 【그류엔 대화산】이 격동하며 이곳저곳이 붕괴하고 있었으니 순탄하게 탈출하지 못할 가능성이 컸다. 앙카지로 돌아가야 할 기한이 다가오는 마당에 느긋하게 탈출로를 찾을 시간은 없었다. 그래서 그럴 경우를 대비해 티오를 먼저 탈출시킨 것이었다. 『정인석』을 기한 내에 확실하게 전달하기 위해서…….

"탈출 루트는 당연히 천장의 출구야. 유에, 잠수정 탑승구까지 결계를 부탁할게. 가능하지?"

"응…… 맡겨줘."

하지메의 말에 고개를 끄덕인 유에가 정성을 들여 『성절』을 삼중으로 겹쳤다. 빛나는 장벽이 하지메 일행을 감쌌다. 세 사람은 서로에게 고개를 끄덕이며 문 앞에 섰고, 끓어오르는 마그마로 가득 찬 바깥세상을 향해 문을 열었다.

직후, 작열의 격류가 콰르르 소리를 내며 방 안으로 쏟아져 들었다. 『성절』은 제대로 마그마로부터 일행을 지켜줬지만 삽시간에 온 시야를 짙붉게 물들였다. 각오는 했으나 마그마 속에서 마그마를 보는 믿어지지 않는 체험에 하지메 일행도 말문이 막혔다. 세상이 아무리 넓기로서니 이런 체험을 한 사람은 틀림없이 하지메 일행밖에 없을 것이다.

"밖에 나가면 바로 옆에 있어. 가자!"

"응."

"앗, 네!"

하지메의 호령에 세 사람은 천천히 방 밖으로 나갔다. 아무것도 알 수 없는 닫힌 세계였지만 하지메의 말대로 정말 잠수정이 출구 바로 옆에 대기하고 있었는지 곧바로 『성절』에 부딪쳐 위치를 알 수 있었다.

유에가 장벽을 조절하면서 해치까지 유도하여 세 사람은 간신히 잠수정에 탈 수 있었다. 무심코 몸에 주고 있던 힘이 빠졌다.

그 순간, 지금까지와는 비교가 되지 않는 격진이 공간 전체를 엄습했다. 그리고 돌연 마그마가 일정 방향으로 급하게 흐르는 것이 아닌가. 잠수정은 그 격류에 농락당했고, 안에 있는 하지메 일행은 믹서에 들어간 것처럼 상하좌우로 뒤흔들렸다.

"우왁?!"

"응냐?!"

"하우?! 아파요오!"

각자 선내 벽에 몸을 여기저기 부딪치며 비명을 질렀다. 유에가 순간적으로 『절화』의 응용 마법을 발동해 자신들을 검게 소용돌이치는 작은 구체로 잡아당겨 가까스로 셰이크 상태에서 벗어났다.

"사, 살았어. 고마워, 유에."

"고마워요오, 유에 씨."

"응…… 그보다……."

유에가 『절화』를 이용해 조종석 같은 장소까지 하지메를 옮겼다. 하지메는 마력을 불어넣어 잠수정 조작을 시도했지만, 격한 흐름과 마그마의 점성 때문에 생각대로 움직일 수 없었다.

"쳇, 이게 분화라서 바깥으로 튀어나간다면 오히려 행운이었을 텐데……."

"……아니야?"

벌레 씹은 표정을 짓는 하지메에게 유에가 고개를 갸우뚱거렸다.

"아니야. 마그마 속에서도 방향을 잃지 않도록 크로스 비트에 특정석을 박아 놨어. 자폭하기 전에 탈출구 부근에 발사했으니까 적어도 천장 출구의 위치는 알 수 있는데…… 이 흐름은 출구에서 멀어지고 있어."

"네? 지하로 들어가고 있단 말이에요?"

"그래. 수직이 아니라 대각선으로 하강하는 느낌이지만, 과연 어디로 연결되어 있을지……. 유에, 시아. 역시 바로 돌아가긴 어렵겠어. 이대로 갈 데까지 갈 수밖에."

하지메가 각오를 다진 표정으로 그렇게 말하자, 유에와 시아는 그저 부드럽게 눈매를 누그러뜨리며 살며시 몸을 붙였다.

"……마지막까지 곁에 있을래. 그럴 수만 있다면 아무 문제 없어."

"후후…… 말 그대로 물불 안 가리고, 네요. 저도 두 분과 함께라면 『어디까지든』 따라갈게요!"

"……그래. 그렇지."

하지메도 그런 두 사람에게 표정을 풀어 미소로 화답했다.

세 사람은 잠수정 안에서 몸을 붙인 채 작열의 격류에 휩쓸려 내려갔다.

세 사람이 【그류엔 대화산】에서 탈출하지 못하고 어딘지도 모를 지하 마그마 속을 흘러가고 있을 즈음, 적동색 모래가 휘몰아치는 【그류엔 대사막】 상공을 불안하게 나는 그림자가 있었다.

두말할 것 없이 『용화』 상태인 티오였다.

『으음, 이거 조금 위험하구나. 괘씸한 것들, 성가신 브레스를 내뿜기는……. 하는 수 없지. 주인님, 용서해 다오.』

강행 돌파 탓에 적잖은 광염을 맞은 티오는 광염의 독소에 침식되어 상처가 악화되었다. 이대로는 앙카지에 도착하기 전에 쓰러지고 말 거라고 판단한 티오는 마음대로 비약을 써서 미안하다고 하지메에게 사과하며 『보물 창고』에서 신수를 꺼내 용기째 씹어 먹었다.

브레스 연발과 한계 이상으로 신체 능력, 비행 능력을 끌어올리느라 대량으로 소비한 마력이 빠른 속도로 회복되어 갔다. 또, 상처가 순식간에 낫는 건 아니었지만 적어도 독소의 영향은 억제된 것 같았다.

그 후로 하늘을 날길 몇 시간, 간신히 전방에 앙카지가 보이기 시작했다. 이 이상 비행을 계속하면 앙카지의 감시탑에서 티오가 보일지도 몰랐다. 티오는 한순간 용화를 풀까 생각했다.

『뭐, 그 마인족에게 들킨 시점에서 숨겨 봤자 소용없는 일이지.』

게다가 앞으로 하지메의 여행에 따라가려면 용화가 필요한 경우는 얼마든지 있을 것이다. 그렇게 생각하고 깨끗이 포기하기로 했다.

용인족의 마을은 그렇게 쉽게 찾을 수 없으며 만약 발견되어도 용인족은 쉽게 당하지 않는다. 게다가 500년 전의 악몽, 박해가 다시 찾아와도 티오가 도움을 요청하면 하지메는 분명히 도와줄 것이다. 이러쿵저러쿵해도 하지메는 동료에겐 약하지 않았던가.

그런 생각을 하는 사이 드디어 앙카지 몇 킬로미터 앞까지 왔다. 자세히 보니 감시탑 위가 몹시 어수선했다. 착각으로 공격받아도 귀찮으니 티오는 대문 쪽으로 우회하여 조금 떨어진 곳에 착지했다.

쿠우우웅! 흙먼지를 일으키며 거의 추락하다시피 착지한 티오 곁으로 앙카지 병사들이 대열을 갖추고 다가왔다. 벽 위에서도 많은 병사가 활이나 마법진이 새겨진 지팡이 따위를 들고 대기 중이었다.

자욱하게 낀 흙먼지가 바람에 실려 걷혔다. 병사들이 긴장으로 목을 꿀꺽 울리는 소리가 들렸다. 하지만 모래가 걷힌 곳에 있는 것은 금색 눈의 흑발 미녀였고, 게다가 무슨 이유에선지 무척 피폐한 몰골로 한쪽 무릎을 꿇고 거친 숨을 내쉬고 있었다. 병사들은 하나같이 당황스러운 표정을 짓고 서로 얼굴을 마주 봤다.

혼란에 빠진 병사들 사이로 한 소녀가 뛰쳐나왔다. 티오와 같은 흑발을 가진 여자아이, 카오리였다.

뒤에서 병사들과 영주의 아들 비즈가 위험하다며 제지했지만 카오리는 전부 무시하고 황급히 티오에게 달려갔다.

카오리는 티오가 용인족이란 사실을 알고 있었기에 감시탑에서 온 보고를 듣고 하지메 일행이 돌아왔다고 생각하여 급히 달려온 것이었다.

"티오! 괜찮아?!"

"윽, 카오리? ……그래, 그럭저럭 괜찮다. 조금 피곤하긴 하다만."

카오리는 온몸에 상처를 입고 피폐해진 티오를 보고 안색이 변했다. 바로 옆에 꿇어앉아 서둘러 티오의 용태를 살피기 시작했다. 그리고 처음 보는 독소가 몸에 퍼진 것을 알고는 곧

바로 정화와 회복 마법을 동시에 사용했다.

“어떡해…… 정화가 안 돼…….”

하지만 광염의 독소는 신수로도 해독에 시간이 필요했다. 카오리의 회복 마법만으로 바로 정화할 수 있는 것이 아니었다.

“염려 말거라. 금세 정화될 것이니.”

카오리는 답답함에 표정을 일그러뜨렸으나 조금 전 복용한 신수의 효과와 카오리의 비범한 회복 마법 덕분에 상당히 몸 상태가 나아진 티오는, 카오리에게 미소 지으며 머리를 쓰다듬었다.

티오의 표정을 보고 정말로 걱정할 필요가 없다는 것을 안 카오리는 어깨에서 힘을 빼고 안도의 미소를 지었다. 그리고 주변을 두리번거리고 차츰 불안한 표정을 지었다.

“티오…… 근데 하지메랑 다른 사람들은? 혼자야? 대체 어쩌다…… 그 분화는 또 뭐고?”

“진정해라, 카오리. 내가 다 설명하마. 우선 뒤쪽 병사들을 진정시키고 이야기할 수 있는 곳으로 안내해 다오.”

“앗, 응. 알았어.”

뒤에서 당황한 병사들이 술렁거리는 것을 간신히 깨달은 카오리는 불안을 떨치지 못하면서도 힘차게 고갯짓했다. 티오가 침통해 보이지 않는 것도 냉정을 되찾게 해준 요인이었다.

카오리는 비즈와 뒤이어 달려온 란지 일행에게 가서 사정을 설명하며 티오를 조용한 곳으로 안내했다.

"그럼 세 사람은……."

"그래. 나중에 올 거다. 주인님은 조금도 포기하지 않았어. 시간이 없어서 자세한 말은 듣지 못했지만, 무언가 타개책이 있는 것은 분명해."

【그류엔 대화산】에서 무슨 일이 있었는지를 들은 카오리는 안색이 새파래지며 주먹을 꽉 쥐었다. 앙카지 사람들을 공포에 떨게 한 대분화를 봤을 때부터 느끼던 불안이 급속도로 부풀어 올랐다. 당장에라도 쓰러질 것 같았다.

하지만 카오리가 꽉 움켜쥔 손에 티오가 자신의 손을 살며시 포갰다. 그리고 강한 힘이 담긴 눈빛으로 카오리를 바라봤다.

"카오리. 주인님이 말을 전하라고 했다."

"하지메가?"

"그래. 정확히는 카오리와 뮤에게, 라고 했지만……『나중에 보자』더구나."

카오리는『반드시 돌아간다』라거나『걱정하지 마』라는 등, 카오리와 뮤를 안심시키기 위한 말을 예상했지만『잠깐 편의점 갔다 올 테니까 나중에 합류하자』수준의 가볍기 짝이 없는 말에 입을 멍하니 벌리고 말을 잇지 못했다.

머릿속에선 이 정도로 뭘 심각해하냐며 당당하게 웃는 하지메의 모습이 떠올랐다. 어떤 난관도 웃으며 깨부술 것 같은 믿음직스러운 모습이었다. 그런 모습을 아주 자연스럽게 떠올리게 되는 어설프게 강한 말보다도, 자신들이 가장 안심할 수 있는 말이라고 카오리는 픽 웃었다.

"그래? 그럼 괜찮은 거구나."

"그렇고말고. 설령 제삼자가 보면 절망적인 상황이라도 주인님이라면 아무렇지 않게 불쑥 생환할 거다. 근거가 없어도 그렇게 믿게 돼……."

"응…… 하지메라면 괜찮아. 그러니까 나도 내가 해야 할 일을 해야지."

"잘 생각했다. 물론 나도 도우마."

카오리는 대미궁에서 하지메가 행방불명되었다는 사실에 머리가 어질했지만, 티오와 마찬가지로 주먹을 굳게 쥐며 하지메라면 괜찮을 거라고 믿었다. 그리고 우선 란지 일행에게 넘긴 대량의『정인석』이 슬슬 가루약이 되어 환자들에게 전달되었을 무렵이라고 판단하고, 쇠약해진 사람들을 치료하기 위해 눈에 힘을 주고 일어섰다.

그 후 궁전에서 영주의 딸인 아이리(14세)가 돌보고 있던 뮤와 합류하여 사정을 설명했다.

뮤는 하지메 아빠가 없다며 칭얼거렸지만, 티오가 하지메 아빠의 딸이라면 그렇게 쉽게 울어선 안 된다고 하자 볼을 빵빵하게 부풀리며 열심히 울음을 참았다.

뮤는 해인족이긴 했지만『신의 사도』인 카오리의 동행이며, 조금만 함께 있으면 알게 되는 그 귀여움에 앙카지 궁전에 있는 이들은 너 나 할 것 없이 녹아웃 되었다. 특히 아이리는 병석에서 갓 일어나 외출이 금지된 탓도 있어 뮤에게 푹 빠져 있었다.

티오가 용인족이란 사실에 관해서도 란지는 생각하는 바가 있는 듯했지만, 목숨을 걸고 『정인석』을 가져와 준 공국의 은인이란 점에는 변함이 없으므로 그다지 큰 문제는 생기지 않았다.

카오리는 환자들을 차례차례 치료해 나갔지만 이틀이 지나도 하지메 일행이 돌아오지 않자 차츰 표정이 어두워졌다.

티오는 몇 번이나 【그류엔 대화산】까지 이어진 길을 탐색했으나 하지메 일행의 흔적을 찾지 못해 막막한 마음을 달랠 뿐이었다.

그리고 티오가 돌아온 지 사흘째 되는 밤, 카오리가 뮤와 티오에게 제안했다.

"오늘부로 내 치료가 필요한 환자분은 더는 없을 거야. 이제 안정을 취하면서 시간을 들여 자연 회복을 기다리거나 의료원 사람들에게 맡기면 돼. 그러니까…… 세 사람을 찾으러 갈까 해."

"아빠? 마중 나가?"

"흠, 그래. 나도 슬슬 찾으러 가야겠다고 생각하던 참이었다."

카오리의 제안에 뮤는 기뻐하며 몸을 앞으로 내밀었고 티오는 진지한 표정으로 찬성했다.

"그래도 【그류엔 대화산】에 뮤를 데리고 갈 수는 없겠지?"

"그건 그래. 그렇다면 주인님이 이곳에 뮤를 맡길 이유가 없지. 게다가 지금은 분화의 영향으로 어차피 제대로 탐색하긴 어려울 게야."

"응, 나도 그렇게 생각해. 그러니까 먼저 에리센에 가서 뮤를 엄마에게 데리고 갈까 해."

"흠, 그게 낫겠구먼. ……좋다, 그럼 내 등에 타고 가자꾸나. 에리센까지 서두르면 하루도 걸리지 않을 게다. 아침 일찍 출발하면 저녁에는 도착하겠지."

이야기가 일사천리로 진행되는 옆에서 뮤가 머리 위에 무수한 물음표를 꽃피웠다. 카오리가 뮤에게 조곤조곤 알기 쉽게 설명하자, 뮤는 직접 하지메를 마중 갈 수 없다는 사실에 서글픈 표정을 보였다. 하지만 어머니와도 만나고 싶었는지, 집에서 하지메 아빠가 오길 기다려 달라는 말에 시큰둥해하면서도 알았다고 했다.

친어머니와 저울질할 정도면 정말로 아빠가 다 되었다. 카오리와 티오는 함께 쓴웃음을 짓지 않을 수 없었다.

다음 날 붙잡고 싶어 하는 영주, 특히 열띤 눈빛으로 카오리를 바라보는 비즈에게 전송받으며, 용화한 티오의 등에 탄 카오리와 뮤는 서쪽 하늘로 날아갔다. 뒤에서 성대한 감사와 카오리를 칭송하는 사람들의 목소리가 모래 먼지를 뚫고 울려 퍼졌다.

카오리는 다시 헤어져 버린 사랑하는 이를 생각하면서 반드시 찾겠다는 결의를 가슴에 품고 똑바로 앞을 향했다.

그곳에서 맥 빠질 만큼 싱겁게 재회하게 되리라고는 꿈에도 생각지 못한 채…….

카오리 일행이 【바다 위 마을 에리센】을 목표로 길을 떠났을 즈음, 【하일리히 왕국】에서 코우키와 아이들은 훈련에 여념이 없었다.

하지만 그것은 실력을 쌓기 위한 훈련이라기보다 【오르크스 대미궁】에서 맞닥뜨린 현실적 문제…… 전쟁에 돌입했을 때 과연 『살인』을 할 수 있을까, 라는 마음의 문제를 해결하기 위한 훈련이었다.

아직 마음의 갈피를 잡지 못한 아이들은 그저 막무가내로 몸을 움직였다. 하지만 실전조차 아닌 『훈련』으로 그런 큰 문제를 극복할 수 있을 리가 만무했다. 당연히 진척은 없었다.

어떤 의미로 현실 도피란 것은 본인들도 알고 있었다. 그래서 초조함이 생기는 데도 나아가지 못했으며 그들의 마음에는 날로 우울함이 쌓여 갔다.

더군다나 자신들을 솔선해서 이끌어주던 용사가 그런 상태의 대표 주자 격인 상황이다 보니 필연적으로 성에 남아 있는 학생들의 스트레스도 상당히 쌓였다.

그런 어두운 분위기가 흐르는 왕궁 한쪽 구석, 훈련 시간도 끝났는데 평소 거의 사용하지 않는 또 다른 훈련장에서 짧고 날카로운 호흡 소리가 울리고 있었다.

"훅, 흡."

그에 맞춰 검이 공중에 무수한 궤적을 그렸다. 아름답고 검은 원을 그리는 그 검은, 잔상이 사라지는 것보다 빠르게 미세한 소리와 함께 칼집으로 들어갔다. 그 찰나, 다시 뽑는 손도 보이지 않을 속도로 발도되었다.

공간 자체를 벨 것 같은 날카로운 참격. 그것이 반복될 때마다 포니테일의 끄트머리가 살며시 흔들거렸다.

아무도 없는 훈련장에 홀로 서서 선물받은 칠흑의 칼을 휘두르는 사람은, 반의 양심이자 타의 추종을 불허하는 고생꾼 야에가시 시즈쿠였다.

시즈쿠는 연속해서 펼치던 발도술을 멈추고 한 번 천천히 심호흡하며 눈을 감았다.

뇌리에 한 여자가 떠올랐다. 붉은 머리에 거무스레한 피부. 자신들을 파멸 직전까지 몰고 간 인간족의 숙적. 수많은 마물과 강력한 땅 속성 마법을 사용하는 마인족.

자신을 죽일 뻔한 여자였다. 이미지는 선명하리만큼 또렷했다. 발도 자세 그대로 손잡이에 살포시 얹은 오른손이 무심결에 떨렸다.

'벤다. 반드시 벤다. 베지 않으면, 죽이지 않으면, 이번에는 정말로 동료가 죽어.'

필사적으로 자신을 질타했다. 그때는 기적이 일어났다. 마치 소설 같은 구원의 손길이 있었다. 하지만 그런 기적이 몇 번이나 계속될 리 없다. 그런 불확실한 것에 기대서는 안 된다. 그렇지 않으면 이번에는 정말로 소중한 것을 잃는다.

그러니까…….

"큭, 하압!"

외마디 기합. 살의를 담은 참격. 시즈쿠는 상상 속의 마인족 여성을 확실하게 베었다. 하지만 그것만으로 멈추지 않았다. 한순간 고개를 든 자신의 나약한 마음이 칼을 무디게 했다는 자각이 있었다. 적은 큰 상처를 입지 않았다. 나약한 마음은 용납되지 않는다. 그렇기에 일격을 더한다.

"달려라…… 『바람의 손톱』!"

앞으로 뻗은 칼에 미풍이 불었다. 그것은 이 흑도를 선물한 남자의 기술. 마력을 직접 조작하지 않는 한 보통은 발동할 수 없는 이 기술을 왕국 대장장이들이 쓰러지면서까지 개량하여 쓸 수 있게 해줬다.

기능을 십분 발휘한 흑도는 사용자의 이미지를 충실하게 따라 환상 속의 마인족 여성을 이번에야말로 참살했다. 그 직후—.

"읍, 앗."

희미하게 신음이 흘렀다. 시즈쿠는 부랴부랴 훈련장 구석으로 뛰어가 위장에서 밀려 올라오는 것을 게워 냈다.

"우. 허억, 허억…… 나 참, 훈련할 때마다 이래선 음식이 아까워. 그렇다고 생긴 것도 맛도 별로인 영양식만 먹자니 폐인이 될 것 같고……."

크게 한숨 쉰 시즈쿠는 그런 혼잣말을 중얼거리며 자조하듯 웃었다.

그리고 물통과 부탁해서 받아 온 샌드위치가 놓인 나무 그늘로 비틀비틀 걸어갔다. 훈련하면 이렇게 되리란 것은 알고 있었다. 식욕이 없어도 토한 만큼 보급을 해야 몸이 버틴다.

억지로라도 보급할 필요가 있었다.

훈련장 외곽에 늘어선 나무 아래 앉아 먼저 물을 한 모금 마셨다. 미리 시원하게 식혀 둔 물이 더운 몸과 시큼한 입 속을 개운하게 씻어줬다.

"하아……."

자기도 모르게 한숨이 나왔다. 시선은 해가 저물어 가는 서쪽 하늘을 보고 있었다.

그런 그때, 불시에 울음소리가 들렸다.

"야옹~."

"응?"

놀라서 시선을 떨어뜨리자 그곳에는 어느샌가 밤색 고양이가 와 있었다. 지구의 것와 똑같은 모습을 한, 토터스에도 존재하는 평범한 고양이였다.

"너 어디로 들어왔니?"

이곳은 왕궁. 높은 성벽과 깊은 해자(垓子), 그리고 산을 등져 철벽을 자랑하는 장소였다. 고양이 한 마리라도 들여보낼 리가 없었다. 시즈쿠가 조심스럽게 손을 뻗자 고양이는 경계하는 척도 않고 손길을 받아들였다. 밤색 털은 윤기가 자르르 흘러 꼼꼼히 손질되었다는 것을 알 수 있었다.

"어디 귀족이 키우는 고양이인가? 주인님한테서 도망쳐 왔니?"

"우냐아~."

목을 쓰다듬자 고양이는 목을 고로롱거리며 시즈쿠에게 다가와 몸을 비볐다. 시즈쿠가 만지는 게 마음에 드셨나 보다.

자신에게 몸을 비비는 밤색 고양이를 보고 시즈쿠는 입을 헤벌쭉 벌렸다.

"……귀, 귀여워."

조금 전까지 보이던 살벌한 분위기도, 침울한 기분도 안개처럼 흩어지고 골골 울어 대는 고양이에게 푹 빠졌다.

아마도 지쳐 있던 탓이리라. 쿨한 미인으로 통하며 귀족 영애에게서 『언니』라고 불리는 시즈쿠는…… 금기를 저질렀다.

"귀엽다냥. 그래도 주인님에게서 도망치다니 못된 아이구냥. 그런 아이에게는 시즈쿠 언니가 벌을 주겠다옹."

그렇다. 금기, 『고양이어(語)로 대화하기』였다. 늠름한 시즈쿠밖에 보지 못한 영애들이 지금 시즈쿠를 본다면 분명 자신의 눈을 의심하거나 코에서 행복을 분출하며 피바다에 가라앉을 것이다.

시즈쿠는 야옹야옹하며 낯을 가리지 않는 고양이를 더듬고 또 더듬었다.

중요한 일이므로 한 번 더 말하겠다. 시즈쿠는 지쳐 있었다.

잠시 시즈쿠의 손에 몸을 맡기던 고양이는 천천히 걸음을 내딛더니 샌드위치가 든 바구니에 코를 대고 냄새를 맡았다.

"왜 그러냐옹? 샌드위치 먹고 싶냐옹?"

고양이는 눈빛으로 호소했다. 「완전 먹고 싶어」라고…….

귀여운 요구에 시즈쿠가 웃었다. 입이 찢어지려고 했다. 물론 거절은 하지 않았다. 다만, 준비한 샌드위치는 너무 커서 고양이가 먹기에는 적당하지 않았다.

"잠깐 기다려냥. 지금 시즈쿠 언니가 칼로 잘라주겠다냥."

손으로 자르라고 따질 사람은 지금 이곳에 없었다. 그리고 샌드위치를 한 손에 들고 허리를 낮춰 발도 자세를 취하는 것을 따질 사람도 없었다. 방금 상상 속에서 사람을 죽인 칼로 샌드위치를 자르려는 여자, 야에가시 시즈쿠.

세 번째지만 구태여 말하겠다. 시즈쿠는 지쳐 있던 것이다!

"달려라…… 『바람의 손톱』!"

분명 제작자는 상상조차 못했을 용도로 쓰이게 된 흑도가 공중에 던진 샌드위치를 현란하게 스쳤다.

원형을 유지한 채 시즈쿠의 손바닥에 떨어진 샌드위치는 시즈쿠가 한 손으로 능숙하게 칼을 넣은 순간 1센티미터 크기의 사각형으로 나뉘었다.

고양이에게 멋진 모습을 보여줬다고 생각한 듯 시즈쿠는 한껏 폼을 잡으며 말했다.

"또, 하찮은 것을 베어 버렸다냥[#4]."

그리고 의기양양한 얼굴로 돌아보는데—.

"……."

"……."

눈이 맞았다. 고양이가 아니라, 오묘한 눈빛을 한…… 릴리아나 왕녀와.

그 표정 그대로 굳어 버린 시즈쿠. 말이 없는 왕녀님. 정적

#4 또, 하찮은 것을 베어 버렸다냥 만화 『루팡 3세』의 등장인물 이시카와 고에몽의 대사 패러디.

이 깔렸다. 어느샌가 샌드위치 하나가 없어지고 고양이도 사라졌다.

바람이 휭 불고, 침묵이 깨졌다.

"……하찮은 것을 베어 버렸냐옹?"

왕녀님이 물었다.

"우, 우냐아아아아아아아아아아아아아!"

시즈냥의 대답은, 물론 고양이어 절규였다.

"보지 마아. 이런 날 보지 마아! 차라리 죽여줘어."

"아, 아이참, 괜찮다니까요. 후후, 무척 귀여웠는걸요."

훈련장 한쪽 구석에서 시즈쿠가 수치심에 주저앉아 있었다. 릴리아나는 그런 시즈쿠 옆에 쭈그려 앉아 웃으며 위로했다.

시즈쿠가 재기할 때까지는 조금 시간이 걸렸다. 어떻게든 정신을 추스른 시즈쿠는 살짝 원망스러운 눈초리로 릴리아나에게 물었다.

"그런데 릴리가 웬일이야? 이렇게 인기척도 없는 훈련장에 일부러 온 걸 보면 나한테 볼일이 있는 거 아냐?"

그 말에 릴리아나는 조금 표정을 딱딱하게 굳히고 입을 열었다.

"볼일도 있긴 있지만…… 다른 분들 근처에 시즈쿠가 보이지 않아서요."

아무래도 동료와 함께 있지 않아서 걱정한 모양이었다. 시즈쿠는 릴리아나의 마음 씀씀이에 웃음 지었다.

"걱정해줬구나. 고마워, 릴리. 그래도 나는 괜찮아."

"하지만 왜 이런 곳에서, 그것도 혼자……."

이유도 없이 혼자 있고 싶을 때가 있다. 시즈쿠는 릴리아나가 알아차리기 전에 그 말을 도로 삼켰다. 하지만 어릴 적부터 귀족과 타국의 사신을 상대해 온 릴리아나에게는 감출 수 없었다.

"시즈쿠는 너무 무리를 해요. 나라를 위해서 기대고 있는 제가 말하는 건 주제넘는 짓일지도 모르겠지만……."

"그런 생각 안 해. 우리를 위해서 릴리가 얼마나 마음을 써 주고 있는지 알아. 게다가 나도 무리하는 게 아니야. 다만 지금 아이들은 머리가 복잡할 테니까, 때로는 이렇게 거리를 둘 필요도 있어."

순전히 그런 이유 때문일까? 릴리아나는 도저히 그렇게 생각할 수 없었다. 하지만 웃으며 딱 잘라 괜찮다고 말하는 시즈쿠를 더 추궁해 봤자 도리어 난처하게 할 뿐이라고 생각하여 화제를 전환하기로 했다.

"역시 상황이 많이 안 좋은가요?"

"좀 그래. 오르크스에서 겪은 패전의 충격은 쉽게 떨쳐 내지 못할 거야. 특히 코우키는 카오리 일도 있으니까……."

좋아하는 사람과 여행을 떠난 친구를 생각하며 시즈쿠는 서쪽 하늘을 바라봤다.

"쓸쓸한가요?"

시즈쿠의 옆얼굴에서 적적함을 느낀 것은 아니었다. 다만 그 눈빛에서 무언가를 느낀 릴리아나는 그렇게 물었다.

"딱히 쓸쓸하진 않아. 이곳에 없어도 카오리와는 이어져 있다고 믿고 있어. 게다가 이렇게 찾으러 와주는 걱정꾸러기 공주님도 있고 말이야."

시즈쿠가 조금 짓궂은 웃음을 지으며 말하자 릴리아나는 무심코 시즈쿠의 자칭 『동생』들과 마찬가지로 볼을 붉히고 말았다.

"역시 모두의 언니답네요."

시즈쿠가 릴리아나의 볼살을 꼬집었다. 언니라고 부른 벌이었다. 틀림없이 『동생』들에게는 포상이리라. 릴리아나의 귀에 질투 난다느니, 부럽다느니 하는 영애들의 원념이 환청처럼 들렸다.

"그래서, 결국 무슨 일로 온 거야?"

시즈쿠가 자기 이야기는 이제 됐다며 릴리아나의 첫 용무를 물었다. 볼 꼬집기 형벌을 받아 볼이 살짝 붉어진 릴리아나가 답했다.

"마인족의 변화와 나구모 씨에 관해서예요."

"역시 그 이야기구나. 폐하나 교회는 뭐래?"

【오르크스 대미궁】에서 귀환한 후 지금까지 왕궁의 분위기는 상당히 어지러웠다. 그도 그럴 수밖에 없었다. 용사 일행의 보고에 의하면 마인족은 강력한 마물 군세를 늘려 가고 있으며 용사 파티가 한 번 패주했다고 하니까 말이다. 인간족이 멸망할 위기였다.

그리고 인간족의 희망이 될 터였던 용사마저 궁지에 내몬 상대를, 불합리할 만큼 압도적 힘으로 처치한 하지메 또한 왕국과 교회를 떠들썩하게 한 원인이었다.

파발꾼에게서 【우르 마을】 사건은 간단하게 보고받았다. 내용이 내용이다 보니 모두 반신반의했지만, 【오르크스 대미궁】의 사건은 그 의심을 걷어 내기에 충분했다.

한때 『무능』이라고 불린 소년이 얻은 압도적 힘의 비밀이나 미지의 아티팩트는 마인족의 위협에서 인간족을 구할 수 있는 것이었다. 어떻게 흥미를 가지지 않을 수 있으랴.

그런데도 불구하고 정작 본인은 돌아오지 않을뿐더러 동료의 손을 뿌리치고 독자적으로 행동한다고 한다.

왕궁이나 교회 입장에서는 불편한 이야기였고, 그 처우를 어떻게 할지가 요즈음 최고의 화젯거리였다. 회의는 제자리걸음만 되풀이하고 있었다.

그런 상황이 마침내 종결됐나 보다. 시즈쿠는 어떤 형태로든 결론이 났으리라 기대했지만, 릴리아나는 웬일로 한숨을 쉬면서 고개를 저었다.

"결론다운 결론은 아무것도 나오지 않았어요. 마인족에 관해서는 한시라도 빨리 용사, 코우키 씨와 일행분에게 대항할 힘을 붙이라거나, 마물 대군을 조종한 학생이 있었으니까 더 있을지도 모르니 천직을 재조사하자는 그런 이야기뿐이에요. 문제는 실력보다 마음에 있는데도 교회 분들은 그걸 이해하지 못해요. 신의 사도로 뽑혔으면서 왜 적을 무찌르길 주저하는가, 왜 주어진 사명에 기뻐하지 않는가, 라고요."

릴리아나도 성교 교회의 경건한 신자였다. 시즈쿠는 그런 릴리아나가 교회 사람에게 이런 말을 하는 것을 이상하게 바라봤다.

시즈쿠의 의문을 눈치챈 릴리아나는 어색하게 웃었다.

"현실적 문제에서 사상이나 감정을 떼어 놓는 건 특기거든요."

이것이 왕녀의 진수인가. 그녀의 열네 살이라는 나이를 생각하면 시즈쿠로서는 미묘한 표정을 지을 수밖에 없었다.

"뭐, 교회 분들도 예전에는 이렇게까지 극단적이지는 않았던 것 같은데……. 역시 여유가 없는 건지도 모르겠네요. 어쨌거나 교회 측에서 무리한 접촉을 해 올지도 몰라요. 여러분이 불안정한 지금은 무엇을 계기로 상황이 위험한 방향으로 흘러갈지 모르니까 일단 사전에 전해 둬야겠다고 생각했어요."

"그랬구나. ……응, 알았어. 고마워, 릴리."

마음의 준비를 하는 것과 하지 않는 것은 전혀 다르다. 사전에 알고 있으면 무슨 말을 들어도 어느 정도는 흘려보내고 자신의 머리로 냉정하게 생각할 수 있을 것이다.

"그럼 나구모에 관한 건?"

시즈쿠의 질문에 릴리아나는 한순간 말을 꺼내지 못했다. 시즈쿠의 가슴속에 불길한 예감이 스쳤고 그 예감은 들어맞았다.

"나구모 씨에게, 이단자 지정 이야기가 나왔어요."

"농담은, 아니구나."

—이단자 지정.

모든 인간에게 합법적 토벌이 허용되는, 교회가 가진 강대한 권력 중 하나. 신의 적이기 때문에 이단자로 지정된 자에게는 무슨 짓을 하더라도 용서받는다. 그리고 지정받은 자를 방조하는 행위가 전면 금지된다. 그것은 다시 말하자면 이 세계에서 살아가는 것을 불허한다는 결정이다.

"어디까지나 그런 이야기가 나왔다는 것뿐이에요. 실제로 이루어지지는 않을 거예요. 교회에 따르지 않는다는 이유만으로 발령할 수 있을 만큼 가벼운 게 아니거든요. 다만 사람의 입은 결코 막을 수 없어요. 회의 중에 흥분해서 나온 발언이라고 할지라도 한번 그런 이야기가 나왔다는 소문은 퍼질지도 몰라요. 그리고 이단자 지정 후보에 올라갔다는 것만으로 나구모 씨에 대한 인식은 그다지 좋지 않아지겠죠."

"즉, 릴리는 『퍼뜨리지 말라』고 하고 싶은 거지?"

"네. 인간족 존속의 위기니까 발언이 과격해지는 건 불가피한 면이 있어요. 그 탓에 그런 이야기가 나왔다는 것뿐이죠. 여러분이 이 이야기를 들어도 모쪼록 그 정도 인식에서 그쳐주세요. 나구모 씨에게 어떤 방침을 취할지는 아이코 씨가 돌아온 뒤 보고를 듣고 나서 이루어질 거예요."

시즈쿠는 진지한 눈빛으로 그렇게 충고한 릴리아나의 진의를 정확하게 파악했다. 릴리아나는 하지메가 돌아올 곳을 지키려고 했다. 하지메 본인을 위한 일이기도 하겠지만, 가장 큰 이유는 그를 따라간 카오리를 위해서일 것이다. 친구 곁으로 돌아와도 그곳에 좋아하는 사람이 있을 곳이 없다면 분명히 괴로울 테니까.

“정말 고마워, 릴리.”

시즈쿠는 친애의 정을 한껏 담아 감사했다.

“……신의 뜻이라고는 해도 저희 사정에 말려들게 했는걸요. 할 수 있는 일은 해야죠. 그러지 않으면 정말로 하늘에 얼굴을 들 수가 없어요. 게다가…… 시즈쿠와 카오리는 제 소중한 친구잖아요.”

그렇게 말한 릴리아나는 조금 쑥스러운 듯 얼굴을 돌렸다. 시즈쿠는 무심코 릴리아나를 끌어안고 정정했다.

“친구가 아니라 절친이지!”

릴리아나의 뺨이 새빨갛게 물들었다.

그 후, 할 이야기를 마친 두 사람은 수다 타임으로 돌입했다. 왕녀라는 입장에 있는 릴리아나와 반에서 가장 고생이 많은 시즈쿠는 피차 맘고생이 끊이지 않았다. 그렇기에 친구끼리 아무것도 아닌 이야기로 수다를 나누는 시간이 무엇보다도 마음을 달래줬다.

다만 두 사람이 즐거운 시간을 보내는 대가로 몇 명의 존엄이 희생되기도 했다. 예를 들면 카오리에게 연심을 품은 란델 전하가 충격으로 드러누운 끝에, 최근 매일 밤 릴리아나에게 안겨 울기 위해 찾아온다는 이야기. 그 란델 전하가 마음을 다잡았는가 싶더니 갑자기 코우키에게 가서 「카오리를 빼앗기다니, 어찌 이리 한심한지고! 남자로서 부끄럽지도 않으냐?!」

라고 소리쳐 코우키가 가슴을 부여잡고 털썩 쓰러진 이야기. 자신의 말이 부메랑이 되어 돌아와 똑같이 털썩 쓰러진 란델 전하의 이야기. 그리고 하지메의 외모에 관한 이야기.

모두 본인들이 들으면 며칠은 침대에 드러누울 흑역사였다.

진짜 여자들의 수다 타임. 그것은 이 세상의 알아선 안 될 일 중 하나. 남자 한정으로…….

"그럼 시즈쿠, 저는 이만 돌아갈게요. 정말로 무리하면 안 돼요."

"그래, 알아. 오늘은 나도 방으로 돌아갈게. 여러모로 고마워, 릴리."

해도 완전히 넘어가 밤의 장막이 드리우기 시작했을 무렵, 희생을 강요하는 수다에 간신히 매듭을 지은 두 사람은 서로 스트레스가 조금은 발산되어 명랑한 웃음을 짓고 있었다.

복도의 갈림길까지 와서 자신의 방으로 돌아가는 릴리아나를 배웅하고자, 시즈쿠는 잠시 이세계에서 생긴 자상한 왕녀 친구의 등을 바라봤다. 그리고 어딘가 따뜻한 기분을 안고서 자신도 다른 복도로 한 발 내딛는데—.

"윽?!"

한순간 등줄기에 얼음을 쑤셔 넣은…… 듯한 기분이 들었다.

흑도에 손을 대고 발도 자세로 돌아봤다. 방심하지 않고 주변을 살폈지만 그곳에는 왕궁의 빛과 어둑한 복도밖에 없었다.

"……기분 탓인가?"

숨을 죽이고 기척을 찾았지만 결국 주위에는 아무것도 없어 보였다. 경계 태세를 푼 시즈쿠는「릴리가 한 말 때문에 나도 조금 예민해진 건가?」라고 자가 진단을 내리며 한숨을 쉬었다.

발길을 돌린 시즈쿠는 다시 걸어 나갔다.

동료들 곁으로 돌아가는 그 발걸음은 평소보다 조금 빨랐다.

마치 무언가에 쫓기는 것처럼…….

눈에 보이는 모든 것이 푸른 곳.

하늘은 수평선까지 화창하게 펼쳐졌고 햇빛은 찬란하게 쏟아졌다. 그렇다고 너무 뜨겁진 않으며 온화하고 쾌적한 기후였다. 이따금 부드럽게 불어오는 산들바람이 이렇게 시원할 수가 없었다.

다만 주위를 아무리 돌아봐도 『사물』이 무엇 하나 보이지 않는 점이 조금 적막감을 일으켰다.

하지만 그것도 어쩔 수 없는 일이었다. 왜냐하면 이곳은 망망대해 한가운데니까.

그 바다 한복판에서 배 한 척이 파도에 흔들리며 둥둥 떠 있었다. 아니, 그것을 과연 배라고 표현해도 될까? 적어도 이 세계의 사람은 『배』라고 인식할 수 없으리라.

그 이유는, 그것이 검은 광택이 나는 유선형 몸체를 가졌고 보통 배처럼 외부에 사람이 타는 곳이 없기 때문이었다. 원래는 그 몸체 좌우에 작은 날개 같은 것이 V자로 달리고, 뒷부분에는 스크루와 꼬리처럼 보이는 방향타가 있어야겠지만…… 지금은 초라한 잔해가 매달려 있을 뿐이었다. 그것만 제대로 달려 있었다면 살짝 납작한 범고래로 보였을지도 모를 외형이었다.

배라고 하기보다 신종 마물이라고 하는 편이 이 세계 사람들은 쉽게 받아들일 수 있지 않을까.

이 범고래형 배의 정체는 잠수정이었다. 더 길게 설명할 것도 없이 【그류엔 대화산】의 마그마 속을 꿋꿋하게 항해하고 탑승자를 구사일생으로 구한 하지메의 아티팩트였다. 그 대가로 거의 대파 수준으로 망가졌지만…….

파도에 넘실거리며 떠 있는 잠수정 위에서 양손을 머리 뒤에 대고 누워 대자연을 한껏 즐기고 있는 사람은 하지메였다.

광염의 일격으로 융해해서 제대로 움직이지 않던 왼팔 의수는 잠수정에 쓰인 소재를 빼내서 수선해 겉모습은 원래대로 돌아왔다. 안에 든 기믹은 대부분 사용할 수 없는 상태였지만 말이다.

"……하지메, 몸은 좀 어때?"

하지메가 따사로운 햇살과 요람처럼 흔들리는 잔잔한 파도에 꾸벅꾸벅 졸고 있는데 문득 뒤쪽 해치가 열렸다. 그리고 그곳에서 얼굴을 빼꼼 내민 유에가 걱정스럽게 몸 상태를 물었다. 하지메는 광염의 피해를 크게 받아 그 독소 탓에 치료가 더딘 상태였다.

"문제없어. 상처는 전부 아물었어. 완치되려면 아직 하루 정도 걸릴 것 같지만……. 그보다 유에 너는 어때? 많이 지쳤잖아?"

"응…… 괜찮아. 시아한테도 피를 나눠 받았으니까."

하지메의 걱정에 기쁘게 대답하며 해치에서 나온 유에는 그대로 선체에 엎드려서 하지메 옆까지 기어왔다. 그리고 지극히 자연스럽게 하지메 위에 슬쩍 올라탔다.

부드러운 엉덩이가 하지메의 몹시 위험한 위치를 말랑말랑 자극했다.

"……유에 씨, 거긴 왜 올라타셨답니까?"

"……거기에 하지메가 있으니까?"

어디 사는 등산가 같은 대답이 돌아왔지만 유에의 눈빛은 비교적 진지했다. 하지메를 덮칠 때의 요염함은 보이지 않았다.

"……그대로 있어."

그러고는 유에가 몸을 눕혀 하지메의 목을 혀로 훑고 작은 송곳니로 찔렀다. 그리고 한 방울 올라와 맺힌 피를 날름 핥았다.

"……응, 독소는 거의 빠졌어. 괜찮은 것 같아."

하지메의 피를 핥아서 광염의 독소가 어느 정도 남아 있는지 확인하는 행위였나 보다.

"글쎄 문제없다고 했잖아."

"……응. 그래도 걱정되는데 어떡해. 장소는 문제가 있지만 느긋하게 쉴 수 있어서 다행이야."

"그러게. 그야말로 노도의 전개였으니까. 운이 좋은 건지 나쁜 건지……."

하지메가 피식 웃자 유에도 난감한 듯 눈썹을 팔자로 늘어뜨렸다.

【그류엔 대화산】에서 마그마에 빠진 뒤 망망대해에 떠 있는 현재에 이르기까지의 경위를 떠올리면 이 사태를 불행이라고 한탄해야 할지, 그래도 살아남았으니까 행운이라고 기뻐해야

할지 미묘한 심경이었다.

하지메 일행은 마그마 웅덩이에서 어딘가의 지하로 흘러든 뒤 거의 온종일 격류에 떠내려갔다.

그리고 잠들지 못하는 밤을 보내며 혹시 이대로 이 별의 맨 뜰까지 가는 건 아닐까 하고 하지메가 식은땀과 함께 의문을 가지기 시작했을 무렵, 드디어 끝을 알 수 없던 지하 여행에 변화가 찾아왔다.

이때까지 중 최대의 충격이 일행을 덮친 것이다.

충격이 엄청나 『금강』의 방어를 뚫고 잠수정에 직접 타격을 줄 정도였다. 그리고 그 충격과 함께 잠수정은 무서운 속도로 배출되었다.

부랴부랴 외부를 확인한 하지메의 눈에 들어온 것은 마그마로 가득 찬 적색 세계가 아니라, 몸부림치는 뱀처럼 나선을 그리는 마그마와 맹렬하게 솟아오르는 기포로 요란하게 끓고 있는 『바다』였다.

아무래도 하지메 일행은 이른바 마그마 수증기 폭발에 휘말려 어딘가의 해저 화산 분출구로 세차게 튀어나온 듯했다.

그 충격으로 선체가 심각하게 손상되었지만 침수를 면한 것을 불행 중 다행이라고 기뻐해야 할지, 아니면 하지메의 아티팩트가 대단하다고 감탄해야 할지도 모를 상황이었다.

하지메 일행은 구사일생으로 지상으로 돌아와 안도했으나 그 후로도 수난은 계속됐다.

스크루와 방향타 등이 망가진 대파 상태의 잠수정을 마력 분

사로 억지로 움직이고 있는데 바다 마물이 공격해 온 것이다.

처음에는 거대한 오징어 비슷한 무언가. 몸길이가 30미터는 되며 서른 개가 넘는 다리를 꿈틀대는 모습은 바다의 괴물 크라켄을 방불케 했다.

그런 괴물이 잠수정을 인정사정없이 공격했다. 다리에 붙잡혀 하마터면 원형으로 박힌 날카로운 이빨에 씹어 먹힐 뻔한 찰나, 잠수정에 탑재된 어뢰 등의 무장과 유에의 마법으로 격퇴에 성공했다.

다음은 물회오리를 두른 상어 비슷한 마물 무리. 그다음은 회전하는 뿔을 가지고 초고속으로 항해하는 괴상한 청새치. 기뢰 같은 똥을 퍼뜨리며 짜증 나게 웃는 거북이…… 기타 등등.

그것들을 격퇴하다 보니 결국에는 잠수정에 탑재된 무장도 바닥나서 유에의 마법에만 기대게 되었다. 유에도 마정석에 비축한 마력까지 모두 소진하여, 출혈 과다인 하지메 대신 시아에게서 흡혈을 하는 상황이었다.

가까스로 모든 마물을 뿌리쳤을 무렵에는 【그류엔 대화산】에서 겪은 전투의 영향도 있어서 천하의 하지메 일행도 녹초가 되어 있었다. 시아는 딱히 아무것도 하지 않았지만 적어도 이 정도는 해야겠다며 유에에게 피를 제공한 끝에 빈혈로 픽 쓰러졌다.

유에와 시아를 먼저 쉬게 한 하지메는 방위상 대륙이 있을 방향으로 나아갔다. 그러고서 한나절 정도가 지난 현재, 기후가 화창하고 파도가 잔잔하여 한숨 돌리자는 생각에 잠수정을 멈추고 밖으로 나와 이렇게 두 다리 쭉 뻗고 일광욕을 즐기고 있었다.

【그류엔 대화산】 공략부터 현재에 이르기까지 그야말로 폭풍 같은 전개였다. 하지메가 무심코 모 남녀평등 펀치의 주인공#5처럼 「불행해~!」를 외치고 싶어지는 것도 이해할 수 있으리라.

"시아는 어때?"

회상에 빠져 있던 하지메가 아직 배 위에 올라타고 있는 유에에게 물었다.

"……아직 자. 많이 받았으니까 당분간은 안 일어날 거야."

유에 왈, 하지메에게 하는 흡혈과 시아에게 하는 흡혈은 마력 변환 효율의 수준이 다르다고 한다. 『혈맹 계약』 상대인 하지메와 그렇지 않은 시아는 같은 양이라도 몇 배 이상 차이가 난다는 듯했다.

『혈맹 계약』이란 흡혈 대상을 특정 상대로 정하는 것이며, 다른 자에게 받는 흡혈 효과는 약해지지만 거꾸로 계약 상대에게서는 몇 배의 효과를 얻을 수 있는 『혈력 변환』의 파생 능력이다.

"그래? 푹 쉬라고 해. 어차피 현재 위치를 모르는 이상 얼마나 가야 육지에 도착할지 몰라. 언제 무슨 일이 일어날지 모르니까 조금은 회복도 겸해서 느긋하게 쉬자."

#5 남녀평등 펀치의 주인공 라이트 노벨 『어떤 마술의 금서목록』의 주인공 카미조 토우마. 「불행해」가 입버릇이다.

"……응."

바다는 대륙 서쪽에 있으니까 그저 대륙에 도착하는 것뿐이라면 동쪽으로 가면 된다. 물은 마법으로 만들 수 있으며 물고기를 잡으면 식량도 문제없다. 언뜻 보면 망망대해에서 조난당한 꼴이지만 잠수정과 마법에서 벗어날 수 있는 물고기가 있을 리 없으니까 그다지 초조해할 상황은 아니었다. 밤에 별의 위치를 확인하면 대륙이 보인 후의 진로도 잡을 수 있었다. 그러니까 쉴 수 있을 때 쉬자는 생각이었다.

하지메는 따사로운 햇살과 산들바람을 맞으며 몸에서 힘을 풀었다. 그렇게 휴식을 가지는 하지메를 가늘게 뜬 눈으로 바라보던 유에는—.

"……유에 씨, 뭐하시는 거랍니까?"

"……하지메를 건강하게 하고 있어."

어느샌가 요염한 분위기를 자아내며 천천히 움직이고 있었다. 건강하게 해주는 것이란다. 어디를, 이라고는 말하지 않겠지만. 촉촉한 눈망울로 하지메를 바라보는 유에에게 하지메는 저항할 마음이 떠오르지 않았다.

"응…… 후후, 하지메, 건강해졌어."

"……설마 바다 한가운데서 이런 짓을…… 반년 전 나는 상상도 못할 일이야."

하지메와 유에는 개방감 넘치는 이곳에서 서로의 생존을 기뻐하며 그것을 서로의 몸으로 나타냈다. 잔물결과는 다른 흔들림이 잠시 잠수정을 흔들었다.

"재미 많이 보셨나요……."

하지메와 유에가 여러모로 기분 전환을 하고 선내로 돌아오자 시아가 눈을 쌜쭉거리며 맞았다.

"응? 일어나 있었어? 상태는 어때?"

"아무 일도 없었다는 듯이 자연스럽게 신경 써 주셔서 참 고맙네요. 격한 진동과 교태 넘치는 목소리와 현장감 있는 소리 덕분에 잠기운은 다 달아났어요. 허탈감과 외로움이 도리어 힘으로 바뀌어서 몸도 날아갈 것 같구요. 이대로 확 덮쳐 버릴까 싶을 정도로."

"그래? 그거 다행이네."

"우으~."

하지메가 미안한 기색도 없이 밝게 시아의 회복을 기뻐하자 시아가 눈물을 머금었다. 그 모습에 너무 쌀쌀맞았나 싶어 하지메는 싱겁게 웃으면서 시아를 불러들여 옆에 앉혔다.

눈을 떴는데 주위에는 아무도 없고 열려 있는 해치에서는 하지메와 유에가 사랑을 나누는 소리가 들리는 상황에, 시아는 상당히 외로움을 삼키고 있었는지 좌석에 앉자마자 하지메에게 와락 안겼다.

유에도 하지메 옆이 아니라 시아 옆에 앉아서 시아의 토끼귀를 만지며 달랬다.

하지메는 유에와 함께 시아를 위로하며 잠수정에 마력을 불어넣어 동쪽으로 진로를 잡았다.

종종 달려드는 마물을 유에가 마법으로 격퇴하며 파도를 가르고 나아가길 약 하루.

별빛 가득한 하늘 아래를 항해하고 아침 햇살이 세계를 비출 무렵, 마침내 하지메의 눈에 육지가 들어왔다.

어젯밤 본 별의 위치로 계산하면 일행이 있는 곳은 에리센의 북쪽이었다. 그러니 이젠 왼쪽의 연안을 끼고 남하하면 적어도 에리센과【그류엔 대사막】을 잇는 항구가 나올 것이다.

육지를 발견해 안심하며 남쪽으로 이틀을 더 나아갔다.

그 이틀째의 태양이 중천에 걸렸을 때, 하지메 일행은 잠수정을 세우고 선체 위에서 파도에 흔들리며 식사를 하고 있었다.

메뉴는 당연히 바다에서 잡은 물고기였다.『전기 두르기』로 구워서 먹는 행위가 나락에 있던 시절을 떠올리게 했다.『보물 창고』를 티오에게 맡긴 지금은 요리 도구도 조미료도 아무것도 없었다.

그래도 다 같이 오붓하게 모여 앉아 멍하니 수평선을 바라보며 먹는 생선은 제법 꿀맛이었다. 장소 보정, 분위기 보정도 하나의 조미료 아니겠는가. 해수욕장이나 축제 등에서 음식을 파는 사람들은 모두 보정의 마법사들이다.

그러던 중, 난생처음 보는 생선의 통구이를 쩝쩝거리며 먹던 시아의 토끼 귀가 불현듯 빳빳하게 솟더니 바쁘게 움직이기 시작했다.

"응?"

뒤를 이어 하지메도 무슨 기척을 느낀 것처럼 의아함에 찬 목소리를 냈다. 그리고 60센티미터 가까운 생선을 우물거리며 눈을 돌렸다.

그 직후 잠수정을 포위하듯 사람 실루엣이 여럿 나타났다. 첨벙 물을 튀기며 바닷속에서 튀어나온 그들은 끝이 세 갈래로 갈라진 창을 들이대며 일행을 위협했다.

얼추 스무 명 정도였다. 모든 이가 에메랄드그린의 머리카락과 지느러미 같은 부채 모양 귀를 가졌다. 어딜 봐도 해인족 집단이었다. 그들의 눈은 모두 경계심으로 가득했고 험악하게 눈살을 찌푸리고 있었다.

그중 한 사람, 하지메의 정면에 있는 해인족 남자가 창을 들이대면서 하지메에게 물었다.

"너희는 누구냐? 왜 여기에 있지? 타고 있는 그건 뭐냐?"

볼을 다람쥐처럼 부풀린 하지메는 입이 터질 듯 채워 넣은 생선을 목구멍으로 씹어 넘기느라 바빴다. 적대할 생각은 없었기에 빨리 대답하고 싶었지만 유감스럽게도 지금 먹는 생선은 탱글탱글하고 살도 많은 강적이었다. 삼키려면 조금 시간이 필요했다.

하지메 딴에는 지극히 진지한 태도였지만 다른 이들에겐 창을 들이대며 포위까지 당해 놓고 여유작작하게 식사를 우선하는 철면피로밖에 보이지 않았다.

심문한 남자의 이마에 푸른 혈관이 솟아났다. 단순히 바다에 있는 인간을 발견한 것치고는 어쩐지 지나치게 살벌했다. 그 점에 의문을 가지면서도 일촉즉발의 상황을 타개하려고 하지메 대신 시아가 답하려고 했다.

"저, 저기, 진정하세요. 저희는—."

"닥쳐라! 토인족 주제에 어디서 함부로 입을 열어!"

역시나 토인족의 지위는 수해 밖 아인족 사이에서도 낮은 모양이었다. 이상하리만치 살벌한 것도 원인이겠지만 자신들을 우습게 보는 하지메(해인족에게는 그렇게 보였다)에게 대답을 듣고야 말겠다는 고집 같은 것도 있었을 것이다. 해인족은 창끝을 시아에게로 돌려 불쑥 내질렀다.

신체를 강화한 시아에게 해인족의 공격이 통할 리는 없지만 시아가 피하지 않았다면 내지른 창이 볼에 살짝 닿았을 위치였다. 아마 가볍게 상처를 입혀서 하지메에게 경고하려던 속셈이었으리라.

역시 조금 지나친 감이 있었다. 해인족은 이렇게 공격적인 종족이 아니라고 알고 있었다.

하지만 설사 어떤 사정이 있다 한들 그것은 순전히 악수(惡手)였다. 비록 경고라 할지라도 시아에게 상처를 입히려는 상대에게 하지메가 평화로운 해결을 바랄 리 없었다.

순식간에 거대한 살기와 폭포 같은 압박감이 쏟아져 수면에 파문이 퍼지듯 바다가 일렁였다.

놀라서 눈을 크게 뜨고 변모한 하지메를 응시하던 해인족 남자는 다음 순간—.

퍼어어어억!

그런 소리와 함께 바닷속에서 날아오른 뒤 공중을 빙글빙글 돌고 수면에 몇 번 튕긴 끝에 바닷속으로 가라앉았다.

아연실색한 표정으로 날아간 남자에게서 하지메에게 시선을 돌린 나머지 해인족들의 눈에는, 무슨 이유에선지 노릇노릇 익은 커다란 생선 꼬리를 잡고 골프 스윙 후의 자세를 잡는 하지메의 모습이 들어왔다.

튕겨 날아간 바닷물이 햇빛에 반사되어 반짝반짝 빛났다. 죽은 생선의 허여멀건 눈도 괜스레 빛나는 듯 보였다.

"어, 어버."

해인족들은 당황했다.

먹다 만 생선을 어깨에 걸친 하지메는 날아간 남자 옆에 있던 자를 노려봤다. 안 그래도 지금까지 느낀 적 없는 압박감에 짓눌리던 해인족 남자는 하지메의 안광에 공포를 느꼈는지 소리를 지르며 창을 내질렀다.

"이야아앗!"

남자의 인생을 통틀어도 손에 꼽을 회심의 일격. 죽음을 예감한 본능이 만들어준 필살의 일격이었다. 하지만 그 일격은 희멀건 눈을 한 생선의 입 속에 푹 박혀서 허무하게 저지당했다.

"어? 어어? 어, 어떻게……."

하지메가 생선을 번쩍 쳐들자 창은 남자의 손에서 허무하게 빠져나왔다. 다시 푹 소리를 내며 원심력으로 입에서 튀어나온 창은 다른 해인족의 얼굴에 직격했다.

고통을 호소하며 코피를 흘리는 해인족을 슬쩍 보고, 들어

올린 생선을 힘차게 스윙했다.

창을 빼앗긴 해인족 남자는 희멀건 눈으로 입을 뻐끔 벌린 생선이 붉은빛을 두르고 자신의 얼굴로 날아드는 비상식적인 광경에 볼을 실룩 경련했고—.

“으븝?!”

방금 남자랑 똑같이 날아갔다. 물이 꼬리를 물며 하늘에 그리는 포물선이 아름다웠다.

“……꿀꺽. 나로서는 해인족과는 가능한 한 싸우고 싶지 않아. 그러니까 지금은 진정하고 대화로 풀지 않겠어? 아무리 그래도 진심으로 동료한테 손을 대면 가만히 있을 수 없지만……. 아, 날려 버린 녀석은 적당히 조절해서 쳤으니까 안 죽었어.”

붉은빛을 잃어 축 늘어진 생선을 한 손에 들고 『위압』을 푼 하지메는 그렇게 제안했다.

하지메도 뮤의 동족과는 그다지 싸우고 싶지 않았다. 생각 없이 죽인 사람이 사실 동네 아저씨였다고 하면 돌이킬 수 없는 대참사다.

하지만 해인족 쪽은 제안을 받아들일 생각이 없어 보였다. 죽지 않았다고는 해도 동료를 날려 버린 것으로 모자라, 인간에게 압도적으로 불리한 바다 위에서 『너희 따위 상대가 안 된다』는 태도를 보인 하지메(해인족에게는 그렇게 보였다)에게 자존심이 상한 것 같았다.

게다가 인간족에 대한 경계가 이상할 정도로 강하여 하지메의 말을 전혀 믿지 않는 눈치였다. 방심시키려고 한들 속을 줄 아느냐며 하지메 일행에게서 거리를 둔 후, 등에 멘 짧은 작살을 투척하려고 자세를 잡았다.

"그런 식으로 그 아이도 잡아간 거냐? 또 우리 아이들을 납치하러 왔나!"

"이제 마법을 쓸 시간 따위 주지 않는다! 바다는 우리의 영역. 무사히 돌아갈 생각은 버려라!"

"팔다리를 잘라서라도 그 애가 있는 곳을 실토하게 해주마!"

"안심해라. 왕국에 인도할 때까지는 살려주마. 상태는 보장 못하지만 말이야."

아무래도 원만하게 넘어갈 분위기가 아니었다. 경계심이라기보다 끔찍한 원한이 사무친 듯한 눈이었다.

하지메는 『우리 아이들을 납치한다』라는 말로 그들이 무엇 때문에 그토록 살벌한지 짐작했다. 어쩌면 뮤를 유괴한 범인으로 착각한 것인지도 모른다. 본 적 없는 탈것을 타고, 토인족 노예를 데리고 해인족 경계 범위를 어슬렁거리는 인간…… 생각해 보면 오해를 사도 이상할 게 없었다.

아인족은 종족 간의 결속과 정이 대단히 강하다. 다른 종족끼리도 그렇지만 특히나 동족에게 그 경향이 현저하게 드러난다.

시아를 위해서 일족이 모두 수해를 빠져나온 하우리아 족이 그랬고, 족장을 다치게 하여 장로 회의의 결정을 무시하면서까지 복수에 나선 웅인족이 그랬다. 해인족도 예외는 아니라 설령 타인의 아이라도 자신의 아이와 다름없이 소중히 여기는 것이리라.

'굳이 날 아빠 취급할 것 없이 아빠 같은 사람이 많기만 하네…….'

하지메는 내심 조금 토라진 투로 이곳에 없는 뮤를 향해 쓴웃음을 섞어 투덜거렸다. 그리고 뮤의 이름을 꺼내서 오해를 풀려고 했다.

"아~, 저기, 그 유괴된……."

"쳐라!"

하지만 그보다 먼저 해인족은 작살을 차례대로 투척하기 시작했다. 하반신을 바다에 넣고 선헤엄을 치며 던지는데도 상당한 속도로 날아드는 작살은, 그들 말마따나 죽일 생각은 없는지 어깨나 다리만을 노리고 있었다. 게다가 부지런하게도 물속에서 잠수정을 들어 올리고 있는지 선체가 심하게 흔들렸다.

보통 사람이라면 균형을 잃고 피할 시간이 없어 작살에 꿰뚫리거나, 바다에 떨어져서 해인족에게 제압당하는 것이 고작일 것이다. 어디까지나 보통 사람이라면 말이지만…….

"……『파성(波城)』."

유에가 중얼거린 한마디에 바닷물이 압축되면서 솟아올라 사방에서 날아든 작살을 죄다 막았다. 그리고 영창 없이 발동한 마법에 해인족들이 경악하는 동안, 유에는 전기 구슬을 스무 개가량 주위에 띄웠다.

말 그대로 성벽이 된 바닷물이 첨벙 소리를 내며 원래대로 돌아감과 동시에, 해인족들은 유에의 주위에 떠서 파직파직 방전하는 구슬을 목격했다.

"아?! 회, 회피이이이!"

비명 같은 호령이 울려 퍼졌다. 얼굴에서 핏기가 확 가신 그들은 도망가려고 황급히 몸을 돌렸다.

하지만 이제 와서 그런들 소용없는 일이었다.

전기 구슬은 저마다 다른 방향으로 날아가서 해인족들을 한 명도 놓치지 않고…… 적당히 감전시켰다. 사방에서 「어버버버버버버버!」 하는 비명이 들렸고, 잠시 후 스물한 명의 해인족이 바다 위로 둥둥 떠올랐다.

"유에, 수고했어."

"응…… 하지메, 이 사람들이 하던 얘기……."

"뭐, 뮤겠지."

"에리센에 가도 그냥 넘어갈 것 같진 않네요. 역시 하지메 씨예요. 아무 문제도 없이 넘어간 마을이 어떻게 한 군데도 없을까요……."

"시아, 그런 소리 하지 마. 사실 조금 신경 쓰고 있으니까. ……젠장, 뮤가 있으면 아무 걱정도 없었는데……."

하지메는 머리를 감싸며 한숨을 쉬고, 일단 익사체처럼 둥둥 떠 있는 해인족들을 회수하기로 했다.

잠수정을 즉석에서 개조해서 만든 짐칸에 흰자위를 뜬 해인족들을 태우고 물살을 갈랐다.

유에가 신경을 써서 한 사람에게만 전기 구슬을 약하게 해 둔 덕분에 곧 눈을 뜬 해인족 청년에게 사정을 설명할 수 있었다.

하지메가 뮤의 이름과 특징을 알고 있는 것을 알자 처음에는 역시 네놈이 범인이었냐며 날뛰었지만…… 하지메가 그만 울컥해서 청년이 얌전해질 때까지 무표정으로 왕복 따귀를 때리자 개심하고 제대로 이야기를 듣게 되었다.

역시 정중하고 끈기 있는 설득이 중요하다.

볼이 잔뜩 부었는데도 이야기를 들을 준비가 된 해인족 청년은 뮤가 현재 앙카지까지 와 있다는 말을 듣자, 한번 에리센에 돌아가서 동행할 사람을 정한 다음 함께 앙카지까지 가줬으면 좋겠다고 부탁했다.

해인족도 진위를 파악할 방법이 없는 하지메의 이야기를 곧이곧대로 듣고서, 뮤를 되찾을 단서일지도 모를 하지메 일행만 앙카지로 보낼 수는 없었다.

하지메 일행은 청년의 제안을 승낙하고 그의 안내를 따라 일직선으로 에리센을 향해 출발했다.

가는 길에 들은 이야기로 알았지만 이 청년 외에도 방금 하지메에게 소리친 자들은 실제로 뮤와 아는 사람들이라고 했다.

뮤가 유괴되었을 적에 모친이 부상을 당하기도 하여 더 감정적이었다는 듯했다. 뮤와 재회했을 때 사람들이 온통 멍이 들거나 폭탄 머리가 되어 있는 것도 가엾다는 생각에 하지메는 어쩔 수 없이 그들을 간호했다.
그리고 바다 위를 달리길 몇 시간.
"앗, 하지메 씨! 보여요! 마을이에요! 겨우 사람이 있는 곳이 나왔어요오!"
"응? 오, 정말 바다 한가운데 있네?"
시아가 눈을 초롱초롱 반짝이며 손가락을 들어 【에리센】을 가리켰다. 고개를 돌린 하지메의 눈에도 바다 위에 뜬 큰 마을이 확실하게 보였다.
하지메는 많은 잔교가 뻗어 나온 장소로 향했다. 그리고 처음 보는 탈것을 타고 찾아온 하지메 일행에게 눈을 둥그렇게 뜬 해인족이나, 관광 및 장사를 위해 찾아온 인간을 보면서 빈 공간에 정박했다.
그러자 근처까지 온 잠수정 짐칸에 흰자위를 드러내 놓고 쓰러진 수십 명의 동포를 목격한 해인족들이 큰 소리를 지르며 소란을 피웠다.
"어이, 사정 설명 잘해. 사태가 귀찮아질수록 뮤와 만나는 날도 늦어지니까."
"마, 말 안 해도 알아!"
하지메가 거듭 주의하자 청년은 조금 전의 왕복 따귀를 떠올렸는지 몸을 부르르 떨었다.
청년은 구경꾼 너머에서 완전 무장을 하고 다가오는 인간족 병사와 해인족을 확인하고 앞으로 나갔다. 어서 앙카지로 돌아가서 남은 일행과 합류하고 싶은 하지메는 마음속으로 얼른 동행자를 정하라고 다소 짜증을 내며, 청년이 대장으로 보이는 병사와 이야기하는 모습을 지켜봤다.

하지만 평화롭게 해결되리라는 하지메의 염원은 역시 쉽게 이루어지지 않았다. 무슨 일인지 당황하는 청년을 밀치고 병사들이 몰려왔다. 하지메 일행은 좁은 잔교 위에서 도망칠 곳도 없이 금세 포위되었다.

"꼼짝 마라. 사태의 진위가 밝혀질 때까지 너희를 구속하겠다."

"아니, 이야기는 제대로 듣고 이러는 거야?"

"물론 들었다. 확인은 우리 쪽에서 사람을 보내면 그만이다. 너희가 갈 필요는 없다."

야멸찬 태도와 말투였다. 하지메는 짜증을 느끼면서도 뮤의 고향이라고 자신을 달래며 자제했다.

"이봐, 우리도 기다리는 동료들이 있다고. 당장에라도 앙카지에 가고 싶은 걸 참고, 착각으로 공격해 온 녀석들을 일부러 데리고 와줬다 이 말이야."

"그게 정말로 착각일지 어떨지……. 유괴된 아이가 앙카지에 없다면, 에리센 관할 내에서 정체불명의 배를 타고 어슬렁거리던 수상한 인물이란 말이 된다. 도중에 도망치지 않으란 법이 어디 있지?"

"이제 와서 도망? 도망가려면 이 녀석들을 전멸시킨 시점에서 진작 도망갔겠지."

"그 건도 문제다. 너희가 무단으로 관할에 들어온 점에는 변함이 없다. 그것을 발견한 자경단원을 공격했는데 고분고분 놓아줄 순 없지.”

“사람 말도 듣지 않고 잡아먹을 듯이 달려든 건 이 녀석들이라고. 아니면 뭐야, 순순히 팔다리라도 잘렸어야 했나? ……작작 좀 하시지?”

하지메의 눈이 가늘어졌다. 다가온 남자는 하지메에게서 흘러나오는 무거운 압박감에 미간을 찌푸렸다.

그의 가슴에 달린 휘장에는 【하일리히 왕국】의 문장이 들어가 있어, 국가가 보호의 명목으로 보낸 주둔군의 대장 격 인물임을 추측할 수 있었다. 그렇기에 진심을 다하지 않은 하지메의 위압 정도는 견딜 수 있는 것이리라. 해인족 측, 아마 자경단이라고 불리는 이들도 하지메의 분위기에 주춤하면서도 물러서지 않았다.

하지메의 입장에서 이곳은 뮤의 고향이기도 했고, 대미궁 중 하나인 【메르지네 해저 유적】의 정확한 위치를 모르기 때문에 당분간 탐사 거점으로 삼을 곳이기도 했다. 그런 곳에서 문제를 일으키고 싶지는 않았다.

앙카지에 뮤가 있는 것은 확실했고 명령을 따르면 의혹도 풀릴 것이란 것을 머리로는 알고 있었다.

하지만 이 세계에서 일어나는 온갖 부당함에 하지메는 조건 반사나 다름없는 적개심을 가졌다. 한 발짝도 물러서지 않겠다고 맹세하고 그 나락에서 기어 올라오지 않았던가. 그렇게 간단히 부당한 요구에 고개를 끄덕일 생각은 들지 않았다.

그야말로 일촉즉발이었다.

긴장감이 고조되는 가운데, 하지메가 뮤를 위해서라며 자신의 마음을 가라앉히고 속에 든 적개심을 억누르며 양보하려고 했다. ……그런데 바로 그때—.

"응? 지금 뭔가……."

시아가 토끼 귀를 쫑긋거리며 하늘을 두리번두리번 돌아보기 시작했다.

하지메는 대장 격 남자에게서 눈을 떼지 않고 무슨 일이냐고 물었다. 하지만 시아가 거기에 대답하기 전에 하지메에게도 희미한 말소리와 기척이 느껴졌다.

"—!"

"응? 뭐야?"

"—빠!"

"어? 설마?!"

"—아빠아!"

하지메가 급히 하늘을 올려다보자 웬걸, 아득히 먼 상공에서 조그마한 사람이 떨어지고 있었다!

자유 낙하 중인데도 양팔을 벌리고 웃음꽃을 활짝 피운 그 사람은—.

"뮤?!"

그렇다. 뮤였다. 뮤가 스카이다이빙을 하고 있었다! 낙하산도 없이!

자세히 보니 그 등 뒤에서 당황하여 낙하하는 흑룡 티오와,

그 등에 타고 마찬가지로 급박한 표정을 지은 카오리가 보였다.

하지메는 떨어지는 사람이 뮤라는 것을 확인하자마자 『공력』과 『축지』를 발동해서 단숨에 뛰어올랐다.

그 충격으로 잔교가 날아가고 병사들이 비명을 지르며 바다에 떨어졌지만 그러든지 말든지 알 바 아니었다.

대번에 100미터 이상을 점프한 하지메는 『공력』을 사용해 뮤가 낙하하는 장소로 뛰어 『순광』을 발동했다. 슬로 모션처럼 움직이는 세계에서 확실하게 뮤를 품 안에 넣고, 신들린 속도 조정으로 낙하해 충격을 아주 조금도 남기지 않고 완벽하게 완화했다.

그리고 뮤를 안은 채 『공력』으로 껑충껑충 뛰어 지상으로 돌아왔다. 속으로 식은땀을 폭포처럼 흘리면서…….

"아빠!"

그런 하지메의 속마음은 티끌만큼도 몰라주고 뮤는 만면에 웃음을 띠면서 하지메의 가슴에 얼굴을 문질러 댔다. 아마 하늘에서 티오가 아래에 하지메가 있다고 가르쳐주기라도 한 것이리라.

그리고 사고인지 고의인지는 모르겠지만, 뮤가 하지메를 향해 낙하했다. 낙하 중의 미소를 보면 하지메가 받아주리라고 추호도 의심하지 않은 게 틀림없었다.

아무리 그래도 자유 낙하를 하며 활짝 웃다니 보통 담력이 아니었다. 하지메는 속으로 무슨 이런 네 살짜리가 다 있냐고 소리치며 땅으로 내려가면 따끔하게 혼을 내야겠다고 인상을 찡그렸다.

"흑, 흐흑, 히윽."

너덜너덜해진 잔교 근처에서 어린 여자아이가 흐느끼는 소리가 울렸다. 구경꾼과 병사들로 북새통을 이룬 와중에 잡음 하나 없이 묘한 정적이 깔렸다.

그것은 유괴된 해인족 여자아이가 하늘에서 뚝 떨어진 것이나 인간으로 보이는 소년이 하늘을 뛰어 아이를 받아 낸 것, 거기다 상공에서 소녀를 등에 태운 흑룡이 내려온 것도 원인이리라. 하지만 가장 큰 이유는 그 소년이 해인족 소녀를 호되게 야단친 것, 아니, 정확히 말하면 아까부터 아이가 소년을 부를 때마다 들리는 호칭이 원인일 것이다.

"흑, 아빠, 잘못했어여……."

"이제 그런 위험한 짓 안 하겠다고 약속할래?"

"응, 할래."

"좋아, 그럼 됐어. 자, 이리 온."

"아빠아!"

한쪽 무릎을 꿇고 아이를 타이르는 하지메와, 야단맞아 울면서도 솔직하게 반성하고 용서받자 하지메의 가슴팍에 뛰어드는 뮤의 모습은…… 평범한 아버지와 딸이었다. 뮤가 아까부터 부르는 『아빠』라는 호칭대로…….

유괴된 해인족 아이가 단순히 따르는 수준을 넘어서 인간 소년을 아버지 취급하는 사태를, 그리고 그것을 받아들이고 뮤를 딸 취급하는 하지메를 보는 모든 이가 상황을 이해하지 못하고 멍하니 서 있었다. 아마 다들 생각은 똑같을 것이다.

「이게 대체 무슨 일이냐?」 하고…….

하지메가 뮤를 안아 들어 등을 토닥이며 달래자, 겨우 주위 사람들도 정신을 찾은 것처럼 시끄럽게 술렁거렸다.

그런 주위의 당혹감 가득한 소음을 무시하고 하지메가 뮤를 달래고 있는데, 뒤쪽에서 누가 와락 안기는 감촉이 들었다.

하지메가 목과 눈만 돌려 돌아보자 그곳에는 하지메의 어깨에 이마를 대고 작게 떠는 카오리가 있었다.

"다행이다……. 정말 다행이야아, 훌쩍."

이번에는 카오리가 울기 시작했다. 다부지게 행동해 왔지만 내심 죽도록 불안했을 것이다. 하지메의 생존을 믿는다 하여 걱정이 되지 않는 것은 아니었다. 게다가 얼마 전 겨우 재회를 이루었는데 바로 두 번째 행방불명이 이어졌다. 상당히 속이 탔을 것이다.

"걱정 끼쳐서 미안. 보다시피 팔팔해. 그러니까…… 울지 마. 네가 울면, 내가 곤란해."

"욱, 흐윽, 그, 그럼 잠시만 더 이렇게……."

하지메는 난처하다는 표정을 지으며 뒤에서 매달린 카오리의 머리를 툭툭 만졌지만, 카오리는 눈물이 멈추지 않는지 얼굴을 보이지 않으려고 점점 더 하지메의 어깨에 얼굴을 파묻었다. 양팔도 하지메의 배를 꽉 껴안고 있었다.

"어이, 너! 대체 어떻게 된 일인지 설명, 푸겍?!"

"어이쿠, 미안하구나."

그런 가운데 아까 하지메가 도약한 여파로 바다에 떨어진 대장이 온몸에서 물을 뚝뚝 흘리며 주변 분위기를 개의치 않고 하지메에게 성큼성큼 다가왔다. 하지만 그 뒤에서 종종걸음으로 하지메에게 다가온 티오(용화는 착지와 동시에 풀렸다)와 부딪쳐서 다시 바다에 풍덩 빠졌다.

티오는 크게 신경도 쓰지 않고 하지메 곁으로 와서 하지메의 머리를 감싸 자신의 가슴 사이에 밀어 넣었다.

"우왁?! 야, 티오."

"믿고 있었다. 믿고 있었지만…… 역시 이렇게 다시 만나니……. 잠깐 시간을 다오, 주인님."

하지메가 가슴 사이에서 살짝 고개를 틀어 티오의 얼굴을 보자, 그녀는 소중한 것이 이 팔 안에 있다는 것을 곱씹는 표정으로 눈시울을 붉히고 있었다. 이번에는 티오에게 의지해 힘든 일을 시켰다. 하지메는 할 수 없다며 마음대로 하도록 두었다.

재회의 감동을 나누는 사이, 뮤가 「나도 안을래~」하며 하지메의 목에 매달렸고 어느샌가 옆에 와 있던 유에가 옆에서, 시아가 카오리 반대쪽 어깨에 달라붙기 시작했다.

사람들이 다 쳐다보는 가운데, 어린아이부터 미소녀, 미녀를 온몸에 달고 있는 남자. 몸이 보이지 않을 지경이었다.

주위의 시선이 당혹감에서 차츰 측은함으로 바뀌었다. 살벌하던 해인족 자경단들과 인간족 병사들도 이미 독기가 빠져서 무기를 내렸으나…… 일부 남성진은 무기를 더 바짝 들고 이번에는 다른 의미로 살기를 보냈다.

"이놈들이…… 한 번도 아니고 두 번이나……. 왕국 병사에 대한 공무 집행 방해 혐의로 포박당하고 싶나!"

다시 바다에서 기어 올라온 대장이 잔뜩 화가 난 얼굴로 하지메 일행을 노려봤다. 무기를 손에 들고 당장에라도 달려들 기세였다.

일단 유괴된 장본인인 뮤가 친부모처럼 따르는 것으로 미루어 유괴범일 가능성은 그다지 고려하지 않는 듯했지만, 그래도 이해할 수 없는 점이 너무 많아 잡아가서 자세한 사정을 캐묻고 싶은 것이리라.

하지메도 뮤에 관한 사정은 처음부터 설명할 생각이었다. 【중립 상업 도시 휴렌】 길드 지부장인 이루와에게 받은 정식 호송 의뢰이기 때문이었다. 다만 그것을 증명할 방법이 없어서 난감해하고 있었으나 지금은 그것이 수중에 있었다.

하지메는 티오에게 『보물 창고』를 돌려받고 안에 있는 스테이터스 플레이트와 이루와에게 받은 의뢰서를 꺼내 대장에게 제시했다.

"……뭐지? 이제 와서 신분을 밝혀 봤자…… 응? 『금색』 랭크라고?! 게다가 휴렌 지부장의 지명 의뢰?!"

이루와의 의뢰서 외에 사건의 경위가 적힌 편지도 제출했다. 에리센 촌장과 눈앞에 있는 주둔군의 우두머리에게 보내는 것이었다.

그것을 얼굴에 대다시피 하고 읽어 내려간 대장은 땅이 꺼지게 한숨을 쉬었다. 그리고 잠깐 고민에 빠진 듯했지만 이윽고 포기한 것처럼 어깨를 늘어뜨리고 경례했다.

"……의뢰 완료를 승인하오, 나구모 공."

"의혹이 풀렸다니 다행이야. 이것 말고도 묻고 싶은 건 많겠지만, 나는 나대로 바빠서 말이야. 아무것도 묻지 말아줘. 먼저 이 애와 엄마를 만나게 해주고 싶은데, 괜찮겠지?"

"어쩔 수 없지요. 하지만 방금 본 용이나 당신의 도약력, 게다가 저 배 같은 물건…… 왕국 병사로서는 간과할 수 없소."

대장은 조금 전의 고압적 태도에서 180도 바뀌어 하지메에게 일정 수준 예의를 표했지만, 그래도 들어야 할 것은 들어야겠다며 하지메에게 강한 눈빛으로 호소했다.

"그럼 시간이 생기면 이야기할게. 그래도 되지? 어차피 당분간은 에리센에 체류할 예정이거든. 그리고 이미 거의 다 알려졌을 테니까 이제 와서 왕도에 보고해 봤자 별 의미는 없을 거야."

"음, 그렇소? 아무튼 이야기할 기회가 있다면 됐소이다. 그 아이를 어머니 곁으로 데려다주시오. 그런데 그 애는 어머니의 상태를 알고는 있는 거요?"

"아직 모르지만 문제없어. 나한테는 최고의 약도 있고 치유사도 있으니까."

"그렇소? 알았소이다. 그럼 여유가 있을 때 다시 묻겠소."

대장은 끝에 사르제라고 이름을 밝히고 구경꾼을 해산시키며 소동을 수습했다. 제법 직무에 충실한 인물이었다.

그러는 동안에도 뮤를 아는 사람들이 말을 걸고 싶어 했지만, 그러면 어머니에게 가기 전에 해가 질 것 같아서 하지메가 눈빛으로 제지했다.

"아빠, 아빠. 집에 갈래. 엄마가 기다려! 엄마 만나고 싶어!"

"그래. 빨리 만나러 가자."

뮤는 하지메의 손을 열심히 끌며 빨리 집으로 가자고 졸랐다. 뮤에게는 거의 두 달 만에 보는 집과 어머니니 그 마음이 오죽하겠는가. 여행 도중 하지메 일행이 같이 있어서 평소에는 웃고 있었지만 밤에 잠들기 전에는 역시 어머니가 그리워지는지 그럴 때면 유난히 어리광을 부리곤 했다.

뮤의 안내에 따라서 그녀의 집으로 가는 길에 카오리가 얼굴을 가까이 붙이며 불안하게 목소리를 낮춰 물었다.

"하지메, 아까 그 병사분과 나눈 이야기……."

"목숨에 지장이 있는 건 아니래. 다만 부상이 심하고 정신적인 문제가 있다나 봐. ……정신 쪽은 뮤가 돌아오면 문제없겠지. 부상은 네가 잘 봐줘."

"응, 알았어."

그런 이야기를 하고 있자니 큰길 쪽에서 소란스러운 소리가 들렸다. 젊은 여성과 여러 남녀의 목소리였다.

"레미아, 진정해! 그 다리로는 못 가!"

"맞아, 레미아. 뮤라면 꼭 데리고 올 테니까 제발……!"

"싫어! 뮤가 돌아온 거지?! 그럼 내가 가야 돼! 마중 가야 돼!"

아무래도 집을 뛰쳐나오려는 여성을 여러 남녀가 막으려는 것 같았다. 아마 지인이 뮤의 귀환을 어머니에게 알린 게 아닐까.

레미아라고 불린 여성이 악을 쓰는 목소리를 듣자 뮤가 얼굴을 확 빛냈다. 그리고 현관에 쓰러져 있는 20대 중반쯤 되는 여성을 향해 목청껏 소리를 지르며 달려갔다.

"엄마—!"

"……?! 뮤?! 뮤!"

뮤는 기운차게 다다다다 달려가더니 현관 앞에 가지런히 두 다리를 뻗고 쓰러진 여성, 어머니 레미아의 품에 활짝 웃으며 뛰어들었다.

이제 두 번 다시 떨어지지 않겠다는 양 꽉 부둥켜안은 모녀의 모습에 주위 사람들이 따뜻한 시선을 보냈다. 개중에는 눈물을 머금는 이도 있었다.

레미아는 뮤에게 미안하다는 말을 반복했다. 그것은 눈을 떼고 말았던 것에 대한 사과일까, 마중을 나가지 못했던 것에 대한 사과일까, 아니면 그 둘 다일까.

레미아는 딸이 무사하다는 안도와 지키지 못했다는 속상함에 눈물을 뚝뚝 흘렸다. 뮤는 걱정스러운 눈빛을 보내며 어머니의 머리를 조심스럽게 쓰다듬었다.

"괜찮아, 엄마. 뮤 여기 있어. 그러니까 괜찮아."

"뮤……."

설마 이제 네 살밖에 안 된 딸에게 위로받을 줄은 몰랐던 레미아는 눈물 머금은 눈동자를 휘둥그렇게 뜨고 뮤를 바라봤다.

뮤는 똑바로 레미아를 쳐다봤다. 그 눈동자에는 틀림없이 레미아를 염려하는 마음이 깃들어 있었다.

유괴되기 전에는 남들보다 훨씬 어리광쟁이에 외로움도 많이 타던 딸이, 자기가 훨씬 힘든 경험을 했을 텐데도 재회하자마자 자신보다 먼저 어머니에게 마음을 썼다.

레미아가 놀라서 무심코 뮤를 빤히 들여다보자 뮤는 빙그레 웃으며 이번에는 자신이 레미아를 안았다.

몸에, 혹은 마음에 심한 상처라도 생긴 건 아닐까 싶어 잠들지 못하는 밤을 보내며 자신은 속앓이 끝에 마음이 병들어 가고 있었는데 딸은 오히려 성장해서 돌아온 듯 보였다.

그 사실에 레미아는 그만 씁쓸하게 웃었다. 어깨에서 힘이 빠지고 눈물도 멈추어 그 눈동자에는 그저 딸에 대한 사랑만이 깃들었다.

레미아와 뮤는 다시 부둥켜안았지만 대뜸 뮤가 비명처럼 소리를 질렀다.

"엄마! 다리! 왜 이래! 다쳤어?! 아파?!"

아무래도 어깨 너머로 레미아의 다리 상태를 깨달았나 보다. 레미아의 긴 치마에서 나와 있는 두 다리는 붕대를 칭칭 감아 보기에도 안쓰러운 모습이었다.

이것이 사르제가 언급하고, 에리센에 오는 도중 해인족 청년이 말한 레미아의 부상이었다. 뮤를 유괴한 일도 있었지만 어머니인 레미아가 걷지 못할 만큼 중상을 입은 것도 해인족들이 그토록 살벌하던 이유 중 하나였다.

뮤는 레미아와 떨어졌을 때 유괴되었다고 직접 말했지만, 해인족 측에서 보면 뮤는 갑자기 사라진 셈이었으며 목격자가 없다면 유괴라고 단정 지을 수 없었을 것이다.

그런데도 불구하고 그들이 유괴를 확신한 것은 레미아가 실제로 범인과 만났기 때문이었다.

레미아는 어딘가로 가 버린 뮤를 찾던 중, 해안 근처에서 모래사장의 발자국을 지우는 수상한 사내들을 발견했다. 안 좋은 예감이 들었지만 일단 딸을 보지 못했느냐고 묻기 위해 다가갔는데…… 갑자기 공격당했다.

그들이 뮤를 유괴하려는 것을 확신한 레미아는 달려드는 남자들을 필사적으로 피하며 어떻게든 뮤를 구하려고 몇 번이나 이름을 불렀다. 하지만 싸울 수단이 없는 그녀가 오래 도망칠 수 있을 리 없었고 결국에는 사내가 날린 화염탄을 다리에 정통으로 맞아 그대로 바다로 나가떨어지게 되었다.

레미아는 고통과 충격으로 정신을 잃었고 정신이 들었을 때는 돌아오지 않는 자신을 찾으러 온 자경단에게 구조되어 있었다.

목숨은 건졌지만 시간이 제법 지난 뒤 발견된 레미아는 다리의 신경을 다쳐 더는 걸을 수도, 지금까지처럼 헤엄을 칠 수도 없게 되고 말았다. 레미아는 당연히 딸을 찾으러 가려고 했지만 그런 다리로 탐색은 가당치도 않은 소리였다. 결국 자경단과 왕국에게 맡길 수밖에 없었다.

그런 사정이 있어서 레미아는 현재 마음대로 서 있지도 못하는 상태였다.

레미아는 이 이상 딸에게 걱정만 끼칠 순 없다고 웃어 보이며 뮤가 그랬던 것처럼 괜찮다고 말하려고 했다. 하지만 그보다 먼저 뮤가 이 세상 누구보다 신뢰하는 『아빠』에게 도움을 요청했다.

"아빠! 엄마를 도와줘! 엄마가 다리 아프대!"

"응?! 뮤, 뮤? 지금, 뭐라고……."

"아빠! 빨리~!"

"어? 어어? 정말로 아빠라고 했니? 뮤, 아빠라니?"

레미아는 혼란에 빠져 머리 위에 대량의 물음표를 띄웠다.

주위 사람들도 술렁대기 시작했다. 여기저기서 「레미아가…… 재혼? 아니…… 그럴 리가」라거나 「레미아한테도 드디어 다음 봄이 왔구나! 잘됐어!」라거나 「아니지? 누가 거짓말이라고 해줘……. 나의 레미아 씨가……」라거나 「아빠라고……?! 나 말이냐?!」라거나 「분명 쿠○ 파파[#6] 같은 예명이겠지. 그래, 분명 그럴 거야」라거나 「이봐, 긴급 집회다! 레미아 씨와 뮤를 따뜻하게 지켜보는 모임 전원에게 통보해! 난리 나게 생겼어!」 등 이런저런 위험한 발언이 난무했다.

아무래도 레미아와 뮤는 상당히 인기 있는 모녀 같았다. 레미아는 아직 20대 중반으로 젊었고 지금은 많이 핼쑥해졌지

#6 쿠○ 파파 만화 『아빠는 요리사』의 원제 『쿠킹 파파』.

만 뮤와 닮아 이목구비가 무척 또렷했다. 건강을 되찾으면 나긋나긋한 미인으로 사람의 이목을 살 것을 쉽게 상상할 수 있었다. 이러니 인기가 많을 수밖에…….

시시각각 커지는 술렁거림에 하지메는 나가기 싫다며 오만상을 찌푸렸다.

뮤가 하지메를 아빠라고 부르게 된 경위를 설명하면 어디까지나 자신은 아빠 『대리(속내는 별개로 치더라도)』일 뿐이지, 결코 레미아와 재혼을 노리고 있지 않다는 것을 알아주겠거니 하고 쉽게 생각했다. 하지만 어쩐지 오해가 걷잡을 수 없이 커져 가는 분위기였다.

그래도 하지메는 어떤 의미로는 좋은 기회일지도 모른다고 생각했다.

뮤를 어머니 곁에 남겨 두고 자신들은 여행을 계속해야만 한다. 【메르지네 해저 유적】을 공략하면 뮤와는 헤어져야 했다. 먼 타향 땅으로 끌려가 어머니와 억지로 찢어지게 된 뮤는 하지메 일행을 버팀목으로 삼았으나, 어머니 곁으로 돌아오면 처음에는 슬퍼할지 몰라도 시간이 하지메 일행에 대한 의존이 차차 희석할 것이라고 생각했다. 주위 사람들이 보이는 레미아 모녀에 대한 강한 관심은 뮤의 자립에 분명히 도움을 줄 것이다.

"아빠! 빨리~! 엄마를 도와줘!"

뮤의 시선이 똑바로 하지메에게 고정되어 있었기에 그 시선을 좇은 레미아와 주위 사람들이 하지메를 알아차린 듯했다.

하지메는 포기하고 레미아 모녀에게 다가갔다.

"아빠, 엄마가……."

"괜찮아, 뮤. 꼭 나을 거야. 그러니까 그렇게 울상 짓지 마."

"응……."

하지메가 울음을 터뜨릴 것처럼 돌아본 뮤의 머리를 거칠게 쓰다듬으면서 레미아에게 시선을 향했다. 레미아는 얼떨떨한 표정으로 하지메를 바라보고 있었다.

그 심정이 이해는 가지만 하지메의 등장에 주위가 점점 소란스러워지는 터라 일단 치료를 위해서라도 집 안으로 들어가기로 했다.

"미안하지만 잠깐 실례할게."

"네? 앗?! 어머머?"

하지메는 체중을 전혀 느끼지 않는 것처럼 레미아를 번쩍 들어 올려 팔에 안고 뮤의 안내를 받아 집 안으로 옮겼다. 레미아를 들어 올리자 뒤쪽에서 비명과 고함이 들렸지만 무시하기로 했다. 정작 레미아는 갑자기 팔에 안겨 어리벙벙하게 눈만 깜빡이고 있었다.

집 안으로 들어오자 거실 소파가 눈에 들어왔다. 하지메는 그곳에 레미아를 살며시 내려놓았다. 그리고 소파에 앉아 하지메를 멀뚱멀뚱 바라보는 레미아 앞에 한쪽 무릎을 꿇고 카오리를 불렀다.

"카오리, 어때?"

"잠깐 볼게. 레미아 씨, 다리를 만질게요. 아프면 말하세요."

"네, 네? 저기, 이게 무슨 상황이죠?"

갑자기 유괴된 딸이 돌아왔나 싶더니, 그 딸이 아빠라고 따르는 남자가 나타났고 거기에 더해 낯선 미녀, 미소녀가 집 안으로 들이닥친 상황에 레미아는 난처하게 눈썹을 팔자로 늘어뜨렸다.

그러는 사이에 카오리의 진찰도 끝났다. 레미아의 다리는 신경을 다치긴 했지만 카오리의 회복 마법으로 치료할 수 있다는 결과가 나왔다.

"다만 조금 시간이 걸려요. 민감한 부분이니까 후유증이 남지 않도록 치료하려면 며칠에 걸쳐 천천히, 조금씩 치료하는 게 좋을 거예요. 그동안은 불편하시겠지만 반드시 낫게 해드릴 테니까 안심하세요."

"어머어머, 세상에……. 이제 걸을 수 없다고 생각했는데…… 뭐라고 감사를 드려야 할지……."

"후후, 괜찮아요. 뮤의 어머니신걸요."

"저기, 그러고 보니 여러분은 뮤와 어떤 관계시죠? 그리고 저…… 왜 뮤가 그쪽 분을 『아빠』라고……."

카오리가 바로 레미아의 치료를 시작하자 일행은 자초지종을 설명하기로 했다. 휴렌에서 있었던 뮤와의 만남과 소동, 그리고 아빠라고 불리게 된 경위 등.

카오리에게 치료받으면서 모든 이야기를 들은 레미아는 그 자리에서 깊이 머리를 숙이고 눈물지으며 연거푸 감사했다.

"정말로 뭐라고 감사를 드려야 좋을지……. 딸아이와 이렇게 재회한 건 모두 여러분 덕분이에요. 이 은혜는 평생에 걸쳐 갚겠습니다. 제가 할 수 있는 일이라면 뭐든지……."

하지메 일행은 신경 쓰지 말라고 했지만 레미아도 딸의 목숨을 구해준 은인에게 사례 한번 하지 못했는데 마음이 편할 리가 없었다.

이런저런 말을 주고받는 사이 카오리의 치료도 일단락되어 하지메가 오늘 묵을 숙소를 찾으러 나가 보겠다고 하자, 레미아는 마침 잘됐다며 이 집에서 자라고 부탁했다.

"제발 적어도 이 정도는 하게 해주세요. 다행히 집은 꽤 넓으니까 여러분이 쓸 방도 비어 있어요. 에리센에 머무는 동안은 사양 말고 쓰세요. 그리고 그러는 편이 뮤도 기뻐할 거예요. 그렇지? 뮤도 이분들이 집에 있는 편이 좋지?"

"……? 아빠 어디 가?"

레미아의 말에 레미아의 무릎에 누워서 꾸벅꾸벅 졸던 뮤는 게슴츠레한 눈을 깜빡이며 잠에서 깨어 어리둥절하게 물었다. 아무래도 뮤에게는 하지메가 자신의 집에 머무는 것이 물리 법칙보다도 당연한 일인 모양이었다. 왜 레미아가 그런 질문을 하는지조차 의아하다는 표정이었다.

"어머니 곁으로 보내고 나서 조금씩 거리를 둘 생각이었는데……."

"어머어머, 아빠가 딸에게서 거리를 두면 되나요?"

"아니, 그건 설명했잖아? 우리는……."

"언젠가 여행을 떠나실 건 잘 알아요. 하지만, 그렇다면 더더욱 이별의 날까지 『아빠』로 있어주세요. 거리를 두다가 이별을 맞게 되면…… 그렇잖아요?"

"……하긴, 그것도 그런가……."

"우후후, 이별하는 날까지가 아니라 계속 『아빠』여도 괜찮은걸요? 아까 『평생에 걸쳐서』라고도 했고요."

그렇게 말한 레미아는 어렴풋이 발그레한 뺨에 한쪽 손을 대고 우후후, 웃음을 흘렸다. 보통은 그 나긋나긋한 미소에 마음이 푸근해지겠지만…… 하지메 주위에는 블리자드가 발생했다.

"그런 농담 하지 마. 분위기가 싸늘해지잖아……."

"어머어머, 인기가 많으시네요. 하지만 저도 남편을 떠나보낸 지 슬슬 5년이 되어 가고…… 뮤도 아빠 가지고 싶지?"

"응? 아빠는 아빤데?"

"우후후, 그렇다네요, 아빠."

블리자드가 한층 격해졌다. 이곳은 이미 툰드라 지대.

싸늘한 분위기를 눈치챘는지 못 챘는지, 레미아는 나긋나긋한 분위기로 농담인지 진담인지 모를 말을 했다. 「이 여자가 누굴 넘봐?!」라는 식으로 눈총을 쏘는 일행에게도 「어머어머, 우후후」 하고 미소만 지은 채 흘려버리고 있었다. 의외로 여간내기가 아닐지도 모르겠다.

결국 하지메 일행은 레미아의 자택에서 신세를 지게 됐다. 방을 나눌 때 「부부니까 함께 잘까요?」라고 말한 레미아와 나머지 여성진이 무언의 응수를 펼쳤고, 「엄마 아빠랑 같이 잘래~」라는 뮤의 말에 자리가 혼란에 빠졌지만 밤이 깊어졌을 무렵에는 일단 사태가 수습되었다.

내일부터는 대미궁 공략을 위해 당분간 부서지거나 잃어버린 장비를 수리, 제작하고 새로운 신대 마법의 연습을 해야만 했다. 하지만 앞으로 얼마 남지 않은 뮤와의 시간도 소홀히 할 수는 없었다. 그런 생각을 하며 침대에 누운 하지메의 의식은 곧 잠 속으로 빠져들었다.

그 후로 닷새.

묘하게 하지메와 가깝게 지내는 레미아를 본 해인족 남성들이 질투로 눈에 쌍심지를 켜며 하지메에게 시비를 걸기도 하고, 이웃 할머니들이 하지메와 레미아 사이에서 서로 잘해 보라며 바람을 잡기도 하고, 그것이 못마땅한 유에와 일행이 하지메에게 과격하게 접근하기도 하고, 밤의 유에가 더 귀여워지기도 하는 등, 하지메는 이런저런 일을 겪으면서도 만반의 준비를 마쳤다. 그리고 마침내 【메르지네 해저 유적】 탐색에 나섰다.

잠깐의 이별에 뮤는 엄청나게 쓸쓸하다는 표정을 보였다. 하지메는 좀처럼 발길이 떨어지지 않았지만 피눈물을 삼키는 심정으로 떨쳐 내고 잔교에 있는 수리한 잠수정에 타려고 했다.

뮤가 손을 흔들며 「아빠, 다녀오세요!」라고 씩씩하게 외쳤다. 그리고 역시 농담인지 진담인지 모를 분위기로 「다녀오세요, 여보♡」라며 손을 흔드는 레미아.

모르는 사람이 보면 일하러 가는 남편을 배웅하는 아내와 딸 그 자체였다. 뒤에 있는 일행에게서, 그리고 주위 해인족에서도 날카로운 눈총이 날아들었다. 하지메는 대미궁에서 돌아오는 것이 조금 망설여졌다.

【바다 위 마을 에리센】에서 서북서 방향으로 약 300킬로미터 떨어진 곳.

그곳이 일전에 밀레디 라이센에게 들은, 7대 미궁 중 하나인【메르지네 해저 유적】이 존재하는 장소였다.

하지만 밀레디에게 이야기를 들을 때는 시간이 없어서「그 후로는『달』과『그류엔의 증표』에 따르라」는 말밖에 듣지 못했다.

정확한 위치는 알 수 없었지만 일단 방위와 거리만 믿고 망망대해를 가로질러 해가 떠 있을 때 예상 지점까지 도착했다. 그러나 해저를 탐색해도 딱히 이렇다 할 건 발견되지 않았다. 해저 유적이라고 불릴 정도니까 뭔가 그럴싸한 흔적이 있지 않을까 했으나 안이한 생각이었다.

그래도 주위 100킬로미터의 수심에 비해 예상 지점 주변의 수심이 어느 정도 얕았기에 장소 자체는 틀리지 않았다……고 하지메는 생각했다.

어쩔 수 없이 탐색을 중단하고 밀레디의 가르침에 따라 달이 뜨는 밤을 기다리기로 했다.

지금은 마침 일몰이었다. 수평선 너머로 새빨갛게 불타는 태양이 반쯤 얼굴을 내밀고 오늘의 마지막 빛으로 세계를 비추고 있었다. 하늘과 바다도 빨강과 주황으로 물들었고, 태양이 바다에 반사되어 수평선까지 이어진 빛나는 길을 만들었다.

어떤 세계든 자연이 만들어 내는 풍경은 아름답다. 하지메는 정박한 잠수정 갑판에서 저물어 가는 해를 무심히 바라보고 있노라니, 문득 이대로 태양으로 이어진 이 빛나는 길을 따라가면 원래 세계로 돌아갈 수 있지 않을까, 그런 허황된 생각이 들었다. 그리고 무슨 실없는 생각인가 싶어 싱겁게 웃어 버렸다.

"왜 그래?"

그런 하지메를 알아차리고 말을 걸어온 사람은 카오리였다.

방금까지 선내에서 샤워를 하고 있었을 것이다. 그 증거로 머리카락이 젖어 있었다. 카오리 뒤에는 유에와 시아, 티오도 있었다.

모두 하지메가 자랑하는 선내 샤워실을 사용하고 왔는지, 볼은 상기되었고 젖은 머리카락이 볼이나 목에 감겨 실로 요염한 모습이었다. 선내에 설치된 샤워실은 천장에서 직접 온수가 쏟아지는 구조라서 네 명이 한꺼번에 들어갈 수 있었다. 덕분에 다 같이 사이좋게 씻고 나온 것 같았다.

참고로 하지메가 갑판에 우두커니 앉아 있는 이유는, 까딱 잘못하면 샤워실로 끌려갈 우려가 있기 때문이었다.

그녀들이 샤워를 하려고 했을 때 티오가 하지메를 꼬드겼다. 거기에 카오리와 시아, 물론 유에도 찬동하여 싫다고 하는 하지메에게 다 같이 슬금슬금 다가오는 일이 있었다.

하지메는 유에 이외의 여자와 알몸으로 있을 생각은 없다고 딱 잘라서 말했지만…… 그녀들은 하지메의 말을 웃어넘겨 버렸다. 그리고 쑥스럽게 몸을 배배 꼬는 유에를 무시한 채 카오리와 티오가 하지메를 붙잡고 시아가 뒤에서 드뤼켄으로 기절시키려고 들었다.

그래서 신변의 위협을 느낀 하지메는 제법 진지하게 도망쳐 나와 이렇게 갑판에 죽치고 있게 된 것인데…… 차려진 밥상에 손을 안 대는 것은 역시 남자로서 부끄러운 일일까?

하지메는 무슨 말 같지도 않은 생각이냐며 머리를 흔들어 그 의문을 털어 내고 카오리의 질문에 답했다.

"잠깐 원래 세계가 생각나서. 이런 자연 풍경은 똑같구나 싶더라고."

"……그렇구나. 응, 그러네. 원래 세계의 바다에서 본 저녁놀이랑 똑같아……. 어쩐지 엄청 그리운 느낌이 들어. 아직 반 년도 채 지나지 않았는데 말이야."

"이곳에선 하루가 멀다 하고 사건이 터지니까."

하지메 옆에 앉은 카오리가 어딘가 아련한 눈으로 하지메의 말에 동의했다. 분명 원래 세계에서 보낸 나날을 그리워하는 것이리라.

두 사람만이 아는 화제에 쓸쓸함을 느꼈는지 유에는 상기된 몸으로 하지메 옆으로 뚜벅뚜벅 걸어와서 그 무릎 위에 앉았다. 그리고 더울 텐데도 등을 하지메의 가슴에 기대고 턱 아래에서 위를 올려다봤다.

그 눈동자는 명백하게 자신도 이야기에 끼워 달라고 말하고 있었다. 하지메는 유에의 귀여움에 내심 녹아웃당하는 한편, 옆에 있는 카오리에게서 한냐가 나오려고 하기에 그 몰캉몰캉한 뺨을 꾹꾹 눌러 달랬다.

그것만으로 금세 기분이 좋아지니까 하지메로서는 복잡한 심경이었다. 받아들여 주지 않는 상대에게 어째서 이토록 호의를 가질 수 있는 걸까…… 그런 생각이 들었다. 물론 입 밖으로는 내지 않았다. 그것은 그녀의 마음에 대한 지나친 모욕이니까.

카오리의 뺨을 만지고 있는데 이번에는 반대쪽에서 시아가 다가와 눈을 초롱초롱하게 빛냈다. 척 봐도 자기한테도 해 달라는 신호였다. 비어 있는 손으로 토끼 귀를 만지자 시아는 에헤헤 웃으며 미소 지었다.

등 뒤에선 티오가 몸을 기대고 있었다. 딱히 무슨 요구를 하지도 않고 조용히 등을 맞대고 있을 뿐이었다. 다만 몸에서 힘을 뺀 그 무게로 그녀가 얼마나 마음을 놓고 있는지 전해졌다. 변태 같은 요구라도 해 올 성싶으면 냅다 바다에 던져 버려야겠다고 생각했는데 조금 의외였다.

물론 티오는 하지메의 분위기를 보고 무언가를 느꼈는지, 한순간 몸을 움찔 떨고 숨소리가 약간 거칠어졌지만…….

하지메 일행은 광대한 바다 위에서 몸을 맞대고 작게 뭉쳤다. 밤하늘에 달이 빛날 때까지는 아직 조금 시간이 있었다. 그 자투리 시간 동안 하지메는 잠깐 고향 이야기를 하기로 했다.

하지메의 이야기에 일행은 흥미진진하게 맞장구를 쳤고 카오리가 생긋이 웃으며 보충했다.

그런 화기애애한 분위기를 즐기고 있자니 시간은 눈 깜짝할 사이에 지나갔다. 이미 해는 수평선 너머로 완전히 사라졌고 대신 달이 세상을 비추기 시작했다.

슬슬 때가 되었다고 생각한 하지메는 품에서 【그류엔 대화산】 공략의 증표인 펜던트를 꺼냈다. 서클 안쪽에는 여성이 랜턴을 들고 있는 형상이 장식되어 있었고 랜턴 부분에만 구멍이 뚫려 있었다.

에리센에 머무는 동안에도 이 펜던트를 꺼내서 달에 비추어 보거나 마력을 불어넣거나 해 보았지만 딱히 아무런 변화도 없었다.

달과 펜던트로 뭘 어쩌라는 걸까? 하지메는 내심 고개를 갸웃거리며 일단 펜던트를 달에 비추어 보았다. 딱 랜턴 부분에서 달이 얼굴을 내밀고 있었다.

잠시 바라보았지만 이렇다 할 변화는 없었다. 역시 모르겠다고 한숨을 쉬며 다른 방법을 시도해 보려고 하는데…… 펜던트에 변화가 나타났다.

"와아, 랜턴에 빛이 차오르고 있어요. 예쁘다~."

"정말…… 신기해. 구멍이 뚫려 있는데……."

시아가 감탄하자 카오리가 동조하듯 눈을 반짝였다.

그녀들의 말대로 펜던트의 랜턴은 조금씩 달빛을 흡수하듯 바닥부터 빛이 차오르고 있었다. 그에 따라 구멍 부분은 점차

빛으로 막혔다. 유에와 티오도 흥미롭게 하지메가 들어 올린 펜던트를 바라봤다.

“어젯밤에도 시험해 봤는데…….”

“흠, 주인님. 아마도 이 장소가 아니면 안 되는 게 아니겠느냐?”

아마 티오의 추측이 정답일 것이다.

머지않아 랜턴이 빛으로 채워지자 펜던트 전체가 빛을 띠었다. 그 직후 랜턴에서 일직선으로 빛이 나와 해수면의 어떤 장소를 가리켰다.

“……제법 멋진 연출이야. 밀레디와는 하늘과 땅 차이.”

“그러게 말이야. 엄청 판타지 같아서 나 조금 감동했어.”

『달빛의 인도』라니, 이 얼마나 낭만 넘치는 이정표란 말인가. 하지메뿐 아니라 다른 일행도 감탄사를 흘렸다. 특히 【라이센 대미궁】의 입구를 아는 시아는 하지메나 유에와 마찬가지로 감동이 각별했다.

그래도 펜던트의 랜턴이 언제까지 빛을 낼지는 몰랐다. 하지메 일행은 서둘러 그 인도에 따라서 잠수정을 움직였다.

밤의 바다는 어두웠다. 아니, 새카맣다고 표현하는 것이 더와 닿을까? 바다 위는 달빛이 있어 그나마 밝았지만 인도에 따라서 잠수하자 순식간에 어둠 천지였다. 잠수정의 라이트와 펜던트가 내는 빛만이 어둠을 가르고 있었다.

참고로 펜던트의 빛은 잠수정의 앞 유리, 아니, 앞 수정(투명한 광석이며 강도가 일품) 너머로 해저의 한 지점을 가리켰다.

그 장소는 해저 암석 지대였다. 삐죽빼죽한 암벽이 무수하게 산맥처럼 늘어섰다. 낮에도 탐색했던 장소였고 그때는 아무것도 나오지 않았지만, 과연 어떨지…….

잠수정이 다가가서 펜던트의 빛이 해저 암석의 한 곳에 닿자 쿠구구궁, 소리를 내며 지진 같은 진동이 발생했다.

그 소리와 진동은 암벽이 움직이며 나는 것이었다. 암벽 일부가 둘로 갈라져서 문처럼 좌우로 열렸다. 그 안쪽에는 저승으로 초대하는 듯한 어두컴컴한 길이 이어져 있었다.

"아, 이러니까 아무리 찾아도 안 보이지. 운이 좋으면 찾을 수 있을 거라는 멍청한 생각을 하는 게 아니었어."

"……달리 할 일도 없었고, 재밌었어."

"그래. 이세계에서 해저 유람을 했잖아. 귀중한 체험이라고 생각하는데?"

하지메는 낮에 한 탐색이 헛고생이었다는 것을 알고 어깨를 떨구었지만 유에와 카오리는 제법 재미있게 즐긴 듯했다.

하지메는 잠수정을 조종해서 해저의 바위틈으로 침입했다. 펜던트의 랜턴에는 아직 절반 정도 빛이 남아 있었지만 이미 빛을 방출하고 있지는 않았다. 어두운 해저를 비추는 것은 잠수정의 라이트뿐이었다.

"으음, 해저 유적이라고 들었을 때부터 생각했지만, 이 잠수정 같은 게 없으면 평범한 사람은 미궁에 들어올 수도 없겠구먼."

"……응. 강력한 결계를 쓸 수 없으면 못 와."

"그 밖에도 공기와 빛, 그리고 수류 조작도 최소한 동시에 사용할 수 있어야겠지."

"그래도 이곳에 오려면 【그류엔 대화산】 공략이 필수잖아요? 대미궁을 공략한 시점에서 평범하진 않죠."

"어쩌면 공간 마법을 이용하는 게 정석 아닐까?"

하지메 일행은 길을 따라서 깊숙이 잠행하며 잠수정이 없을 경우의 공략법을 고찰해 봤다. 판타스틱한 입구에 감동은 했지만 평범하게 생각하면 초일류 마법사가 여러 명 없으면 침입조차 할 수 없는 시점에서 다른 대미궁 이상으로 번거롭기 짝이 없었다.

하지메 일행은 다시 긴장의 끈을 조이며 앞 수정 너머로 보이는 해저에 더욱 주의를 기울였다. 그리고 그 직후—.

"으앗?!"

"으응!"

"와악!"

"꺅!"

"뭐냐?!"

갑자기 선체 옆에서 충격이 퍼지며 잠수정이 한 방향으로 떠내려갔다. 마그마 격류에 떠내려갈 때처럼 선체가 빙글빙글 돌았지만 그 점은 이미 대책이 마련되어 있었다. 잠수정 바닥에 추가한 중력석이 순식간에 무게를 늘려 선체의 중심을 잡았다.

"으, 이 핑그르르 도는 느낌, 더는 맛보고 싶지 않았어요~."

시아가 【그류엔 대화산】 지하에 흘러갈 때를 떠올리고 새파란 얼굴로 고개를 절레절레 저었다.

"바로 균형을 잡았지? 이젠 문제없어. 그보다 이 격류가 어디로 이어져 있는가가 문제인데……."

하지메는 시아에게 쓴웃음을 지으며 앞 수정으로 바깥을 관찰했다.

녹광석 라이트가 동굴 안 암흑을 걷어 내고 전체 상을 들추어냈다. 보아하니 거대한 터널 형태의 동굴 안을 흐르는 물살에 휘말린 듯했다.

선체를 제어하며 일단 흘러가는 대로 전진했다. 한동안 그렇게 나아가자 선미에 설치된 『원투석(遠透石)』이 검붉게 빛나는 무수한 물체를 포착했다.

"뭔가 접근해 오는데……. 뭐, 검붉은 마력을 띤 시점에서 보나 마나 마물이겠지만."

"……죽이고 올까?"

하지메가 중얼거리자 옆 좌석에 앉은 유에가 손에 마력을 모으며 귀여운 얼굴로 갱스터 같은 소리를 슬쩍 입에 담았다.

"아니, 무기를 쓰자. 유효한지 확인해 두고 싶거든."

하지메가 잠수정 뒤쪽에 있는 기믹을 작동시켰다. 그러자 앙카지의 오아시스를 피바다로 만든 페트병 크기의 어뢰가 대량으로 발사됐다. 정성스럽게도 포악하게 웃는 상어 그림까지 프린트되어 있었다.

격류 속이라서 어뢰의 추진력과 물살이 서로를 밀어낸 결과, 어뢰는 기뢰를 뿌려 놓은 것처럼 제자리에 머물렀다.

잠수정이 먼저 앞으로 간 사이, 이윽고 검붉은 마력을 두르고 쫓아온 마물, 날치 같은 모습을 한 수많은 물고기형 마물들이 어뢰군에 돌진했다.

격진.

요란한 폭발이 연속해서 발생하며 대량의 기포가 날치 마물 무리를 감쌌다. 그리고 충격으로 몸이 산산조각으로 찢어진 날치 마물의 잔해가 붉은 살과 피와 함께 기포 속에서 튀어나왔고, 음식물 쓰레기처럼 격류에 떠내려갔다.

"좋아, 전보다 위력이 올라갔어. 개량 성공이야."

"우와~, 하지메 씨. 지금 창밖으로 죽은 생선 눈깔을 한 뭔가가 흘러갔어요."

"시아야, 그게 그 죽은 생선이다."

"새삼스럽지만, 하지메가 만드는 아티팩트는 사기야."

그 후로도 하지메 일행은 가끔 날치 마물과 조우했지만 나오는 족족 뚝딱 해치우며 앞으로 나갔다.

얼마나 그렇게 나아갔을까.

변화가 없는 단조로운 경치에 이상하다는 생각이 들기 시작했을 무렵, 하지메 일행은 유난히 주위 벽이 파괴된 장소를 발견했다. 자세히 보니 암벽 틈새에 날치 마물의 으깨진 머리가 끼여서 멀건 눈알로 물속을 보고 있었다.

"……여기 아까 지나간 곳인가?"

"……그런가 봐. 빙글빙글 돌고 있나?"

아무래도 순환형 동굴을 한 바퀴 돈 모양이었다. 대미궁 안쪽으로 가고 있다고 생각하던 일행은, 사실 이곳은 그냥 해저 동굴이고 자신들이 길을 잘못 든 것이 아닐까 하며 의아해했다. 결국 이번에는 그냥 길을 따라가지 않고 주위에 무언가가 없는지 더욱 주의 깊게 탐색하며 항행하기로 했다.

그 결과—.

"앗, 하지메. 저기에도 있어!"

"이걸로 다섯 군데인가?"

동굴 몇 군데에 대략 50센티미터 크기의 메르지네 문장이 새겨진 장소를 발견했다. 메르지네 문장은 오망성의 한 꼭짓점에서 중앙을 향해 선이 뻗었고 그 중앙에 초승달 같은 문양이 있는 형태였다. 그것이 순환형 해저 동굴 다섯 군데에 존재했다.

하지메 일행은 자세하게 조사하기 위해서 처음 발견한 문장에 다가갔다. 격류 속에 있기 때문에 선체 제어에는 신중을 기했다.

"뭐, 오망성 문장과 다섯 개 표식, 그리고 빛이 남은 펜던트라고 하면……."

그렇게 중얼거리며 하지메는 목에 건 펜던트를 들어 앞 수정 너머로 내밀어 보았다. 아니나 다를까 펜던트가 반응하여 랜턴에서 빛이 일직선으로 뻗었다. 그리고 그 빛이 문장에 닿자 문장이 갑자기 빛을 뿜었다.

"마법으로 이 장소에 오는 사람은 큰일이겠어……. 바로 눈치채지 못하면 마력이 못 버틸 거야."

카오리의 말대로 마법으로 힘겹게 생명을 유지하는 사람에게 이런 RPG 게임 같은 퍼즐을 풀게 하는 것은 상당히 악독한 짓이었다. 【그류엔 대화산】과는 다른 의미로 인간의 한계에 도전하도록 하기 위함일지도 모르겠다.

그 후 세 개의 문장을 더 랜턴으로 비추고 마지막 문장이 있는 곳까지 왔다. 랜턴에 남은 빛도 방출할 때마다 조금씩 줄어들어 딱 한 번 정도 더 쓸 분량이 남았다.

하지메가 펜던트를 내밀어 마지막 문장에 빛을 쏟자 드디어 순환형 동굴에서 앞으로 갈 길이 열렸다. 쿠구구궁, 굉음을 울리며 동굴 벽이 정확히 세로로 둘로 갈라졌다.

특별히 아무 일도 없이 안쪽으로 들어가자 아래로 통하는 수로가 있었다. 하지메는 잠수정을 몰았다. 그러자 갑자기 선체가 부유감에 휩싸이더니 급속도로 낙하했다.

"어?"

"웃."

"꺄?!"

"으옷!"

"아으으!"

오인 오색의 비명이 터져 나왔다. 하지메는 아랫도리의 저릿한 감각을 견뎠다.

까아앙! 직후 거센 쇳소리를 내며 잠수정이 단단한 지면에 충돌했다. 격한 충격이 선체에 전달되었고, 신체가 특별히 강인하지 못한 카오리가 신음을 흘렸다.

"윽…… 카오리, 괜찮아?"

"으으, 괘, 괜찮아. 그보다 여긴 어디야?"

카오리가 인상을 찌푸리면서도 앞 수정으로 바깥을 보았다. 아까까지와 달리 바깥은 바닷속이 아닌 동굴 같았다. 일단 주위에 마물의 기척도 나지 않았기에 일행은 잠수정 밖으로 나갔다.

밖은 거대한 돔 형태의 공간이었다. 머리 위를 올려다보니 거대한 구멍이 있었고, 무슨 원리인지 수면이 거꾸로 매달려 흔들리고 있었다. 하지메 일행은 물 한 방울 떨어지지 않고 찰랑거리는 그곳에서 떨어진 것 같았다.

"보아하니 여기부터가 진짜인 모양인데. 해저 유적이라기보다 그냥 동굴이지만."

"……전부 물속이 아니라서 다행이야."

하지메는 잠수정을 『보물 창고』에 집어넣으면서 동굴 안쪽에 보이는 통로로 가고자 다른 일행에게 말을 걸기…… 직전에 유에를 불렀다.

"유에."

"응."

그것만으로 유에는 즉각 장벽을 펼쳤다.

그 찰나 머리 위에서 레이저 같은 물줄기가 마치 유성처럼 떨어졌다. 압축된 물 레이저는 한때 유에가 【라이센 대미궁】에서 유용하게 쓴 『파단』과 같았다. 직격하면 인체를 종잇장처럼 뚫어 버릴 것이다.

하지만 유에의 장벽은 즉석에서 펼친 것이라고 해도 견고하기 이를 데 없었다. 그것을 증명하듯 하늘에서 쏟아진 맹공을 수월하게 막아 냈다. 하지메가 집중되는 마력과 살의를 재빠르게 탐지하고, 거기에 유에가 기막힌 호흡으로 반응했기 때문에 기습은 기습이 되지 못했다. 당연히 하지메가 부른 순간, 이미 공격의 낌새를 느낀 시아와 티오도 동요하지 않았다.

하지만 카오리는 그렇지 못했다.

"꺄아?!"

너무나도 갑작스럽고 격한 공격에 카오리는 무심코 비명을 지르며 쓰러질 뻔했다. 옆에 있던 하지메가 순간적으로 허리에 팔을 둘러 그녀를 지탱했다.

"미, 미안."

"아냐, 신경 쓰지 마."

평소라면 무덤덤하게 몸을 뗀 하지메를 힐끔 보며 얼굴을 붉힐 법도 했으나 카오리의 표정은 밝지 않았다. 품에 안겼다는 것보다 자신만 추태를 보였다는 사실에 조금 풀이 죽은 것 같았다.

그리고 그 이상으로 유에의 뛰어난 마법적 역량에 새삼스럽게 충격을 받았다.

코우키 파티에 있을 때는 스즈의 결계를 보조하는 형태로 나름대로 방어 마법을 사용해 왔다. 피나는 훈련을 거듭하여 발동 속도만 놓고 보면 『결계사』인 스즈에게도 뒤지지 않을 수준까지 도달했을 정도였다.

하지만 그럼에도…… 유에에 비하면 자신의 방어 마법은 어린애 장난이나 다름없이 느껴졌다. 【오르크스 대미궁】에서 하지메 일행에게 도움을 받았을 때부터 느낀 『그것』. 알고는 있었지만, 그래도 하지메 곁에 있기 위해서는 할 수밖에 없다고 되뇌며 애써 마음속 깊은 곳으로 눌러 넣었던…… 열등감.

자신은 방해만 되는 게 아닐까?

그 생각이 다시 카오리의 가슴속에서 고개를 들었다.

"왜 그래?"

"어? 아, 아니, 그냥. 아무것도 아냐."

"……그래?"

카오리는 퍼뜩 얼버무리고 억지웃음을 지었다. 하지메는 그런 카오리를 보고 눈을 조금 가늘게 찌푸렸지만 특별히 다른 말은 하지 않았다.

거기에 카오리가 조금 쓸쓸함과 안도를 느끼고 있는데, 아직도 이어지는 죽음의 호우를 막는 유에가 빤히 자신을 보고 있는 것을 깨달았다. 그 눈동자가 꼭 자신의 속마음을 들춰 보려는 것만 같아서 카오리는 순간 눈에 힘을 주어 노려보다시피 눈길을 받아쳤다.

언젠가 그랬던 것처럼 자신의 마음을 비웃게 놔둘 수는 없었다. 그렇게 되면 하지메의 애정을 한 몸으로 받는 눈앞의 소녀는 카오리를 싸울 상대로조차 인식하지 않게 될 것이다.

—그것만은…… 못 참는다.

카오리의 강한 눈빛을 받은 유에는 입가에 희미하게 미소를 띠고 다시 머리 위로 시선을 돌렸다. 동시에 티오가 화염을 만들어 천장을 불태웠고 그로 인해 공격해 오던 원흉이 후드득 떨어졌다.

그것은 얼핏 보면 따개비 같은 마물이었다. 천장 전체를 빼곡하게 메우고 몸의 구멍으로 『파단』을 쏘는 듯했다. 제법 본능적 혐오감을 자극하는 광경이었다.

수중 생물이라서 역시 불 계열 공격에는 약한지 티오의 화염 속성 마법 『나염』에 곧바로 불탔다.

따개비 마물 제거를 끝낸 하지메 일행은 안쪽 통로로 걸어갔다. 통로는 금방 있던 방보다도 바닥이 낮았고 대강 무릎 높이까지 바닷물이 차 있었다.

"……우."

유에가 귀엽게 난처하다는 목소리를 냈다. 키가 작은 유에는 허리까지 물에 잠겨 상당히 걷기 힘들어 보였다.

하지메는 사태를 파악하고 유에를 훌쩍 안아 들어 자신의 어깨에 올렸다. 흔히 말하는 목말이었다.

"……하, 하지메. 이건 나라도 좀, 부끄러워."

"하지만 수심도 조금씩 깊어지고 있고, 유에도 이러는 편이 좋잖아?"

"……그렇긴 하지만……."

하지메가 첨벙첨벙 바닷물을 가르며 말하자 유에는 어린아이에게나 할 법한 행동에 수치심으로 볼을 물들였다. 창피한 듯 허벅지에 힘을 꽉 주며 하지메의 머리에 매달렸다. 다른 여성진을 살짝 곁눈질하자 부럽다는 감정보다도, 굳이 따지자면 훈훈한 감정을 가진 듯 보였다. 은근히 애처로운 눈빛이었다.

"웃훗후, 유에 씨 어쩐지 좀 귀엽네요~."

"……우."

"최근의 뮤 포지션이니 말이다."

"……으."

"흐응~. 그럼 이제부터는 아기처럼 대해주는 게 좋으려나~?"

"……죽어, 카오리."

"왜 나한테만 신랄해?!"

점점 일행의 시선에 볼을 붉히면서도, 카오리한테만은 돌이라도 던질 것 같은 눈초리로 신랄한 반응을 돌려주는 유에에게 하지메는 작게 웃었다.

하지만 그런 여유롭고 화기애애한 분위기도 마물의 습격 때문에 팽팽한 긴장감으로 바뀌었다.

나타난 마물은 흡사 수리검처럼 빠르게 회전하면서 직선이나 곡선을 그리며 고속으로 날아들었다. 하지메는 돈나를 속뽑아 주저 없이 발포해 공중에서 적을 전부 격추했다. 몸이 부서져 수면에 둥둥 떠오른 것은 불가사리 같은 무언가였다.

이어서 아래 물속에서 바다뱀 같은 마물이 고속으로 헤엄쳐 오는 것을 감지하고 유에가 얼음 창으로 찔러 죽였다.

"……너무 약하지 않아?"

하지메가 중얼거리는 말에 카오리 외 전원이 동의했다.

대미궁의 적은 기본적으로 한 마리만으로도 강력한 마물,

여럿이 모여 성가신 마물, 한 마리만으로도 강력하고 성가신 마물이 정석이었다. 하지만 불가사리도 그렇고 바다뱀도 그렇고, 해저 화산에서 분출되었을 때 공격해 온 바다 마물과 별다를 바가 없거나 더 약할 정도였다. 도저히 대미궁의 마물 같지 않았다.

대미궁을 모르는 카오리 외에는 모두가 고개를 갸웃거렸지만 그 해답은 통로 끝에 있는 널찍한 공간에서 찾을 수 있었다.

"응? ……뭐야?"

하지메 일행이 그 공간에 들어선 순간, 반투명 젤리 형태의 무언가가 통로로 이어진 입구를 순식간에 막아 버린 것이었다.

"제가 처리할게요! 우랴아!"

제일 뒤에 있던 시아가 곧장 그 벽을 부수려고 드뤼켄을 휘둘렀다. 그러나 표면이 뭉개지며 파편이 튈 뿐 젤리 형태의 벽 자체는 부서지지 않았다. 그리고 벽에서 튄 젤리가 시아의 가슴에 달라붙었다.

"으아아! 이게 뭐예요?!"

시아가 당혹감과 경악이 뒤섞인 목소리로 소리쳤다. 하지메 일행이 눈을 돌리자 웬걸, 시아의 가슴을 가리던 옷이 녹고 있었다. 겉옷과 속옷에 싸인 시아의 풍만한 두 살덩이가 점점 드러났다!

"시아, 움직이지 말거라!"

티오가 얼른 절묘한 불 조절로 젤리 파편만을 불태웠다. 피부에도 조금 묻었는지 시아의 가슴이 벌겋게 부었다. 아무래도 출입구를 막은 젤리에는 강력한 용해 작용이 있는 듯했다.

"큭! 또 온다!"

경계하며 젤리 벽에서 떨어진 직후 이번에는 머리 위에서 무수한 촉수가 들이닥쳤다. 끝부분이 창처럼 뾰족했지만 생긴 것은 출입구를 막은 젤리와 같았다. 그렇다면 똑같이 강력한 용해 작용이 있을지도 모르기 때문에 유에가 하지메의 어깨에서 뛰어내리며 장벽을 폈다. 이어서 티오가 불을 만들어 촉수를 불태우려고 했다.

"솔직히 유에의 방어와 티오의 공격 콤보는 제법 사기적이란 말이지."

철벽의 방어와 그 방어를 받으며 펼치는 일방적인 공격. 하지메가 그렇게 중얼거릴 만도 했다.

그것을 보고 심각한 상황은 아니라고 판단했는지, 시아가 하지메 곁으로 슬그머니 접근해서 고스란히 드러난 가슴 계곡을 일부러 강조했다. 그리고 볼을 물들이며 눈을 치뜨고 아양을 떨었다.

"저기요오, 하지메 씨이. 화상 입었는데, 약 좀 발라주시면 안 될까요오?"

요망하다. 역시 토끼 귀 소녀. 참으로 요망하다. 하지메는 기막힌 표정을 숨기려고도 하지 않고 한마디 했다.

"……너 지금 상황 안 보이냐?"

"아니, 그게~, 유에 씨랑 티오 씨가 다 하고 있으니까 괜찮겠다 싶어서요. 이런 사소한 곳에서라도 어필하지 않으면 카

오리 씨 참전으로 제 존재감이 없어질 것 같기도 하고…….”

시아가 가슴 계곡 언저리에 생긴 화상 자국 몇 군데를 하지메에게 보이며 그런 말을 지껄였다.

그러자—.

“성스러운 정화와 치유를 가져오기를, 『천혜』.”

해맑게 웃는 카오리가 곧바로 시아의 부상을 치료해 버렸다. 「아아~, 가슴을 만지게 할 찬스가!」라며 탄식하는 시아에게 모든 이가 싸늘한 눈총을 보냈다.

“응? ……하지메, 이 젤리, 마법도 녹이나 봐.”

유에의 말에 눈길을 장벽으로 돌리자 그 말대로 유에가 펼친 장벽이 천천히 녹아내리는 것을 알 수 있었다.

“흠, 역시 그랬나? 아까부터 묘하게 불길이 약해진다고 생각했지. 아무래도 불길에 담긴 마력조차도 녹이는 모양이다.”

티오의 말이 맞다면 이 젤리는 마력 그 자체를 녹일 수 있다는 뜻이었다. 제법 강력하고 성가신 능력이자 그야말로 대미궁에 있을 법한 마물이었다.

그런 하지메의 생각이 들린 것도 아닐 텐데, 마침내 젤리를 조종하는 것으로 보이는 마물이 모습을 드러냈다.

천장의 조그만 균열에서 스며 나오듯 나타난 그것은 공중에 머물며 점점 형태를 이루었다. 반투명하고 엉성한 인간 형상. 다만 팔다리는 지느러미 같았고, 온몸에 아주 작은 반점이 붉게 빛났으며, 머리에는 더듬이 같은 것이 두 개 있었다.

마치 허공을 헤엄치는 것처럼 지느러미 팔다리를 하늘하늘 움직이는 그 모습은 클리오네를 연상케 했다. 물론 10미터짜리 클리오네는 그냥 괴물일 뿐이지만.

그 거대한 클리오네는 아무런 예비 동작도 없이 온몸에서 촉수를 뻗었고 동시에 머리에서 젤리 파편을 빗물처럼 흩뿌렸다.

"유에도 공격해! 방어는 내가 할게! ……『성절』!"

카오리는 파생 기능 『지연 발동』으로 미리 읊어 둔 『성절』을 발동했다. 그 말에 고개를 끄덕인 유에는 티오와 함께 거대한 클리오네에게 화염 공격을 개시했다.

모든 공격은 거대 클리오네에게 직격하여 그 몸을 불태우고 산산조각으로 폭파했다. 일행은 벌써 이겼다는 양 만족스러운 표정을 지었지만 그것을 타이르듯 하지메가 경고했다.

"아직 안 끝났어! 반응이 사라지지 않아. 카오리는 장벽을 유지해. ……뭐지? 마물의 반응이 방 전체에……."

하지메의 감지 능력은 방 전체에서 마물의 반응을 포착했다. 게다가 마안석에 보이는 시야가 온통 검붉게 물들었다. 마치 이 방 자체가 마물인 것 같았다. 지금껏 한 번도 겪지 못한 사태에 자연스럽게 하지메의 눈이 날카로워졌다.

그리고 그 걱정이 적중한 듯, 폭발한 클리오네가 눈 깜짝할 사이에 재생해 버렸다. 심지어 자세히 보니 그 배 안에는 조금 전 산발적으로 쓰러뜨린 불가사리 마물이나 바다뱀이 있었고, 치지직 타는 소리를 내며 녹아 사라졌다.

"흠, 아무래도 약하다고 생각한 마물은 정말로 단순한 마물이고, 이 녀석의 식량이었던 모양이로구나. ……주인님, 무한히 재생하면 끝이 없다. 마석은 어디 있느냐?"

티오의 추측에 수긍한 시아가 하지메를 보았지만, 하지메는 거대 클리오네를 응시하며 마석의 위치를 찾으면서 곤혹스러운 표정을 짓고 있었다.

"……하지메?"

유에가 부르자 하지메는 머리를 긁적이며 본 것을 그대로 보고했다.

"……없어. 저 녀석은, 마석이 없어."

그 말에 전원이 눈을 동그랗게 떴다.

"하, 하지메? 마석이 없다니…… 그럼 저건 마물이 아니란 말이야?"

"몰라. 하지만 굳이 말하자면 저 젤리 모양 몸, 저게 전부 마석이야. 내 마안석에는 저 녀석 몸 전체가 온통 검붉게 보여. 그리고 방 전체도 같은 색이니까 조심해. 어쩌면 이곳은 이미 놈의 배 속이야!"

하지메가 경악스러운 사실을 말함과 동시에 다시 거대 클리오네가 공격을 개시했다. 이번에는 촉수와 젤리 호우뿐 아니라 아래의 바닷물을 따라서 어뢰처럼 몸 일부까지 날렸다.

하지메는 『보물 창고』에서 검은색 대형 라이플 같은 무기를 꺼냈다. 그 대형 라이플에는 본래 탄창이 있어야 할 곳에 가스봄베 같은 통이 달려 있었고, 구경도 총알을 발사하는 것이라고는 생각하지 못할 만큼 컸다.

그도 그럴 수밖에 없었다. 그것은 라이플이 아니라—.

부우우우우우우!

화염 방사기니까.

반고체 상태의 플람 광석이 방출됨과 동시에 착화하여 섭씨 3천 도의 꺼지지 않는 불을 퍼뜨렸다. 목표는 거대 클리오네도, 촉수나 젤리 파편도 아니었다. 주위에서 검붉은 반응을 보이는『벽』이었다. 본체의 대응은 일행에게 맡겼다.

거대 클리오네에게는 의태 능력이 있는지, 아무 특징도 없다고 생각한 벽이 하지메의 화염 방사로 벽지가 벗겨지듯 너덜너덜 불타 사라져 갔다. 하지메는 아무래도 벽 그 자체가 거대 클리오네는 아닌 것 같다며 조금 안심했다.

하지만 반투명 젤리는 태워도 태워도 벽의 틈새로 끝없이 출현했고 급기야 바닥에서도 솟아나기 시작했다. 신발 밑창이 타들어 가는 소리가 났다.

본체를 노리는 유에와 티오의 공격이 거세지자 거대 클리오네도 드디어 진지하게 임하려는지, 벽 전체에서 걷잡을 수 없는 기세로 젤리가 솟아났다. 게다가 어느 틈엔가 수위까지 높아져서 처음에는 무릎까지 오던 물이 지금은 허리까지 불어났다. 유에는 이미 가슴팍까지 물에 잠겨 있었다.

유에와 티오는 이미 몇 번이나 거대 클리오네를 쓰러뜨렸지만 곧바로 젤리가 모여 부활하는 터라 끝날 기미가 보이지 않았다.

섬멸 방법을 찾을 수 없는 데다가 전투력이 제한되는 물속에 잠기는 것은 대단히 위험했다. 왜냐면 거대 클리오네에게

농성은 통하지 않으니까. 마법으로 장벽을 펼친들, 잠수정을 꺼내서 안으로 들어간들, 죽일 방법이 없으면 언젠가 녹아 버릴 것이다.

따라서 하지메는 지금은 일단 이탈해야 한다고 결론 내렸다. 하지만 모든 출입구는 젤리로 봉쇄되었다. 하지메는 필사적으로 주위를 둘러보았고 지면에 있는 틈새로 소용돌이가 이는 것을 발견했다.

"한 번 태세를 재정비하자! 바닥 아래에 공간이 있어. 어디로 이어졌는지는 모르니까 각오해 둬!"

"응!"

"알았어요."

"알았다."

"알았어!"

모두의 대답을 들은 하지메는 화염 방사기를 휘둘러 들이닥치는 젤리를 불태우며 소용돌이치는 균열에 『연성』을 사용했다. 균열이 넓어지고 구멍은 점점 깊어졌다.

하지메는 수중으로 잠수해 파우치에서 길이 15센티미터, 지름 3센티미터 정도의 원통을 꺼냈다. 중간쯤에 스노클의 마우스피스 같은 돌기가 달린 그것은 소형 산소 봄베였다. 생성 마법으로 공간 마법을 부여한 광석을 사용하여 안에는 『보물창고』와 같은 공간이 펼쳐져 있었으며 공기가 들어 있었다.

다만 에리센에서 준비할 때는 부서진 도구나 소실한 장비를 우선했고, 공간 마법은 다루기가 지독하리만큼 어려워서 『보물 창고』와는 비교도 못할 정도로 좁은 공간밖에 만들지 못했다. 그래서 이 소형 산소 봄베 하나로는 30분 정도밖에 버티지 못했다.

제한 시간을 염두에 두고 하지메는 물속에서 『연성』을 반복하다가, 이윽고 바닥이 반응하지 않자 『보물 창고』에서 파일 벙커를 꺼냈다. 그리고 앵커로 수중에 고정한 다음 순식간에 힘을 모았다.

키이이이이이잉! 증기를 분출하는 듯한 독특한 소리가 울려 퍼지고…… 다음 순간 계층을 뚫는 일격이 발사됐다.

물속에서 둔탁해진 굉음이 진동과 함께 전파되었다.

직후, 관통된 구멍으로 물이 엄청난 압력과 함께 빨려 들어갔다. 허리까지 올라온 바닷물이 갑자기 급물살이 되는 바람에 일행도 다리를 붙잡혀 구멍으로 휩쓸려 들어갔다.

하지메는 격류가 이는 물속에서 필사적으로 버티며 『보물 창고』로부터 거대한 암석과 무수한 소이 수류탄을 전송한 뒤 일행과 함께 지하 공간으로 떠내려갔다.

등 뒤에서 암석의 구멍을 막음과 동시에 흐릿한 폭음이 터졌다. 거대 클리오네의 추격에서 조금이라도 시간을 벌 수 있었는지는 확인할 방법이 없었다.

"켈록, 켈록, 읍."

"헉, 헉, 카오리, 무사해?"

"으, 응. 살아는 있어…… 다른 사람들은……?"

바닷물을 꽤 마신 탓에 쿨럭대며 주위를 돌아본 카오리의 눈에는 자신의 허리에 손을 두르고 끌어안은 하지메와 백사장이 보였다. 광대한 공간이었다. 주위에는 그것 말고 아무것도 없었으며 멀리 나무가 울창하게 자란 잡목림 같은 곳이 보였고, 머리 위는 온통 물로 가득했다. 아마 결계 같은 것으로 바닷물의 침입을 막고 있는 것이리라.

"떨어졌나 본데……. 뭐, 작은 창고 수준이긴 해도 『보물 창고』를 나눠 줬으니까 그 녀석들이라면 알아서 어떻게든 하겠지."

"……응."

하지메는 카오리의 허리에서 손을 떼고 머리를 쓸어 올리며 가볍게 말했지만 카오리는 어딘지 모르게 침울한 표정이었다.

카오리는 일어서서 당당히 옷을 갈아입기 시작한 하지메를 보며 조금 전에 있었던 일을 떠올리고 있었다.

거대 클리오네에게 전략적 후퇴를 꾀한 하지메 일행이 떨어진 곳은 거대한 구형 공간이었다. 몇십 군데나 되는 구멍에서 어마어마한 기세로 바닷물이 분출하거나 흘러들어 흡사 태풍 속 바다처럼 조류가 엉망으로 꼬인 장소였다.

일행은 그 격류에 휩쓸려 가면서 어떻게든 근처에 있는 동료에게 붙으려고 했지만 조류는 가차 없이 그들을 찢어 놓았다. 유에가 마법으로 수류 조작을 시도했으나 물살이 너무 불규칙해서 생각대로 되지 않았다. 시아가 체중 조작과 드뤼켄의 무게를 이용해서 어떻게든 티오와 합류한 것은 괜찮은 판단이었다고 할 수 있었다.

마음 같아서는 잠수정을 꺼내서 타고 싶었지만 격류 속이라 무리가 있었다.

하지메는 이를 갈며 『보물 창고』에서 초중량의 압축 광석을 꺼내 시아와 마찬가지로 무게로 조류를 극복하려고 했다.

그리고 막 그것을 꺼내려는데 운 좋게 앞에서 떠내려오는 유에가 보였다. 이대로 가면 하지메와 부딪쳐 합류할 수 있을 것이다. 이미 시아와 티오는 어딘가 다른 구멍으로 떠내려갔는지 모습이 보이지 않았다.

하지메는 더 멀어지기 전에 따라가야겠다며 유에에게 손을 뻗었지만 그 아래쪽으로 떠내려가는 카오리가 보였다. 괴로워 보이는 카오리의 시선과 하지메의 시선이 얽혔다. 앞쪽에는 자신과 마찬가지로 손을 뻗은 유에가 있었고 역시나 하지메와 시선이 얽혔다.

선택지는 두 가지였다.

유에를 잡으면 카오리는 아마 혼자서 다른 구멍으로 흘러가리라. 그리고 카오리를 잡으면 유에가 같은 처지가 된다.

지금 하지메는 한 사람의 손밖에 잡을 수 없었다. 한순간 같기도, 영원 같기도 한 시간 속에서 유에와 시선을 나누고, 결단했다.

하지메는 『보물 창고』에서 초중량 압축 광석을 꺼내서 그 무게를 이용해 단숨에 하강했다. 그리고 떠내려온 카오리를 단단히 붙잡았다. 하지메는 유에가 아니라 카오리를 선택한 것이다.

카오리가 놀란 것처럼 눈을 크게 떴지만, 곧 그러고 있을 수 없을 정도로 격한 물살에 치여 두 사람은 함께 하나의 구멍으로 빨려들듯 떠내려갔다.

흘러가는 동안 하지메는 카오리를 팔로 감싸 보호하며 암벽에 부딪쳐 가면서도 『금강』을 발동해서 하염없이 버텼다. 그리고 물살이 약해졌을 때 위를 올려다보자 빛이 보였다. 하지메는 단숨에 부상했다.

그렇게 해서 나온 곳이 바로 지금 있는, 새하얀 모래사장이 펼쳐진 이 해안선이었다.

"……저기, 하지메. 왜…… 나를 구했어?"

"응?"

카오리가 등을 돌리고 옷을 갈아입는 하지메에게 나지막이 질문을 던졌다. 하지메는 대뜸 무슨 소리냐고 고개를 갸웃거렸다.

"왜 유에가 아니라 날 구했어?"

"그야 카오리는 죽을 것 같지만 유에는 혼자서 어떻게든 할 수 있으니까. 유에도 널 구하라고 눈짓했고."

"……믿고 있구나."

"당연하지. 파트너인걸."

"……."

가라앉은 표정으로 질문한 카오리는 더욱 가라앉았다. 문득 고개 숙인 카오리에게 그림자가 드리웠다.

뭔가 싶어서 고개를 들자 바로 앞에 하지메의 얼굴이 있었다. 정말로 코앞이었다. 살짝만 더 접근하면 입이 닿을 거리. 카오리가 빨려들듯이 하지메의 눈동자를 쳐다보는데, 갑자기 카오리의 양쪽 볼이 쭈욱 늘어났다.

"아화! 머하는 고야!"

카오리가 눈물을 글썽이며 항의했다.

하지만 하지메는 그런 카오리의 항의를 가볍게 무시하고 잠시 그녀의 부드러운 뺨을 마음껏 주물렀다. 겨우 해방된 카오리는 빨갛게 부은 뺨을 양손으로 문지르며 원망스럽게 바라봤으나 하지메는 흥, 하고 콧방귀를 뀌었다.

"침울해할 시간 있으면 움직여. 여긴 대미궁이라고. 언제까지 쫄딱 젖은 채로 있을 생각이야? 아니면 동정이라도 사고 싶었어?"

하지메의 신랄하다고도 할 수 있는 말에 카오리의 얼굴이 한순간에 새빨갛게 물들었다. 그것은 수치심이었다. 네가 여기 있을 자격이 있느냐고 돌려서 그렇게 말한 기분이 들었다.

"아, 아니야! 잠깐 멍하게 있었던 것뿐이야. 아, 어, 얼른 갈아입을게. 미안."

"……."

카오리는 급히 일어서서 에리센을 나오기 전에 하지메가 모두에게 나눠 준 소형 『보물 창고(극소 사이즈의 가정용 창고 정도)』에서 갈아입을 옷을 꺼내고 젖은 옷을 벗기 시작했다. 하지메는 자연스럽게 등을 돌렸다. 평소 카오리라면 부끄럽긴 해도 봐도 된다 정도의 말로 어필했겠지만, 지금은 어쩐지 그런 기분이 들지 않아 허둥지둥 옷만 갈아입었다.

"다, 다 입었어. ……그런데 이제부터 어떻게 할까?"

"글쎄, 이대로 해저로 돌아가도 그 녀석들이 어디 갔는지를 모르겠고…… 심층부를 목표로 탐색할 수밖에 없겠지. 다들 그렇게 할 테니까."

멀리 보이는 밀림을 바라보던 하지메가 돌아봤다. 카오리는 가라앉은 마음을 들키지 않게끔 웃음 지으며 고개를 끄덕였다. 그런 카오리의 얼굴에 하지메는 조금 눈을 가늘게 떴지만 결국 아무 말도 하지 않고 걷기 시작했다.

두 사람은 잠시 백사장을 사박사박 밟으며 걷다가 밀림으로 들어갔다. 울창하게 우거진 초목을 하지메가 시원하게 쳐 내면서 나아갔다. 카오리는 그 뒤를 따라갈 뿐이었다.

그런데 그때, 하지메가 갑자기 멈춰서 카오리를 빙글 돌아봤다. 그리고 끌어안을 것처럼 한 손을 카오리의 뒤통수로 뻗었다.

"어? 저, 저기, 하지메? 왜, 왜, 갑자기……."

카오리는 새빨갛게 달아올랐지만 살며시 몸을 떨어뜨린 하지메가 손에 쥔 것을 보고 순식간에 새파랗게 질렸다.

그것은 거미였다. 딱 손바닥에 들어갈 정도의 크기로, 총 열두 개의 다리를 바쁘게 움직이면서 보라색 액체를 뚝뚝 흘리고 있었다. 보통 다리에 더해 등에도 다리가 달려서 양면 어느 쪽으로든 움직일 수 있는 구조였다. 무지막지하게 징그러웠다.

"방심하지 마. 대미궁은 오르크스 표층과는 차원이 달라. 인식을 바꾸지 않으면 큰코다칠걸?"

"으, 응. 미안. 좀 더 조심할게."

"……."

하지메가 잡은 거미는 마석이 없었다. 그냥 징그럽기만 한 독거미였다. 마물도 아닌 생물에게 죽을 뻔했다는 사실이, 그리고 그 뒤치다꺼리를 하지메가 해줬다는 사실이 카오리를 더욱 주눅 들게 했다.

반 아이들과 있을 때는 그야말로 삼면육비로 눈부신 활약을 펼쳤는데 하지메 파티에서는 전혀 도움이 되지 않았다. 그것이 조금씩 카오리의 마음속에 초조함을 낳았다.

카오리는 지금까지 이상으로 집중하여 주변을 경계했고, 그 탓에 대화도 적어 두 사람은 어색한 분위기로 밀림을 빠져나갔다.

그리고 그 앞에 있던 것은―.

"이건…… 배들의 무덤인가?"

"우와, 범선인데 엄청 커……."

밀림을 빠져나간 곳에는 암석 지대가 있었고 어마어마한 수의 범선이 반쯤 부패한 상태로 드러누워 있었다. 가장 작은 것도 100미터는 됨 직한 배뿐이었다. 멀리 보이는 한층 큰 배는 300미터 정도 될 듯했다.

하지메도 카오리도 무심코 걸음을 멈추고 그 기이한 광경에 눈길을 빼앗겼다. 하지만 언제까지고 그렇게 있을 수는 없었다.

두 사람은 다시 정신을 차린 뒤 배들의 무덤에 발을 들였다.

바위 사이를 지나가거나 뛰어넘고 가끔은 배 위를 걸으면서 전진했다. 어느 배나 부패하긴 했지만 만지기만 해도 부서질 만큼은 아니었으며 대체 언제부터 여기에 있었는지 판단이 서지 않았다.

"어떻게 된 게…… 다 전함뿐이네."

"응. 그래도 저기 제일 큰 배만은 여객선 같지? 장식도 호화롭고……."

무덤에 있는 배는 모두 지구의 전투용 범선처럼 측면에 포문이 달리지는 않았다. 그런데도 하지메가 전함이라고 단정한 이유는, 어느 배에나 격심한 전투의 흔적이 남아 있었기 때문이다. 겉으로 봐서는 마법으로 공격받은 것 같았다. 깨끗하게 절단된 돛대, 불타 그을린 갑판, 석화된 밧줄이나 그물 등이 남아 있었다.

대포가 없기 때문에 원거리의 적을 쓰러뜨리기 위한 수단은 마법밖에 없었을 것이다. 그 흔적으로 구시대의 전투 방법을 상상할 수 있었다.

그리고 그 추측은 하지메와 카오리가 배들의 무덤 중반부에 접어들었을 때 사실이었음이 증명되었다.

—우오오오오오오오오오오오오오오오오오오!

—와아아아아아아아아아아아아아아아아아아!

"읏, 뭐야?!"

"하지메! 주위가!"

갑자기 수많은 인간의 함성이 들리는가 싶더니 주위 풍경이 구부러지듯 뒤틀리기 시작했다.

놀라서 걸음을 멈춘 하지메와 카오리가 대체 무슨 일이냐며 주위를 두리번거렸지만, 그러는 사이에도 풍경은 더욱 비틀어졌고…… 깨달았을 때는 망망대해에 뜬 배의 갑판에 서 있었다.

그리고 주위로 시선을 돌리자 그곳에는 배들의 무덤이 아니라 두 집단으로 나뉘어 대치한 몇백 척의 범선과, 무기를 손에 들고 함성을 지르는 사람들이 있었다.

"이, 이게 뭐야……?"

"하, 하, 하지메? 나 꿈이라도 꾸고 있는 걸까? 하지메, 여기 있는 거 너 맞지? 응?"

하지메도 카오리도 얼이 빠져서 혼란에 빠질 듯한 정신을 간신히 진정시키며 주위 상태를 지켜볼 수밖에 없었다.

그러는 사이 큰 불꽃이 하늘로 올라서 불꽃놀이처럼 큰 소리를 내며 터졌고, 몇백 척이나 되는 배가 일제히 앞으로 나아갔다. 두 사람이 탄 배와 대치한 선단도 불꽃을 쏘아 올린 후 일제히 전진해 왔다.

그리고 일정 거리까지 접근하자 그대로 들이박을 기세로 돌진하며 양쪽 모두 마법을 날리기 시작했다.

"앗?!"

"꺄아!"

굉음과 함께 화염탄이 난무하여 선체에 구멍을 뚫었고, 거대한 회오리가 돛대를 노리며 날아왔으며, 해수면이 얼어서 배가 멈추고, 명중한 회색 구체가 즉석에서 돛을 돌로 바꾸었다.

하지메와 카오리가 탄 배의 갑판에도 화염탄이 명중해서 활활 타오르기 시작했다. 선원이 바로 마법을 사용해서 바닷물을 퍼 올려 소화 작업에 나섰다.

전장…… 이 어마어마한 선단과 사람들은 비유가 아니라 정말 전쟁을 하고 있었다. 날아드는 마법에 담긴 살의의 바람이 피부를 미끄러지듯 쓰다듬었다.

그 상황을 멍하니 보던 두 사람의 뒤쪽에서 다시 화염탄이 날아들었다. 가만히 두면 하지메와 카오리에게 직격할 방향이었다.

하지메는 왜 갑자기 전쟁에 말려들었는가 하는 의문으로 머리를 가득 채우면서도, 어쨌든 공격을 받았으니 전부 죽이고 보자는 생각에 돈나를 뽑아 화염탄을 향해 레일 건을 쐈다.

하지만 작렬음과 함께 한 줄기 섬광이 되어 날아간 총알은 예상을 완전히 배신했다. 화염탄을 격추하기는커녕 직격했는데도 불구하고, 그대로 지나쳐서 하늘 저 멀리 사라져 버린 것이다.

"뭐얏?!"

하지메는 벌써 몇 번째인지 모를 경악의 목소리를 지르며 옆에 있는 카오리를 안고 피하려고 했다.

"잠깐만, 막을게! ……『광절』!"

카오리의 영창과 함께 빛 속성 초급 방어 마법의 장벽이 출현했다.

하지메는 마법의 핵을 정확히 꿰뚫었는데도 총알이 그냥 통과하는 이런 정체불명의 공격은 피하는 게 상책이라고 생각했지만, 카오리가 마법을 발동해서 그 자리에 머무르려고 한 까닭에 어쩔 수 없이 『금강』을 발동하며 화염탄에 대비했다.

하지만 하지메의 걱정은 기우로 끝났다. 카오리의 장벽은 확실하게 화염탄을 막아 냈다.

하지메는 설마 조준을 잘못했나 하고 의아하다는 표정으로 고개를 꼬며, 날아드는 화염탄에 다시 발포해 봤다. 이번에도 하지메의 마안석에는 총알이 확실하게 마법의 핵을 꿰뚫은 것처럼 보였지만…… 역시나 화염탄을 통과해서 엉뚱한 방향으로 날아갔다.

"……그런 건가."

그것을 보고 공격의 유효성에 관해 어느 정도 추측을 세운 하지메는 다른 공격 방법을 시험해 보기로 했다. 날아드는 화염탄을 막기 위해서 카오리가 다시 한 번 장벽을 펼치려는 것을 제지하고, 하지메는 돈나에 『바람의 손톱』을 발동했다. 그리고 회피와 동시에 『바람의 손톱』으로 화염탄을 베자, 이번에는 그냥 통과하지 않고 화염탄을 두 조각 낼 수 있었다.

"저기, 하지메?"

"아무래도 단순한 환각은 아니지만 현실도 아닌 모양이야. 실체가 있는 공격은 통하지 않지만 마력을 띤 공격은 유효해 보여. 나 참, 정말로 뭐가 어떻게 된 건지 원."

하지메가 귀찮은 상황에 한숨 쉬고 있자 바로 뒤에서 고통

어린 비명이 들렸다. 무슨 일인가 하고 돌아보자 젊은 남자가 커틀러스(cutlass)를 한 손에 들고 배를 누르며 웅크리고 있었다. 잘 보니 바닥에 피 웅덩이가 생기고 있었고 옆에는 피에 젖은 고드름이 굴러다녔다. 아마 거기에 맞은 것이리라.

"괜찮으세요?!"

카오리가 반사적으로 말을 걸며 달려가서 회복 마법을 구사했다. 카오리가 내는 연보라색 빛이 청년을 감쌌다. 『치유사』인 그녀의 실력이라면 순식간에 나을 것이라고 생각했지만…… 결과는 예상과 달랐다. 청년은 카오리의 회복 마법을 받은 순간 옅은 빛이 되어 안개처럼 흩어지고 말았다.

"어? 어어? 어, 어째서……"

혼란스러워하는 카오리에게 하지메가 조금 생각한 뒤 추측을 풀어 놓았다.

"마력만 담겨 있으면 마법 속성이나 효과는 관계없는 거 아닐까?"

"……그럼 내, 내가…… 그 사람을 죽인……."

"카오리, 이건 현실이 아냐. 『직접 작용할 수 있는 환각』 정도라고 생각해. 게다가 회복 마법을 걸어서 사라지는 걸 인간이라고 부르지는 않아."

"하지메……. 응, 맞아. 미안. 조금 평정을 잃었지만 이제 괜찮아."

하지메의 담담하면서도 카오리를 배려하는 말에도, 카오리는 평소처럼 기뻐하지 않고 그저 미안한 듯 어깨를 떨구더니 바로 웃는 얼굴을 만들었다. 그런 카오리에게 하지메는 무심코 아까부터 하던 생각을 불쑥 중얼거렸다.

"……사과만 하네."

"어? 뭐라고?"

"아무것도 아니야."

하지메가 카오리에게서 눈을 뗐다.

카오리와의 사이에 어색한 분위기가 흐를 것 같아서가 아니라 불길한 기척을 느꼈기 때문이다.

주위를 돌아보니 어느샌가 상당수의 남자들이 어둡게 탁해진 눈으로 하지메와 카오리를 보고 있었다.

카오리가 하지메의 시선을 깨닫고 똑같이 시선을 돌린 직후, 그들은 두 사람을 향해서 일제히 달려들었다.

"모든 것은 신을 위하여어어!"

"에히트 니이임! 만세에!"

"이교도 놈! 우리의 신을 위해 죽어라!"

그곳에 있는 것은 광기였다. 핏발 선 눈에 침을 질질 흘리며 절규하는 입. 똑바로 볼 게 못 되었다.

대치하는 선단을 보면 어떤 나라 간의 전쟁임을 쉽게 짐작할 수 있었지만, 그 이유 또한 알아 버렸다. 이건 종교 전쟁이었다. 귀를 기울이면 대치한 선단 병사들에게서도 똑같이 고함과 함성이 들려왔다. 다만 부르짖는 신의 이름만이 달랐다.

그 광기에 기가 눌린 카오리는 망연자실하게 서 있을 따름이었다.

하지메는 카오리를 뒤에서 끌어안으며 그 어깨 위로 돈나를 내밀어 발포했다. 단, 발사된 것은 총알이 아니라 순수한 마력 덩어리였다.

『마력 조작』의 파생 능력 『마력 방사』와 『마력 압축』으로 발사된 마력은, 대상에 물리적 작용은 거의 없으며 상대의 마력에 타격을 주는 정도밖에 효과가 없었다.

마력이 고갈되면 사람이나 마물도 움직이지 못하기 때문에 상처 없이 무력화할 수 있다는 점에서는 쓸 만한 기술이었지만, 하지메가 적에게 그런 어수룩한 방법을 택할 리가 없기에 지금까지 선보일 기회가 없던 기술이었다.

그러나 지금은 그 어수룩한 기술이 무엇보다도 유용했다. 돈나에서 발사된 붉은 탄환은 한순간에 하늘을 가로질러 눈에 광기를 품고 커틀러스를 들어 올리는 병사의 미간을 꿰뚫었다. 그리고 거기서 멈추지 않고 관통해서 뒤에 있는 병사에게도 명중해 그 몸을 순식간에 안개로 바꿨다.

“카오리! 뛴다! 혀 깨물지 마!”

“응? 앗, 꺄아아아!”

좁은 갑판 위에서 사방을 포위당하면 귀찮았기에, 하지메는 카오리를 안아 들고 『공력』을 사용해 단숨에 뛰어올랐다. 너무나도 빠른 속도에 카오리에게서 비명이 흘러나왔다.

하지메는 먼저 감시대에 있는 병사를 걷어차면서 네 개 있는 돛대 중 하나의 감시대에 착지했다.

아래쪽에서 광기로 얼룩진 병사들이 핏발 선 눈으로 하지메와 카오리를 올려다보았다.

지금까지 적국끼리 살의를 주고받고 있었는데 무슨 이유에선지 일부 사람이 하지메와 카오리를 표적으로 삼는 것 같았다. 게다가 두 사람을 노릴 때만 적, 아군 할 것 없이 함께 공격해 왔다. 그 수도 마치 악질적인 병원균에 감염되기라도 한 것처럼 점점 증가했다.

바로 직전까지 눈앞의 적과 대치하다가 갑자기 움직임을 멈추고 목을 홱 꺾어 하지메와 카오리를 응시하고는, 다음 순간 절규하며 몰려드는 광경은 살짝 호러였다. 광기에 겁먹은 카오리는 이미 새파랗게 질렸다.

"어디 보자, 어떻게 해야 이 기분 나쁜 공간에서 빠져나갈 수 있으려나……."

"……어딘가에 탈출구가 있지…… 않을까?"

"바다 한가운데잖아?"

"배 중 하나가 탈출구일 리는 없을까? 왜 있잖아, 어디○든 문[#7] 같은 거."

카오리가 예시로 꺼낸 새파란 고양이형 로봇의 비밀 도구를 떠올리며 주위를 돌아보던 하지메는, 바다를 뒤덮은 배에 인상을 찌푸리고 진저리 난다는 투로 반론했다.

"척 봐도 거의 600척은 되는데……. 이걸 어느 세월에 일일이 찾고 다녀? 전쟁이 먼저 끝날걸?"

#7 어디○든 문 어디로든 문. 만화 『도라에몽』에 등장하는 비밀 도구. 이름 그대로 문을 열면 어디로든 갈 수 있다.

"으음, 하긴 침몰하는 배도 있을 테니까……. 그럼 전쟁을 끝내는 거 아닐까?"

"끝낸다……. 오호라, 일단 다 죽이라고? 카오리도 제법 과격한 소리를 다 하는데?"

"어? 아니, 난 그런 말이……."

"그래, 분명 그걸 거야. 그것 말고는 생각나지 않고, 무엇보다도 내 취향이야."

하지메는 이럴 줄 알았으면 마력포라도 만들어 둘 걸 그랬다고 생각하며, 마침 돛대의 밧줄을 시계추처럼 타고 쫓아오는 병사 몇 명을 쳐다보지도 않은 채 마력탄으로 꿰뚫었다. 그리고 그 붉은색 총알을 『마력 조작』의 파생 능력, 『원격 조작』으로 유도해 뒤이어 날아든 화염탄까지 막아 냈다.

"카오리, 너는 공격 계열 마법은 잘 못 쓰겠지만, 여기서는 회복 마법도 강력한 공격이 돼. 탈출 방법은 잘 몰라도 공격받은 건 사실이니까 일단 전부 날려 버리자."

"아, 알았어!"

카오리는 하지메의 말에 떨리는 몸을 채찍질하여 결연한 표정으로 영창을 시작했다. 광기가 휘몰아치는 전장은 카오리의 정신을 굴삭기처럼 파내고 있을 테지만, 좋아하는 남성에게 꼴사나운 모습을 보이기 싫다는 일념으로 애써 꿋꿋하게 대답했다.

그런 그녀를 지키듯 하지메는 주위를 흘겼다.

아래를 보니 곳곳에서 상대의 배에 올라탄 이들이 적, 아군 할 것 없이 무질서하게 뒤섞여 서로를 죽이고 있었다. 하지메와 카오리가 공격한 경우와 달리 그 허깨비들의 싸움에서는 멀쩡히 피가 흘렀다.

갑판 위에서는 주인도 알 수 없는 내장과 잘린 팔다리, 혹은 머리가 나뒹굴어 상당히 그로테스크한 상태였다. 너 나 할 것 없이 『신을 위해서』, 『이교도』, 『신벌』을 연발하며 눈에 광기를 품고 살의를 흩뿌리고 있었다.

병사들의 선혈이 바닷바람을 타고 벚꽃처럼 흩날리는 가운데, 돛대 위 감시대에 있는 두 사람에게도 쌍방의 병사가 집요하게 달려들었다.

그때마다 붉은 총알이 종횡무진 하늘을 누비며 적을 모조리 꿰뚫었다. 더불어 하지메와 카오리 주위를 위성처럼 맴돌며 공격, 방어하는 마력탄도 있었다.

그래도 광기의 병사들은 주눅 들기는커녕 아랑곳하지도 않고 무모한 돌격을 반복했다.

비상(飛翔) 마법으로 몇십 명이나 되는 병사들이 머리 위에서 떨어졌고, 옆 돛대나 돛대에 걸린 그물망을 타고 접근하기도 했다. 주위를 보면 하지메가 탄 배에 이상하게 공격이 집중되고 있었다. 하지메의 마안석에는 자신들을 향해 손을 들어 올린 마법사들에게서 최상급 마법의 마력이 집중되는 것이 보였다.

하지메가 쏘기 전에 저격해 버릴까 생각한 그때, 카오리의 영창이 끝나고 그녀의 최상급 마법이 발동했다.

"……세상 모든 이, 그 팔에 안고서, 이곳에서 성모는 미소 지을지니……『성전』!"

그 직후 카오리를 중심으로 빛의 파문이 순식간에 전장으로 퍼져 나갔다.

파문은 맥동하듯 몇 번이나 퍼졌고 그 범위는 반경 1킬로미터에 달했다. 그리고 그 파문에 닿은 적 한 명 한 명을 빛으로 감쌌다.

—빛 속성 최상급 회복 마법『성전』.

그것은 영역 내에 있는 자를 한꺼번에 회복하는 초광범위 회복 마법이다.

범위는 사용하는 사람의 마력량과 기량에 따라서 다르지만 최소라도 반경 500미터에 달한다. 그리고 미리『표식』을 가지고 있게 하면 영역 내에서 대상을 선별하여 회복할 수도 있었다. 당연히 보통은 수십 명 단위로 구사하는 마법이며, 장시간 영창과 무식하게 큰 마법진도 필요하다. 고작 1, 2분 만에, 그것도 혼자서 구사한다는 것은 치트라는 말로밖에 설명할 길이 없었다.

카오리가 사용한『성전』의 빛이 전장을 감쌈과 동시에, 영역 안에 있는 병사들은 세력을 불문하고 모두 흩어져 사라졌다. 마법 효과가 끝나고 카오리는 마력 고갈로 휘청거렸다. 하지메가 곧장 몸을 받쳤다.

"오, 메리 셀레스트 호를 양산했는데? 제법이잖아, 카오리. 아니지, 원래부터 대단했던가?"

"아, 우, 아, 아니야. 하지메나 다른 사람들이 훨씬 대단한데 뭘……."

카오리는 하지메의 솔직한 칭찬에 쑥스러운 듯 볼을 붉히면서도, 유에라면 좀 더 빠르게, 좀 더 강력한 마법을 쓸 수 있었으리라 생각하고 자조 섞인 웃음을 지었다.

"……『충전』."

그리고 이야기를 돌리듯 고개를 숙이고는 하지메에게 받은 마정석의 펜던트에서 소비한 마력을 보충했다. 카오리는 마력을 직접 조작할 수 없기 때문에 하지메가 마법진을 새겨 영창으로 마력을 꺼낼 수 있도록 개량한 것이었다.

하지메는 카오리의 표정을 보고 미간을 조금 모으며 무슨 말을 꺼내려고 했으나 새롭게 다가온 적에게 대처하기 위해 입을 다물었다.

물리 공격이 일절 통하지 않고, 어떤 공격에도 겁먹지 않는 광전사 대군과 배 위에서 싸워야 하는 상황은 보통이라면 상당히 힘겨운 싸움일 것이다. 하지만 이곳에 있는 것은 치터와 괴물.

2개국의 대함대는 그 후 한 시간 남짓으로 단 두 명의 인간에게 섬멸당했다.

"……읍, 콜록, 크흡, 미안—."

"미안해할 거 없으니까 참지 마."

마지막 병사들을 소멸시킨 직후 다시 주위 경치가 구부러지듯 뒤틀렸고 깨닫고 보니 원래 장소로 돌아와 있었다.

역시 섬멸이 정답이었다고 안도의 한숨을 쉰 후, 카오리는 근처 바위로 달려가서 위 속에 든 것을 토했다. 저녁 식사는 이미 소화된 뒤였기에 토할 것이 없어서 구역질은 더 괴로웠다.

카오리는 눈가에 눈물을 글썽이며 한 손으로 오지 말라고 하지메를 제지했다.

하지만 하지메는 개의치 않고 다가가서 카오리의 등을 문질렀다. 좋아하는 사람에게 추태를 보이고 싶지 않았지만 등으로 전해지는 부드럽고 따뜻한 감촉이 좋아서 정신을 차리고 보니 몸을 맡기고 있었다. 어느샌가 거칠어진 정신과 강렬한 욕지기도 진정되었다.

하지메가 『보물 창고』에서 꺼낸 사과 주스 같은 음료를 두말없이 받아 꿀꺽꿀꺽 마시자 활력도 돌아오는 것 같았다. 달콤하고 산뜻한 맛이 위액의 시큼한 느낌을 씻어 냈다.

"미안……."

카오리가 귀찮게 해서 미안하다고 눈썹을 팔자로 뜨며 사과하자 하지메는 눈을 가늘게 찌푸렸다.

"뭐, 무리도 아니지. 나도 기분 나빴을 정도야. 인간이 그렇게 맹신적이고 광적으로 변할 수 있는 줄은 몰랐어. ……아무튼 조금 쉬자. 나도 상당히 마력을 썼으니까 회복하고 싶어."

"……응. 그런데 하지메, 그건 뭐였을까? 이곳에 있는 폐선박과 관계있는 거겠지?"

카오리가 일어나서 근처 바위에 앉으며 물었고 하지메는 조금 생각한 뒤 자신의 추측을 말했다.

"짐작이지만, 옛날에 있었던 전쟁을 환술 같은 거로 재현한 거겠지. 뭐, 대미궁의 도전자를 공격하도록 개량된 모양이지만……. 아니면 이게 이 대미궁의 콘셉트일지도 몰라."

"콘셉트?"

"응. 【그류엔 대화산】에서 티오가 그러더라고. 대미궁에는 저마다 【해방자】들이 준비한 콘셉트가 있는 게 아니냐고. 그게 맞다면 이곳은……."

"……미친 신이 초래한 비참함을 알아라, 같은 걸까?"

"그래. 그런 느낌이 들어."

하지메의 말에 이어서 답을 중얼거린 카오리는 방금까지 본 광경을 떠올리고는, 다시 한기가 드는 것처럼 몸을 부르르 떨며 낯빛이 창백해졌다.

카오리가 구역질이 날 만큼 정신적으로 괴로워한 이유는 병사들의 광기였다. 『광신자』라는 말이 가장 어울릴 그들의 언동, 사상, 그리고 그 끝에 펼친 살육이 역겨워서 견딜 수 없었다.

광기 깃든 눈동자로 온몸에서 피를 철철 흘리면서도 미친 듯이 웃어 대는 자나, 죽음을 깨달았는지 자신의 심장을 도려내서 신에게 바치듯 하늘로 들어 올리는 자, 하지메와 카오리를 죽이기 위해 제 동생과 함께 찔러 버리려고 한 형과 그것을 자랑스러워하며 웃는 동생.

본디 전장이 광기로 가득한 장소라지만, 그렇다 하더라도 너무나 처참했다. 그 모든 것이 『신을 위해서』라고 하니 더더욱…….

입을 가리고 고개를 숙인 카오리를 보다 못한 하지메는 카오리의 옆에 붙어 앉아서 손을 꽉 잡았다. 광기에 빠질 것 같은 카오리를 가만히 놔둘 수 없었다.

카오리는 조금 놀란 듯 하지메를 보고는 이어서 기쁘게 표정을 풀며 손을 마주 잡았다.

"하지메, 고마워……."

"신경 쓰지 마. 광기에 빠질 것 같은 괴로움은…… 나도 알아. 나도 나락 밑바닥에서 그렇게 될 뻔했거든."

"……그렇게 되지 않은 건 뭐 때문이었어? 아니, 물어볼 것도 없나……. 유에, 겠지."

"맞아. 나락 밑바닥에서 유에와 만나지 못했다면…… 어떻게 되었을지."

그리운 듯, 그리고 사랑스러운 듯 하지메는 허공을 바라봤다. 틀림없이 유에와 만났을 때를 회상하고 있으리라.

그 표정을 본 카오리는 가슴을 쇠로 옥죄는 것 같았다.

"분하다……. 하지메를 지탱하는 것도, 지키는 것도…… 나이고 싶었어. 뭐, 말은 이렇게 해도 내가 무슨 일을 할 수 있었을지는 모르지만. 약속 하나 지키지 못했으니까. 아~, 유에는 강적이구나."

하지메는 짐짓 장난스럽게 웃는 카오리에게 또 눈살을 찌푸렸다. 카오리의 웃는 얼굴에 걸린 것은 평소의 포근한 양지 같은 미소가 아니라, 자학과 조소가 다분한 미소였기 때문이었다.

"……이곳에 온 뒤로 툭하면 사과하고 그런 웃음만 짓네."

"응? 그게 무슨……."

갑작스러운 하지메의 말에 카오리는 머리 위에 물음표를 띄웠다. 하지만 이어진 하지메의 말에 웃음은 무너지고 곧장 얼굴이 얼어붙었다.

"카오리, 너 왜 따라온 거야?"

"……그건, 역시 내가 방해된다는 소리야?"

하지메는 고개를 숙이고 만 카오리에게 한숨을 쉬며 질문에는 답하지 않고 이어 말했다.

"그날, 달빛 아래서 맛없는 홍차를 마시면서 나눈 이야기, 나는 기억해. 그래서 솔직히 지금 나에게 호의를 가지는 게 도무지 이해가 안 돼."

"하지메, 나는……."

카오리가 무슨 말을 하려고 입을 열었지만 하지메는 그 말을 끊었다.

"그렇지만 네가 전해준 마음을 부정할 생각도 없어. 분명 카오리에게는 카오리에게만 보이는 것이 있고, 그게 마음을 움직이고 있겠지. 그렇게 결단한 일을 남이 부정해 봤자 의미도 없을 테니까. 나는 나의 답을 제시했고, 『그래도 좋다』고 한다면 마음대로 해도 좋아. 시아도 전혀 포기할 줄 모르고, 오히려 최근에는 잠자리를 덮치진 않을까 진심으로 걱정될 정도고."

최근 신체 능력에 버그가 생겼나 싶을 만큼 강해진 토끼 귀 소녀를 생각하며, 하지메는 어딘가 두려움을 느낀 표정을 보였다. 그런 하지메를 보고 카오리는 반쯤 쓴웃음을 지으며 동의했다.

"……응, 그 과감함과 적극성은 대단하다고 생각해."

"내가 말하기도 그렇지만, 처음에는 상당히 함부로 대했어. 나는 유에밖에 『특별』하게 여길 수 없다고 생각했으니까. 빨리 포기해주면 그게 제일이라고도 생각했고."

"……."

"하지만 그 녀석은 내가 아무리 함부로 대해도, 유에를 특별시해도 언제나 화내거나 웃거나 울면서도 어딘가 즐거워 보여. 설령 적성이 전혀 없어서 유에처럼 마법을 쓸 수 없다고 해도, 대련에서 유에한테 처참하게 깨지더라도 언제나 앞을 보며 포기하지 않아. 열등감에 시달려서 비굴해지지 않아."

"나, 나는, 비굴해지지……."

하지메의 말을 묵묵히 듣던 카오리는 참지 못하고 반론했지만 그것도 곧 힘을 잃으며 말꼬리를 흐렸다.

"눈치챘어? 이곳에 온 뒤로 무슨 일만 있으면 사과만 하고 있다는 걸. 웃음이 예전하고 전혀 다르다는 걸."

"뭐?"

"카오리, 아래를 보지 마. 얼굴을 들어서 내 눈을 봐."

그 말을 듣고서야 카오리는 자신이 줄곧 고개를 숙이고 있었다는 사실을 깨달았다. 예전에는 누군가와 이야기할 때 똑바로 상대방의 눈을 보면서 말했는데…….

카오리는 퍼뜩 깨닫고 하지메와 눈을 마주쳤다.

"잘 들어. 한 번 더 말할게. 나는 유에를 좋아해. 다른 누군가를 『소중』하게 생각할 순 있을지언정 『특별』한 사람은 유에야. 이건 변치 않아. 그게 괴롭기만 하다면, 유에와 자신을 비교해서 비굴해지기만 한다면…… 카오리, 너는 나한테서 떨어지는 게 옳아."

"읏……."

그 단호한 말에 카오리는 다시 고개를 숙이고 말았다. 하지메는 그것을 보면서 말을 더했다.

"그때 카오리의 동행을 인정한 건 시아와 마찬가지로 내 옆에 있겠다는 결단이 너에게 최선이라고, 카오리 너 자신이 믿고 있었기 때문이야. 내 마음을 이해하고도 『그래도 좋다』고 부탁하면서 똑바로 앞을 봤기 때문이야. 그러면 내키는 대로 옆에 있으면 된다고 생각했어. ……그래도 지금은 도저히 그렇게 생각 못하겠어."

하지메는 한 번 말을 끊고 고개를 숙인 카오리에게서 손을 뗐다.

"다시 한 번 잘 생각해 봐. 왜 따라오는 건지, 앞으로도 옆에 있어야 하는지. 너는 시아와 달라. 시아는 나만큼 유에도 좋아하니까. ……경우에 따라선 네 친구, 야에가시에게 데려다주는 정도는 할 생각이야."

"나, 나는……."

카오리는 떨어진 손을 보면서 무슨 말을 하려고 했지만 역시 입 밖으로 꺼내지는 못했다.

거북한 분위기를 떨치지 못한 채, 하지메는 그래도 앞으로 가야만 한다고 카오리를 재촉하여 가장 먼 곳에 버티고 있는 최대급 범선으로 걸음을 옮겼다.

전체 길이 300미터 이상. 지상에 보이는 부분만으로도 10층 구조. 이곳저곳에 장엄한 장식이 있으며 폐선이 되고서도 보는 이로 하여금 감동을 불러일으킬 정도의 호화 여객선.

배들의 무덤 가장 안쪽에 잠든 그 거대 범선을 찾은 하지메와 카오리는, 지구에서도 웬만해선 볼 수 없는 위용에 잠시 말을 잃은 채 고개를 들고 쳐다봤다.

"이만한 배를 용케도 나무로 만들었네."

카오리는 그저 넋을 놓고 있을 뿐이었지만 하지메는 연성이 특기인 자로서 당시 직공들에게 존경심을 품지 않을 수 없었다.

하지메는 카오리를 안고 『공력』으로 뛰어올라 호화 여객선 최상부에 있는 테라스에 착지했다.

그러자 예상대로 주위 공간이 일그러지기 시작했다.

"또 이거냐……. 카오리, 정신 바짝 붙들어 매. 보나 마나 말짱한 광경은 아닐 테니까."

"……응. 괜찮아."

한 박자 느린 카오리의 대답에, 하지메는 방금 지적은 미궁 공략 중에 할 말이 아니었다고 살짝 후회했다.

카오리의 기분이 명백하게 바닥을 치고 있었다. 꼭 해야만 할 말이었다고 확신하고 있었지만 조금 더 타이밍을 골라야 했을지도 모르겠다.

카오리의 웃음이 하지메가 아는 것과 너무나도 달라서 차마 보다 못해 꺼낸 말이었는데…… 적어도【메르지네 해저 유적】을 공략할 때까지는 참아야 했다. 하지메는 볼을 긁적이며 실수를 한 게 아닐까 생각했다.

그러는 사이 주위 경치는 완전히 바뀌어 이번에는 바다 위에 뜬 호화 여객선 위에 나타났다.

시각은 밤이며 보름달이 밤하늘에 빛났다. 호화 여객선은 빛으로 넘쳐 났고 갑판에는 다양한 장식과 함께 요리가 차려진 입식 테이블이 빼곡히 늘어섰다. 많은 사람이 그 호화로운 요리를 한 손에 든 채 담소를 나누고 있었다.

"파티…… 맞지?"

"그래. 제법 호화로운데…… 메르지네의 콘셉트를 착각했나?"

예상하던 처참한 광경과는 거리가 멀어 맥이 풀렸다. 하지메와 카오리는 아마 선원용일 한층 높은 테라스에서 거대한 갑판의 호화로운 정경을 내려다봤다.

그때 두 사람의 뒤쪽 문이 열리더니 선원이 몇 명 나와 조금 떨어진 곳에서 담배를 한 대 피우며 이야기를 나누었다. 휴식이라도 취하려나 보다.

그들의 이야기에 귀를 기울여 보니 이 해상 파티는 전쟁 종결을 축하하기 위한 자리 같았다. 오랜 기간 이어진 전쟁을 적국 말살이나 침략이 아닌 강화 조약 체결이라는 형태로 끝낼 수 있었다고 했다. 선원들도 기뻐 보였다. 자세히 보면 갑판에는 인간족뿐 아니라 마인족이나 아인족도 많았다. 모두가 종족을 불문하고 담소를 나누고 있었다.

“이런 시대가 있었구나.”

“그야말로 종전을 위해서 동분서주한 사람들이 일구어 낸 위업이군. 종전 후 얼마나 지났는지는 모르겠지만 모든 응어리가 풀리지는 않았을 텐데 저렇게 웃을 수 있다니…….”

“저기 있는 게 그 동분서주한 사람들 아닐까? 모든 사람이 바로 웃을 수 있을 리는 없을 테니까.”

“그렇지…….”

즐겁고 홀가분한 사람들의 표정을 보고 있자니 하지메와 카오리도 자연스럽게 표정이 풀렸다. 잠시 그렇게 바라보는데 갑판에 마련된 단상에 초로의 남성이 올라가서 주위에 손을 흔들었다.

그것을 깨달은 사람들이 즉시 수다를 멈추고 남자에게 주목했다. 그들의 눈에는 하나같이 경의와 같은 감정이 실려 있었다.

초로의 남성 곁에는 측근으로 보이는 남자와 무슨 이유에선지 후드를 쓴 인물이 대기하고 있었다. 때와 장소를 생각하면 예의가 아니라는 생각이 들지만…… 후드를 쓴 인물에게 주의하는 이는 한 명도 없었다.

이윽고 모든 사람이 침묵하고 주목하자 초로의 남성이 연설을 시작했다.

“제군, 평화를 바라며 이를 이룩하고자 목숨을 걸고 전란을 헤쳐 온 용맹한 제군, 평화의 사자들이여. 오늘 이 자리에 모두가 모일 수 있었던 것을 나는 진심으로 기쁘게 생각한다. 이 기나긴 전쟁을 우리 세대에서, 그것도 평화를 이룩한다는 형태로 끝낼 수 있었다는 점, 그리고 이 꿈만 같은 광경을 볼 수 있었다는 점…… 내 가슴은 아직도 떨리고 있다.”

그렇게 운을 튼 연설을 모두 꿈쩍도 하지 않으며 경청했다. 연설은 계속되어 평화의 발판이 된 사건이나 엇갈림, 불신, 그것을 뒤엎기 위한 수많은 모험. 그리고 뜻을 이루지 못하고 쓰러져 간 벗들…… 연설이 진행됨에 따라서 모든 이가 추억에 잠기거나 지난날을 그리워하고, 눈시울을 누르며 눈물을 참기도 했다.

아무래도 초로의 남성은 어느 인간족 나라의 왕 같았다. 인간족 중에서도 상당히 초기부터 평화를 위해 물밑에서 움직였나 보다. 사람들이 경의를 표하는 것도 이해할 수 있었다.

연설도 드디어 막바지 같았다. 열이 오른 듯 국왕의 목소리가 고조되었고 파티장의 분위기도 고조되었다. 하지만 하지메는 그런 국왕의 표정을 어디선가 본 것만 같은 기분이 들어서 불현듯 불길한 예감에 휩싸였다.

“—이렇게 강화 조약을 체결하고 1년이 지난 지금에서야 난 생각한다. ……참으로 **어리석었다고.**”

국왕의 말에 한순간 그 자리에 있던 사람들 머리 위에 물음표가 떠올랐다. 잘못 들었나 하고 옆에 선 이들끼리 얼굴을 마주 봤다. 그러는 사이에도 국왕의 열띤 연설은 계속됐다.

"그렇다, 참으로 어리석었다. 짐승 따위와 우의를 다지는 것도, 이교도 놈들과 미래를 논하는 것도…… 우매함의 극치였다. 제군, 알겠나? 그래, 바로 자네들의 이야기다."

"대, 대체 무슨 소릴 하는 거요, 알레이스터! 대체, 어떻게 된― 커헉?!"

국왕 알레이스터의 변모에 한 마인족이 동요한 목소리로 앞으로 나섰다. 그리고 알레이스터 왕에게 따지려고 했고…… 그 결과 가슴을 뚫고 검이 튀어나왔다.

칼에 찔린 마인족 남성은 고개를 돌려 그곳에 있는 인간족을 보고 경악으로 표정을 일그러뜨렸다. 그 표정을 보면 그들이 결코 가볍지 않은 관계임을 알 수 있었다. 정말로 믿어지지 않는다는 표정으로 마인족 남성은 쓰러졌다.

자리가 소란스러워졌다. 비명이 터졌고 몇 명의 남녀가 다급한 목소리로 각하를 외치며 쓰러진 마인족을 향해 달려갔다.

"자, 제군. 처음에 말했다시피 나는 제군이 모두 이 자리에 모여줘서 기쁘기 그지없다. 우리의 신에게 버림받은 사악한 종족이 나라를 세우고 우리 인간과 대등하다고 생각하는 이 참기 어려운 상황도, 창세신이자 유일신이신 『에히트 님』을 배반하고 하찮은 이교의 신을 숭상하는 무지몽매한 놈들을 방치해야만 하는 고통도, 오늘 이 시각으로 끝을 고하노라! 모든 것을 멸하지 않고서 어찌 평화를 이룰 수 있을쏜가! 그렇기에 각국의 중진을 한 번에 처리할 수 있는 오늘 이날이 나는 참을 수 없이 기쁘도다! 자, 신의 충복들이여! 짐승과 이교도 놈들에게 심판의 철퇴를 내려라! 아아, 에히트 님! 보고 계시나이까—!"

알레이스터 왕은 무릎을 꿇고 하늘을 우러르며 파안대소했다. 그가 신호를 내림과 동시에 선원으로 분장한 병사들이 나타나 파티장인 갑판을 완전히 포위했다.

갑판은 앞뒤로 10층짜리 건물과 거대한 돛대에 끼인 배 중앙에 위치했다. 따라서 테라스나 돛대의 발판에 포진한 병사들은 표적을 위에서 내려다보는 셈이었다. 바다 위라서 도망갈 곳도 없는 이상 지리적 이점은 완전히 병사들 측에 있었다.

그 사실을 깨달았는지 각국 중진들의 표정은 오로지 절망으로 물들었다.

그 후, 마침내 갑판을 향해 일제히 마법이 발사됐다. 낮은 지대라는 불리한 위치에 있는 승객들은 필사적으로 응전했지만 일방적인 폭력에 저항의 의미도 없이 차례차례 쓰러져 나갔다.

가까스로 맹공을 버티고 선내로 도망친 이들도 있었으나 대부분은 숨을 거두어 갑판은 삽시간에 피바다로 변했다.

불과 몇 분 전까지의 그 호화로움이 거짓말 같았다. 바다에 뛰어든 사람도 있었지만, 그곳에도 소형선에 탄 선원이 수도 없이 깔려 역시나 곧 죽임을 당하고 바다를 피로 물들였다.

"읍."

"카오리."

카오리가 구토를 참듯 난간에 몸을 기대고 한 손으로 입을 틀어막았다. 너무나도 처참한 광경이었다. 무리도 아니라며 하지메는 카오리를 지탱했다.

알레이스터 왕은 부하를 대동하여 선내로 돌아갔다. 몇 사람은 얼른 선내로 도망친 듯하니 어쩌면 사냥이라도 할 작정인지도 모르겠다.

그를 뒤따르는 남자와 후드를 쓴 인물도 선내로 사라졌다.

그런데 그때 문득 후드를 쓴 인물이 갑판을 돌아봤다. 그 바람에 달빛을 반사하여 반짝이는 은발 한 뭉텅이가 후드 바깥으로 흘러내렸다…… 하지메에게는 그렇게 보였다.

주위 경치가 구부러지며 뒤틀렸다. 방금 영상을 보여주고 싶었을 뿐인지 하지메와 카오리는 본래 있던 삭은 호화 여객선 위로 돌아와 있었다.

"카오리, 잠깐 쉬어."

"아니야, 괜찮아. 조금 힘들긴 했지만……. 그보다, 그걸로 끝난 걸까? 우리는 아무것도 안 했는데……."

"이 배 무덤은 이곳이 종착점이야. 결계를 넘어서 바닷속을 탐색할 수는 있지만…… 평범하게 생각해서 심층부로 가고 싶으면 선내로 가라는 의미 아닐까? 그 광경을 보여주는 것 자체가 목적이었을지도 몰라. 신의 잔혹함을 기억에 새기고 이 배를 탐색하게 한다…… 꽤나 짓궂은 취향이야. 특히 이 세계 녀석들에게는."

이 세계 사람들은 대부분 신앙심을 가지고 있는 것으로 보였다. 그 신앙심의 비참한 말로를 눈앞에 들이대면 상당한 정신적 충격을 받을 것이다.

그리고 이 대미궁은 정신 상태에 작용하기 쉬운 마법의 힘이 공략의 열쇠였다. 어떤 의미로는【라이센 대미궁】과 반대라고 할 수 있겠다. 하지메와 카오리는 다른 세계에서 왔기에 정신적 압박이 덜할 뿐이었다.

하지메와 카오리는 갑판을 내려다보며 그곳에서 일어난 처참한 학살을 떠올리고 내키지 않는다는 표정을 지었다. 하지메의 경우 그저 단순히 귀찮아서 그러는 듯했지만…….

두 사람은 마음을 굳히고 갑판으로 뛰어내려 알레이스터 왕이 들어간 문을 통해 선내로 발을 들였다.

선내는 완전히 어둠 속에 갇혀 있었다. 바깥은 밝으니까 썩은 나무 틈새로 빛이 새어 들 만도 한데 어째선지 전혀 빛이 닿지 않았다.

하지메는『보물 창고』에서 녹광석을 사용한 라이트를 꺼내서 어둠을 걷어 냈다.

"방금 본 광경…… 전쟁을 끝냈는데 그 왕이 배신한 걸까?"

"아마도 그럴 테지. 다만 조금 부자연스럽지 않았어? 단상에 올랐을 때는 제법 경의와 친애가 담긴 눈빛을 모았는데…… 속으로 아인족과 마인족을 혐오하고 있었다면 정말로 그렇게 존경받았을까?"

"……그러게. 그 사람 말로 봐선 종전 후 1년 사이에 무슨 일이 있어서 변했다고 생각하는 게 타당할지도 몰라. 문제는 대체 무슨 일이 있었냐는 거지만."

"뭐, 신이랑 엮인 건 틀림없겠지. 목이 찢어져라 외쳐 댔잖아. 맛이 간 것처럼."

"응, 신내림받은 이슈타르 씨 같았어……. 보기 안쓰럽더라."

아무래도 성교 교회 교황님은 여고생에게 보기 안쓰러운 사람으로 여겨지고 있던 모양이다. 하지메는 조금이지만 불쌍하다는 생각이 들었다.

하지메와 카오리가 방금 본 광경을 고찰하며 나아가는데, 전방을 향한 하지메의 라이트가 희고 하늘하늘한 무엇인가를 비추었다.

둘은 걸음을 멈추고 라이트를 조금씩 위로 올렸다. 그 정체는 여자아이였다. 흰 드레스를 입은 여자아이가 고개 숙이고 몸을 흔들흔들 움직이며 복도 앞에 서 있었다.

두 사람은 맹렬하게 불길한 예감에 휩싸였다. 특히 카오리는 표정은 엄청나게 굳어 있었다.

하지메는 이런 곳에 여자아이가 있을 리가 없는지라 일단 쏴 죽이고 보자는 식으로 돈나의 총구를 겨눴다.

그 순간, 여자아이가 복도에 털썩 쓰러졌다. 그리고 팔다리의 관절을 비정상적인 각도로 꺾고 흡사 거미처럼 팔다리를 움직여 똑바로 하지메와 카오리에게 돌진해 왔다!

꺄하하하하하하하!

기괴한 웃음소리가 복도에 울려 퍼졌다. 앞머리 사이로 보이는 형형히 빛나는 눈알로 하지메와 카오리를 쏘아보며 다가

오는 모습이 꼭 무슨 괴담 속 귀신 같았다.

"꺄아아아아아아아아아아아아아!"

"아?! 진정해, 카오리! 팔 잡지 마!"

뻔하지만, 그래서 더 무서운 광경에 카오리가 찢어지게 비명을 지르며 하지메에게 매달렸다. 하지메는 꺄하하 웃으며 급속도로 접근하는 소녀(?)를 돈나로 쏘려고 했으나 카오리가 매달린 탓에 조준이 빗나가고 말았다.

"키약!"

순식간에 발치까지 기어 온 소녀(?)는 기괴한 소리와 함께 하지메의 얼굴로 뛰어들었다.

하지메는 어쩔 수 없이 총격을 포기하고 소녀(?)의 명치에 필살의 프런트 킥을 밀어 꽂았다. 만약을 위해서 발에는 마력을 두르고 『호각』까지 발동했다.

하지메의 킥이 배에 명중한 순간, 소녀는 몸이 90도로 꺾여 총알 같이 튕겨 나갔다. 그리고 핀볼처럼 벽이나 바닥에 여러 번 튕긴 뒤, 복도 안쪽에서 팔다리가 더욱 해괴한 방향으로 꺾인 채 정지하여 그대로 녹듯이 사라졌다.

하지메는 한숨을 쉬고 아직도 부들부들 떨며 하지메에게 달라붙어 있는 카오리의 머리를 주먹으로 가볍게 때렸다. 카오리는 움찔하더니 쭈뼛쭈뼛 하지메를 올려다봤다. 이미 눈가에는 눈물이 고였고 입은 일자로 꾹 다물고 있었다. 완전히 겁먹었다.

"카오리 너, 이런 거 약해?"

"……강한 사람도 있어?"

"마물이라고 생각하면 되잖아?"

"……흑, 힘낼게."

카오리는 그렇게 말하고 하지메한테서 떨어졌다. 손만은 하지메의 옷자락을 잡고 놓지 않았지만…….

방금까지 하지메에게 들은 말을 신경 쓰느라 어딘가 거리끼는 분위기였으면서, 지금은 죽어도 떨어지지 않겠다는 강렬한 의지가 눈물 젖은 눈동자에 담겨 있었다. 필사적이었다. 완전 필사적이었다. 고백해 왔을 때랑 똑같을 정도로…….

그 후로도 복도 앞의 문에서 쾅쾅 소리가 나더니 그 문에 무수한 손 모양 핏자국이 남아 있거나, 목덜미에 물방울이 떨어져 천장을 보니 물을 뚝뚝 흘리는 머리 긴 여자가 달라붙어 하지메 일행을 내려다보고 있거나, 복도 앞에서 무언가를 질질 끄는 소리가 나는가 싶더니 사람의 머리통과 도끼를 든 남자가 나타나 달려들거나…….

그 대부분은 하지메가 마력탄으로 꿰뚫거나 킥으로 순식간에 정리했지만—.

"엄마아……. 나 집에 갈래애……. 시즈쿠 보고 싶어어~."

선내를 나아가면서 점점 심해지는 괴기 현상에 카오리가 유아 퇴행을 일으켜 하지메의 등에 붙어서 떨어지지 않았다.

참고로 시즈쿠의 이름을 부르는 이유는 어릴 적부터 코우키와 친구들을 따라 유령의 집에 들어가면 카오리의 기사님 역할을 맡던 것이 시즈쿠였기 때문이라고 한다. 결코 백합스러운 이유 때문이 아니다.

【메르지네 해저 유적】 창설자 메일 메르지네는 아무래도 사람을 정신적으로 철저하게 몰아붙이길 좋아하나 보다. 하지메는 나락 밑바닥에서 어둠과 괴물에게 둘러싸인 채 장기간 서바이벌 체험을 한 관계로 딱히 아무렇지도 않았지만, 평범한 감성을 지닌 사람이라면 정신적으로 상당히 피로가 쌓일 것이다. 아무리 그래도 유에나 티오가 놀라서 흐느껴 우는 상황은 상상도 안 되지만…….

한편, 카오리는 조금 전까지 인생을 방황하던 진지한 분위기는 다 어디 갔냐고 무심코 따지고 싶을 정도로 하지메에게 찰싹 달라붙어서 울먹거리면서도, 간신히 『박광인』을 개틀링처럼 쏘며 괴기 현상을 격퇴해 나갔다. 하지메는 도중에 몇 번이나 혼절할 뻔한 카오리를 측은한 눈으로 바라봤다.

그렇게 길을 나아가는 사이 두 사람은 드디어 화물칸에 도착했다.

무거운 문을 열어 안으로 들어갔다. 화물칸 안에는 드문드문 적하물이 남아 있었고 하지메와 카오리는 그 적하물 사이를 통해 안쪽으로 걸어갔다. 그러자 얼마 안 가서 뒤쪽 문이 갑자기 쾅 소리를 크게 내며 저절로 닫혀 버렸다.

"삐익?!"

"……."

카오리가 그 소리에 놀라 괴상한 비명을 질렀다. 미궁 공략 후에도 자신이 한 중요한 이야기를 기억하고 있을지 걱정되기 시작했다. 그런 이야기를 몇 번이나 하는 것은 사양하고 싶었다.

하지메가 한숨을 쉬면서 움찔거리는 카오리의 어깨를 톡톡 토닥이는데 또 이상 사태가 발생했다. 갑자기 짙은 안개가 시야를 가린 것이었다.

“하하하하하하하하지메?!”

“명랑한 외국인 웃음소리처럼 됐잖아. 지금까지 한 것처럼 마법으로 날려 버리기만 하면 돼. 괜찮다니까.”

하지메가 그렇게 답한 순간 휙, 바람 가르는 소리가 희미하게 울렸다. 그리고 직후 안개를 가르며 무언가가 날아왔다. 반사적으로 하지메가 왼팔을 들자 딱 목 높이에서 왼팔에 막힌 매우 가는 실이 보였다. 거기에 더해 연속으로 바람을 가르는 소리가 울렸고, 이번에는 사방팔방에서 실이 날아왔다.

“여기까지 와서 물리적 함정인가? 정말 성격 한번 끝내주네! 해방자란 것들은 하나같이 왜 이래!”

“나 여기에 수호의 빛을 바라노라, 『광절(光絕)』!”

하지메는 한순간 의표를 찔렸지만 어렵지 않게 막아 냈다. 그래 봤자 그냥 원시적 무기였다. 카오리도 방어 마법을 발동했다. 그 직후, 전방의 안개가 소용돌이친다고 생각한 찰나 강한 돌풍이 하지메와 카오리를 덮쳤다.

하지메는 날아가지 않게 신발의 스파이크로 몸을 고정하며 얼른 옆에 선 카오리를 잡으려고 했지만 운 나쁘게 카오리의 방어 마법이 방해되어 간발의 차로 손이 닿지 않았다.

“꺄아?!”

카오리는 비명을 지르며 돌풍에 날려서 안개 속으로 사라졌다. 하지메는 혀를 찬 뒤 감지 능력을 사용해 카오리의 위치를 파악하려고 했다.

하지만 안개는 【하르치나 수해】의 안개와 마찬가지로 방향 감각과 감지 계열 능력을 방해하는지 위치를 잃어버리고 말았다.

"쳇. 카오리, 거기서 움직이지 마!"

혀를 차며 카오리를 부르는 하지메를 향해, 이번에는 전방의 안개를 뚫고 장검을 치켜든 기사 풍모의 남자가 달려들었다. 그리고 무슨 기술이라도 되는지 대단한 검기를 펼치며 공격해 왔다.

하지메는 그것을 냉정하게 돈나로 막아 흘리고 상대방 안쪽으로 깊숙이 파고들어 왼손의 슈라크를 배에 들이대고 마력탄을 쐈다. 배에 바람구멍이 뚫린 기사풍 남자는 신음 하나 내지 않고 그대로 스르륵 사라졌다.

그 직후 마찬가지로 기량이 보통이 아닌 검사와 권사, 그 밖에도 다양한 무기를 든 무술가들이 안개에 몸을 숨기며 차례차례 덮쳐들었다.

"귀찮아 죽겠네……."

불평을 내뱉은 하지메는 붉은 마력탄을 위성처럼 몸 주위에 돌게 하고 『순광』도 발동해 속공으로 치고 들어갔다. 카오리의 목소리가 들리지 않는 것이 마음에 걸린 탓이었다.

한편, 카오리는 하지메의 모습이 보이지 않아서 맹렬한 불안과 공포를 느끼고 있었다.

호러는 정말로 싫었다. 이것만은 몸이 저절로 움츠러들어서 극복하기가 이만저만이 아니다. 가뜩이나 열등감으로 비굴해진 점을 지적당해 그렇지 않다는 것을 보여줘야 할 마당에, 중요한 곳에서 매달리고 마는 자신에게 정나미가 떨어졌다.

카오리는 이래서는 안 된다며 떨리는 몸을 질타해서 간신히 일어섰다.

그런데 그때 누가 카오리의 어깨에 손을 툭 올렸다. 하지메는 곧잘 어깨를 툭툭 치며 격려해주기에 자신을 찾으러 와준 줄 알고 한순간 기쁨이 밀려왔다.

"하지메……."

바로 돌아보려는데, 카오리는 어깨에 놓인 손이 묘하게 따뜻하지 않다는 것을 깨달았다. 더 정확하게 말하자면 따뜻함은 고사하고 차가운 느낌마저 들었다.

카오리의 등줄기에 소름이 좍 돋았다. 뒤에 있는 것은 하지메가 아니다. 직감으로 깨달았다.

그럼 대체 누구지?

기름을 치지 않은 기계처럼 끼기긱 소리가 날 듯한 모양새로 뒤를 돌아본 카오리의 눈앞에는…… 눈, 코, 입, 얼굴의 구멍이란 구멍이 몽땅 심연 같은 어둠으로 물든 여자가 있었다.

"아으~."

카오리의 정신은 순식간에 허용치를 초과하여 방어 본능에 따라 그만 의식을 놓아 버렸다.

그 무렵, 하지메는 불과 2분 만에 쉰 명가량의 망령 전사들을 격퇴하고 있었다. 대략 2, 3초 단위로 역전의 전사 한 명을 처치하고 있는 셈이었다.

또 한 명의 전사를 마력탄으로 없앤 직후 한순간 공세가 멎었다.

'끝났나?'

하지메가 속으로 중얼거린 찰나, 안개 속에서 대검을 머리 위로 쳐든 거한이 나타나 안개마저 베어 버릴 막대한 위력의 공격을 가해 왔다.

하지메는 몸을 옆으로 돌려서 그 일격을 피했다. 하지만 처음부터 다음 공격을 염두에 뒀는지, 지면에 부딪힌 반동까지 이용하며 대검이 튕겨 올라왔다.

하지메는 그 자리에서 점프해『금강』을 건 의수를 대검에 걸어 그 위에 올라탔다. 그리고 들어 올린 대검 위에서 무릎을 꿇고 앉은 하지메는 돈나를 거한의 머리로 슥 들어 마력탄을 발사했다.

머리가 날아간 거한이 안개 속으로 흩어짐과 동시에 주위 안개도 점차 걷혔다. 이번에야말로 끝난 듯싶었다.

"카오리! 어딨어!"

하지메는 카오리의 기척을 감지하려고 집중했다. 하지만 그럴 것도 없이 카오리는 쉽게 찾을 수 있었다.

"나 여깄어, 하지메."

"카오리, 무사했구나……."

미소 지으며 다가오는 카오리에게 하지메는 안도의 한숨을 흘렸다. 그런 하지메에게 카오리는 더욱 상그레 미소 지으며 살며시 하지메에게 몸을 기댔다.

"엄청, 무서웠어……."

"그래……?"

"응. 그러니까, 위로해줘."

그렇게 말한 카오리는 하지메의 목에 팔을 둘러 끌어안아, 코가 서로 닿을 정도로 가까이서 촉촉이 젖은 눈망울로 하지메를 들여다봤다. 그리고 천천히 다가왔고…… 철컥, 카오리의 관자놀이에 돈나의 총구가 닿았다.

"뭐, 뭐하는 거야?"

당황한 기색의 카오리를 보는 하지메의 눈이 살의를 담아 흉악하게 일그러졌다.

"뭐냐니, 물론 적을 죽이려는 거지. 네가 그러려던 것처럼 말이야."

그리고 하지메는 한 치의 망설임도 없이 방아쇠를 당겼다. 돈나에서 붉게 빛나는 총알이 발사되어 가차 없이 카오리의 관자놀이를 꿰뚫어 날려 버렸다.

쨍강 소리를 내며 굴러떨어진 것은 녹슨 나이프였다. 카오리의 손에서 날아온 물건이었고 하지메를 끌어안으며 소매에서 꺼낸 물건이기도 했다.

하지메는 뚜벅뚜벅 발소리를 내면서 쓰러진 카오리에게 다가갔다. 카오리는 몸을 일으키고 겁먹은 음성으로 하지메에게 말을 걸었다.

"하지메, 왜 이런 짓—?!"

하지만 하지메는 말을 듣지 않고 다시 카오리에게 마력탄을 쐈다.

"카오리 목소리로 멋대로 지껄이지 마. 카오리 몸으로 멋대로 움직이지 마. 다 보인다고. 카오리에게 들러붙은 쓰레기가."

그랬다. 하지메의 마안석에는 카오리 몸에 겹친 듯이 씐 여자 망령 같은 것이 보였다. 정체가 들켰다는 것을 깨달았는지, 카오리 모습을 한 망령은 방금까지 보인 겁먹은 표정을 없애고 이번에는 히죽거리며 웃었다.

"우후후, 그걸 알아 봤자 넌 아무 짓도 못해……. 이미 이 여자는 내 거—?!"

망령은 그렇게 말하며 일어서려고 했지만 하지메가 배 위에 올라타자 도로 쓰러졌다.

"기다려! 무슨 짓을 하려고! 이 여자는 네 여자야! 다치게 할 생각이야?!"

"말귀를 못 알아듣네. 지껄이지 말고 움직이지 말라고 했지? 딱히 카오리는 다치지 않아. 마력탄으로 육체는 피해를 입지 않으니까. 괴로운 건 몸에 씐 너뿐이지."

"내가 소멸하면 이 여자의 영혼도 부서져! 그래도 좋다는 거야?!"

그 말에 하지메가 조금 고개를 기울였다. 허세일 가능성도 충분히 있었지만 진위를 확인할 방법이 없었다. 그런 말을 들으면 보통은 주저하여 손을 댈 수 없었다. 망령도 그렇게 생각했는지 다시 히죽거리며 하지메에게 비키라고 명령했다.

그에 대한 하지메의 대답은…… 마력탄을 박아 넣는 것이었다.

고통을 느끼는지 카오리를 통해 망령의 표정이 일그러졌다. 그리고 계속해서 마력탄을 쏘려고 하는 하지메에게 다급한 표정으로 소리쳤다.

"너 제정신이야?! 이 여자가 어떻게 되든 상관없어?!"

"닥쳐, 망령. 네 말대로 공격을 멈춘다고 카오리 몸이 돌아오냐? 게다가 바꿔 말하면 소멸시키지만 않으면 영혼은 부서지지 않는 거지? 그럼 나가고 싶어질 때까지 죽지 않을 만큼만 패면 그만이야."

일말의 망설임도 없는 발언에 여자 망령은 말문이 막혔다. 그리고 하지메의 짙은 살의가 담긴 안광이 꽂혀 경직했다.

"넌 내 『소중』한 것에 손을 댔어. 편하게 사라지게 놔두진 않는다. 모든 수단과 방법을 동원해서 **사라지지 못하게** 해주지. 온갖 고통을 모두 안겨주마. 하지만 미치는 것도 허락하지 않아. 넌 적이지만…… 절대로 안 죽여."

하지메의 몸에서 붉은 마력이 치솟으며 백발이 가볍게 나부꼈다. 살기와 마력이 날뛰는데도 눈동자만이 얼음처럼 얼어붙어 있었다.

하지메는 격노하고 있었다. 그 어느 때보다도, 단지 적을 죽이기만 해서는 성에 차지 않는 『잔인함』이 치밀 정도로…….

카오리에게 씐 여자 망령은 너무나도 짙고 소름 끼치는 살의에 이미 경직해서 하지메를 응시하는 것 외에 아무것도 할 수 없었다.

그제야 겨우 깨달은 것이다. 자신이 절대로 손을 대서는 안 될 괴물의, 절대로 건드려서는 안 될 금기를 건드리고 말았단 것을…….

돈나의 총구가 망령의 이마에 닿았다. 여자 망령은 그저 하염없이 빌었다. 1초라도 빨리 사라지고 싶다고. 지금부터 당할 『무언가』를 생각하면 조금이라도 빨리 사라져 버리고 싶다고.

본디 망령의 정체는 남들보다 강하게 삶에 집착하는 사념이 변질된 결과물이지만, 지금 하지메가 내뿜는 분위기는 그 집착마저 날려 버릴 정도였다.

—사라질래! 사라질래! 사라질래! 사라질래! 사라질래!

망령의 외침이 메아리치는 가운데 하지메가 막 방아쇠를 당기려는 순간, 카오리의 몸이 갑자기 빛을 뿜었다. 그것은 상태 이상 회복 마법, 『만천』의 빛이었다. 카오리가 만일의 사태에 대비해서 『지연 발동』용으로 준비해 둔 것이었다.

갑작스러운 사태에 어리둥절해하는 망령 안에서 목소리가 울렸다.

—괜찮아, 내가 보내줄게.

그 말과 함께 빛이 더욱 강해졌다. 부연 연보라색 빛은 망령을 폭 감싸 안고 둥실둥실 하늘로 올라갔다. 동시에 망령의 의식은 엷어지며 안도와 안식에 싸여 완전히 이 세상에서 소멸했다.

잠시 뒤 카오리의 눈꺼풀이 파르르 떨리고 천천히 열렸다.

위에 올라탄 하지메가 카오리의 눈동자를 들여다봤다. 카오리가 빛을 내면서부터 하지메의 마안석에는 옅어져 가는 망령의 모습이 비치고 있었기에 일단 살의를 누그러뜨리고 카오리 안에 남아 있지 않나 확인 중이었다.

코앞에 하지메의 얼굴이 있고, 자신 위에 올라탄 상황에서 하지메의 시선은 카오리의 눈동자를 뚫어지게 보고 있었다. 깜짝 놀랄 만큼 진지하고 동시에 걱정과 안도도 담긴 눈길이었다.

그런 눈동자를 마주 보며 카오리의 몸은 자연스럽게 움직였다.

얼굴을 살짝 들어 하지메의 입술에 자신의 입술을 포갰다. 입술과 입술이 닿을 뿐인 행위. 그래도 틀림없이 카오리의 첫 키스였다.

하지메는 『영혼이 부서진다』는 말을 들은 탓에 만에 하나를 생각해서 카오리에게 들러붙은 것이 없는지 확인하느라 극히 자연스럽게 다가온 카오리의 키스를 피하지 못했다. 놀라서 한순간 경직한 하지메에게서 카오리는 살며시 입술을 뗐다.

"뭐하는 거야?"

"대답."

"대답?"

"응. 왜 따라왔는지, 앞으로도 따라올 건지…… 하지메의 질문에 대한 대답."

카오리가 그렇게 말하고 하지메에게 보내는 미소는 늘 보던 포근한 양지 같은 미소였다. 이곳에 온 후로 짓던 억지웃음의 흔적은 조금도 보이지 않았다.

사실 망령에게 씐 동안 카오리에게는 의식이 있었다. 마치 유리로 된 방에 갇혀서 바깥을 보는 느낌이었다. 그래서 카오리도 확실하게 인식하고 있었다. 지금껏 한 번도 보지 못했을 만큼 분개한 하지메를. 카오리를 『소중하다』고 말하며 적에게 격정을 부딪치는 모습을…….

하지메의 그 모습을 본 순간, 카오리의 가슴에 참을 수 없는 애틋함이 밀려왔다. 그리고 그와 동시에 고백했을 때의 주체할 수 없는 마음을 떠올리게 됐다.

그것은 누가 뭐라 할지라도, 비록 얼마나 폐를 끼치더라도, 이 고집만은 관철하고 싶다, 관철하고야 말겠다는 마음이었다.

하지메를 둘러싼 울타리 안에 자신만이 없는 것을 참을 수 없었다. 자신만이 하지메 옆에 없는 미래는 상상도 하고 싶지 않았다. 자신의 역량이 유에나 시아, 티오에게 한참 미치지 못한다는 것은 잘 알면서도 마음만은 지지 않는다는 것을 보여주고 싶었다.

"좋아해, 하지메. 정말로 좋아해. 그러니까 앞으로도 옆에 있고 싶어."

"……괴롭기만 할 뿐 아니야? 시아처럼 유에도 있어야 한다고 생각하지는 않지?"

"응. 독점하고 싶어. 나만 봐줬으면 좋겠어. 유에에게 질투도 나고 열등감도 느껴. ……아마 괴롭다는 생각도……."

"그럼……."

"하지만 적어도 여기서 물러나면 후회한다는 것만은 확실해. 확신하고 있어. 나에게 최선은 하지메 곁에 있는 거란 걸……. 처음부터 그렇게 생각하고 따라왔는데, 실제로 차이를 실감하고 여러 가지를 잊었나 봐. 그래도, 이제는 괜찮아."

카오리는 하지메의 볼에 양손을 대고 포근하게 미소 지었다.

하지메는 난처한 것 같기도 하고 기막힌 것 같기도 한 복잡한 표정이었다. 카오리가 스스로 정하고 그 결단이 최선이라고 믿는다면 하지메가 할 수 있는 말은 아무것도 없었다. 행복의 형태는 사람마다 다르다. 하지메가 카오리의 행복을 결정할 수는 없으며, 해서도 안 된다.

"……그래. 네가 그게 좋다면 나는 더 이상 아무 말도 안 할게."

"응. 많이 귀찮게 하겠지만, 미워하진 말아줘."

"이제 와서 뭘. 학교에서나 여기 와서나…… 너는 제법 말썽꾼이었어."

"아, 그 말은 너무했다!"

"그래? 학교에서도 분위기 파악 안 하고 서슴없이 말을 걸질 않나, 자각 없이 폭탄 발언을 툭툭 던지질 않나, 그때마다 주위 애들이 죽일 듯이 노려보지, 카오리는 눈치채지 못하지, 심야에 남자 방에 네글리제 차림으로 찾아오지……."

"으. 그, 그때는 아직 자각이 없어서 그냥 이야기가 하고 싶었던 건데…… 방에 간 건 나중에 생각하니까 엄청 부끄럽더라……."

새빨간 얼굴을 양손으로 감싸는 카오리 위에서 비킨 하지메는 그대로 카오리를 잡아 일으켰다. 그리고 피식 웃으며 카오리 어깨를 툭툭 치고는, 안개가 걷힌 후 화물칸 가장 안쪽에서 빛나기 시작한 마법진을 향해 걸어가고자 했다.

카오리가 그런 하지메의 소매를 꽉 잡았다. 돌아보니 조금 휘청거리고 있었다. 망령에게 씐 탓인지 몰라도 조금 몸의 감각이 둔한 듯했다. 몸에 이상은 없는 것 같으니까 바로 원래대로 돌아오겠지만—.

"조금 쉬자."

하지메가 그렇게 제안하자 카오리는 좋은 생각이 났다는 듯 웃음을 짓고 하지메를 돌려세워서 그 등에 올라탔다.

"……뭐하는 거야?"

"빨리 가는 편이 좋지? 마법진이 언제까지 작동할지도 모르고 말이야. 어물쩍거리다간 또 안개가 나올지도 몰라. 그러니까, 응?"

"어쩔 수 없지……."

확실히 일리가 있는 말이었다. 하지메는 머리를 긁적이며 카오리를 고쳐 업고 마법진으로 걸어갔다.

카오리는 팔을 하지메의 목에 두르고 더 붙을 수 없을 만큼 바짝 등에 매달렸다.

구태여 무엇이라고는 말하지 않겠지만 등에서 느껴지는 대단히 부드러운 감촉을 최대한 무시했다. 그런 하지메의 귓가에 달콤한 목소리가 들렸다. 거의 닿다시피 한 거리에서 카오리의 입술이 떨리며 뜨거운 숨결과 함께 말을 속삭였다.

"하지메…… 아까 한 말, 한 번 더 해줄 수 없을까?"

"아까 한 말?"

"응. 『무엇』에 손을 대서 화난 거야?"

"……글쎄, 무슨 말인지 모르겠는데."

"아이참, 그 정도는 해줘~."

어떻게 보면 알콩달콩하다고 할 수 있는 분위기 속에서, 카오리를 업은 하지메는 성큼성큼 걸어 주저 없이 마법진에 발을 들였다.

어렴풋한 빛이 수면을 비추고 천장에 찰랑이는 파도를 만들었다.

그 공간의 중앙에는 신전 같은 건조물이 있었다. 네 개의 거대한 기둥이 받치고 있으며 기둥 사이에 벽이 없이 뚫린 건물이었다. 신전 중앙에 있는 제단 같은 곳에는 정교하며 복잡한 마법진이 그려져 있었다. 또한 주위를 바닷물로 채운 그 신전에서는 수면에 뜬 통로가 사방으로 뻗어 있었고, 그 끝은 원형으로 되어 있었다. 그리고 그 원형 발판에도 마법진이 그려져 있었다.

그 네 개의 마법진 중 하나가 희미하게 빛났다. 그리고 한순간 폭발하는 듯한 빛이 발생한 후 그곳에 사람의 실루엣이 나타났다. 하지메와 카오리였다.

"여긴…… 응? 저건 마법진인가? 설마 공략한 거야?"

"왜? 무슨 문제라도 있어?"

"아니, 설마 벌써 끝날 줄은 몰랐거든. 다른 대미궁에 비하면 조금 간단한 기분이…… 마지막에 그 클리오네 같은 괴물 정도는 나올 줄 알았는데……."

메일 메르지네의 은신처로 추정되는 곳에 도착했다는 것을 알자 하지메는 조금 김이 샌 표정을 지었다. 그에 비해 카오리는 하지메의 얼굴을 뒤에서 엿보고 쓴웃음 지으며 답했다.

"하지메도 참. 충분히 힘든 곳이었잖아? 보통은 잠수정 같은 게 없을 테니까 처음 해저 동굴을 해결할 때까지 쭉 대량의 마력을 소비해야 하고, 까딱 잘못하면 그대로 익사야. 클리오네 같은 괴물은 말도 안 되게 강적이었고, 괴기 현상 같은 건 물리 공격이 통하지 않으니까 또 마력을 써야 해. 그렇게 피폐해진 상태에서 그 많은 적과 싸워서 돌파해야만 하는데? 충분히 말이 안 되는 난이도라구."

"음, 듣고 보니 그런 것 같기도 하고……."

"게다가 이 세계 사람이라면 신앙심이 강할 테니까, 그런 광기를 보여주면……."

"그것만으로 끝날 가능성도 있다는 건가……."

카오리의 지적은 요컨대 하지메가 너무 강하다는 말이었다. 그렇게 듣고 보니 【그류엔 대화산】도 마지막에 프리드만 습격해 오지 않았으면 상처 하나 없이 공략했으리라는 생각이 들었다.

그리고 다른 일행과 합류하기 전에 도착해 버렸는데 그녀들은 뭘 하고 있을까 하고 생각한 그때, 하지메의 생각을 읽은 것처럼 오른쪽에 있는 통로 끝 마법진이 빛났다.

폭발하는 빛이 사라지자 그곳에는 유에, 시아, 티오 세 사람이 있었다. 절묘한 타이밍이었다.

"타이밍 좋은데? 그쪽은 괜찮았어?"

"응. 그쪽은…… 안 괜찮았어?"

"아, 카오리 씨, 괜찮아요?"

"음? 다치기라도 했나? 회복 마법은 어쩌고?"

하지메의 부름에 저마다 팔팔한 모습을 보여주며 하지메에게 업힌 카오리에게 걱정스러운 눈빛을 보냈다. 그에 대한 카오리의 대답은—.

"걱정해줘서 고마워. 그래도 괜찮아. 반쯤은 어리광이거든."

실로 명랑한 웃음을 짓고 당당히 선언했다.

그런 카오리에게 유에는 눈을 살짝 찌푸렸고, 시아는 「부러워요오. 바꿔주세요오」라며 어필했으며, 티오는 재밌다는 양 히죽히죽 웃었다.

"야, 카오리. 혹시 이미 걸을 수 있어?"

"에헤헤, 사실 처음부터 걷는 것 정도는 딱히…… 미안."

"하아, 얼른 내려."

하지메는 기막히다는 표정을 보이면서 조금 멋쩍게 웃는 카오리를 내려주고 신전에서 일행과 합류했다.

"그래서, 무슨 일이 있었느냐? 응? 어서 이실직고해 보거라, 주인님. 카오리와 무슨 일이 있었던 게지? 으응? 무슨 일이 있었지? 숨기지 말고 말해부흑?!"

티오가 징그럽게 웃으며 참으로 짜증 나게 추궁하는 터라 울컥한 하지메는 일단 손바닥으로 얼굴을 갈겼다. 티오가 다리를 옆으로 빼고 요염하게 쓰러져서 거친 숨을 몰아쉬며 뺨을 붉혔다.

"가, 간만의 충격이로구나. 하아, 하아, 하응. 주인님, 좀 더 때려도 되는데? 오히려 걷어차도 되는데?"

어딘가 기대하는 분위기로 그런 말을 지껄이는 티오를 무시하고 일행은 안쪽 제단으로 향했다. 뒤에서 「딱 한 번, 딱 한 번이면 된다! 제발 나 좀 때려다오」라는 기분 나쁜 소리가 들렸지만 모두 온 힘을 다해 무시했다.

"……그래서? 무슨 일이 있었어?"

유에가 티오와 같은 질문을 했다. 하지만 그 시선은 하지메가 아니라 카오리를 보고 있었다. 카오리는 유에에게 시선을 맞추고 기분 좋게 싱긋 웃고는, 항상 교실에서 하던 것처럼 천연덕스럽게 폭탄 발언을 던졌다.

"그냥, 하지메랑 키스 좀 했을 뿐이야."

"……호오."

"넷?! 정말요?! 누가요?! 누가 했어요?! 설마, 하지메 씨가?!"

카오리의 말에 유에의 목소리가 한층 낮아졌고 시아가 흥분한 듯 달려들었다.

"내가 했어. 하지메가 나를 위해서 화내 주길래, 못 참고 빳어 버렸어."

"와아, 저랑 똑같네요! 저도 못 참고 빴었는데. 동지네요! 카오리 씨!"

"우후후, 그러게. 시아, 이번에는 둘이서 확 빳을까?"

"그럼 아예 갈 데까지 갈까요?"

두 여자가 하지메 바로 옆에서 하지메 습격 계획을 짜기 시작했다. 하지메의 뺨에 차가운 땀이 흘렀다. 농담처럼 깔깔거리며 이야기하는 듯 보이지만 실제로는 카오리와 시아의 눈빛이 진지하기 이를 데 없었다. 청순 캐릭터와 토끼 캐릭터 주제에 눈만은 완벽한 사냥꾼이었다.

특히 육식 동물처럼 눈을 번뜩이는 카오리를 옛날에는 어디 상상이나 했겠는가.

"……꼬리 내리고 도망칠 줄 알았어."

유에가 카오리를 떠보는 듯한 눈길을 보냈다.

유에는 카오리가 열등감을 느끼고 괴로워하는 것을 알고 있었다. 그래서 카오리가 이번 첫 대미궁 도전으로 어쩌면 좌절해서 도망칠지도 모른다고 생각했다. 물론 자신에게 선전 포고한 상대를 위로해줄 생각은 털끝만큼도 없었다. 여기서 물러난다면 그 정도에 불과했다며 승리 선언을 할 뿐이다.

하지만 카오리는 다시 일어섰다. 오히려 전보다 결연한 분위기까지 느껴졌다. 무슨 일이 있었는지 신경 쓰였다.

"……맞아. 하지메한테도 차라리 그러는 편이 낫다는 말을 들었어. 그래도 유에와 이런저런 차이가 나는 건…… 새삼스러운 일이잖아?"

"……철면피야?"

"그렇게 말할 수도 있겠네. 사실 처음부터 얼굴에 철판 깔고 따라왔어. 차이를 실감하고 잠깐 잊고 있었을 뿐이지. 한심한 모습을 보여 버렸네."

"……그대로 포기하면 좋았을 걸."

"후후, 무서워? 뺏길까 봐?"

"……기어오르지 마, 말썽꾼."

"……하지메한테도 그 소리 들었어. ……내가 그렇게 말썽을 일으키나……?"

유에의 신랄한 말에 카오리가 어색하게 웃었다. 좋아하는 사람과 연적이 입을 모아 말썽꾼 취급하자 조금 기가 죽을 뻔했지만 바로 정신을 바로잡았다. 사실 유에를 비롯한 하지메 일행 전원이 제법 말썽을 일으키고 다니는지라 누워서 침 뱉기였지만, 유에에게 그 자각은 없었다.

"뭐, 유에 말이 맞을지도 모르지만…… 적어도 나는 하지메의 『소중』한 사람이니까 열심히 『특별』한 사람을 노리기로 했어. 누가 뭐라고 하든 말이야."

"……그래? 그럼 지금까지 그랬던 것처럼 받아줄게."

"응! 아, 그리고 나 유에를 싫어하는 건 아니다? 나, 사실 다툴 수 있는 친구가 갖고 싶었거든."

"……친구? 나랑 카오리가?"

"응, 친구. 일본에서는 강적이라 쓰고 친구라고 부르는 사람이 있다는 것 같아#8. 그럼 연적이라 적고 친구라고 불러도 되지 않을까?"

"……일본. 하지메의 고향. 들으면 들을수록 특이한 나라야. 하지만…… 좋은 센스네#9."

"그렇지? 우후후, 그렇게 됐으니까 앞으로도 잘 부탁할게."

"……응."

유에와 카오리는 어쩐지 훈훈한 분위기였지만, 그 옆에서 둘의 대화를 들어야 했던 하지메는 거북하기 이를 데 없었다. 여자들의 수다에 남자가 홀로 낀 기분이었다.

그리고 카오리가 모 세기말의 개성 넘치는 아저씨들의 말을 알고 있는 것이나, 유에가 모 골판지 상자를 좋아하는 뱀 아저씨의 말로 되받은 것도 태클을 걸고 싶어서 입이 근질근질했지만 분위기를 깨지 않기 위해 참았다.

하지메는 참을 줄 아는 아이인 것이다!

제단에 도착한 하지메 일행은 전원 마법진 위로 올라갔다. 언제나 그렇듯 마법진은 뇌 속을 조사하여 기억을 읽어 냈지만, 이번에는 그것만이 아니라 다른 사람의 경험도 함께 보여줬다. 즉, 함께 있지 않았던 세 사람이 보고 들은 것을 하지메와 카오리도 공유한 것이다.

아무래도 세 사람은 거대한 지하 공간에서 폐허가 된 해저

#8 강적이라 쓰고 친구라고 부르는 사람 만화 『북두의 권』의 권법가들이 숙적, 라이벌을 표현하는 말..
#9 좋은 센스네 게임 『메탈 기어 솔리드3』에 등장하는 유명한 대사 「좋은 센스다」.

도시에 도착한 것 같았다. 그곳에서 하지메가 겪은 것과 마찬가지로 공간이 뒤틀려 2개국의 군대와 도시 내에서 전쟁을 한 모양이었다. 그 도시는 인간족의 도시였고 마인족 군대에게 침략받았지만, 결국 하지메와 카오리가 그랬듯 세 사람은 양 세력에게 공격받았다.

도시 안쪽에는 왕성으로 생각되는 거대한 건조물이 있었고, 군대를 쓸어버리며 전진한 세 사람은 왕성에 침입해 중진들의 이야기를 엿듣게 되었다.

그들의 말에 따르면 마인족이 인간족 마을을 멸망시킨 것을 계기로 이 도시를 수도로 삼은 인간족 나라가 마인족과 전쟁을 시작했지만, 사실 그것은 강화 조약이 아니라 마인족을 말살하길 바란 인간 측의 음모라는 것 같았다. 그러나 정신을 차리고 보니 이미 수습할 수 없을 만큼 전쟁의 불길은 확산되었고, 끝내 반격당한 인간 측이 왕도까지 침공당하기에 이르렀다는 상황이었다.

그리고 그 음모를 꾀한 인간은 나라와 밀접한 관계를 맺고 있는 광교(光教) 교회의 고위 사제였으며, 이 광교 교회는 성교 교회의 전신이라는 듯했다.

진퇴양난에 빠진 그들은 거기서 그치지 않고 폭거를 저질렀다. 신이 아니고서야 이 상황을 타개할 수 없다는 양 산 제물을 바쳐 신의 조력을 얻고자 한 것이었다. 그 결과 도시 내부에서 긁어모은 수백 명의 여자와 아이들을 교회 대성당에서 학살하는 참혹한 사태가 벌어졌다.

제아무리 유에와 티오라 할지라도 그 광경을 봤을 때는 상당한 정신적 충격을 받은 것 같았다. 마법진의 기억 확인으로 강제로 떠올리게 되자 얼굴이 파랗게 질렸다. 특히 시아는 당장에라도 토할 분위기였다.

얼마 후 겨우 기억 확인이 끝나고 전원 무사히 공략자로 인정받았다. 하지메 일행의 뇌 속에 새로운 신대 마법이 새겨졌다.

"여기서 이 마법이 나오기냐……. 대륙 양극단이잖아, 해방자 놈들."

"……찾았어, 『재생의 힘』."

머리에 떠오른 것은【하르치나 수해】의 대수 아래에 있던 석판의 문구. 그곳에는 앞으로 나아가기 위해서는 『재생의 힘』이 필요하다고 적혀 있었다. 즉, 동쪽 끝에 있는 대미궁을 공략하려면 서쪽 끝까지 가야만 한다는 뜻이며, 처음【하르치나 수해】를 방문한 사람에게는 더없이 귀찮은 일이었다. 하지메 일행은 마력 구동차라는 고속 이동 수단을 가졌으니 그나마 나았지만…….

하지메가 해방자의 악독함에 치를 떨고 있는데, 마법진의 빛이 약해짐과 동시에 바닥이 직육면체로 솟아올랐다. 그것은 작은 제단 같았다. 그 제단은 희미하게 빛을 내더니 곧 빛이 형태를 이루어 사람의 실루엣을 만들었다. 아무래도 메일 메르지네도 오스카 오르크스처럼 메시지를 남긴 것 같았다.

실루엣의 윤곽이 점차 선명해지며 여성의 모습이 되었다. 제단에 앉은 그녀는 희고 펑퍼짐한 원피스를 입었고, 에메랄드그린의 긴 머리카락과 부채 모양 귀를 가졌다. 놀랍게도 해방자 중 한 명인 메일 메르지네는 해인족과 관련 있는 여성인 모양이었다.

그녀는 오스카와 마찬가지로 자기소개를 한 뒤 해방자의 진실을 이야기했다. 나긋나긋한 여성인지 근심 어리면서도 부드러운 분위기를 가졌다. 이윽고 오스카가 말한 것과 같은 이야기를 끝내더니 마지막 말을 더했다.

"……부디 신에게 기대지 말아요. 의지하지 말아요. 주어지는 것에 익숙해지지 말아요. 손에 넣기 위해 발버둥 치세요. 자신의 의지로 정해서 자신의 다리로 나아가세요. 어떤 난관이라도 답은 언제나 당신 속에 있어요. 당신 속에만 있어요. 신이 들려주는 감언에 현혹되지 마세요. 행복은 다름 아닌 자유로운 의지에 있어요. 당신에게 행복의 비가 내리길 기도합니다."

그렇게 말을 맺은 메일 메르지네는 다시 희미한 빛이 되어 사라졌다. 그 직후 그녀가 앉은 장소에 작은 마법진이 떠올라서 빛났다. 그 빛이 사라지자 그곳에는 메르지네의 문장이 새겨진 코인이 놓여 있었다.

"증표가 네 개 모였네요, 하지메 씨. 이제 수해 대미궁에 도전할 수 있겠어요. 아버지와 마을 사람들은 어떻게 지내고 있을까요?"

시아가 그리운 듯 고향과 가족의 추억에 잠겼다. 하지만 뇌리에 떠오른 고향 사람들은 「핫하~!」를 외치고 있어서 머리를 흔들어 그 광경을 떨쳐 냈다.

증표인 코인을 『보물 창고』에 넣은 하지메도 시아와 마찬가지로, 「핫하~!」를 외치는 하우리아 족을 떠올리고 머리를 흔들어 그 광경을 몰아냈다.

그런데 증표를 얻은 순간 신전이 큰 소리를 내며 움직이기 시작했다. 그리고 주위 바닷물의 수위가 갑자기 올라가기 시작했다.

"읏?! 쳇, 강제 배출인가?! 다들 꽉 붙잡아!"

"……응!"

"우와, 너무 난폭하잖아!"

"라이센 대미궁 같은 건 이제 싫어요~."

"수공이라니…… 제법이로구먼."

무서운 속도로 불어나는 바닷물에 일행은 잠수정을 꺼내서 들어갈 틈도 없이 순식간에 수몰되었다. 순간적으로 또 뿔뿔이 흩어지면 안 된다는 생각에 『보물 창고』에서 산소 봄베를 꺼내어 입에 장착한 후, 모두 서로의 옷을 단단히 붙잡았다.

그 직후, 천장 부분이 【그류엔 대화산】 출구처럼 열려 맹렬한 기세로 바닷물이 밀려들었다. 하지메 일행도 수직으로 난 구멍으로 흘러 들어가 아래에서 솟는 분수에 밀리듯 급속도로 상승했다.

아마 이것이 【메르지네 해저 유적】의 직통 출구겠지만, 나긋나긋하고 친절한 누님 같은 분위기의 메일 메르지네답지 않게 어처구니없이 난폭한 길이었다. 심지어 강제적이기까지 했으니 의외로 과격한 사람이었을지도 모르겠다.

밀려 올라가는 일행은 이윽고 머리 위가 벽으로 막혀 있는 것을 발견했다.

하지메가 얼른 금강을 써서 일행의 방패가 되려고 하기 직전, 천장이 다시 옆으로 열리며 일행을 유적 바깥의 광대한 바닷속으로 내던졌다. 하지메는 확신했다. 메일 메르지네는 겉모습에 반해 과격하고 꼼꼼함과는 거리가 먼 사람이 틀림없다고…….

바닷속으로 내팽개쳐진 하지메는 서둘러 『보물 창고』에서 잠수정을 꺼내 다른 일행에게 타라고 눈짓했다.

하지만 그 계획은 이루어지지 못했다. 가장 만나고 싶지 않았던 상대로 인하여…….

『큭?! 회피!』

염화로 하지메의 고함이 전파됐다.

그 순간, 반투명의 촉수가 일행 눈앞을 무시무시한 기세로 통과했고 잠수정을 멀찍이 튕겨 냈다.

하지메가 시선을 돌리자 그곳에는 언뜻 요정 같은 형태를 띠었으면서, 모든 것을 녹이고 무한히 재생하는 흉악한 최악의 괴물…… 거대 클리오네가 있었다. 거대 클리오네는 물의 저항을 받지 않는 것처럼 다시 무수한 촉수를 맹렬하게 뻗어 왔다.

하지메는 일부러 공략이 끝난 뒤에 나타난 사실에 이를 갈며 『염화』로 유에를 불렀다.

『유에!』

『……『동구(凍柩)』!』

하지메의 부름에 응한 유에가 환상의 호흡을 선보이며 주위 바닷물을 구형으로 얼려서 얼음 장벽을 펼쳤다.

얼음 장벽은 촉수가 명중해 바닷속에서 고속으로 튕겨 날아갔고 격심한 충격이 일행을 세탁기에 넣고 돌리듯 뒤흔들어 놓았다.

『어떻게 할 게냐! 주인님!』

염화석을 사용해서 통신을 보낸 티오에게 하지메가 답했다.

『유에, 바다 위로 가줘. 물속에서는 맞아 죽을 뿐이야. 시간은 내가 벌게!』

『응!』

하지메는 그렇게 말하면서 반지 형태의 감응석을 다루어 잠수정을 원격 조작했다. 멀리 날아간 잠수정은 마치 되살아난 것처럼 선체를 원래대로 돌려 맹속력으로 거대 클리오네에게 돌진했다. 달려드는 무수한 촉수를 나선 회피 기동으로 피하면서 답례라는 양 선체 바닥에서 무수한 어뢰를 사출했다.

한 번에 사출된 어뢰의 수는 열두 발. 평범하게 생각하면 충분한 파괴력이었다.

하지만 하지메는 이곳에서 확실하게 틈을 만들지 않으면 상황이 악화되리라 판단하여, 멈추지 않고 잠수정에 탑재된 어뢰를 전부 연사했다.

거기에 더해 선체 머리를 거대 클리오네에게 향한 채 드리프트 하듯 돌았다. 보통 잠수정이라면 불가능한 기동을 실현하면서 연속으로 발사한 어뢰의 수는 총 마흔여덟 발.

거품으로 꼬리를 만들며 전방위에서 쇄도한 어뢰는 정확히 거대 클리오네에게 직격한 뒤 가공할 파괴력을 선사했다.

퍼엉! 퍼엉! 퍼엉! 퍼엉! 물속에서 흐릿해진 충격음이 울려 퍼지며 바닷물이 팽창했다. 만약 바다 위에서 거대 클리오네를 수직으로 내려다보는 사람이 있다면, 수면이 한순간 불룩 부풀어 올랐다가 이어서 거대한 물기둥이 솟구치는 것을 관측했으리라.

모든 어뢰가 폭발한 직후, 유에는 물살을 조작해 수면 위로 부상을 시도했다. 아무리 괴물 같은 재생력을 가졌기로서니 당분간은 움직이지 못할 거라고 생각하고—.

『유에, 위쪽!』

『으…… 안 돼, 늦었어!』

부상하는 일행의 머리 위는 이미 반투명의 젤리로 온통 뒤덮여 있었다. 심지어 무질서하게 떠다닐 뿐이던 그것들은 몇 초 만에 집결하고 뭉쳐서 5미터 크기의 클리오네가 되었다.

그리고 머리를 벌컥 연 뒤 그대로 얼음 장벽을 집어삼켜 버렸다. 당연히 하지메 일행은 장벽과 함께 클리오네의 배 속으로 직행했다.

『젠장! 재생이 너무 빨라!』

『이거 위험해요, 하지메 씨. 주위가 온통 젤리예요오!』

아무래도 찢긴 촉수뿐 아니라 반투명 젤리는 처음부터 해류를 타고 여기저기에 분포해 있었던 모양이었다.

『……하지메. 얼마 못 버텨! 배 속은 바닷물이 없어서 보강이 안 돼!』

『칫, 다들 충격에 대비해!』

유에는 얼음 장벽이 급속도로 녹아내리는 것을 필사적으로 버텼다. 하지메는 장벽에 『금강』을 사용해 방어력을 강화하면서 『보물 창고』에서 대량의 로켓탄과 어뢰를 장벽 바깥으로, 즉 클리오네 배 속으로 전송시켰다.

다시 굉음과 함께 클리오네의 몸이 산산조각 났다. 하지만 그 짧은 시간에 이미 『금강』도 녹기 직전이었다. 코앞에서 폭발의 충격을 뒤집어쓴 하지메 일행은 요란하게 튕겨 날아갔고 얼음 장벽도 깨져 버렸다.

일행이 바닷속으로 내팽개쳐지자 하지메는 수중에서는 제대로 싸울 수 없는 카오리와 시아를 바다 위로 옮기고자 원격 조작으로 잠수정을 불렀다.

하지만 이번에는 그 잠수정이 붙잡혀 버렸다. 거대 클리오네의 일부가 어느샌가 선체 바닥에 달라붙어서 구멍을 낸 것이었다. 선내에 바닷물이 차서 항행 속도가 느려진 틈에 사방으로 흩어져 있던 주변의 반투명 젤리가 단숨에 모여들어 잠수정을 감싸 버렸다.

게다가 하지메 일행이 부상하려고 하던 것도 눈치챘는지, 대량의 반투명 젤리로 일행의 머리 위를 덮어 버렸다. 거대 클리오네의 범상치 않은 재생 속도를 생각하면 어지간한 방법으로는 돌파할 수 없을 것이다.

하지메는 자신의 역작인 잠수정이 녹아내리는 것에 속으로 욕을 하며 염화로 유에를 불렀다.

『유에, 『그거』 부탁해.』

『……40초는 걸려.』

『내가 지킬게. 바닷속에서 빠져나가려면 그 수밖에 없어.』

『응…… 맡겨 둬.』

유에가 집중하기 위해 눈을 감고 움직임을 멈췄다. 카오리와 시아는 그런 유에가 해류에 떠내려가지 않도록 몸을 잡아 줬다.

달려드는 촉수는 티오가 축소판 브레스를 연사해 가까스로 막아 냈지만, 브레스는 마력 소비가 심하고 수중에서는 위력과 사정거리도 상당히 떨어졌다. 게다가 직선적인 공격인지라 촉수에 맞추기가 어려워서 모두 소탕하기에는 어려움이 있었다. 앞으로 몇 초도 되지 않아 돌파당할 것이다.

하지메는 『보물 창고』에서 광석을 줄줄이 꺼내어 연속으로 『연성』을 사용했다. 그리고 방금 유에가 만든 얼음 장벽과 닮은 구형 물리 장벽을 만들었다.

『주인님! 이제 돌파당한다!』

『잘 버텼어! 완성됐다, 다들 들어와!』

다섯 명이 충분히 들어갈 크기의 금속제 장벽은 티오가 마지막으로 들어오자마자 구멍이 막혀 완전한 금속 구슬이 되었다. 이어서 그 금속 구슬을 붉은색 마력이 감쌌다. 『금강』을 이용한 강화였다. 일단 중력석도 넣었으니 가라앉을 걱정도 없었다.

그 직후, 금속 구슬에 촉수가 쇄도하여 순식간에 뒤덮기 시작했다.

삽시간에 마력 그 자체를 녹여 버리는 반투명 젤리가 『금강』을 찢고 들어왔고, 금속 구슬 표면도 빠르게 녹아내리고 있었다. 하지만 붉은 스파크가 금속 구슬을 훑고 지나가는가 싶더니, 녹은 부분이 족족 부풀어 올라서 방벽을 간신히 유지했다.

하지메가 안쪽에서 실시간으로 『연성』을 행하고 있기 때문이었다. 다행히 광석은 『보물 창고』에 말 그대로 썩어 넘칠 만큼 들어 있었다. 하지메가 용해 속도에 대항하여 온 힘을 다해 『연성』을 반복하는 사이, 마침내 기다리던 순간이 찾아왔다.

『……『계천』!』

유에의 공간 전이 마법이 발동했다. 금속 구슬 안쪽, 하지메 일행의 바로 옆에 빛나는 타원형 막이 나타났다.

—공간 마법 『계천』.

【그류엔 대화산】에서 습득한 신대의 힘, 공간 마법의 하나로, 공간 두 지점에 구멍을 뚫어 두 공간을 연결한다. 요컨대 워프 게이트를 만드는 마법이었다. 아직 습득한 지 얼마 되지 않아 유에조차 발동에 수십 초 집중할 필요가 있을 만큼 고난도 마법이었다.

"뛰어들어!"

금속 구슬에 손을 대고 『연성』을 잇는 하지메의 호령에 따라서 전원 일제히 게이트에 뛰어들었다. 하지메가 마지막으로 뛰어들자 게이트는 곧바로 소멸했고, 수십 초 후 금속 구슬은 무수한 촉수가 꿰뚫고 들어와 녹여 버렸다.

게이트를 넘어간 일행은 극심한 부유감에 휩싸였다. 전이한 곳이 하늘 위였기 때문이다. 조금이라도 바다에서 멀리 떨어지고자 했던 유에가 상공 100미터 지점에 출구를 설정한 결과였다.

곧장 티오가 『용화』로 일행을 등에 태우고 부유했다. 티오의 등에서 유에가 쓰러지려는 것을 옆에 있던 카오리와 시아가 받쳤다. 완전히 마력 고갈 상태였다. 급히 마정석에서 마력을 꺼내 보충했다.

"유에, 살았어. 역시 기막힌 솜씨야. 공간 전이는 상당히 어려울 텐데."

"……헉, 허억, 응. 열심히 했어. 그래도 아직 실전에서 쓸 수준은 아니야."

유에의 말대로 공간 마법은 중력 마법과 비교가 되지 않을 만큼 다루기가 어려운 터라, 유에조차 아직 실전에서 사용할 수준에 달하지 못했다. 『상상 구성』으로도 마법진을 구축하는 것에 오랜 시간이 걸릴뿐더러 마력 효율도 아직 좋지 못해서, 100미터 전이하려면 최상급 마법 2회분의 마력을 소비할 정도였다.

그래도 유에가 짧은 기간에 어느 정도 사용할 수 있게 연습해 둔 덕분에 위기를 벗어날 수 있었다. 다른 일행에게서도 아낌없는 찬사가 쏟아졌고 유에는 뺨을 살짝 붉히며 쑥스러워했다.

그 모습에 모두 살포시 미소를 지었고…… 직후 그 표정은 얼어붙게 되었다.

쏴아아아아아아아!

어마어마한 물소리와 함께 느닷없이 일행의 뒤쪽에서 거대한 해일이 몰려든 것이다.

아니, 거대하다는 말로는 턱없이 부족했다. 하지메 일행에게는 이미 벽, 혹은 하늘이었다. 약 상공 100미터 높이를 나는 티오보다 아득히 먼 하늘에서 흰 파도를 일으키며 밀어닥치는 해일의 높이는 500미터를 가뿐히 넘었다. 게다가 폭은 1킬로미터는 될 법했다.

“큿, 티오!”

『알았다!』

하지메의 외침에 티오가 냉정함을 되찾고 날개를 퍼덕여서 단숨에 가속했다. 좌우로 도망갈 구멍은 없다. 공간 전이를 하기엔 늦다. 그렇다면 이것저것 따지지 말고『전진』!

【그류엔 대화산】에서 탈출할 때와 버금가는 속도로 삼십육계를 놓는다!

“……『박광인』, 『성절』!”

“……『성절』.”

카오리가 해일에 휩싸였을 때를 대비해 일행을 잇는 빛의 사슬을 만들었고, 동시에 유에와 함께 상급 방어 마법을 전개했다. 시아는 무언가에 집중하듯 눈을 감고는 바로 눈을 번쩍 뜨며 경고했다.

"티오 씨, 조심하세요! 해일 안에 그게 있어요! 촉수가 와요!"

고유 마법 『미래시』의 파생 능력 『가정 미래』로 본 광경을 전한 것이리라. 티오는 시아의 말을 확인하지도 않고 순간적으로 몸을 비틀었다. 그 직후 해일에서 무수한 촉수가 뻗어 나와 조금 전까지 티오가 있던 공간을 가로질렀다.

무사히 피할 수는 있었지만 그 탓에 해일과의 차가 좁아지고 말았다. 멈추지 않고 덤벼드는 촉수를 하지메가 화염 방사기로 대처하려는데―.

"젠장! 다들 뭉쳐!"

티오의 등에서 하지메는 유에와 시아와 카오리를 끌어안듯이 감쌌고, 그 직후 천재지변에 가까운 거대 해일이 하지메 일행을 집어삼켰다.

유에와 카오리 두 사람이 펼친 『성절』이 있었기에 해일의 충격을 직접 받지는 않았지만 어마어마한 물살이 일행을 마구잡이로 흔들어 놓았고, 정신을 차리자 도로 바닷속으로 돌아와 있었다.

『성절』도 하나는 완전히 깨졌고 다른 하나에도 금이 갔다. 만약 하나만 펼쳤더라면 지금쯤 하지메 일행은 물고기 밥이 되었을지도 모른다.

장벽 안에서 장난감처럼 뒤흔들린 충격에 머리를 흔든 일행은 고개를 들어 표정을 더욱 험하게 찡그렸다.

"한 번 물면 놓지 않는다, 이건가?"

『성절』로 보호받은 일행 앞에 이미 거대 클리오네가 있었기 때문이다. 심지어 전보다 더욱 거대해져서 이미 20미터를 넘었다. 그러고도 만족하지 못했는지 주위에서 반투명 젤리를 모으며 더더욱 거대해져 갔다.

"어, 어떡해……. 죽지 않는 것도 모자라 뭐든지 녹이고 바다까지 조종하다니……. 대체 어떻게 해야 돼?"

"……하지메 씨. 농담이 아니고 진짜 키스 한 번 해주시면 안 돼요? 마지막 정도는 하지메 씨 쪽에서 해주셨으면 하는데."

"휴우, 주인님. 나도 마지막은 키스로 부탁하마."

카오리의 표정이 절망으로 어두워지자 시아가 난처하게 미소 지으며 하지메에게 키스를 졸랐다. 티오도 마찬가지였다.

하지만 하지메에게 눈길을 보낸 그녀들은 몸을 흠칫 떨었다. 하지메의 눈이 형형하게 빛나고 있었던 것이다. 안광은 날카로웠고 짙고 광적인 살의를 담아 이를 드러내고 거대해진 클리오네를 노려보고 있었다.

하지메는 전혀 포기하지 않았다. 그럴 생각은 손톱만큼도 없었다. 머리에 있는 것은 어떻게 하면 눈앞의 적을 죽일 수 있는가, 살아남을 수 있는가, 그것뿐이었다.

말도 안 되게 강한 적과 대치했다. 그 정도 일로 포기할 정도였다면 하지메는 지금 이곳에 서 있지도 않았다. 나락 밑바닥에서 진작 죽었을 것이다.

그리고 그것을 이해하며 함께 나락 밑바닥에서 사선을 넘어

왔기에 유에도 포기하는 법을 모르는 양 필사적으로 머리를 굴리고 있었다.

강렬하게 빛나는 하지메의 눈에 카오리, 시아, 티오 모두 마음을 빼앗긴 듯 잠시 얼빠진 표정으로 가만히 바라보고 있었지만, 급기야 30미터에 이른 거대 클리오네가 공격을 개시하자 제정신으로 돌아왔다.

황급히 다시 『성절』을 펼치는 카오리. 『가정 미래』로 승리의 실마리를 찾는 시아. 브레스를 쏘는 티오. 그녀들의 눈에는 이미 체념의 빛은 없었다. 깔끔하게 포기하는 여자는 하지메 옆에 있을 필요가 없다고 생각했기 때문이다.

유에도 아직 타개책은 떠올리지 못했을지언정, 일단 살아남기 위해 공격과 방어 양쪽으로 힘을 쓰고 있었다.

하지메는 딱히 행동을 취하지 않으며 하염없이 골몰하고 있었다. 일행이 벌어주는 시간에 『순광』을 발동하여 승리로 이어진 길을 탐색했다. 자기 자신이 지금 가진 모든 정보를 끄집어내라고 머리에 명령했다. 하지메의 뇌 속에 지금까지 본 광경이 플래시백처럼 지나간다!

그리고, 떠올랐다. 자신들이 한 번 거대 클리오네에게서 도망쳤다는 사실을……. 그것은 의문으로 바뀌었다. 이런 힘이 있으면서 왜 한 번 우리를 놓아줬지? 그때와 지금의 싸움은 뭐가 다르단 말인가? 그것은—.

"불을, 그다지 안 썼어."

그랬다. 전의 싸움에서는 티오와 유에가 쉴 새 없이 화염 속성 마법을 쏴 댔다. 그때 촉수는 재가 되어 재생에 활용되지 않았다.

하지메는 거기에서 광명을 보았다. 확증 없는 추측이지만 아마 클리오네 마물의 재생은 무한하지 않다. 무한에 가깝게 보일 정도로 몸을 구성하는 반투명 젤리가 대량으로 있을 뿐이었다.

이 또한 추측이지만 지금까지 상황을 지켜본 바로는 스스로 생성도 할 수 있을 것이다. 하지만 한 번에 소멸시켜 버리면 보충하는 데 시간이 필요하지 않을까? 그래서 전에는 대량으로 소실된 몸을 보충하기 위해 추적보다 재생을 우선했고, 하지메 일행이 도망칠 수 있었던 것 아닐까?

그렇다면 답은 똑같다. 클리오네 마물을 구성하는 반투명 젤리를 재생, 생성하는 것보다 빨리 소멸시키면 된다. 하지만 이곳은 바닷속. 가장 유효하다고 여겨지는 화염 속성 마법은 쓸 수 없다고 봐야 한다. 티오의 브레스가 아무리 고열이기로서니 소멸시킬 수는 없으리라. 방법이 없다. 소멸시키기 위한 무기가 없다.

그렇다면—.

"만들면 될 뿐이야."

하지메는 『보물 창고』에서 잇따라 광석과 어뢰를 꺼내서 무서운 기세로 연성을 시작했다.

"……하지메? 뭔가 떠올랐어?"

"그래. 바닷속에서 불을 쓰려면 이거밖에 없어. 잘 풀리면

쓰러뜨릴 수 있을 거야.”

“하지메, 정말이야?!”

“역시 하지메 씨예요! 처음부터 믿고 있었어요오!”

“……시아, 넌 가장 먼저 포기하고 키스를 조르지 않았느냐……. 아니, 그보다도 역시 주인님이다!”

약아빠진 시아의 발언에 티오가 걸고넘어졌다. 그녀들의 표정에 여유가 돌아왔다. 이 세상에서 가장 신뢰하는 남자의 말이었다. 더는 불안할 이유가 없었다.

“하지만 시간이 걸려. 너희들 잘 부탁한다.”

그러니 이제는 신뢰에 보답할 뿐이었다.

입꼬리를 끌어올려 자신만만하게 웃는 하지메의 말에 일행도 똑같이 웃으며 힘차게 고개를 끄덕였다.

하지메는 『순광』을 최대한으로 사용해 지각 능력을 확대하고, 『한계 돌파』도 병용해서 한계를 뛰어넘은 집중력을 발휘해 무기 제작에 모든 힘을 쏟았다.

하나하나 완성되어 가는 신병기. 하지만 제작 난이도가 극단적으로 높아 총알처럼 한 번에 대량 생산할 수는 없었다. 그렇다고 산발적으로 써 봤자 거대 클리오네는 반투명 젤리를 생성해서 재생하고 말 것이다. 그렇게 되면 밑 빠진 독에 물 붓기다. 하려면 한 번에 해야 한다. 『한계 돌파』의 증거, 붉은 마력을 두르면서 하지메 혼신의 『연성』이 반복되었다.

하지만 현실은 비정했다. 거대 클리오네에게 압도적인 지리적 우위를 제공하는 바닷속에서는 치터 집단인 하지메 일행조차 오래 버틸 수 없었다.

유에, 카오리, 시아, 티오, 모두가 괴롭게 인상을 찌푸리며 필사적으로 버텼지만 도저히 준비가 끝날 때까지 견딜 엄두가 나지 않았다.

『3분, 적어도 앞으로 3분만 있으면!』

하지메는 무심결에 염화를 발동하며 외쳤다. 기어코 맹공을 막지 못하고 거대 클리오네가 코앞까지 다가와 머리를 쩍 벌려서 하지메 일행을 삼키려고 했다.

하지메는 어쩔 수 없이 지금 만든 것만이라도 사용하여 일단 살고 보기로 했다.

하지만 그 순간, 유에도, 시아도, 티오도, 카오리도 아닌 걸걸한 아저씨 목소리가 염화로 하지메의 외침에 대답했다.

『여, 하 도령. 위험해 보이는데그래? 아저씨가 좀 도와주마.』

『응?! 이, 이 목소리는, 설마 리 아저씨?!』

『그럼. 하 도령의 친구, 리 아저씨지.』

그렇다. 나타난 것은 한때 휴렌의 수족관에 포획되어 있던 인면어 마물, 하지메가 리 아저씨라고 부르는 리맨이었다.

하지메가 경악으로 눈을 크게 뜨고 주위를 둘러보자, 대뜸 거대한 은색 그림자가 거대 클리오네를 옆에서 들이받았다. 커다란 입을 벌리고 당장에 먹잇감을 집어삼킬 작정이던 거대 클리오네는 생각지도 못한 기습을 받고 맹렬한 기세로 받혀 날아갔다.

그 틈에 『성절』 곁으로 낯익은 인면어가 헤엄쳐 왔다. 다른 이들도 아직 이 갑작스러운 사태를 제대로 파악하지 못했다. 리맨의 모습을 보고 유에와 티오는 눈을 동그랗게 떴고, 시아는 「그때 그!」라며 경악스레 눈을 커다랗게 떴으며, 카오리에 이르러서는 놀라서 비명을 지르고 있었다.

『시아 아가씨도 잘 지냈나?』

"흐에?! 아, 네, 넷! 건강해요!"

『그거 잘됐군. 그런데 하 도령은 뭘 멍청하게 보고만 있어? 앞으로 3분만 있으면 저 악식가 놈을 어떻게 할 수 있는 거지? 할 일 있으면 빨리해. 그리 오래 못 버틴다?』

『그, 그래. 뭔지 잘 모르겠지만, 아무튼 살았어. 고마워, 리 아저씨.』

하지메는 뜬금없는 리맨의 등장에 멈춘 손을 움직여 부랴부랴 무기 제작을 재개했다.

그 사이에도 거대한 은색 그림자는 거대 클리오네에게 돌격하거나 공격을 피하며 시간을 벌었다. 은색 그림자의 정체는 물고기 떼 같았다. 그것도 마물이 아니라 평범한 물고기였으나……. 평범한 물고기라도 수만, 수십만 마리가 모이면 괴물을 상대로 시간을 벌 수 있는 모양이었다. 급속도로 수가 줄고 있는지라 확실히 오래가지는 못할 것 같지만…….

왜 이곳에 리맨이 있는 걸까? 유에와 티오, 카오리는 안면이 있어 보이는 시아를 억지로 앞세워 대표로 그 이유를 질문케 했다. 세 사람이 하나같이 시아 뒤에 숨어서 얼굴만 빼꼼 내밀고 있는 모습은 제법 희한한 광경이었다.

『저, 저기, 리 아저씨……라고 부르면 될까요? 저, 대체 뭐가 어떻게 된 거죠?』

『흥, 별일 아니야. 이 근처에서 어슬렁거리고 있는데 커다랗고 익숙한 마력을 띤 염화가 들리는 거 아니겠어? 무슨 일인가 싶어 달려와 봤더니 하 도령이 악식가한테 공격받고 있잖아. 의아한 점은 많지만, 친구의 위기인데 아무것도 안 하면 남자의 체면이 안 서지.』

『그럼 저 물고기 떼는 뭐죠? 악식가는 또 뭐고요?』

『악식가란 저놈이야. 먼 옛날, 태고 시절부터 바다에 살아온 괴물…… 아니, 천재지변 같은 놈이지. 마물의 조상이라고 불리기도 해. 저 물고기 떼는 내 능력으로 물고기를 유도한 거다. 우리 종족이 쓰는 염화에는 마력을 가지지 않은 평범한 바다 생물을 어느 정도 조종하는 능력이 있거든.』

경악스러운 사실이 발각되었다. 인면어 리맨은 물고기를 조종할 수 있나 보다. 리맨의 이야기가 끝난 타이밍에 물고기 떼가 거의 괴멸했고, 거대 클리오네가 다시 하지메 일행에게 입을 쩍 벌리며 덤벼들었다.

하지만 숭고한 희생 위에 얻은 시간은…… 정확히 3분.

보통 어뢰보다 큰 어뢰군이 장벽 주위에 질서 정연하게 깔렸다. 그 수는 약 120개. 그리고 사납게 웃는 하지메의 주위에는 같은 수의 원반이 떠 있었다.

하지메는 손에 든 감응석을 기동하여 어뢰를 일제히 사출했다. 120개의 어뢰가 기포로 꼬리를 끌며 고속으로 거대 클리오네를 향해 돌진했다. 하지만 단순한 어뢰가 폭발한들 거대 클리오네의 몸을 조각낼 뿐, 실질적인 피해도 없이 곧 재생하고 말리라.

도대체 어떻게 할 작정일까? 여성진이 지켜보는 가운데, 거대 클리오네는 포식을 방해받는 것이 싫은지 수많은 촉수를 뻗어 어뢰군을 맞받아치고자 했다. 한계 돌파 중인 하지메는 극한의 집중력으로 어뢰를 조종해 아슬아슬하게 그 공격을 피해 나갔다.

"너는 피하지 않아. 그렇지? 자, 배 터지게 먹어라."

하지메의 혼잣말이 울렸다. 거대 클리오네, 악식가는 뭐든지 녹이는 성질상 공격을 피하지 않으리라고 하지메는 생각했다.

그리고 그 예상은 옳았다. 촉수의 탄막을 모두 피한 어뢰군은 피하려는 척도 하지 않는 거대 클리오네의 몸 전체에 모조리 꽂혔다.

하지만 폭발은 하지 않았다. 거대 클리오네의 몸에 묻혀 녹아내리면서도 단 한 발도 폭발하지 않았다. 몸속에 검은 어뢰군이 박힌 거대 클리오네는 마치 온몸에 독이 번져 반점이 생긴 듯한 모습이었다.

하지메는 어뢰군이 완전히 녹기 전에 다음 한 수를 던졌다. 『보물 창고』에서 대량의 검은 액체를 허공에 꺼냈다. 플람 광석이 액화한 타르였다. 그것을 주위에 뜬 원반 안쪽으로 폭포처럼 쏟아부었다.

그러자 동시에 거대 클리오네의 온몸이 검게 물들기 시작했다. 마치 종이에 먹물이 번져 순식간에 색이 변하듯이, 반투명하던 거대 클리오네의 몸을 검은 액체가 침식했다. 그 정체는 하지메가 주위 원반에 붓고 있던 플람 광석을 액화한 타르였다.

이 원반과 어뢰군은 각각 작은 게이트로 연결되어 있었다. 원반 안쪽을 통과한 것은 공간을 뛰어넘어 어뢰 안에 있는 같은 원반을 출구로 하여 출현한다. 즉, 어뢰는 폭발물이 아니라 원반을 옮기기 위한 수단이었고, 동시에 타르를 보낼 원반의 물리적 방어막이기도 했다.

당연히 타르 그 자체도 녹았지만 총 120개의 게이트에서 끊임없이 흘러드는 대량의 타르에 용해 속도가 따라가지 못했다.

순간적으로 거대 클리오네는 몸을 분열하여 침식에서 벗어나려고 했지만 다른 이들이 그것을 놔두지 않았다. 장벽이며 빙결, 브레스 등으로 분열을 철저하게 방해했다. 참고로 유에의 게이트를 쓸 수 없는 이유는 유에가 아직 움직이는 표적에 정확히 게이트를 열 수 없기 때문이다. 가능한 것은 미리 지정한 두 지점을 잇는 것뿐이었다.

거대 클리오네는 진심을 다할 생각이 들었는지, 주위 반투명 젤리를 끌어모아 최대 크기와 최대의 힘으로 하지메 일행을 끝장내고자 했지만 그것이 되레 제 목을 조르게 되었다. 하지메가 흘려보낸 타르는 이미 거대 클리오네를 남김없이 검정 일색으로 물들였다.

하지메는 입매를 위로 비틀어 올리고 형형히 빛나는 눈으로 거대 클리오네를 쏘아봤다. 그 손에는 작은 불씨가 쥐어져 있었다.

"몸속부터 업화에 불타 사라져라."

하지메가 엄지로 튀긴 불씨는 포물선을 그리며, 쏟아지는 타르 하나에 빨려 들어가듯 명중했다. 그 순간 섭씨 3천 도로 작열하는 불길이 치솟았고, 눈 깜짝할 사이 게이트를 통해 퍼졌다.

방금까지 몸을 검게 물들이고 어쩐지 필사적인 분위기로 체내의 타르를 용해하던 거대 클리오네가, 이번에는 작열하는 빨강으로 물들었다. 하지메 말대로 몸 안쪽부터 저항할 길 없는 맹화가 한순간의 저항도 용납하지 않고 그 몸을 불살랐다.

바닷속에 핀 거대한 홍련은 마침내 거대 클리오네의 몸속에서 튀어나와 바다에 수많은 기포로 장식을 더하며 몸을 외부에서도 불살랐다. 그리고 초고온의 화염이 바닷물을 순식간에 증발시켜 대규모 수증기 폭발을 일으켰다.

엄청난 충격이 퍼지며 멀리 떨어져 있는 해수면이 믿어지지 않을 정도로 폭발했다. 바닷속도 태풍이 불어닥친 양 요동쳤다. 거친 바닷속에서 충격을 이겨 낸 하지메 일행은 장벽 너머로 거대 클리오네를 찾았다.

긴장의 끈을 놓지 않고 점차 잠잠해지는 바다를 살펴보았지만…… 악몽 같은 클리오네의 모습은 어디에도 보이지 않았다. 하지메가 마안석이나 『멀리 보기』를 사용해서 꼼꼼하게 탐색해 보아도 역시나 거대 클리오네의 흔적은 찾을 수 없었다.

모두 확신했다. 태고의 괴물, 악식가를 토벌했다고…….

"크윽, 드디어 끝났나……."

주위를 부유하던 원반이 힘을 잃고 우수수 떨어졌고 하지메의 몸을 감싸던 붉은 마력도 스윽 흩어져 사라졌다. 동시에 『한계 돌파』의 후폭풍으로 휘청거린 하지메는 『성절』 결계 내에서 한쪽 무릎을 꿇었다. 혹사한 머리가 깨질 듯이 아파 인상이 팍 찡그려졌다.

하지만 그 눈은 적을 죽였다는 승리감과 살아남았다는 환희로 흘러넘쳤다.

"……하지메, 괜찮아?"

"바로 치료할게!"

곧바로 유에가 하지메 옆으로 다가와서 몸을 받쳤다. 카오리도 곧장 회복 마법을 외며 하지메를 치료했고 시아와 티오도 옆으로 다가와서 하지메를 얼싸안았다.

"해냈어요! 하지메 씨!"

"과연 주인님이야. 잔인하게도 죽이는구나. 살이 다 떨렸어."

하지메는 카오리의 치료에 조금씩 두통이 가라앉는 것을 느끼며 주위로 모여든 동료에게 미소 지어 보였다. 하지메 일행이 승리의 여운에 잠기며 화기애애한 분위기를 내자 조금 언짢은 아저씨 목소리가 들렸다.

『이봐, 하 도령. 폭발하면 폭발한다고 좀 알려주지 그랬어? 죽는 줄 알았잖아.』

『앗, 리 아저씨. 미안. 죽이는 것만 생각하느라 신경을 못

썼어.』

아무래도 마지막 폭발로 리맨이 날아가 버렸던 모양이다. 거대 클리오네를 죽이는 데 온 정신을 집중하느라 리맨에게 생각이 미치지 못했다. 게다가 마지막 폭발은 하지메가 의도한 것이 아니었다. 사실 하지메도 조금 놀랐을 정도였다.

『그럼 아저씨는 이만 가련다. 하 도령, 인연이 있으면 또 보자고.』

『그래. 리 아저씨도 잘 지내.』

서로에게 한 번 고개를 끄덕이고 리맨은 발길을 돌렸다. 그런데 도중에 무슨 생각이 난 것처럼 지느러미를 멈추고 살짝 돌아보며 시아에게 말을 걸었다.

『아가씨, 라이벌은 많아 보이지만 잘해 봐. 아이가 생기면 언젠가 우리 애랑 같이 놀게 해주자고. 우리 마누라도 소개할 테니까. 그럼 간다.』

그런 말을 남긴 리맨은 이번에는 돌아보지 않고 곧장 바다로 사라졌다.

그 후에 남은 것은—.

“““““‘결혼했었냐——!!”””””’

하지메 일행의 성대한 태클이었다. 떠돌이인 척했지만, 가정이 있다고 생각하자 그냥 글러 먹은 아저씨로밖에 보이지 않았다.

얼마간 하지메 일행의 성대한 태클이 메아리쳤다.

흔해빠진 직업으로 세계최강

ARIFURETA SHOKUGYOU DE SEKAISAIKYOU

제3장 ◆ 새로운 맹세

"아빠~! 아침이야~! 일어나~!"

【바다 위 마을 에리센】의 일각에 자리 잡은 어느 가정집 2층에서 어린아이의 목소리가 울려 퍼졌다. 시각은 슬슬 새벽을 지나 햇살의 온기가 느껴질 무렵이었다. 창문으로 아침 햇살이 오늘도 화창한 날이 될 거라고 예고하듯 눈부시게 내리쬐었다.

"어엉~?"

그런 아침 햇살이 비추는 침대에서 세상모르고 자는 사람이 있었으니, 바로 하지메였다. 그리고 하지메를 아빠라고 부르며 활기찬 목소리로 깨우러 온 아이는 뮤였다.

뮤는 침대 바로 앞에서 무게가 느껴지지 않을 만큼 가뿐하게 점프하여, 그대로 하지메 아빠의 배 위에 10점 만점의 착지를 성공시켰다. 물론 다리로 선 것은 아니었다. 배 위에 걸터앉은 모양새였다.

아직 네 살짜리 아이라고는 해도 체중은 이미 15, 6킬로그램 정도 되었다. 그런 무게가 속도를 붙여서 배 위로 뛰어들면 보통 사람은 신음이라도 낼 법하지만 당연히 하지메는 아무런 통증도 느끼지 않았다. 억지로 깨운 탓에 졸음 섞인 웅얼거림은 나왔지만…….

"아빠, 일어나. 아침이야. 안녕히 주무셨어요?"

“……아, 뮤. 잘 잤어? 일어날 테니까 자꾸 그렇게 때리진 말아줘.”

하지메가 일어난 것이 기쁜지, 뮤는 싱글벙글 웃으며 앙증맞은 고사리손으로 하지메의 뺨을 찰싹찰싹 때렸다. 하지메는 아침 인사를 하며 상반신을 일으켜 뮤를 안고는 그 에메랄드그린의 머리를 살살 빗겨줬다. 그게 좋은지 뮤는 눈을 게슴츠레 풀었고 하지메의 표정도 흐뭇하게 풀렸다. 누가 보나 부녀의 모습이었다.

“……응……우…… 하지메? 뮤?”

그런 훈훈한 분위기 속에서 갑자기 어딘가 요염함을 느끼게 하는 목소리가 들렸다. 하지메가 그쪽으로 눈을 돌리고 살며시 이불을 걷자, 그곳에는 고양이처럼 둥글게 굽힌 손등으로 잠이 덜 깬 듯 눈을 비비는 미소녀가 있었다.

레드 스피넬처럼 새빨간 눈을 제대로 뜨지 못하고, 자고 일어났는데도 뻗친 곳이 전혀 없는 웨이브 진 긴 금발이 창문으로 들어온 아침 햇살을 받고 반짝였다. 하지메와 마찬가지로 옷을 입지 않아서, 얼룩 하나 없는 백옥 같은 피부와 앞으로 늘어진 머리카락 사이로 가슴이 보였다. 그 모습이 목소리와 어우러져 아름다움과 동시에 관능적인 매력을 자아냈다.

“왜 아빠랑 유에 언니는 항상 발가벗고 있어?”

뮤의 천진무구한 질문은 어디까지나 『아침에 일어나면』이라는 뜻이었다. 결코 두 사람이 평소에도 발가벗고 지낸다는 소리가 아니다.

뮤는 「혹시 잠옷 없어?」라며 이상한 듯, 조금 불쌍한 듯한 눈으로 하지메와 유에를 번갈아 봤다. 어린아이의 순수한 질문에 「그야, 할 때 방해되잖아?」라는 성희롱에 가까운 대답을 할 수 있을 리도 만무하므로, 하지메는 살짝 난감하다는 표정을 하고 유에에게 도움을 요청했다.

차츰 또렷해지는 정신으로 하지메가 처한 상황을 파악한 유에가 어린아이의 순진한 질문에 어른의 상투 문구를 돌려줬다.

"……뮤도 더 크면 알게 돼."

"크면 알아?"

"……응, 알아."

고개를 까딱 기울인 뮤에게 유에는 막무가내로 명확한 답을 피했다. 뮤의 성교육은 어머니인 레미아에게 맡기도록 하자. 하지만 좀처럼 납득하지 못하는 표정으로 고개를 갸웃거리던 뮤는 천천히 고개를 돌려 어느 한 점을 보았다. 그리고 더욱 천진무구한 질문으로 두 사람을, 주로 하지메를 추궁했다.

"아빠도 여기가 커졌으니까 아는 거야? 근데 뮤한텐 이거 없어. 그럼 뮤는 몰라?"

그 말을 들은 하지메는 식겁하며 뮤를 끌어안아 가급적 『그것』에서 멀리 떨어뜨렸다.

"뮤, 이건 여자아이인 뮤에게는 없는 게 당연하니까 걱정할 필요 없어. 앞으로 10년, 아니 20년, 오히려 평생, 무슨 일이 있어도 관여하면 안 될 물건이야."

하지메가 극도로 진지한 얼굴을 하고 바보 같은 소리를 늘어놨다. 뮤는 머리 위에 물음표를 띄우면서도 좋아하는 아빠가 하는 말인지라 고분고분 고개를 끄덕였다. 하지메는 만족스러운 표정을 짓고 다시 뮤의 머리를 손으로 빗는 데 몰두했다. 뮤도 방금까지 품은 의문은 잊어버린 것처럼 그 부드러운 감촉을 만끽하는 데 집중했다.

그런 하지메를 향해 옆에 앉은 유에가 어딘가 진지한 눈길을 보내왔다. 그 눈동자에는 「과보호」, 「아침부터 기운도 좋다」, 「아침인데 한 번 더?」 같은 말들이 내포된 기분이 들었다.

하지메는 그 눈길을 외면했다. 햇빛으로 차차 기온이 올라가는 가운데, 그 훈훈한 광경은 하지메를 깨우러 간 뮤가 좀처럼 돌아오지 않아 걱정한 레미아와 다른 일행이 쳐들어올 때까지 계속되었다.

【메르지네 해저 유적】을 공략한 하지메 일행이 『용화』한 티오를 타고 에리센까지 돌아와 다시 마을에 화젯거리를 제공한 지 6일이 지났다. 귀환한 날로부터 일행은 쭉 뮤와 레미아의 집에 신세를 지고 있었다.

일행은 이 엿새 동안 뮤와 레미아의 집에서 쾌적하게 지내며 새로이 얻은 신대 마법 훈련과 장비 보강에 시간을 쓰고 있었다. 에리센은 해산물 요리가 풍부하고 바닷바람도 시원해서 상당히 지내기 쾌적한 장소였기에, 반쯤은 바캉스 기분이기도 했다.

다만 아무리 그래도 엿새나 체류한 것은 조금 지나쳤다는 생각이 들던 참이었다. 체류가 길어지는 이유는 굳이 말할 것도 없이 뮤 때문이었다.

뮤를 앞으로의 여행에 데리고 갈 수는 없었다. 아무런 힘도 없는 네 살짜리 여자아이를 동쪽 끝자락에 위치한 대미궁에 데리고 간다는 것은 가당치도 않았다.

하물며 【하르치나 수해】를 뺀 나머지 두 대미궁은 더욱 성가신 곳에 있었다. 하나는 마인족의 영토인 【슈네 설원】의 【빙결 동굴】. 그리고도 또 하나는 다름 아닌 그 【신산】에 있었다. 어느 쪽이든 거대 세력의 본거지로 들어가야만 했다. 절대로 그런 장소에 뮤를 데리고 갈 수는 없었다.

그래서 이 마을에서 헤어져야만 했지만 감각적으로 그것을 예상하고 있는지, 하지메 일행이 그 이야기를 꺼내려고 하면 뮤는 어김없이 폭풍 어리광쟁이 모드로 「필살! 어린아이 무언의 애원!」을 발동하는 터라 도무지 이야기를 꺼내지 못하고 있었다.

결국 신대 마법 단련이니 새 장비 보충이니 핑계를 대면서 이렇게 엿새나 체류하고 만 것이었다.

"그래도 슬슬 출발해야겠지……. 에휴, 뮤에게는 뭐라고 해야 하나……. 울까? 그야 울겠지……. 하아, 우울해 죽겠네."

하지메는 잔교(棧橋)에 걸터앉아서 『연성』으로 장비를 제작하며 우울하게 혼잣말을 중얼거렸다. 나락에서 막 나왔을 무렵에는 이 세계 모든 것이 어찌 되든 상관없다고 생각했는데,

지금은 어린아이와 헤어지는 것 하나로 골머리를 앓는 처지였다. 하지메는 그런 현재의 자신에게 내심 복잡한 심경이었다.

"원망스럽다, 선생님……."

이 세계의 모든 것을 버리고, 그저 목적을 위해 어떤 희생도 마다치 않겠다는 사고방식을 고수할 수 없게 되었다. 하지메는 이런 생각을 가지게 된 계기를 만든 은사를 떠올리며 투덜거렸다.

하지만 유에와 시아, 카오리, 티오, 그리고 그녀들과 물속에서 술래잡기를 하며 노는 뮤의 생기 넘치는 웃음을 눈에 담은 하지메의 표정은 말과는 반대로 어딘가 부드럽고 따뜻했다.

그때 휴렌에서 자기와는 관계없다며 뮤를 못 본 체했다면, 혹은 앙카지의 위기를 무시했다면, 그리고 레미아를 내버려 뒀다면, 일찌감치 뮤와 헤어졌더라면…… 분명 그녀들이 저런 천상의 미소를 짓는 일은 없었을 것이다.

설령 그 모든 것을 못 본 척했어도 그녀들은 불행하다고 느끼지 않았을 테고, 그 미소가 흐려지는 일도 분명 없었으리라.

그래도 지금 띤 미소와는 비교조차 할 수 없지 않았을까?

근거는 없지만 하지메는 확신과도 닮은 기분을 품고 있었다.

그리고 그 원인은 두말할 것도 없이, 이때까지 하지메가 걸어온 길이 『쓸쓸한 삶』이 아니었기 때문이다.

"어쩌다 이렇게 됐는지, 원……."

무심코 그렇게 혼잣말하고 피식 웃었다.

눈길이 향한 곳에는 해인족의 특성을 유감없이 발휘해, 치트의 화신들에게서 약삭빠르게 도망치며 변칙적 술래잡기(뮤 이외 전원 술래)를 실컷 즐기는 뮤가 있었다.

이어진 것을 푸는 것이 이다지도 어려웠던가……. 그것이 지금 하지메가 품은 거짓 없는 심정이었다.

이별의 말을 꺼내어 뮤의 저 미소가 울상으로 바뀐다고 생각하자 오늘로 벌써 몇 번째인지 모를 한숨이 절로 나왔다.

그 직후 하지메의 고뇌를 알아차린 듯, 잔교 아래로 뻗은 하지메의 두 다리 사이에서 갑자기 물을 첨벙 가르며 사람이 불쑥 튀어나왔다. 물속에서 물을 뚝뚝 흘리며 나타난 것은 뮤의 어머니 레미아였다.

레미아는 에메랄드그린의 장발을 낙낙하게 땋았고 제법 아찔한 연녹색 비키니를 입었다. 뮤와 재회한 당시에는 상당히 여위어 있었지만, 지금은 재생 마법이라는 사기급 회복 마법으로 이전의 건강한 몸을 완전히 되찾았다. 그 때문인지 한 아이의 어머니라고는 생각할 수 없는, 아니, 바로 그렇기 때문에 낼 수 있는 관능미를 띠고 있었다.

온 마을의 남자들이 몽땅 그녀의 재혼 상대 자리를 노리고 있질 않나, 모녀를 세트로 묘한 팬클럽이 존재하는 것도 이해할 수 있는 차분한 분위기의 미인이었다. 티오와 쌍벽을 이룰 만큼 멋진 몸매를 자랑하며 몸을 타고 흐르는 물기가 참으로 요염했다.

그렇게 가뜩이나 매력적인 레미아가 갑자기 자신의 다리 사이로 튀어나온 것이다. 뮤로 골머리를 앓던 하지메는 그 기습에 놀라지 않을 수 없었다.

레미아는 하지메의 무릎을 잡아 몸을 지탱하며 위치상 상당히 위험한 곳에서 하지메를 쳐다봤다.

하지만 얼굴이 있는 위치나 육체에서 나오는 요염함과는 달리, 레미아의 표정은 수심에 싸여 오히려 하지메를 염려하는 기색을 띠었다.

"고마워요, 하지메 씨."

"……갑자기 왜 그래? 감사받을 일을 했던가?"

하지메는 생뚱맞게 감사를 전하는 레미아에게 의아해했다.

"우후후, 저희 딸을 위해서 이렇게나 고민 중이시잖아요. 어머니로서 고맙다는 말 정도는 하고 싶죠."

"아……. 다 들켰나 보네. 내 딴에는 숨긴다고 숨겼는데."

"어머어머, 모르는 사람이 없는걸요? 다른 분들도 저마다 고민하고 계신 듯하고요. 뮤는 정말 멋진 분들과 만났네요."

레미아는 어깨 너머로 눈길을 돌려, 뮤의 장난으로 수영복을 빼앗긴 시아가 손으로 가슴을 가리고 사력을 다해 뮤를 쫓는 모습을 보면서 명랑하게 웃음 지었다. 그리고 다시 하지메에게 눈을 돌려서 이번에는 조금 진지한 표정으로 입을 열었다.

"하지메 씨, 이미 충분해요. 여러분은 충분하고도 남을 만큼 해주셨어요. 그러니까 부디 고민하지 마시고 해야 할 일을 위해 나아가세요."

"레미아……."

"여러분과 만나서 저 아이는 크게 성장했어요. 어리광만 부리던 아이가 스스로 다른 사람을 배려할 수 있게 됐죠. 저 애도 알아요, 여러분이 떠나야만 한다는 거……. 아직 어려서 그만 어리광을 부리고 말지만…… 한 번도『가지 마』라고는 안 했죠? 저 애도 더는 여러분을 붙잡아 두면 안 된다는 걸 알고 있어요. 그러니까……."

"……그래. 어린애에게 마음이나 쓰게 만들고, 나도 참 한심한 놈이지. ……알았어. 오늘 밤에 확실하게 말할게. 내일 출발한다고……."

뮤의 무언의 호소가, 헤어지고 싶지 않지만 그 말로 하지메를 난처하게 하고 싶지 않다는 배려에서 왔다는 것을 안 하지메는 한 손으로 눈가를 가리고 하늘을 우러러보며 이별을 전하기로 마음먹었다.

레미아는 그런 하지메에게 다시 상냥한 눈빛을 보냈다.

"그럼 오늘 밤은 맛있는 걸 차려야겠네요. 송별회가 될 테니까요."

"그래…… 기대할게."

"우후후, 네. 기대해주세요, 여, 보."

"아니, 그렇게 부르지 말라니까……."

하지메는 어딘가 장난스러운 미소를 짓는 레미아를 타이르려고 했지만, 그것은 여느 때와 같이 블리자드 같은 냉기를 품은 음성에 차단되었다.

"……레미아. 배짱도 좋아."

"레미아 씨, 대체 어느새…… 한시도 눈을 뗄 수가 없어."

"흠, 보는 각도에 따라서는 주인님에게 봉사하는 것처럼도 보이는구나. 노출 플레이…… 멋진 것이야!"

"저기, 뮤? 슬슬 언니 수영복 돌려주지 않을래요? 아까부터 사람들의 시선이……."

어느샌가 하지메 곁으로 돌아온 일행이 눈을 샐쭉거리며 레미아를 노려봤다. 설마 정말로 하지메를 재혼 상대로 노리고 있는 거 아니냐며 경계하는 눈치였다. 요 며칠 사이 이런 광경을 자주 보게 되었다.

아, 변태는 무시하자. 네 살짜리 어린애에게 수영복을 빼앗기고 울먹이는 토끼 귀도 무시하자.

한편 눈총을 사던 레미아는 「어머어머, 우후후」 하며 미소 지을 뿐, 특별히 거부감을 드러내지는 않았다. 그 느긋하고 푸근한 미소가 레미아의 본심을 감추어 버려서 하지메에게 접근하는 것이 진심인지 농담인지 종종 분간되지 않았다.

이것이 과부의 관록이란 말인가…….

정작 하지메는 잔교에 올라와 네발로 엎드려서 레미아를 노려보는 유에의 수영복 차림에 눈길을 빼앗겨 있었다. 연일 보고 있지만 이미 무의식 수준으로 시선이 갔다.

검은 비키니. 끈으로 묶는 타입이라서 대단히 아슬아슬했다. 유에의 흰 피부와의 대비가 무척 아름다웠다. 드물게 양갈래로 묶은 머리는 평소보다 앳된 느낌을 주었다. 그런데도 수영복은 어른스러워서 그 차이가 하지메에게는 참을 수 없이 매력적이었다.

레미아와 불꽃을 파직파직 튀기던 유에는 하지메의 시선을 알아차리자 자신에게 마음이 빼앗겼다는 것을 눈치챈 듯 「……후후」 하며 기쁘게 웃음을 흘렸다. 그리고 곧장 기어서 하지메에게 다가왔다.

그러자 언제까지고 독주를 용납할 순 없다며 반대쪽에서 카오리가 하지메의 팔을 덥석 잡았다. 부끄러워서 귀까지 빨갛게 물들였으면서도 흰 비키니로 엿보이는 가슴 계곡으로 하지메의 팔을 꽉 밀착시켰다. 하지메를 올려다보는 눈이 자신도 봐 달라며 무언으로 호소하고 있었다.

거기에 더해 등 뒤에서는 시아가 어디 내놓아도 빠지지 않는 그 가슴을 하지메의 등에 꾹꾹 누르며 몸을 기댔다. 아직 뮤에게 빼앗긴 수영복을 되찾지 못해 몸을 감출 의도도 있는 듯했다. 다만 하지메에게는 극도의 부드러움 외에도 몸에 닿는 특징적 감촉이 대단히 입장을 곤란하게 했다.

참고로 티오도 제법 매력적인 수영복 차림을 선보였지만, 자신의 망상으로 헉헉대기 시작하여 몹시 기분이 안 좋아진 하지메는 가지고 있던 쇳조각을 손가락으로 튕겨 강제로 머리를 식히게 했다. 지금은 익사체처럼 바다에 둥둥 떠다니고 있었다.

그런 미녀, 미소녀에게 둘러싸인 하지메 곁으로 뮤가 바다에서 올라왔다. 레미아와 하지메 사이에 끼어들 듯이 나타난 뮤는 그대로 하지메의 정면으로 뛰어들어 안겼다. 뮤는 얼른 자신을 받아 든 하지메에게 「전리품을 얻었다—!」라고 말하는 것처럼 시아의 수영복을 번쩍 들어 올려 하지메의 머리 위에 슬쩍 올렸다. 아무래도 딸이 주는 선물인가 보다.

“뮤, 뮤?! 왜 이런 짓을…… 헉?! 설마 하지메 씨에게 부탁 받고? 아, 아이참! 하지메 씨도 제 수영복에 관심이 있으면 그렇다고 말씀을 하시지…… 얼마든지 드릴 텐데.”

“……하지메, 내 것도.”

“나, 나도! 하지메가 원한다면……. 아, 그래도 여기서 벗는 건 부끄러우니까 나중에 방에서. 괜찮지?”

“어머어머, 그럼 저도…… 위쪽이랑 아래쪽 중 어느 쪽이 좋으신가요? 혹시 둘 다?”

머리에 여자 수영복을 얹고 사방에서 여자에게 수영복을 헌상받는 남자, 나구모 하지메.

시아의 수영복에서 뚝뚝 떨어지는 물이 하지메의 굳은 표정과 맞물려, 뭐라고 형용하기 어려운 광경을 만들었다.

그 모습을 목격한 주위 남자들은 피눈물을 흘렸다. 그리고 그날을 기점으로 출처 모를 소문이 퍼지게 됐다. 그 소문은 「백발 안대 소년을 조심해라. 놈은 막 벗은 수영복을 좋아한다. 그리고 그걸 머리에 뒤집어쓰고 지고의 기쁨을 얻는 변태다」라는 내용이었다.

그날 밤, 저녁 식사 전에 하지메 일행은 뮤에게 이별을 고했다. 그것을 들은 뮤는 입고 있던 원피스의 끝자락을 양손으로 움켜쥐고 애써 울음을 참았다. 잠시 침묵이 이어지던 중 뮤가 그것을 깼다.

"……이제, 못 만나?"

"……."

대답이 궁했다. 하지메의 목적은 고향인 일본으로 돌아가는 것이었다. 하지만 그 구체적인 방법은 아직 찾지 못했고 어떤 형태로 어느 타이밍에 돌아가게 될지 몰랐다.

예전 밀레디 라이센은 소원을 이루고 싶다면 모든 신대 마법을 모으라고 했다. 어쩌면 그것을 모은 시점에서 바로 돌아가게 될지도 모를 일이었다. 여행이 끝날 때까지 에리센에 올 일은 없을 테니까, 어쩌면 이것이 영원한 이별이 될 가능성이 있었다. 섣부른 대답은 할 수 없었다.

"……아빠는 쭉 뮤 아빠로 있어줄 거야?"

어떻게 대답해야 할지 고민하는 하지메에게 뮤는 그 대답을 듣기 전에 말을 더했다. 하지메는 뮤의 두 어깨를 꼭 붙잡고 똑바로 눈을 맞췄다.

"……뮤, 네가 그러길 바란다면."

그렇게 답하자 뮤는 눈물을 참고자 악다물었던 입에서 힘을 빼고 씨익 웃어 보였다. 유에와 다른 멤버들은 놀랐다. 그 표정이 어딘지 모르게 난관에 도전할 때의 하지메와 닮아서 한순간 정말로 부모와 자식처럼 보였기 때문이다.

"그럼 다녀오세요, 할래. 그리고 이번에는 내가 아빠를 데리러 갈 거야."

"데리러? ……뮤, 나는 아주 멀리 갈 생각이야. 그러니까…….”

“그래도 아빠가 갈 수 있으면 나도 갈 수 있어. 뮤는…… 아빠 딸인걸.”

하지메의 딸인 자신이 할 수 없는 일은 없다. 뮤는 자신만만하게 가슴을 펴고 하지메가 만나러 올 수 없다면 자신이 만나러 가겠다고 선언했다.

물론 뮤는 하지메가 세계를 넘어서 자신의 고향으로 돌아가려 한다는 사실을 정확하게 이해하진 못했다. 하물며 뮤가 대미궁을 공략해서 모든 신대 마법을 얻어 세계를 뛰어넘기란 불가능한 일이었다.

그렇기에 그것은 어린아이의 유치한 발상에서 나온, 실현 가능성 없는 목표였다.

하지만 대체 누가 그 힘찬 선언을 웃어넘길 수 있을까. 대체 누가 그녀의 결의를 턱도 없다며 잘라 말할 수 있을까? 그럴 순 없다. 그래선 안 된다. 뮤가 성장했다는 레미아의 말뜻이 절실하게 이해되었다. 짧은 시간이긴 했지만 뮤는 하지메 일행의 등을 똑바로 보며 성장했다.

그런 사랑스러운 딸을 이제 와서 두고 떠날 수 있을까? 두고 떠나도 될까? 아니, 어떻게 그럴 수 있겠는가. 해선 안 될 일이다.

그래서 하지메는 결단했다. 지금 이곳에서 또 하나의 맹세를 다지겠다고…….

“뮤, 잠깐만.”

"아빠?"

하지메의 분위기가 변한 것을 느꼈는지 뮤가 어리둥절한 얼굴로 고개를 갸웃거렸다. 방금까지 보인 어딘가 고민스러운 표정은 온데간데없이 평소의 힘차고 올바른 눈빛이 뮤의 눈동자를 꿰었다. 뮤가 쭉 봐 온 눈동자였다.

"일을 다 끝내면 반드시 뮤 곁으로 돌아올게. 모두 데리고 뮤를 만나러 올게."

"……정말?"

"그럼, 정말이지. 내가 언제 뮤한테 거짓말한 적 있어?"

하지메의 말에 뮤가 고개를 절레절레 저었다. 하지메는 그런 뮤의 머리를 부드럽게 쓰다듬었다.

"돌아오면 이번에는 뮤도 데리고 가줄게. 그리고 내 고향, 내가 태어난 곳을 보여줄게. 분명 깜짝 놀랄 거야. 내 고향은 뭐가 나올지 모르는 장난감 상자 같은 곳이거든."

"……! 아빠가 태어난 곳? 보고 싶어!"

"기대돼?"

"엄청!"

뮤는 폴짝폴짝 뛰며 기쁨을 표현했고 그런 뮤를 본 하지메는 사랑스럽게 눈꼬리를 내렸다. 하지메와 다시 만날 수 있다는 말에 불안이 날아가고, 만면에 웃음을 띤 뮤는 방방 뛰던 힘 그대로 하지메에게 와락 뛰어들었다. 똑바로 받아 낸 하지메는 뮤를 품에 안았다.

"그럼 엄마랑 얌전히 기다려야 한다? 위험한 짓은 하면 안

돼. 엄마가 하는 말 잘 듣고 열심히 도와 드리렴."

"응!"

하지메는 두 사람의 대화를 흐뭇하게 바라보던 레미아에게 눈빛으로 사과했다. 마음대로 정해서 미안하다는 의미였다.

그에 대해 레미아는 천천히 고개를 젓고 이번에는 하지메와 시선을 똑바로 맞추며 끄덕였다. 신경 쓰지 말라는 의미로. 그 따뜻한 눈빛에 책망의 빛은 조금도 없었고 오히려 감사의 마음이 담겨 있었다.

아빠와 엄마의 눈빛 교환을 알아차렸는지 뮤가 하지메와 레미아를 번갈아 보며 하지메의 옷을 꾹꾹 당겼다.

"아빠. 엄마도? 엄마도 같이?"

"아~, 그건…… 레미아?"

"네, 왜 그러시죠, 여보? 물론 저만 쏙 빼놓고 가려는 건 아니죠?"

"아니, 그건 아닌데…… 정말로 이곳과는『다른 세계』인데?"

"어머어머. 딸과 남편이 가는 곳에 따라가지 않을 수 있나요? 우후후."

딸을 안은 하지메와 거기에 다가서는 레미아의 모습은 영락없는 부부였다.

다른 일행이 그렇게 둘 성싶으냐고 끼어들어 집 안이 시끌벅적해졌다. 처음의 침울한 분위기는 어디로 간 것일까. 여성들이 웃으며 전쟁을 펼치고 있는데, 어느샌가 꿔다 놓은 보릿자루가 된 하지메에게 유에가 종종걸음으로 걸어왔다.

"……데려가게?"
"반대해?"
유에의 질문에 하지메가 그렇게 되묻자, 유에는 고개를 가로로 젓고 상냥한 눈빛으로 하지메를 다시 바라봤다.
"……그게 하지메가 결정한 일이라면……."
"그래?"
"……하지만 타이밍을 고를 수 없으면?"
그것은 하지메의 걱정과 같은 질문이었다. 신대 마법을 손에 넣어 고향으로 돌아갈 수단을 얻었다고 해도, 언제든 마음대로 세계를 넘어갈 수 있으리란 법은 없었다. 어쩌면 뮤와의 약속을 어기게 되는 사태도 충분히 있을 수 있었다. 그렇게 되면 뮤의 마음은 깊은 상처를 얻게 되리라.
하지만 하지메는 어깨를 으쓱하고 입가에 웃음을 띠며 결의에 찬 강한 눈빛을 유에에게 향했다. 유에도 그냥 물어본 것일 뿐, 돌아올 답은 알고 있다는 듯 입가에 나직한 미소를 머금었다.
"무슨 수든 써야지. 무슨 일이 있어도 뮤에게 돌아올 거고, 내 고향을 보여주고 말 거야. 뮤를 두고 세계를 넘어가 버렸다면 어떻게 해서든 다시 이 세계로 오면 돼. 몇 번이라도 세계를 뛰어넘으면 되는 거야. 간단하지?"
"……응. 간단해."
서로의 생각을 이해한 하지메와 유에는 웃음을 띠고 가까이서 얼굴을 마주했다. 유에는 하지메가 맹세를 다질 만큼 무언가를 소중하게 느낀 것이 기뻤다. 하지메도 그런 자신을 이해하고 미소 지어주는 유에에게 사랑스러운 감정이 밀려 올라왔다. 항상 그렇듯 하지메와 유에의 콤비네이션 능력, 『어디서든 핑크빛 공간』이 발동했다.

남은 이들은 자신들의 싸움을 방치하고 둘만의 세계를 만드는 하지메와 유에에게 놀라움을 넘어 기가 막힌다는 표정을 지었다. 하지만 딸인 뮤에게 그런 능력은 통하지 않았다.

뮤는 당당하게 두 사람 사이에 끼어들어 하지메 아빠에게 다시 안아 달라고 요구했다. 재회의 약속을 했다고는 하나 잠시 이별을 하게 되는 것은 변함이 없었다. 마지막 밤은 있는 힘껏 어리광을 부리기로 한 모양이었다.

그리고 다음 날, 하지메 일행은 뮤와 레미아에게 배웅받으며 드디어 【바다 위 마을 에리센】을 뒤로했다.

적동색 세계에 다시 발을 들인 지 하루 하고 한나절.

하지메는 흙먼지를 뿌옇게 일으키며 【앙카지 공국】으로 브리제를 몰았다. 본래 목적지는 【하르치나 수해】였지만, 카오리가 재생 마법을 사용하면 【앙카지 공국】의 오아시스를 원래대로 되돌릴 수 있을지도 모르니 꼭 시험해 보고 싶다고 부탁했기 때문이었다.

재생 마법은 이름 그대로 온갖 사물을 『원래대로 되돌리는 효과』가 있었다. 따라서 회복 마법으로 정화되지 않는 오염된 오아시스라도 원상 복구할 수 있다고 예상한 것이었다.

마침 지나가는 길이기도 했고 전에는 명물 음식을 맛볼 여유조차 없었기에, 모두 반대하지 않고 카오리의 제안을 받아들였다.

그리고 막 앙카지의 대문이 보이기 시작했는데, 전에 왔을 때와 달리 꽤 긴 행렬이 이어져 있었다. 꼬리에 꼬리를 문 큰 짐마차와 그들의 풍모나 분위기로 미루어 아마 상인 행렬이지 싶었다.

"제법 대규모 대상(隊商)인데."

"……응, 시간이 걸리겠어."

"아마 물자를 운반하는 거 아닐까?"

카오리의 추측대로 장사진을 이룬 그들은 상인이었다. 【앙카지 공국】이 【하일리히 왕국】에 보낸 구호 요청을 받고 찾아온 구호물자 운반 부대에 편승하여 따라온 것이었다. 왕국의 구호 부대는 당연히 먼저 통과하였고, 지금 보이는 대상도 웬만한 악덕 상인이 아닌 한 앙카지 측에서 받아들이는 듯 보였다.

그도 그럴 것이 수원이 오염되었고 농작물도 이미 수확해 비축한 것 이외엔 안전을 위해 폐기 처분해야 했다. 물을 제외한 식량도 대량으로 필요한 이 상황에 상대를 고를 여유는 없었다.

하지만 거칠게 몰아치는 모래와 사막의 더위에 진절머리가 난 하지메는 차례를 기다리는 대상을 무시하고 브리제를 몰아 직접 대문으로 돌진했다. 줄을 설 생각은 추호도 없었다.

갑자기 행렬 옆을 질주해 지나가는 검은 물체에 상인들이 소스라쳤다. 속으로 「헉, 마물인가?!」 같은 소리를 외치고 있으리라. 그것은 문지기도 마찬가지였는지, 모래를 날리며 접근하는 브리제를 향해 무기를 앞으로 내밀고 경계심과 공포가 뒤엉킨 험악한 시선을 보냈다.

하지만 문 앞이 조금 어수선해진 것을 의아하게 여긴 병사 한 명이 위병소에서 나와 브리제를 본 순간, 그는 무언가를 깨달은 듯 눈을 번쩍 떴다. 그리고 수하와 경고를 외치는 동료를 진정시킨 후 무기도 들지 않고 브리제를 맞이하러 앞으로 나왔다. 더불어 다른 병사에게 지시해서 전령까지 보낸 것 같았다.

하지메 일행은 문 앞까지 와서 주위의 주목을 무시하고 브리제에서 내렸다. 주위 사람들은 평소대로 여성진의 미모에 눈길을 빼앗겼고 이어서 『보물 창고』에 수납되어 사라진 것처럼 보인 브리제에 눈을 동그랗게 떴다.

"아, 역시 사도님 일행이셨습니까! 돌아오셨군요."

병사는 카오리를 보고 가슴을 쓸어내렸다. 아마 비즈를 데리고 왔을 때나 【그류엔 대화산】에 『정인석』을 구하러 갔을 때 브리제를 본 것이리라.

그리고 그것이 『신의 사도』 중 한 사람으로 앙카지에 널리 알려진 카오리의 탈것이라고 여기는 것 같았다. 크게 틀리지 않았기에 딱히 정정은 하지 않았다.

지명도가 가장 높은 카오리가 대표로 나서서 말했다.

"네. 실은 오아시스를 정화할 수 있을지도 모를 수단을 얻어서 시험해 보고자 들렀어요. 영주님께 이야기를 드리고 싶은데……."

"오아시스를?! 그게 정말입니까?!"

"아, 네. 어디까지나 가능성이 높다는 것뿐이지만요……."

"아뇨, 과연 사도님이십니다. 어이쿠, 이런 곳에서 발을 묶어 죄송합니다. 이미 영주님께는 전령을 보냈으니 엇갈리지 않도록 대기실로 모시겠습니다. 사도님의 내방이 전해지면 영주님도 단걸음에 달려오실 겁니다."

역시 나라를 구한 영웅으로 인식하는지 병사가 일행을 보는 눈에는 대단한 존경심이 엿보였다. 완전히 VIP 대우였다. 일행은 상인들의 호기심 어린 시선을 받으며 문지기의 안내를 받아 다시 【앙카지 공국】에 발을 들였다.

영주인 란지가 헐레벌떡 찾아온 것은 하지메 일행이 대기실에 온 지 15분 정도가 지난 뒤였다. 상당히 빠른 도착이었다. 그만큼 란지에게 그들의 존재는 중요하다는 뜻일 것이다.

"오랜만……이라고 할 정도는 아닌가. 무사하여 다행일세, 하지메 경. 티오 경에게 『정인석』을 맡기고 돌아오지 않았을 때는 정말로 걱정이 이만저만이 아니었네. 경은 이미 우리 공국의 구세주니까 말일세. 감사 인사조차 못했는데 죽어서야 되겠는가."

"일개 모험가한테 무슨 소리야? 뭐, 그래도 보다시피 팔팔해. 걱정 고마워. 그보다 영주, 보아하니 구호물자도 무사히

받고 있는 모양인데?"

"그래. 비축한 식량과 유에 경이 만들어준 저수지 덕분에 충분히 시간을 벌었네. 왕국에서 온 구조와 상인들 덕분에 백성들 입에 풀칠은 하고 있지."

조금 빼이 여윈 란지는 그렇게 말하며 온화하게 웃었다. 앙카지를 구하기 위해서 연일 동분서주하지 않았을까? 피로한 기색이 역력했지만 그만한 성과는 있었는지, 표정을 보는 한 앙카지는 원활하게 돌아가고 있는 듯했다.

"영주님. 오아시스 정화는 어떻게 되어 가고 있죠?"

"사도님…… 아니, 카오리 경. 오아시스는 여전하네. 신선한 지하수 덕에 조금씩 자연정화가 이루어지곤 있으나…… 워낙 느려서 말일세. 이 속도로 완전히 정화되려면 적어도 반년, 토양에 스며든 것까지 생각하면 1년에서 2년은 걸릴 거라는 계산이네."

란지는 조금 우울하게 설명했지만 카오리가 지금 당장 정화할 수 있을 가능성이 있다고 전하자 란지의 반응은 극적으로 변했다.

"진짜로?!"

근엄한 말투까지 내던져 버리고 침을 튀기며 달려들다시피 확인하는 란지에게 카오리는 대놓고 질겁한 뒤 고개를 끄덕거렸다. 하지메의 뒤에 숨는 카오리를 본 란지는 체통 없이 굴었다며 헛기침을 한 후 자세를 바로하고 바로 정화를 부탁했다.

처음부터 그럴 작정이었다며 수락한 하지메 일행은 란지의 안내를 받아 오아시스로 향했다.

오아시스에는 아예 사람이 없다고 해도 좋을 정도였다. 보통은 휴식 장소로 많은 사람이 북적거릴 곳일 텐데……. 그렇게 생각한 란지는 표정으로 드러내지는 않았지만 어딘가 쓸쓸한 분위기를 내고 있었다.

카오리는 오아시스 물가에 서서 재생 마법을 사용했다.

재생 마법을 입수했지만 이번에도 하지메와 시아는 적성이 전혀 없었다. 시아의 경우 재생 마법을 사용할 수 없어도, 오토 리제네[#10] 같은 자동 회복 효과를 가졌으며 정신을 집중하면 상처나 마력, 체력, 정신력 회복도 급격하게 빨라진다고 했다. 시아가 갈수록 초인이 되어 갔다. 신체 능력 레벨과 체중 조작 숙련도도 올라서 이제는 자동 회복 장치가 달린 중전차나 다름없었다.

가장 적성이 높은 사람은 카오리, 다음이 티오, 그다음이 유에였다. 유에의 경우 자신의 고유 마법인 『자동 재생』이 있기 때문인지, 여전히 임의로 사용하는 회복 관련 마법에 약한 면모를 보였다. 무의식적으로 필요성을 부정하는 것인지도 모르겠다.

반대로 『치유사』인 카오리는 회복과 『재생』에 상통하는 부분이 있는지 유달리 높은 적성을 가졌으며 더욱 광범위하고 효율적인 사용이 가능했다. 하지만 영창과 마법진이 필요한

#10 오토 리제네 게임 『파이널 판타지』 시리즈에 등장하는 능력. 체력이 지속적 혹은 영구적으로 서서히 회복된다.

시점에서 유에 쪽이 실전에서 유용하다는 것이 안타까운 점이었다.

카오리가 영창을 시작했다. 긴 영창이었다. 에리센에 체류하는 중 연습하여 처음에는 7분이나 걸린 마법을 지금은 3분으로 단축했다. 이걸 고작 일주일 만에 이루어 냈으니 충분히 사기적이라고 할 수 있었다. 하지만 다른 이들이 버그에 가까운 성능을 가진 탓에 그런 능력도 제빛을 발하지 못했다. 본인은 이미 납득한 모양이었지만…….

정숙함과 어딘가 장엄함을 느끼게 하는 영창에 란지와 그 부하들이 숨을 삼켰다. 결코 방해해선 안 되는 신성한 의식처럼 느꼈기 때문이었다. 긴장감이 짙게 깔린 가운데, 마침내 카오리의 재생 마법이 발동했다.

"……『절상(絕象)』."

눈을 감은 채로 아티팩트인 백장을 내밀고 마법의 이름을 중얼거렸다.

다음 순간, 전방에 반딧불처럼 희미한 연보라색 빛이 출현해서 소리도 없이 흘러가 오아시스 중앙에 떨어졌다. 그러자 오아시스 전체가 빛나며 희미한 빛 입자가 떠올라 하늘로 올라갔다. 그것은 마치 이 세계의 나쁜 것이 정화되어 승천하는 듯한 신비하며 마음을 울리는 광경이었다.

모두가 그 광경에 숨을 쉬는 것도 잊고 눈길을 사로잡혔다. 마법의 효과가 끊기고 오아시스를 덮은 신비한 빛이 하늘로 녹아들듯 사라진 후에도, 란지와 부하들은 얼마간 여운에 잠겨 아무 말 없이 우두커니 서 있었다.

하지메는 조금 지친 것처럼 어깨를 들썩이는 카오리의 몸을 받치며 란지에게 확인해 보라고 재촉했다. 퍼뜩 정신을 차린 란지가 부하에게 수질 검사를 명령하자, 부하 남성이 허겁지겁 마법을 사용해서 오아시스를 조사했다. 조사를 끝낸 남성이 믿어지지 않는다는 표정으로 천천히 돌아보며, 마른침을 삼키고 지켜보는 일행에게 말을 툭 흘리듯이 보고했다.

"……돌아왔습니다."

"한 번 더 말해 보게."

란지의 재확인에 부하 남자는 이번에는 숨을 들이마시고 확실하게 말했다.

"오아시스에 이상 없습니다! 원래의 오아시스입니다! 완전히 정화되었습니다!"

그 순간 란지의 부하들이 일제히 환성을 질렀다. 손에 든 서류나 짐 따위를 하늘로 던지고 서로를 부둥켜안거나 어깨를 두드리며 기쁨을 드러냈다. 란지도 깊은 숨을 뱉으면서 감개무량하게 눈을 감고 하늘을 우러렀다.

"이제는 토양 재생만 남았군. 영주, 작물은 전부 폐기했어?"

"……아니. 한곳에 모아 두기만 했네. 폐기 처분에 차출할 인력과 시간도 아까운 판국이었거든. 설마…… 그것까지?"

"유에와 티오까지 가세하면 할 수 있지 않겠어? 어때?"

"……응. 문제없어."

"되다마다. 피와 땀으로 일군 작물을 버리기란 아까운 일이지. 나에게 맡기거라."

유에와 티오의 말에 정말로 토양과 작물까지 복구된다고 실감한 란지는, 가슴에 손을 대며 사람들의 눈길에도 아랑곳하지 않고 고개를 깊이 숙였다. 영주가 할 행동은 아니었지만 그러지 않고선 배기지 못할 만큼 란지의 감사는 깊었다. 공국에 대한 깊은 애정이 그대로 감사로 치환된 것이었다.

란지에게 감사를 받으며 일행은 곧장 농업 지대로 이동하려고 했다.

하지만 불시에 느낀 불온한 기척에 그 걸음을 멈췄다. 눈을 돌리자 저 멀리서 살기등등한 집단이 위세를 떨치며 다가오는 모습이 보였다. 【앙카지 공국】의 병사와는 다른 차림의 병사가 대열을 맞추고 일직선으로 다가왔다. 하지메가 『멀리 보기』로 확인한 바로는 이 마을의 성교 교회 관계자와 신전 기사단 같았다.

하지메가 있는 곳까지 온 그들은 곧장 일행을 반원 모양으로 포위했다. 그리고 신전 기사들 사이에서 호사스러운 흰 법의를 입은 초로의 남성이 앞으로 나왔다.

심상찮은 분위기에 란지가 얼른 남자와 하지메 사이에 끼어들었다.

"젠겐 공…… 이쪽으로 오게나. 그들은 위험해."

"폴빈 주교, 이게 대체 무슨 일인가? 그들이 위험하다고? 두 번이나 우리 공국을 구해준 영웅일세. 그들에 대한 무례는 앙카지 영주로서 보고 있을 수 없어."

폴빈 주교라고 불린 초로의 남성은 란지의 말에 가소롭다는 양 코웃음 쳤다.

"흥, 영웅? 말을 삼가게나. 그들은 이미 이단자로 지정되었네. 부주의한 언행은 공의 목을 조르게 될 거야."

"이단자 지정……? 그게 웬 말인가? 난 아무것도 못 들었는데."

하지메가 『이단자 지정』을 받았다는 말에 란지가 숨을 삼켰다. 란지 또한 성교 교회의 신자였기에 그 의미가 가진 무게를 잘 알고 있었다. 그래서 무슨 착오가 아니냐며, 믿어지지 않는다는 식으로 폴빈 주교의 말을 받았다.

"당연히 그럴 테지. 오늘 아침에 막 도착한 소식이니까. 이 타이밍에 이단자 쪽에서 찾아오다니…… 크크, 참으로 절묘하다고 생각하지 않나? 분명 신이 나에게 자신의 적을 멸하라고 말씀하시는 것이다. 이걸로 나도 총본산에……."

마지막 말은 작아서 들리지 않았지만 아무래도 하지메가 이단자 지정을 받은 것은 사실인 듯했다. 란지는 얼떨결에 뒤에 있는 하지메를 돌아봤다.

하지만 정작 하지메는 딱히 초조해하지도 놀라지도 않고, 그저 올 것이 왔다는 듯 두 어깨를 으쓱할 뿐이었다. 그리고 눈빛으로 란지에게 어떻게 할 거냐고 묻고 있었다.

하지메의 시선을 받고 미간에 주름을 잡는 란지에게 보란 듯이 우쭐거리는 폴빈 주교가 히죽히죽 웃으며 입을 뗐다.

"나는 지금부터 신에게 대적하는 자를 처단해야만 하네. 상당히 흉악한 인간이라고 들었지만, 과연 신전 기사 100명을 상대로 얼마나 발버둥 칠 수 있을지 기대되는군. 자, 젠겐 공, 거기서 비키게나. 설마 우리 성교 교회와 적대할 생각은 아니겠지?”

란지는 눈을 감았다. 그리고 하지메의 힘이나 성격, 그 외 각종 정보를 토대로 고찰하여 그가 왜 이단자로 지정받았는지 어렴풋이 이유를 짐작했다. 교회는 자신들이 관리할 수 없는 거대한 힘을 용납하지 못한 것이다.

하지만 하지메 일행의 힘을 생각하면 자살행위나 다름없는 결정이었다. 란지는 마인족과 맞붙기 전에 하지메 일행과 전쟁이라도 벌일 생각이냐며 교회 상층부의 머리를 의심했다. 그리고 아무래도 수상쩍다고 생각하면서 가장 중요한 사실을 떠올렸다.

그것은 하지메 일행이 앙카지를 구했다는 것. 독이 퍼져 쓰러진 백성을 치료하고, 생명선이나 다름없는 물을 마련하고, 오아시스에 숨은 괴물을 물리치고, 지금 다시 돌아와서 공국의 상징인 오아시스까지 정화해주었다.

이 크나큰 은혜에 어떻게 보답해야 할지 고민한 것이 조금 전 일이었다. 란지는 눈을 뜨고 마침 좋은 기회 아니냐며 입가에 웃음을 띠었다. 그리고 입을 다문 란지를 짜증스럽게 보던 폴빈 주교에게 영주의 위엄을 발휘해, 그 날카로운 안광을 정면으로 부딪치며 앙카지 공국 영주로서 말했다.

“거절한다.”

“……지금 뭐라고 했지?”

전혀 예상치 못한 대답에 폴빈 주교가 우스울 만큼 얼빠진 표정이 되었다.

그런 폴빈 주교를 보고 란지는 속으로 씁쓸히 웃었다. 성교 교회의 결정에 거역하는 것은 그만큼 상식에 어긋나는 일이기 때문이었다. 그래도 란지는 흔들림 없는 결의로 말을 이었다.

"거절한다고 했다. 이들은 구국의 영웅이다. 설사 성교 교회라 할지라도 이들에게 해를 끼치는 자는 내가 용서치 않는다."

"무, 뭣이 어쩌고 어째? 네, 네 이놈! 제정신이냐! 교회에 거역하면 어떻게 되는지 정녕 몰라서 하는 소리인가! 이단자로 낙인찍히고 싶단 말이냐?!"

폴빈 교주는 란지의 말에 경악한 나머지 말을 더듬으며 고함쳤다. 주위 신전 기사들도 당황하여 얼굴을 마주 보고 있었다.

"폴빈 교주. 총본산은 이들의 위업을 정말로 알고 있나? 그는 맹독으로 멸망의 위기에 놓인 공국을 구한 인물이다. 보고에 의하면 용사 일행과 우르 마을도 그가 지켜 냈다지. 그런 인물에게 이단자 지정이라고? 그 결정이야말로 제정신이라 생각하기 어렵군. 따라서 란지 포워드 젠겐은 이 이단자 지정에 이의를 제기하며, 앙카지를 구했다는 새로운 사실을 포함하여 재고를 신청한다."

"다, 닥치지 못하겠느냐! 이미 결정된 사항이다! 이것은 신의 뜻이니라! 거역한다면 용서하지 않겠다! 젠겐 공, 이 이상 그 이단자를 두둔하겠다면 네놈도, 아니, 앙카지 전체에 이단의 낙인이 찍히게 될 것이다! 그래도 좋단 말이냐!"

어딘가 광적인 빛을 눈동자에 품은 폴빈 교주는 도저히 성직자라고는 생각할 수 없는 분위기로 입에 거품을 물었다. 그것을 차갑게 식은 눈으로 바라보는 란지에게 하지메가 어느샌가 다가와 뜻밖이라는 표정으로 물었다.

"……이봐, 괜찮겠어? 왕국과 교회 양쪽과 적대하게 될 텐데. 영주로서 그 판단은 좀 아니지 않아?"

란지는 하지메의 말에는 대답하지 않고 사태를 지켜보던 부하들에게 눈길을 돌렸다. 하지메도 그에 이끌리듯 눈을 돌렸다. 두 사람의 시선을 깨달은 부하들은 한순간 눈을 감았다가 각오를 다진 결연한 표정을 보였다. 눈동자는 강하게 빛나고 있었다. 어떻게 보나 덤빌 테면 덤비라는 표정이었다.

폴빈 교주도 그 의지를 읽었는지 더욱 격앙하여 새빨개진 얼굴로 마지막 경고를 날렸다.

"진심이렷다? 젠젠 공, 너는 이곳에서 파멸할 것이다. 아니, 네놈뿐만이 아니지. 네 부하도, 거기에 편드는 자도 모두 파멸할 것이다. 신벌을 받아 모조리 멸하게 될 것이야."

"이곳 앙카지에는 자신을 구해준 영웅을 팔아넘길 파렴치한은 없다. 신벌? 내가 신앙하는 신은 그런 파렴치한을 벌하는 분이라고 알고 있는데? 주교께서 신앙하는 신과는 다른 모양이지?"

란지의 말에 분노를 넘어 무표정이 된 폴빈 주교는 한 손을 들어 신전 기사들에게 공격 지시를 내리려고 했다.

그런데 그때, 바람을 가르는 소리와 함께 무언가가 날아들어 한 신전 기사의 헬멧에 깡 소리를 내며 부딪쳤다. 땅을 보니 그곳에 있는 것은 작은 돌멩이였다. 신전 기사에게는 아무런 피해도 없었지만, 그는 왜 이런 것이 날아왔나 고개를 갸우뚱했다. 하지만 그런 의문도 잠시, 돌은 연이어 날아들었고, 신전 기사들의 갑옷에 소리를 내며 부딪쳤다.

무슨 일인가 하고 돌이 날아드는 쪽을 보자 어느새가 앙카지 주민들이 대거 몰려들어 신전 기사들을 포위하고 있었다.

그들은 오아시스에서 발생한 신비한 빛과 분주하게 뛰어가는 신전 기사들을 보고 무슨 일이 났나 싶어 구경할 요량으로 쫓아온 사람들이었다.

그들은 신전 기사가 자신들을 헌신적으로 치료해준『신의 사도』카오리와 대미궁까지 들어가서 특효약인『정인석』을 채굴해준 하지메 일행을 둘러싸고, 경애하는 영주가 하지메 일행을 감싸는 모습을 보자 교회 인간들이 실성했느냐며 분개했다. 그리고 적의까지 드러내며 조금이라도 힘을 보태고자 돌을 던지기 시작한 것이었다.

"그만두어라! 앙카지의 백성들이여! 놈들은 이단자로 지정받은 신의 적이다! 놈들을 처단하는 것이 신의 뜻이니라!"

폴빈이 살기등등한 주민들의 오해를 풀고자 큰 소리로 외쳤다. 그들은 아직 하지메 일행이 이단자로 지정되었다는 것을 모를 뿐이며, 주교인 자신이 사실을 알려주면 곧 진정되리라 생각했다.

실제로 성교 교회 교주의 말에 주민들은 당혹감을 감추지 못하며 서로 얼굴을 마주했고 돌을 던지길 멈췄다.

그 자리에 이번에는 란지의 말이 위엄 있게 울려 퍼졌다.

"사랑하는 공국 백성들이여, 잘 들어라! 이들은 방금 우리의 오아시스를 정화해주었다! 우리의 오아시스가 이들의 노력으로 돌아온 것이다! 그리고 오염된 토지도! 작물도! 모두 정화해준다고 한다! 이들은 우리의 앙카지를 되돌려주었다! 이곳에서 모든 설명을 할 수는 없다. 그러니 자신의 가슴으로 판단하라! 구국의 영웅을 이대로 죽게 둘 것인가, 지킬 것인가. ……나는 지키기로 했다!"

폴빈 주교는 그런 말로 교회의 권위에 거스를 수 있을 리가 없다며 란지에게 조소 섞인 웃음을 보내려다가, 다음 순간 그 표정이 얼어붙었다.

—깡! 깡! 깡! 깡! 깡! 깡!

주민들의 의지가 투석이라는 방식으로 증명됐기 때문이었다.

"아, 아닛."

다시 말문이 막힌 폴빈 주교에게 주민들의 말이 쏟아졌다.

"웃기지 마! 우리 은인을 죽일 작정이냐!"

"교회는 아무것도 안 했잖아! 그런데 구해준 사도님을 해치려 하다니 미친 거 아냐!"

"누구더러 이단자래! 너희가 훨씬 이단자잖아!"

"이단자 지정이야 당연히 무슨 실수겠지!"

"카오리 님을 지켜라!"

"영주님을 따라라!"

"카오리 님, 당신에게 이 한 몸 바칩니다!"

"모험가님! 지금 도망치세요!"

"야, 누가 비즈 대장을 불러! 『카오리 님 봉사 부대』를 보내 달라고 해!"

아무래도 주민들은 란지와 카오리, 그리고 정인석을 구해 온 하지메 일행에게 깊은 감사와 존경심을 느끼는 듯했다.

신앙심을 밀어제치고 눈앞의 란지와 카오리 일행을 지키고자 들고 일어났다. 아니, 신앙심 자체에는 변함이 없을 것이다. 다만 자신들의 신앙하는 신이 자신들을 구한 『신의 사도』 카오리나 그 동료를 해할 리가 없다고 믿는 분위기였다.

요컨대 『신앙심』이 폴빈 주교에 대한 『신뢰』를 뛰어넘은 결과가 아닐까. 애당초 신뢰가 있었는지는 모르겠지만…….

사태를 안 주민들이 속속 모여들었다. 그들 한 사람 한 사람의 힘은 당연히 신전 기사의 발끝에도 미치지 못하지만 끝없이 솟아나는 분노와 적개심에 폴빈 주교와 집사, 신전 기사들은 쩔쩔매며 뒷걸음질 쳤다.

"주교, 이것이 앙카지의 뜻이네. 조금 전 이의 제기를 들어줄 수 없겠나?"

"크…… 그냥 넘어가지는 못할 줄 알아라."

폴빈 주교는 이를 바득 갈면서 마지막에 분노로 이글거리는 눈으로 하지메 일행을 노려보고서 발길을 돌렸다. 신전 기사들이 그 뒤를 허둥지둥 쫓았다. 폴빈 주교는 격정을 조금이라도 발산하려는 건지 발소리를 쿵쿵 내며 교회 쪽으로 사라졌다.

"……정말로 괜찮아? 새삼스럽게 하는 말이지만, 우린 그냥 놔둬도 괜찮았는데."

당사자인데도 마지막까지 말 한마디 거들지 못한 하지메가 란지에게 곤혹스러운 표정으로 말했다. 카오리나 다른 멤버도 자신들 때문에 앙카지가 왕국이나 교회에게 위협받는 것을 염려하는 얼굴이었다.

하지만 그런 그들에게 란지는 대수롭지 않다는 표정으로 대답했다.

"내가 말하지 않았나. 이건 『앙카지의 뜻』일세. 이 공국에 사는 사람 중 경들에게 감사하지 않는 사람은 어디에도 없네. 그런 상대를 일방적인 이유로 죽게 둔다면…… 그때는 내가 『앙카지의 뜻』에 죽게 될 테지. 사랑하는 나라에서 쿠데타가 일어나는 일은 상상하고 싶지 않아."

"딱히 그 정도 녀석들에게 죽진 않는데……."

란지의 말에 하지메가 뺨을 긁적이며 말하자 란지는 그럴 줄 알았다며 웃었다.

"그렇겠지. 즉, 그대들은 교회보다도 무서운 존재란 뜻이네. 구국의 영웅이란 이유도 있지만 절반은 그대들을 적으로 만들지 않기 위함일세. 믿어지지 않는 마법들을 구사할 뿐 아니라 미지의 괴물을 손쉽게 처치하고, 대미궁조차 고작 며칠 만에 공략해서 돌아왔어. 교회의 권위를 우습게 흘려버리고 100명의 신전 기사를 앞에 두고 눈 하나 깜짝하지 않았지. 수만의 군대를 정면에서 무찌르고 용사마저 궁지에 내몬 마물을 순식간에 처치했다는 보고도 들었네. ……이거 정말 무섭군, 무서워. 아버지께 영주 자리를 이어받고 꽤 오랜 세월이 지났지만, 이번 일은 그중에서도 1, 2위를 다투는 용단이었다고 자부하네."

하지메로서는 란지가 자신들을 교회에 넘기더라도 적대할 생각은 없었지만, 란지는 만에 하나의 가능성까지 고려하여 교회와 하지메 일행을 저울질한 결과 후자를 선택한 것이리라. 나라를 위한 일이라고는 해도 교회의 권위에 거스르는 그 판단은 분명 용단이라고 해도 과언이 아니었다.

하지메는 교회의 이단자 지정과 그로 인한 충돌을 이미 각오하고 있었다. 하지만 자신들이 아닌 다른 사람들에 의해 사태를 회피하게 되어 뭐라고 설명하지 못할 표정이었다.

그리고 자신들의 안위를 걱정하며 모여드는 앙카지 주민들과 그들에게 어쩔 줄 몰라 하면서도 기쁘게 웃는 일행을 보고, 이것도 아이코 선생님이 말한『쓸쓸한 삶』을 살지 않은 결과려니 했다.

교회와 소동을 벌인 지 사흘이 지났다.

농업 지대와 작물의 오염을 정화한 하지메 일행은 빛을 되찾은 오아시스를 조금 높은 지대에 올라서 바라보고 있었다.

시선이 향한 곳, 반짝이는 호수 주위에는 웃음과 활기를 되찾은 사람들이 모여 있었다. 호숫가의 풀밭에 누워 물가에서 노는 아이들을 지켜보는 부부, 잔교에서 낚싯대를 드리운 소년들, 오아시스에 뜬 보트에서 사랑을 속삭이는 연인들. 그곳을 찾은 사람들은 다양했지만 얼굴에는 너 나 할 것 없이 웃음이 가득했다.

하지메 일행은 오늘 앙카지를 떠난다. 당초 계획으로는 오염 장소의 재생만 끝나면 특산품인 과일이나 사고 바로 출발할 생각이었지만 영주 일가와 영주 저택의 사람들, 그리고 앙카지 주민들이 완강하게 말리는 통에 결국 이틀을 더 지내고 말았다.

하지메 일행에 대한 앙카지의 환영 열기는 상상을 초월했고 가만히 놔두면 출발 시에 송별 퍼레이드를 펼칠 기세였기에 란지에게 누누이 부탁해서 막았을 정도였다. 인사는 영주 저택에서 마친 후, 하지메 일행은 자신들끼리 문 근처까지 와서 오아시스를 바라보고 있었다.

"슬슬 눈에 띌 테니까 갈아입든지, 적어도 위에 뭐 좀 걸쳐."

하지메는 슬슬 문으로 가려고 발길을 돌리며 옆에 있는 일행에게 말했다.

"……응? 질렸어?"

"어? 그런 거야, 하지메?"

"아니, 유에, 카오리. 주인님의 눈은 그렇게 말하지 않는구나. 단순히 눈에 띄지 말란 말일 테지."

"뭐, 문을 통과하는데 이 복장은 좀 아니죠~."

제자리에서 화려하게 빙글 돈 시아가 말한 『이 복장』이란 벨리 댄서가 입을 듯한 의상이었다. 위에는 촐리(choli)를 입어 배꼽을 드러냈고 아래에는 하렘팬츠와 집시 스커트였다. 몹시

선정적이라서 이 의상을 입고 춤을 추면 눈을 뗄 수 있는 사람이 없을 것이다.

이것이 앙카지의 드레스 의상이라고 한다. 영주의 부인에게 선물받은 여성 멤버가 이것을 입은 모습을 하지메에게 선보였을 때, 하지메의 눈이 한순간 야수가 되었다. 아무래도 하지메는 이런 의상에 대단히 약한 듯했다. 유에뿐 아니라 시아와 티오, 카오리까지 무심결에 주목한 것을 보면 말이다.

지금까지 유에 외에는 제대로 반응을 보이지 않던 하지메가 이런 반응을 보였으니, 한번 맛을 들인 세 여성은 하루 종일 그 복장으로 하지메 곁에 있게 되었다. 당연히 그렇게 되면 유에도 질 수 없다며 항상 하지메의 이성을 붕괴시킬 것 같은 의상을 입고 매혹적으로 접근했다.

그래서 결국 출발 직전인 지금까지 모두 그 에로틱한 의상을 벗지 않은 것이었다. 하지메의 예상치 못한 취향이 백일하에 드러난 지 며칠째. 그 점을 적극적으로 찌르고 들어오는 탓에 묘하게 기쁘기도 하면서, 지친 표정인 하지메는 어떻게 평범한 복장을 입게 만들까 고민하며 문으로 향했다.

그리고 앙카지를 출발하고서 이틀째 되는 날.

슬슬 호르아드로 통하는 가도에 접어들 즈음, 브리제를 타고 가는 하지메 일행은 도적 떼에게 공격받는 상인 집단과 마주쳤고, 그곳에서 하지메와 카오리는 생각지도 못한 인물과 재회하게 되었다.

에필로그

【하일리히 왕국】 왕궁 부지 내에 있는 기사 및 병사용 식당에 어쩐지 짜증스러운 분위기를 풍기는 여학생, 소노베 유카가 있었다.

유카는 가뜩이나 길게 째진 눈을 눈썹에 걸릴 듯 치켜뜨며 식당을 내려다봤다. 병사로 보이는 청년 몇 명이 유카의 시선을 보고 몸을 움찔 떨었다.

"여기에도 없나? 아, 정말이지, 그것들은 꼭 중요할 때만……!"

유카는 밤색 머리를 살짝 거칠게 헤집고 짜증을 표출했다. 그리고 청년 병사들을 더욱 움찔거리게 하며 발길을 돌렸다.

"훈련장에도 없고 막사에도 없고 식당에도 없어……. 역시 마을에 나갔나?"

유카는 혼잣말을 하면서 왕궁 정문의 위병소로 진로를 잡았다. 쾅쾅 소리가 들릴 것만 같은 걸음걸이였다.

"유카!"

진군하는 병사 같은 기세의 유카에게 목소리가 날아들었다. 허둥지둥 뛰어오는 미야자키 나나였다.

"여기에는 없었어. 그쪽은?"

"식당에도 없었어. 방금 타마이랑 타에코하고도 만났는데 그쪽에도 없다나 봐. 두 사람 다 다른 시설을 보러 가긴 했는데…… 아마 왕궁 안에는 없는 거 아닐까?"

"그렇지? 나도 아이카와 쪽 애들이랑 방금 만났는데 그쪽에도 없대. 아, 정말, 이럴 때 그 화상들은 어딜 싸돌아다니는 건지 몰라. 그러면서 무슨 아이 선생님 호위야! 으아~!"

나나가 머리를 부여잡고 소리를 꽥 질렀다.

두 사람, 정확히는 아이 호위대 멤버가 찾고 있는 것은 마찬가지로 아이코의 호위를 맡은 데이비드 및 신전 기사들이었다.

3일 전, 아이코는 학생들과의 저녁 식사 자리에 나타나지 않았다. 대신 찾아온 교황 이슈타르의 말에 의하면 아이코는 하지메의 이단자 지정을 번복할 수 있을지도 모른다며 급히 총본산으로 갔다고 한다. 심의나 절차 등으로 바로 돌아올 수는 없지만, 이삼일 정도 있으면 돌아오리라는 설명을 받았다.

사전에 아이코와 만난 시즈쿠에게 아이코가 중요한 이야기를 하려고 했다는 사실을 전해 들은 아이들은 당연히 의심했다. 일단 한 번 아이코 선생님과 만나야겠다며 총본산에 들어가게 해 달라고 주장했지만, 이단 지정 대상자와 친분이 있는 자를 이 시기에 입산시킬 수는 없다고 거절당했다. 그래서 불안하게 생각하면서도 이삼일이라면 일단 기다려 보기로 했다.

하지만 사흘째인 오늘, 이미 점심도 지났는데 아이코에 관한 정보가 아무것도 들어오지 않았다.

총본산으로 가는 리프트는 여전히 멈춰 있었고 교회 관계자도 명확한 설명을 피하고 있었다. 인내심이 끊긴 유카와 몇몇 학생들은 먼저 데이비드 및 신전 기사에게 상황을 묻고자 했다.

하지만 엊저녁까지 보이던 그들마저 오늘 아침 행방이 묘연해졌다. 어디를 찾아도 없었다. 이미 마을에 나갔다고밖에 생각할 수 없었지만, 아이코라면 죽고 못 사는 그들이 이런 상황에서 마을을 어슬렁거리고 있을 거라는 생각도 들지 않았다.

"……느낌이, 안 좋아."

유카는 어금니를 깨물었다. 최근 왕국 내부의 이상한 분위기와 자취를 감춘 이들을 생각하자, 마치 벌레가 등을 기어다니는 듯한 섬뜩함이 들었다.

"유카? 나나도 있네?"

그런 그곳에 시즈쿠가 찾아왔다. 유카와 나나에게 말을 걸었지만 다른 사람을 찾고 있는 듯 눈은 주변을 두리번거리고 있었다.

"호위대 사람들은…… 표정을 보니 아직 못 찾았나 보구나."

"응. 너도 단장님과는 못 만났나 봐?"

유카의 말에 시즈쿠는 근심 어린 표정으로 눈을 내리떴다.

그날부터 모습을 보이지 않게 된 사람은 비단 아이코만이 아니었다. 멜드 단장과 릴리아나 왕녀를 필두로 시즈쿠 전속 시녀이자 친구이기도 한 니아를 포함한 사용인 몇 사람, 그 밖에도 훈련 등을 함께하며 친해진 기사와 병사들도 모두 모종의 이유로 만날 수 없게 되었다.

"저기, 유카, 시즈쿠…… 이거, 괜찮은 거 맞지?"

"""……."""

나나가 어딘가 겁먹은 기색으로 물었다. 하지만 두 사람 모두 평소처럼 괜찮다고 답할 수 없었다.

무슨 일이 일어났다.

막연한 불안감이 두 사람에게서 마음의 여유를 앗아 가려고 하고 있었다.

'이럴 때, 그 애가 있으면…….'

'이럴 때, 그 녀석이 있으면…….'

무의식중에 시즈쿠와 유카는 같은 방향을 보았다. 먼 서쪽 하늘. 떠올린 것은 같은 사람. 어처구니없고 비상식적이고 감정이 메마른 듯하지만 의심의 여지 없이 믿을 수 있는 소년이었다.

어느 음침한 방. 제법 널찍한 그 장소에 무수한 실루엣이 유령처럼 서 있었다. 그 누구도 조금의 움직임도 없이 그저 서 있을 뿐이었다.

인간미가 들지 않는 그들이 가지런히 늘어선 방 안쪽에 두 사람의 형체가 더 보였다. 이쪽은 생기가 넘쳐 틀림없이 인간이라고 할 수 있었다.

하지만 『멀쩡한』이라는 형용사를 붙일 수 있느냐고 묻는다면, 대답은 『No』였다.

그렇게 말하기에는 눈동자에 담긴 광기의 색이 너무나도 짙었다.

"준비도 겨우 끝났어. 아아, 가슴이 자꾸만 뛰어. 그때부터 쭉 꿈꿔 오던 순간이 이제 곧 찾아올 거야. 이 세계로 불려

와서 정말로 다행이야! 나는 지금 너무 행복해!"

폭소가 울려 퍼졌다. 행복하다는 건전한 말을 입에 올리면서도 그곳에 담긴 것은 압도적이기까지 한 악의와 조소, 뒤틀려 미쳐 버린 감정의 파편이었다.

그 모습을 옆에 선 누군가가 차갑게 식은 눈으로 바라보고 있었다. 동료 의식이 전혀 없다는 것은 명백했다. 하지만 차가우면서도 입가에 어렴풋이 머금은 미소는, 폭소하는 그와 마찬가지로 악의와 조소로 점철되었다.

같은 시각.

대륙 남쪽 끝자락에 위치한 왕국에서 진풍경이 펼쳐지고 있었다.

어마어마한 수의 마물이 오와 열을 맞추고 늘어섰다. 그 수는 10만은 넘으리라. 몸에서 배어 나오는 흉흉한 기운은 그것들이 모두 【오르크스 대미궁】 심층 수준의 힘을 가졌다는 것을 암시했다. 그야말로 유린이라는 말이 형체를 갖춘 듯한 광경이었다.

놀랍게도 그중 몇 마리에는 사람이 타고 있는 것 같았다. 이 군집이 단순한 스탬피드 현상[#11]이 아니란 것은 확실했다.

그런 마물과 기승자들 전방의 하늘에서 강대하며 장엄한 마물 한 마리가 내려왔다. 햇빛을 반사하며 반짝이는 순백색 비늘이 신성함마저 느끼게 했다.

#11 스탬피드 현상 동물 및 군중이 일제히 한 방향으로 도망가는 현상.

천공을 다스리는 것은 자신이라고 무언으로 주장하는 듯 위용을 뽐내는 백룡의 등에도 역시나 사람이 타고 있었다. 붉은 머리를 바람에 휘날리며 백룡의 등에 늠름하게 선 모습이 나타나자 지상에서 환호성이 터졌다.

"신탁이 내려왔다. 신의 대변자인 우리의 마왕 폐하께서 칙명을 내리셨다. ……이교도 놈들의 씨를 말리라고."

엄숙하면서도 광적인 사명감을 띤 음성이 땅으로 쏟아졌다.

다시 폭발적이고 열광적인 환호성이 터져 나왔다.

"깨닫게 해주자. 신의 뜻을. 우리의 힘을. 북쪽 대륙을 자기 것인 양 지배하는 어리석은 자들에게 자신의 분수를!"

발을 구르는 마물이 지축을 흔들고 광기의 절규가 대기를 진동시켰다.

우연히도 음침한 방의 누군가가 선언한 것과, 대륙 남단에서 대군을 이끄는 남자가 선언한 것은 동시였다.

—자, 시작하자. 내가 행복해지기 위한, 나를 위한 이야기를!

—자, 함성을 질러라! 우리의 주인에게 승리를! 전쟁의 봉화를 올려라!

해발 고도 8천 미터. 【신산】 정상에 우뚝 솟은 철탑. 그 최상층 감옥에서 작은 신음 소리가 났다. 손끝에서 피를 흘리며 얼굴을 찌푸린 하타야마 아이코였다.

아이코는 흐르는 피로 바닥에 마법진을 그리고 몇 번이나 주문을 읊었다. 하지만 아무리 읊어도, 몇 번을 도전해도, 손목에 채워진 수갑이 마력 유출을 방해하여 마법은 발동하지 않았다.

어깨를 힘없이 떨군 아이코의 손에는 시도한 횟수만큼의 자해 자국이 있었다.

"소용없다는 걸 아직 모르시겠나요?"

"윽."

갑자기 들린 억양 없는 목소리에 아이코는 어깨를 흠칫 떨었다. 눈을 돌리자 그곳에는 후드를 눈까지 뒤집어쓴 수녀가 있었다. 손에는 쟁반에 놓인 간소한 식사가 들려 있었다.

아이코는 수녀의 등 뒤로 감옥의 철문이 열리는 것을 보자마자 부리나케 내달았다.

"소용없다고 하지 않았습니까."

"아윽!"

수녀의 옆을 빠져나가려고 한 순간 배에 충격이 퍼졌다. 인식할 수도 없는 공격을 받고 아이코는 비명을 지르며 방 안쪽으로 나가떨어졌다.

"여, 여기서, 꺼내주세요. 저를 가둬서, 학생들에게 무슨 짓을, 할 생각인가요!"

아이코는 호흡도 제대로 못하는 상황에서 꿋꿋하게 질문을 던졌지만 수녀의 분위기는 조금도 변하지 않았다. 그녀는 마치 기계처럼 무기질적인 태도를 유지하며 식사를 놓고 바로 발길을 돌렸다.

"기, 기다리세요! 적어도, 학생들의 상황을……!"

아이코는 매달리듯 물었지만 매정하게도 문은 점차 닫혔다. 그러다가 미세한 틈을 남기고 한 번 멈췄다.

"모든 것은 주인님이 바라시는 대로……. 무대에서 퇴장한 당신은 알 필요가 없습니다."

그 말만 남기고 문은 완전히 닫혔다.

무릎을 꿇은 아이코는 자신의 무력함에 아랫입술을 질끈 깨물었다. 소중한 학생들에게 무슨 일이 일어나려고 하고 있었다. 그런데 그들의 선생님인 자신은 아무것도 할 수 없었다.

문득 뇌리를 스친 것은 【우르 마을】에서 불합리한 현실을 더욱 불합리한 힘으로 타파해 버린 한 소년이었다.

아이코는 창살을 끼운 작은 창으로 달을 올려다보며 나지막이 중얼거렸다.

"나구모……."

문 너머에서 작은 혼잣말을 들은 수녀는 무표정으로 성큼성큼 감옥을 뒤로했다. 그리고 통로 옆에 있는 전망용 테라스로 나와 지상을 내려다보며 중얼거렸다.

"올 테면 오십시오, 이레귤러. 그때가 당신이 최후를 맞을 때입니다."

나락의 괴물은 나아간다.

운명에 이끌리듯이.

신의 뜻과 광기와 배신이 집결하는 그 장소로…….

번외편 ◆ 날씨 맑음, 때때로 국지적 뇌룡

【메르지네 해저 유적】을 공략하고【바다 위 마을 에리센】으로 돌아온 지 나흘째. 하지메 일행은 아직 레미아와 뮤 모녀의 집에 체류하고 있었다.

뮤의 집은 에리센 특유의 넓은 공간을 가졌으나, 어디까지나 두 모녀가 사는 집이었다. 방 수는 충분해도 화장실이나 세탁실 등 특정 장소는 일곱 명이 사용할 만큼 넓지 않았다. 그래서 욕실(퍼 올린 바닷물을 담수로 바꾸는 마법 도구가 달린 샤워기가 있을 뿐이다)은 두 사람씩 들어가는 것이 암묵적 규칙이었다.

그 욕실의 탈의실에 티오와 시아가 들어왔다. 유에와 카오리는 이미 목욕을 마친 후였다. 평소에는 툭하면 싸우면서 이럴 때는 아무렇지도 않게 함께 행동했다. 티오는 그런 두 사람의 관계가 제법 재밌다고 생각할 정도였다.

"응? 이게 뭔고?"

시아가 콧노래를 부르면서 옷을 훌렁훌렁 벗는 옆에서 차분하게 허리 끈을 풀던 티오가 대뜸 의아하게 말했다.

"무슨 일 있어요?"

시아가 토끼 귀만 돌려 물었다. 몸을 숙인 티오는 탈의실에 놓인 바구니와 잡화 사이에서 손바닥 크기의 수첩을 주웠다.

"그게 뭐예요?"

"글쎄? 이 사이에 떨어져 있었으니 레미아가 흘린 물건인가?"

티오는 그렇게 말하면서도 고개를 갸웃거렸다. 수첩의 커버가 상당히 고급스러웠기 때문이다. 아무리 봐도 인간 마을의 장인이 만든 물건이었다. 마을에 나가면 살 수 있는 수준이긴 했지만 해인족의 소지품으로써는 다소 부자연스러움이 느껴졌다.

"선물받은 거 아닐까요? 레미아 씨 미인이잖아요."

"흠, 그렇구먼. 그럼 레미아에게 돌려— 음?!"

빨리도 알몸이 된 시아의 추측에 티오가 수긍하며 별생각 없이 페이지를 펼쳤다. 그런데 그 순간, 티오가 말을 잃고 수첩을 응시한 채 굳어 버렸다.

"티오 씨? 왜 그러세요오오오오오오오?!"

티오의 예사롭지 않은 반응에 시아도 왜 그러냐며 수첩을 들여다보았고 그 직후 절규하며 동요를 드러냈다.

그 원인은 하나. 친절하게도 수첩의 서두에 이렇게 적혀 있었기 때문이다.

—유에의 일기장

두 사람은 그 글자를 응시한 채 미동도 하지 않았다. 유에가 일기를 쓴다는 이야기는 한 번도 들은 적이 없었고, 함께 여행을 시작한 이래 한 번도 쓰는 모습을 본 적이 없었다.

유에는 평소 말이 없는 편이었다. 실없는 소리도 하며 우스갯소리도 하지만 말수는 다른 멤버에 비해 훨씬 적었다. 그런 그녀의 속마음이 적나라하게 쓰여 있을지도 몰랐다.

시아와 티오는 저도 모르게 마른침을 꼴깍 삼켰다. 두 사람은 서로를 마주 봤다.

"나도 안다. 남의 일기를 훔쳐보는 건 매너가 아니지."

"맞아요. 백번 옳은 말이에요. 매너라고는 눈곱만큼도 없는 짓이에요."

서로 이해한 듯 고개를 마주 끄덕인 시아와 티오는 이구동성으로 결론을 내렸다.

"하지만 볼래요!"

"허나 봐야겠다!"

두 사람 모두 매너라고는 눈곱만큼도 없었다.

시아는 전라로, 티오는 반라로 쭈그리고 앉아 조심스럽게 페이지를 넘겼다.

"흠, 아무래도 오르크스 대미궁 은신처에서 찾은 수첩인가 보구먼."

"그러게요. 오스카 씨가 기록한 동료와의 모험을 읽고, 유에 씨도 하지메 씨와의 추억을 글로 남기려고 생각했나 봐요."

"헌데 부끄러워서 주인님에겐 숨긴 모양이다. 이러니 우리도 눈치를 못 챘지."

유에가 일기를 쓰기 시작한 건 그런 이유에서인 듯했다. 처음 몇 장은 하지메가 은신처에서 특훈을 하는 풍경이나 하지메와의 밤일, 하지메와 나눈 별것 아닌 대화, 하지메와의 낮일, 하지메가 연성을 행하는 광경, 하지메를 덮친 일, 하지메의 옷 만들기에 도전한 일, 잠자는 하지메를 덮친 일, 하지메와 함께한 목욕, 하지메의 성적 취향, 하지메의 약점, 하지메의, 하지메의, 하지메의―.

""사랑이 부담스러워!""

열에 아홉이 하지메에 관한 내용이었다. 아니, 내용 대부분이 하지메와의 밀월에 관해서였다. 그 달콤한 내용에 시아와 티오는 고작 몇 장 읽은 것만으로도 당장 머라이언[#12] 처럼 토할 것 같았다. 물론 토하면 달콤한 설탕이 나올 것이다.

"으으, 새삼스럽게 유에 씨가 하지메 씨를 얼마나 생각하는지 절감했어요. 이거 뒤쪽도 내용은 다 똑같지 않을까요? 하지메 씨와 어떻게 달콤한 시간을 보냈는가 하는……."

"으, 으음, 그럴지도 모르겠군……. 응? 시아, 아무래도 오르크스 은신처를 나온 것 같구나. 『우리의 모험은 지금부터다!』라고 갈겨써 놓았어."

"오오! 그럼 다음은 라이센 대협곡이네요! 저랑 만난 이야기가 있을 거예요! 에헤헤, 유에 씨가 저에 대해서 뭐라고 적었나요?"

조금 진저리 나던 시아는 드디어 유에의 일기에 자신이 등장할지도 모른다는 생각에 설렘 반 불안 반으로 다음 장을 재촉했다.

티오가 서두르지 말라고 웃으면서 페이지를 팔락 넘기자, 그곳에는―.

#12 머라이언 싱가포르의 상징물로서 상반신은 사자, 하반신은 물고기의 모습을 한 가공의 동물. 입에서 물을 뿜는 석상이 유명하다.

—○월 ×일

야생의 유감 토끼가 나타났다. 유감스러운, 그것은 정말 이루 말할 수 없을 만큼 유감스러운 토끼였다.

"누가 야생이고 유감스러운 토끼란 거예요! 게다가 전부 유감, 유감…… 유감 타령뿐이잖아요!"

시아가 일기를 찰싹찰싹 치면서 항의했다. 티오는 분개하는 시아를 달래며 계속해서 읽어 나갔다.

—○월 ×일

유감 토끼의 훈련을 하게 됐다. 이 토끼, 어쩐지 진심으로 하지메에게 반한 것 같다. 확실히 장로들을 상대로 속 시원하게 말한 하지메는 멋있었다. 반해도 어쩔 수 없다.

하지만 그 속 보이는 짓이 짜증 난다. 일단 오늘도 꽝꽝 얼려 두었다.

—○월 ×일

요 며칠 하지메에게 어리광을 부리지 못했다. 이것도 다 유감 토끼 때문이다. 일단 꽝꽝 얼려 두었다. 나는 유에. 속 보이는 토끼의 훈련에서도 결코 봐주는 법이 없는 여자.

그건 그렇다 치고 이렇게 안개가 자욱하면 주위에서 안 보이겠지. ……차라리 납치해 버릴까?

“우우, 그러고 보니 매일 얼음 속에 갇혔었죠……. 그래도 유감이라느니 속 보인다느니, 너무해요오.”

“시아야. 그보다 나는 마지막 말이 몹시 신경 쓰이는데……. 누구를 자욱한 안개 속으로 납치할 생각이었던 게냐?”

아련한 눈으로 지옥의 10일간을 떠올리는 시아와 전율하는 티오. 페이지가 넘어갔다.

—○월 ×일

유감 토끼가 의외로 끈질기다. 금방 엉엉 우는 주제에 좀체 꺾이지 않는다. 푸른 눈동자에서 빛이 사라지지 않는다. 아주 조금, 그 눈이 예쁘다고 생각해 버렸다. 얄밉다. 일단 꽝꽝 얼려 두었다.

그나저나 하지메늄이 부족하다. 금단 현상이 일어날 것 같다. 훈련이 끝나면 무조건 자빠뜨려 버릴 거다. 나는 유에. 먹잇감은 절대 놓치지 않는 여자.

“유에 씨……. 그런 생각을 하셨구나아, 에헤헤.”

“아니 글쎄, 시아야. 왠지 주인님이 사냥당할 분위기잖느냐. 그보다 하지메늄은 또 뭐냐?!”

쑥스러워하는 시아, 강한 태클을 넣는 티오. 페이지가 팔락 넘어갔다.

—○월 ×일

하지메가 맛있었습니다. 이상.

"덮쳤어요! 덮쳤다고요, 이 사람! 대체 어느 틈에?!"
"주인님……. 짙은 안개 속으로 끌려가서 잡아먹힌 게로구나……."

—○월 ×일
시아에게 졌다. 지고 말았다. 나는 유감 토끼에게 져 버린 것이다. 뭐가 그래? 걔 진짜 뭐야? 이상하다구. 버그 아니야? 거목을 차서 부러뜨리고 그걸 들어서 던지질 않나, 철퇴를 휘두를 뿐인데 마법이 튕겨 날아가질 않나, 발을 굴렀는데 땅바닥이 터지질 않나…… 세상에 이런 게 어딨냐구…….

"유에가 맛이 갔다! 이 말투는 뭐냐?! 한순간 다른 사람인 줄 알았잖느냐!"
"유, 유에 씨, 얼마나 충격이었길래……."
자신이 모르는 유에의 모습에 티오는 심하게 동요했다. 시아는 얼굴을 있는 대로 실룩거렸다.
거의 우연으로 입힌 그 조그만 상처 하나로 내심 이토록 풀이 죽었다면, 자신이 고백하고 그것을 도와야만 했을 때 심정은 과연 어땠을까.
시아는 나머지를 읽는 것이 조금 무서워졌다. 티오가 또 페이지를 넘겼다.

—○월 ×일

수해를 나와 라이센 대미궁에 가기로 했다. 나락을 나온 지 보름도 안 돼서 여행 동료가 생겼다.

지금 같은 텐트 안에서, 내 옆에서 자고 있는 토끼. ……자는 얼굴이 만사태평하고 행복해 보인다. 이 애가 걸어온 길은 결코 평탄하지 않았을 텐데, 어떻게 이런 표정을 지을 수 있는 걸까? 생각해 보면 도움을 청하러 왔을 때부터 이 아이는 기운이 넘치고 언제나 진심이며 최선을 다했다. 절망적인 상황이었는데도…….

이 아이는 강하다. 무엇보다도 마음이. 어쩌면 나보다 훨씬. 분명 그렇기 때문일 거다. 하지메에게 고백하는 것을 도운 것도, 동행을 허락한 것도.

아직은 미숙하지만, 이번 대미궁 공략의 노력 여하에 따라서는…….

"""……."""

시아와 티오는 말없이 페이지를 넘겼다. 시아의 눈에 따뜻한 눈물이 맺혔다.

—○월 ×일

밀레디 짱난다.

"시리어스 브레이커구먼?!"
"그야 짜증 나긴 했지만요!"

—○월 ×일
시아는 엄청 열심히 했다. 그 애를 인정하려고 한다.
본인에게 말하기는 조금 부끄럽다. 그러니까 여기에 써 놓자.
……귀여운 동생 겸 친구가 생겼다.
앞으로 시아의 미래는 내가 지킨다. 이제 누구도 그 아이의 소중한 것을 빼앗게 두지 않을 것이다.

"……유에, 씨."
"이거 원. 후후, 주인님에게 밀리지 않을 만큼 뜨겁구나."
눈물샘의 댐이 무너졌다. 시아의 뺨을 타고 따뜻한 눈물이 잇따라 흘러내렸다. 유에가 자신을 소중하게 생각한다는 것은 알고 있었다. 그렇지만 이런 식으로 결의까지 해주었으리라고는 생각하지 못했다. 자신이 얼마나 사랑받고 있는지 새삼스럽게 이해한 시아는 당장 유에에게로 달려가고픈 마음이 치솟아 어쩔 줄 몰랐다. 알몸이라서 그럴 수는 없었지만…….
티오는 부드러운 표정으로 시아의 머리를 쓰다듬었다. 그리고 시아가 진정한 후에 페이지를 넘겼다.

—○월 ×일
야생의 잡룡이 나타났다. 너무나도 잡룡이었다. 구제할 도리가 없는 변태였다. 내 로망 물어내.

"그헉?!"

"티오 씨?! 정신 차려요! 상처는 작아요!"

평소라면 매도받고 흥분할 상황이지만 『로망 물어내』라는 말이 은근히 아팠다. 시아와의 따뜻한 우정을 느낀 뒤라서 그런지 더더욱……. 왠지 환상을 깨서 죄송하다고 엎드려 빌어야 할 것 같은 마음이 치밀었다.

―○월 ×일

드디어 하지메의 힘이 세상에 알려졌다. 교회 놈들의 눈빛이 예사롭지 않았다. 앞으로 하지메를 둘러싼 상황은 더욱 악화될 것이다. 이단자로 지정되지 않으리란 법도 없다.

그건 그렇다 치고 하지메와 여교사의 키스가 잊히지 않는다. 선생과 학생이…… 이거 괜찮다. 나는 유에 선생님. 방과 후에 학생을 사냥하는 여자.

"사냥을 왜 해요!"

"사냥을 왜 해!"

앞부분의 진지한 기록은 다 뭐였냐고 따지고 싶어졌다.

―○월 ×일

잡룡이 너무 변태다. 구제할 도리가 없는 변태다. 이건 틀림없는 사실이다.

하지만 열심히 우리를 이해하려고 하는 것이 느껴진다. 그런 점은 무척 바람직하다. 게다가 이야기하면 할수록 그녀의 넓은 지식과 깊은 배려심을 알게 된다. 가끔 한발 물러서서 우리를 부드러운 눈으로 바라보는 게 조금 난감하다. 변태라고 단정할 수 없게 된다. 그것은 그녀가 무언가 크고 소중한 마음을 품고 있기 때문이기도 할 것이다.

나와 마찬가지로 나라를 잃고 동료를 잃으며 살아남은 자…… 언젠가 물어보고 싶다. 어떤 마음으로 살아왔고 앞으로 살아갈 것인지. 물으면 그녀는 분명히 답해주겠지. 다만, 그것은 조금 더 훗날의 일이다. 나는 그것을 물어볼 수 있을 정도로 그녀에게 나 자신을 보여주지 않았다. 성실한 성격으로 대답해줄 그녀에게는 성실함으로 돌려주고 싶다.

그건 그렇다 치고 하지메가 티오에게 주는 체벌을 조금 즐기는 것처럼 보이는데 기분 탓일까? ……나, 나는 유에! 고통을 쾌락으로 바꾸지는 못할지라도, 무슨 짓을 당해도 결코 죽지 않는 여자!

"글쎄, 사랑이 부담스럽다니까요! 죽지 않으니까 무슨 짓을 해도 좋다니, 완전히 사이코잖아요!"

"……."

시아가 지당한 말을 하는 가운데, 티오는 놀란 듯 일기의 내용을 응시했다. 그리고 마냥 난감하다는 표정으로 볼을 긁적였다. 그 얼굴에는 기쁨과 쑥스러움, 뭐라고 집어 말할 수 없는 감정이 있는 듯했다.

"티오 씨. 계속 읽어 봐요."

퍼뜩 정신이 나서 옆을 보자 시아가 올곧은 눈으로 바라보고 있었다. 내용은 시아도 봤을 텐데 아무것도 묻지 않고 차분하지만 힘찬 눈빛만을 보내왔다.

생각해 보면 시아도 마찬가지였다. 고향에서 쫓겨 나와 많은 가족을 잃고 살아남았다. 그런 그녀가 아무것도 묻지 않는 것은 유에와 같은 이유일 것이다.

바로, 티오의 중요한 속마음을 듣길 원한다면 우선 자신이 그에 맞는 존재임을 보여줘야 한다는 이유.

"그래, 계속 읽어 보자꾸나."

묘하게 온화하며, 따뜻하고 고상한 그 마음에 자칫하면 눈물샘이 약해질 것 같은 기분으로 티오는 페이지를 넘겼다.

—○월 ×일

아이가! 갖고 싶다!

"뭐가 이렇게 절실해!"

"거참 힘찬 필적이구먼!"

틀림없이 뮤가 『엄마』라고 불러주지 않은 탓이리라. 펜이 부러진 흔적이 보였다. 얼마나 마음을 담아 적은 걸까.

—○월 ×일

뮤 귀엽귀. 아이 갖고 싶다. 아이 갖고 싶다. 하지메 아기. 갖고 싶다. 엄청 갖고 싶다. 하지메 사랑해. 그러니까 아이 갖고 싶다. 갖고 싶다, 갖고 싶다, 갖고— 이하 생략.

"다, 다섯 장 빼곡히 아이 갖고 싶다고 노래를……."

"과, 광기예요. 광기가 느껴져요! 유에 씨 얀데레!"

일기장을 든 티오의 손이 덜덜 떨렸다. 시아도 식은땀을 흘리며 토끼 귀를 접고 부들부들 떨고 있었다.

—○월 ×일

마침내 야생의 카오리가 나타났다. 겁쟁이인가 싶더니 고민을 떨쳐 버리고 돌격해 왔다.

좋은 배짱이다. 정면에서 쳐부숴 주겠다.

그건 그렇다 치고 하지메의 아이가 갖고 싶다. 나는 유에. 사랑하는 연인을 상대로도 자비가 없는 여자.

"유에 씨에게 있어서 우린 전부 야생 동물인가요?"

"그보다 나는 유에의 집착 쪽이 신경 쓰이는걸. 왜 이리 아이를 못 가져서 안달인 게냐? 지금은 대미궁 공략을 위한 여행 도중이니 그럴 여유가 없거늘. 그건 유에 본인도 알고 있다고 생각하는데…… 이 일기를 보니 조만간 대뜸 『아이 생겼어』라고 할까 봐 겁나는구나."

"그, 그러게 말이에요. 유에 씨가 상대면 하지메 씨도 그냥 넘어갈 것 같고요."

"저항해도 소용없겠지."

나락의 괴물도 승산이 없는 상대. 흡혈 공주 유에. 그녀가 혀를 할짝거리면 필히 주의하라. 기다리는 것은 유린뿐이다.

"무섭네요오."

"무섭구먼그래."

시아와 티오는 얼굴을 마주 보고 계속해서 일기를 읽으려는데—.

"……시아. 티오."

""헉?!""

이름을 불렸다. 시아와 티오가 화들짝 놀라며 얼어붙었다. 두 사람은 기름을 치지 않은 기계처럼 딱딱하게 뒤를 돌아봤다.

"유, 유유유유, 유에 씨?! 언제부터 거기에?!"

"아, 아니다, 유에! 이건 그냥, 잠깐 충동적으로……!"

시아와 티오는 완벽하게 무표정인 유에의 멋진 반눈 앞에 놓였다.

"……보고 말았구나?"

시아와 티오는 대답할 수 없었다. 유에의 감정이 느껴지지 않는 눈동자가 물끄러미 바라보는 앞에서 부들부들 떨 수밖에 없었다.

유에가 말없이 손을 뻗었다. 아마도 돌려 달라는 뜻이리라. 티오는 마치 헌상이라도 하는 듯 공손하게 일기장을 건넸다.

받아 든 유에는 그것을 옷 속에 넣었다.

직후, 마음의 경직이 풀린 두 사람은 나란히 바닥에 넙죽 엎드렸고 사죄가 메아리쳤다.

"죄송합니다아아!"

유에는 그런 두 사람에게 얼굴을 들라고 하고 어깨를 으쓱했다.

"……이런 곳에 떨어뜨린 나도 잘못했어. 신경 쓰지 마."

뜻밖에도 용서가 떨어졌다. 두 사람은 그런 유에에게 오히려 죄책감을 느꼈다. 그리고 다시 한 번 사과하려고 하는데—.

"……그건 그렇다 치고, 두 사람 다 샤워는 했어?"

"네? 아, 아뇨. 아직인데요?"

"그, 그래. 들어가기 전에 그걸 발견해서……."

유에의 말에 어쩐지 불길한 예감을 느끼면서도 대답했다.

"……그래?"

그에 대해 유에는 짧게 중얼거리고 왠지 금색 머리를 찰랑거리며 말했다.

"나는 유에. 동생과 동경의 대상이 상대더라도 자비가 없는 여자."

시아와 티오는 총알처럼 줄행랑쳤다. 시아는 재빨리 목욕 수건 한 장만 걸치고 바깥으로 이어진 벽을 태클로 파괴해서 뛰쳐나갔다. 그에 맞춰 티오가 추격 방지용 결계를 펼치며 재생 마법으로 구멍을 막았다. 그야말로 환상의 콤비네이션이었다.

두 사람은 그대로 사태가 진정될 때까지 도주하기로 마음먹었고…… 그 직후, 언제부터인가 상공을 메우고 있던 먹구름에서 뇌룡 무리가 쏟아졌다.

에리센에 「「아아아아아아아악!」」 하는 비명이 메아리쳤다.

유에는 문득 떠오른 것처럼 일기장을 꺼내서 부속된 미니 펜을 잡았다.

—○월 ×일

날씨 맑음, 때때로 국지적 뇌룡. 오늘도 좋은 하루였다.

일기장을 탁 덮은 유에는 흡족하게 고개를 끄덕이고는 까맣게 탔을 토끼와 드래곤을 데리고 오고자 사뿐한 발걸음으로 집을 나섰다.

■작가 후기

「흔해빠진」 제5권을 읽어주셔서 정말로 감사합니다.

이 책의 저자, 중2병을 좋아하는 시라코메 료입니다.

이번 권에는 한 번에 두 대미궁을 공략함과 동시에 티오의 각오, 카오리의 재인식, 그리고 뮤와의 이별 등 다양한 에피소드를 채워 넣었습니다.

등장인물이 늘어나면 이야기에 활기가 붙지만, 어쩔 수 없이 한 명 한 명의 비중이 줄어드는 것이 고민거리로군요. 적어도 그녀들의 심정이 독자 여러분께 전해졌으면 좋겠습니다…….

참고로 첫 등장한 뮤의 어머니, 레미아 씨는 사실 모델이 있습니다. 눈치채셨나요?

말버릇이 「어머어머, 우후후」인 나긋나긋한 미인이란 점에서 알아차린 분도 꽤 계시지 않을까요?

네, 바로 그 사람입니다. 치유물 작품의 대명사(시라코메 개인 랭킹 1위)에 나오는 모 프리마 운디네 님[#13]입니다.

그게 누군데? 라고 생각하시는 분은 어서 검색해 보시길 바랍니다. 검색 키워드는 「어머어머, 우후후」면 충분합니다. 당신의 인생을 촉촉하게 적시고 치유해줄 것을 장담합니다.

#13 모 프리마 운디네 님 만화 『ARIA』의 등장인물. 아리시아 플로렌스.

……「흔해빠진」의 후기인데 왠지 다른 작품의 선전으로 페이지를 할애했습니다만, 시라코메에게 공감해주시는 분이 늘어나는 건 기쁜 일이니까 좋은 게 좋은 것 아니겠습니까? 좌우지간 이제 「흔해빠진」의 선전으로 넘어가겠습니다.

이번 5권과 같은 시기에 RoGa 선생님이 그리시는 「흔해빠진」 코믹스 1권이 발매된다고 합니다. 오버랩 문고(※본 작품의 발행처)의 홈페이지에서 연재되고 있지요. 어떤 느낌인지 간단하게 말씀드리자면…… 진짜 미친 박력, 진짜 장난 아니라니까! 같은 느낌입니다.

꼭 한번 읽어주셨으면 합니다!

그럼 슬슬 공간도 부족한 관계로 마지막 감사 인사를 드리겠습니다.

매번 무심코 히죽히죽 웃게 되는 멋진 일러스트를 그려주시는 타카야Ki 선생님, 일상적인 사소한 이야기에도 어울려주시는 담당 편집자님, 폭풍 같은 오탈자를 시원스럽게 지적해주시는 교정자님, 그 외 출판에 힘써주신 관계자 여러분, 코믹스를 그려주신 RoGa 선생님, 감사드립니다.

그리고 이 책을 읽어주신 여러분, 웹 연재부터 쭉 응원해주신 「소설가가 되자」 주민 여러분 정말로 감사합니다.

다음 권 후기에서 다시 만나 뵙길 진심으로 바랍니다.

시라코메 료

흔해빠진 직업으로 세계최강 5

1판 1쇄 발행 2017년 9월 10일
1판 10쇄 발행 2022년 3월 4일

지은이_ Ryo Shirakome
일러스트_ Takaya-ki
옮긴이_ 김장준

발행인_ 신현호
편집장_ 김승신
편집진행_ 권세라 · 최혁수 · 김경민 · 최정민
편집디자인_ 양우연
관리 · 영업_ 김민원

펴낸곳_ (주)디앤씨미디어
등록_ 2002년 4월 25일 제20-260호
주소_ 서울시 구로구 디지털로 26길 111 JnK디지털타워 503호
전화_ 02-333-2513(대표)
팩시밀리_ 02-333-2514
이메일_ lnovellove@naver.com
L노벨 공식 카페_ http://cafe.naver.com/lnovel11

ARIFURETA SHOKUGYOU DE SEKAISAIKYOU 5
© 2016 by Ryo Shirakome
First published in Japan in 2016 by OVERLAP, Inc.
Korean translation rights reserved by D&C MEDIA Co., Ltd.
Under the license from OVERLAP, Inc., Tokyo JAPAN

ISBN 979-11-278-4246-8 04830
ISBN 979-11-278-1840-1 (세트)

값 7,200원

*이 책의 한국어판 저작권은 OVERLAP과의 독점 계약으로
(주)디앤씨미디어에 있습니다.
저작권법에 의해 한국 내에서 보호를 받는 저작물이므로 무단전재와 복제를 금합니다.

*잘못된 책은 구매처에 문의하십시오.

L NOVEL

©Kanata Yanagino／「理想郷」Project/OVERLAP
Illustration Nekonabeao

아르카디아=가든

야나기노 카나타 지음 | 우미시마 센본 캐릭터 원안 | 네코나베 아오 일러스트 | 요시무라 마사토 콘셉트 디자인 | 송재희 옮김

이곳은 한 영웅이 파멸에서 세계를 구한 공중 도시 《아케인 가든》.
일찍이 존재했던 「지상」은 어둠에 오염되었고,
살아 있는 온갖 생물의 세계는 하늘 위에 펼쳐진 드넓은 바다로 옮겨 갔다.
모험가들은 비공정으로 여행을 하고,
마의 권속을 쓰러뜨리며 인류의 생활권을 개척한다.
그것은 그레이 액스터도 마찬가지다.
"스리야! 그쪽으로 갔어." "알고 있어! 대성황이네!"
그는 오늘도 정령족 소녀 스리야와 함께
《도서원》에서 공포되는 청소(스위프) 의뢰에 나서 있었다.
미숙하지만 하루하루 일을 처리하며 모험가로서 실력을 키우던 어느 날.
그들은 경계 주의가 내려져 있는, 오래전 영웅이 없앤 악신의 핵
《검은 파편》을 얻은 권속을 만나게 되는데?!

NOVEL

라이트노벨의 새로운 빛! L노벨의 신간은 매월 10일에 발매됩니다. http://cafe.naver.com/lnovel11

L NOVEL

©KAZUTOSHI MIKAGAMI ILLUSTRATION:fal maro
KADOKAWA CORPORATION ASCII MEDIA WORKS

발할라의 저녁 식사 1권

미카가미 카즈토시 지음 | fal maro 일러스트 | 이신 옮김

신계의 부엌『발할라 키친』의 저녁 준비 시간은 언제나 매우 바쁘다!
말할 수 있는 멧돼지인 나, 세이는 주신 오딘 님의 지명을 받아
이곳의 식사 준비에 도움을 주러 왔어.
—『요리되는 쪽』으로서!
아니, 확실히 내가「하루 한 번 되살아난다」는
신기한 능력을 갖고 있기는 하지만,
그렇다고 해서「매일 죽어서 밥이 되어라」라니 너무하지 않아?!
……뭐, 그 덕분에 아름답고 귀여운 발키리 브룬힐데 님 곁에 있을 수 있으니까
모든 게 다 괴로운 건 아니지만 말이지…….
응? 어라? 신계 No.2 로키 님이 어째서 이곳에?
어? 신계에 위기가 찾아왔으니 함께 가자고?!
아니, 나는 평범한 멧돼지인데요으아아아아아—!

제22회 전격 소설 대상《금상》수상작!
신들의 부엌을 무대로 펼쳐지는『부드러운 신화』판타지!

NOVEL

라이트노벨의 새로운 빛! L노벨의 신간은 매월 10일에 발매됩니다. http://cafe.naver.com/lnovel11